LES CHRONIQUES D'ÉRIANDE

ROBUSQUET

LES CHRONIQUES D'ÉRIANDE

LES MASQUES DE MARENGANE

ÉDITIONS
MICHEL
QUINTIN

Catalogage avant publication de Bibliothèque et Archives
nationales du Québec et Bibliothèque et Archives Canada

Robusquet

Les chroniques d'Ériande

Sommaire: t. 1. Les masques de Marengane.

ISBN 978-2-89435-575-6 (v. 1)

I. Titre. II. Titre: Les masques de Marengane.

PS8635.O278C47 2012   C843'.6   C2012-941192-2
PS9635.O278C47 2012

Illustration de la couverture: Bruno Wagner
Illustration de la carte: Robusquet
Conception de la couverture et infographie:
  Marie-Ève Boisvert, Éditions Michel Quintin

La publication de cet ouvrage a été réalisée grâce au soutien
financier du Conseil des Arts du Canada et de la SODEC.

De plus, les Éditions Michel Quintin reconnaissent l'aide
financière du gouvernement du Canada par l'entremise du
Fonds du livre du Canada pour leurs activités d'édition.

Gouvernement du Québec – Programme de crédit d'impôt
pour l'édition de livres – Gestion SODEC

ISBN 978-2-89435-575-6

Dépôt légal – Bibliothèque et Archives nationales du Québec, 2012
Dépôt légal – Bibliothèque et Archives Canada, 2012

© Copyright 2012

Éditions Michel Quintin
4770, rue Foster, Waterloo (Québec)
Canada J0E 2N0
Tél.:   450 539-3774
Téléc.: 450 539-4905
editionsmichelquintin.ca

1 2 - A G M V - 1

Imprimé au Canada

À Molière et
à Karen Wynn Fonstad

Les Strombles

Île de Cathaja

Ciel
d'Erlande

Horvandar

Forêt
de
Hautcrique

Morandaïre

Azexerte

Do Boulare
Do Todde

Trinith

Archipel de Brammlim

La

Do Norgue
Cottrel   Cranerbin
              Mérybal

Svenignova
Respaven   Comby
Do Cortte
Prengarry   Hoverless
Dagrenoque   Lorgatone

Îles des   Brallonondaïre   Connelmirth
Calastaires   Dargame   Hyménal
                                  Île de
                    Dennengrin   Périphane
                    Kaliombe
                    Do Goraire
                    Abrastotte

Graguin
Havrebleu   Otrellon
Clonnybaire   Mont
Cérulonne   Darderry Brandaïre
                        Veppenhal

                                   Mevgrinlv

Menlaggy

Thorrel
Hossy

Plaine de Baïfelore

Côte

Château
Crymm
Bois
Morts

Forêt
des
Cronclecounes

Kenemry

Îles de
Scanderne

Malyora   Mont   Tour de
                   Bulgne   Hanskrénart

Métropoles, Villes, Villages
Tours, Châteaux, Forteresses
Mines, Cités Souterraines
Forêts, Bois
Marécages, Maremmes,
Marigots
Monts, Montagnes
Routes, Ponts, Rivières,
Lacs, Plaines, Frontières
Déserts, Tundra, Cendres
Sommets
Ruines

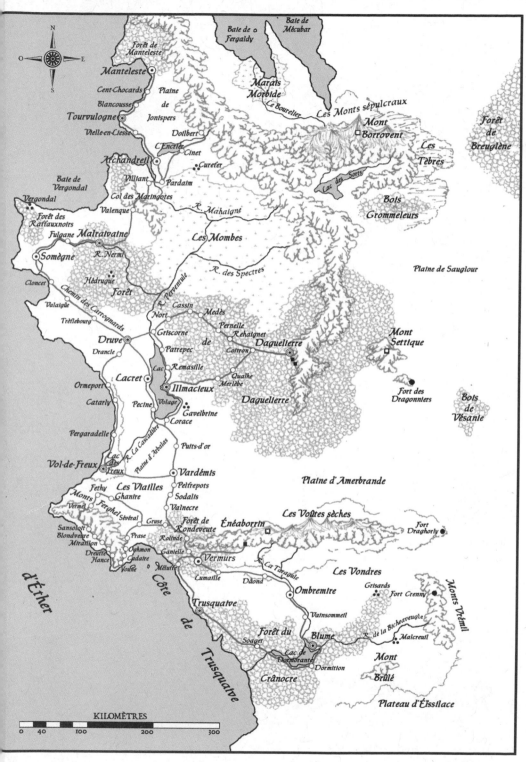

N
O——E
S

Forêt de
Manteleste

Baie de
Fergaldy

Baie de
Mécubar

Manteleste

Cent-Chocards
Blancousse

Plaine
de
Jonispers

Marais
Morbide

Le Bourelet

Les Monts sépulcraux

Forêt
de
Breuglène

Tourvulogne

Vielle-en-Ciesse

Dotlbert

C'Enclée

Cinet

Mont
Borrovent

Les
Tèbres

Archandrell

Cureter

Villiant

Pardaim

Lac des Sorts

Baie de
Vergondal

Col des Maringotes

R. Mahaigné

Bois
Grommeleurs

Vergondal

Valenque

Forêt des
Rattauxnoirs

Fulgane   Maltaivaine

Les Mombes

Plaine de Sauglour

Somègne

R. Nerml

Hédrugüe

R. des Spectres

Forêt

R. Perventlle

Mont
Settique

Cloncet

Chemin des Carcognards

Valaigüe

Nort

Cassin

Medès

Tréflebourg

Griscorne

de

Pernelle

Réhaignet

Druve

Pattepec

Cotton

Daguelierre

Drancle

Remasille

Bois
de
Vésanie

Ormeport

Lacret

Lac

Volage

Quaîhe
Merlèbe

Fort des
Dragonniers

Catarly

Pecine

Illmacieux

Daguelierre

Gavelbrine

Pergaradelle

Lorace

Vol-de-Freux

Lac
des
Freux

R. La Cascadière

Plaine d'Arbalas

Puits-d'or

Vardémis

Plaine d'Amerbrande

Fethy

Les Viailles

Peltrepots

Ghanire

Sodalis

Monts

Ferghel

Sévéral

Valnecre

Les Voûtes sèches

Vermil

Gruse

Forêt de
Rondeveute

Énéaborrin

Fort
Draghorly

Sansolofi
Blondveure

Prase

Rolinde

Mitaillon

Oghmon

Ganielle

Vermurs

Dreutte
Hance

Cadaire

La Tarqade

Les Vondres

Monts
Vrémil

Voilne

Méluire

Cumaille

Dâond

Grisards

Fort Crenny

Côte

Ombremire

d'Éther

Trusquaive

Vainsommeil

R. de la Bicheaveugle

Malcreuil

Forêt du

Blume

Soaget

Mont
Brûlé

de

Lac de
Dormorante

Dormtiton

Crânocre

Plateau d'Éissilace

Trusquaive

KILOMÈTRES

0   40   100   200   300

L'Ériande et la côte d'Éther

INTRODUCTION

— Aventuriers, bienvenue à ma table ! Venez, asseyez-vous. Ces vieilles chaises ont reposé bien des corps et ouï autant d'histoires.

« Ah ! La cité de Dagrenoque et son auberge du Cent-Vergues ! C'est souvent ici que je viens me détendre, boire un verre ou deux, et vous feriez bien de m'imiter, croyez-moi. Toute la vallée du Voglaire s'y raconte. Il n'y a pas de meilleur endroit pour entendre les bardes qui chantent et jouent, les pêcheurs qui râlent et boivent, les femmes qui font du charme et jabotent et quelquefois des mages, comme moi-même, qui se mêlent au commun des mortels.

« Inutile de me le cacher, je vois que votre arrivée à Archel-Védine vous remplit les yeux de questions, d'excitation et d'incertitudes… Soyez sans crainte, je me fais un plaisir de vous en instruire. Alors, voilà de quoi nous parlerons…

« Oriam ! Oriam, je veux un grand cru pour mes hôtes. Apporte-leur une carafe d'Hazelborde rouge, par Halvarn ! Non, non, non, je vous en prie, gardez vos pièces, c'est moi qui vous l'offre. Vous êtes mes invités !

« Bon, commençons par l'essentiel. Je fus explorateur de nombreuses fois dans mes cinquante ans de profession en tant que mage émérite des *ophimides*, le plus grand ordre d'Ériande. Si je connais peu votre monde, j'en connais assez pour vous préparer à celui-ci, qui ne tardera pas à faire de vous ses hôtes fortunés. Mais, avant que je vous parle plus spécifiquement de l'île d'Ériande, vous devez savoir que le monde d'Archel-Védine a, selon les savants, des origines contestées que je ne vais pas raconter ici ; quoi qu'il en soit, il est constitué d'une myriade d'îles et de plusieurs continents flottants. Cela vous paraît invraisemblable ? Soit. C'est Archel-Védine, et vous ne l'aurez pas exploré entièrement avant d'avoir atteint le centuple de votre âge, croyez-moi.

« En dehors du continent du centre, celui qu'on nomme Varlésie, le plus populeux et civilisé selon les savants, avec une étendue de 83 520 000 kilomètres carrés, il est probable que toutes les terres continentales sont assujetties aux Brumes éternelles, un phénomène qui demeure incompréhensible à ce jour. Quoiqu'elles apparaissent à des intervalles impossibles à déterminer encore, les brumes envahissent les terres, plongent villes et paysages dans une morne clarté et peuvent y demeurer pendant plusieurs siècles avant de se retirer pour une durée tout aussi longue.

« L'absence, dans ses cieux, des cercles et des petits points lumineux étranges que vous appelez soleil, étoiles et lune est une particularité d'Archel-Védine. Son ciel est vaste et vide, mais les nuits d'Archel-Védine donnent parfois une lueur qui, sans être la conséquence du rayonnement lunaire, brille sur la matière visible. Les savants croient que la lumière du jour, comme celle de la nuit, provient directement du *Lumiria*, un monde-lumière qui serait au centre du *Cosméon*. Et qu'est-ce que le Cosméon ? C'est l'incommensurable cœur interne de l'univers, une structure invisible composée de milliards de *ventricules* ou microcosmes interreliés par une fibre créatrice et universelle que les mages nomment la *talmache*. C'est grâce à cette fibre que nous faisons nos œuvres dites talmachiques.

« Ceci étant dit, je dois vous parler brièvement du calendrier d'Ériande. En premier lieu, les habitants d'Archel-Védine ont longtemps cru, comme ce fut le cas dans votre monde, que les *dracs*, ou les dragons si vous préférez, n'étaient que des êtres mythiques, enfermés dans les confins du passé ; mais le monde a basculé depuis leur retour, il y a déjà un millénaire et demi. Cet événement bouleversant a changé la datation du monde, au point que plusieurs peuples ont décrété le début d'un âge nouveau, l'âge du retour des dragons ou A. R. Il va sans dire que nous sommes sous l'œil de ces bêtes paradoxales dont certaines sont aussi viles et dangereuses que d'autres sont magnanimes et sages !

«Par Halvarn, je parle, je parle… Pardonnez-moi. Avez-vous faim ? Je vous offre de la *carmile*, un poisson du lac Voglaire, un délice ! Oriam, de la carmile plein l'assiette pour mes hôtes !

«Bon, continuons. Où en étais-je ? Ah, oui. L'Ériande, avec ses 193 125 kilomètres carrés, a divisé son année en cinq mois : *norength, kilhairn, venthune, halvarn* et *welare*. Ce sont les noms des divinités principales du pays et aussi ceux des saisons elles-mêmes, dont chacune contient soixante-quatorze jours.

«Comme vous le constatez, la cité de Dagrenoque est lacustre et ses rues sont des voies d'eau. Elle est construite sur un plateau rocheux dans le lac Voglaire. Même si cette étendue d'eau est relativement calme ces temps-ci, il est préférable de ne pas trop s'y aventurer. La raison en est simple, voyez-vous ; le lac est habité par la faune lacustre, d'abord, mais aussi par un dragon des eaux douces, un *urodrac*, si vous préférez. Comme il est des plus territorial, il tolère la présence des pêcheurs, mais c'est chose aisée de le vexer. La ville existait avant sa venue il y a trois cents ans déjà, mais ce lac est devenu sa demeure indisputable. Aussi est-il préférable, si vous partez pour la forteresse de Respaven, au nord de la vallée, d'y aller en *coupe-ciel* ou en groupe bien armé. Sinon soyez prudents sur la route, car, une fois passé le village de Finnaghy… Vous savez, les brigands.

«Si vous avez besoin d'armes, vous trouverez l'armurerie

de Galel sur la rue des Hallebardes, en direction de la porte Royale. C'est lui qui fournit en armures et en armes les *lames de Dagrenoque*, c'est-à-dire les militaires qui constituent la milice de la ville, ainsi que tous les membres du conseil militaire qui les gouverne.

« Et si vous avez besoin de *curalgine* ou de diverses potions et herbes, sachez qu'il y a les Élixirs d'Alixie à cinq cents mètres d'ici sur la rue des Poivres.

« Cette ville est gouvernée par trois forces : les *galves* d'Halvarn, l'ancien dieu des *Hurths* ; les *calastaires*, ces folles qui ont imposé une république de *sorciologie* après avoir renversé la monarchie ; et nous… les ophimides. Nous avons couronné les rois, nous avons tout construit, les écoles et les institutions de la cité. Bon. Le peuple nous respecte et nous craint autant qu'il nous méprise, même s'il ne serait rien sans nous.

« Ah, assez de bavardage, parlons de vous, maintenant… Mais, non… ce n'est pas vrai ! Pas maintenant… Mais, qu'est-ce qu'il me veut encore ? Un confrère me fait signe à la porte. C'est bien cela que la vie d'un *thraël* ou, si vous préférez, d'un mage supérieur. Toujours sollicité. Je dois malheureusement vous quitter, mais je vous en prie, terminez votre repas, je vous l'offre. Ah ! Que me veut-il encore ce Honorayon ? Nous continuerons cet entretien, si vous le voulez. Passez par la tour des Ophimides en direction de la porte des Thraëls. Demandez Zartheer ; c'est moi. Si je n'y suis pas, je serai dans ma tour à l'ouest de la ville, sur la rive du Voglaire. Je ne suis pas impossible à trouver. Oriam, excellent service ! Le repas et le vin… gracieuseté de l'ordre.

« Une dernière chose, gardez souvent vos yeux sur votre escarcine. Bienvenue à Dagrenoque ! »

PROLOGUE

Le cinquante-deuxième jour du mois d'halvarn, 955 A. R.

Quelque part dans un îlot perdu de l'archipel d'Azexerte, assis dans son *coupe-brise* au fond d'une grotte, Arrilan, un mage de l'ordre des ophimides, montait la garde, alors que ses deux compagnons étaient partis plus loin pour explorer la galerie. Ils avaient désigné le mage quinquagénaire pour protéger l'*élucion*, logé dans le *crâne* de pilotage du vaisseau ; si quelque infortune devait advenir à l'animal, les trois hommes seraient perdus. Sans l'élucion, le vol était impossible.

Son *luste* en main éclairant tout autour, Arrilan ouvrit le livre qu'ils avaient dérobé à Druvilde, une calastaire et prêtresse de la déesse Hæline. Ce n'était qu'après plusieurs jours de combat contre elle et sa sœur aînée Azexerte que les galves et plusieurs ophimides avaient pu réussir à le lui prendre. Azexerte, pour sa part, s'était évadée.

En se concentrant sur le texte écrit en ancien *wælïn*, Arrilan mangea des yeux le passage qu'il avait enfin trouvé. Aussitôt, il sortit de son sac le sinistre objet qu'avait possédé Druvilde, un masque en bois dont la trogne avait un air drôle et hideux. Il sentait que la fibre talmachique de la *nécromancie* en émanait, une sorte d'énergie néfaste et attristante dont lui avait parlé brièvement dans sa lettre son maître Immerald. Il lui avait confié comme tâche d'apporter ce masque aux ophimides du château Welgath, à Connelmirth, leur somptueuse maison mère.

Soudain, en haut, parmi les stalactites de la grotte, un bruit de glissement serpentin attira son attention. Il leva la pierre lumineuse, mais son rayonnement ne franchissait pas une circonférence de plus de cinq mètres de rayon. Il s'éloigna un peu de l'élucion pour voir plus loin, mais, lorsqu'il eut fait quelques pas, le bruit cessa d'un coup. Arrilan était plus curieux que nerveux. Après un moment de silence, il remit le masque dans le sac qu'il ceignit en bandoulière. Même à travers le cuir, il sentait dans son dos la faible émanation de la fibre. Arrilan était un mage d'expérience très attentif à ces manifestations.

Un peu moins calme, il reprit sa lecture en jetant occasionnellement un coup d'œil çà et là pour éviter toute surprise. Une crainte froide coula dans ses veines quand il apprit que le masque avait non seulement des propriétés rajeunissantes, mais aussi le pouvoir de préserver le corps du vieillissement. D'autre part, il comprit au fil de sa lecture que le masque conférait à son porteur le pouvoir de prendre la forme de la personne avec laquelle il s'unissait par le plaisir charnel ; c'était justement grâce à l'absorption de cette énergie créatrice que le rajeunissement s'opérait, mais le mage ne connaissait pas assez la nécromancie pour s'expliquer le phénomène.

Arrilan n'en croyait pas ses yeux.

En trente ans de profession, jamais il n'était entré en contact avec un tel objet. Il le trouvait à la fois funestement ingénieux et innocemment pervers. Soudain, il fut saisi par le désir de le garder, de le mettre et d'accomplir tous ses rêves. N'eût été la nécromancie, dont il connaissait bien les dangers, il l'aurait porté volontiers ; mais, même si l'objet était capable de le garder jeune longtemps, il pouvait tout autant le transformer en crapule immonde. Ce masque était sa mort… à long terme.

Après mûre réflexion, Arrilan affermit sa volonté et fit le

choix de s'en tenir à son devoir. En fait, il pouvait compter sur un incitatif de taille : ses yeux avaient été souventes fois les témoins horrifiés des cruautés du culte de la déesse Hæline. Comme Druvilde était tombée, il ne restait qu'Azexerte, sa sœur en fuite, et leur mère Marengane qui, toute grande prêtresse du culte qu'elle fût, allait être néanmoins emprisonnée dans le Cosméon par Immerald, selon ses dires. Après avoir feuilleté rapidement le livre mystérieux du début jusqu'à la fin, il le remit dans son sac et se leva pour dégourdir ses jambes.

Le bruit de glissement reprit dans le plafond.

Derechef, il leva tête et luste, toujours en vain. Il s'avança sur une courte distance dans la direction que ses compagnons avaient prise. Son attention sollicitée par le bruit, il négligea de regarder derrière lui pour surveiller l'élucion. Le dos au coupe-brise, il avança vers un tunnel étroit au fond de la grotte et y entra. Il appela ses compagnons, mais aucun ne répondit. Au bout du couloir rocheux dont les parois verticales montaient plus haut que son lumignon ne lui permettait de voir, il arriva dans un espace clos, dont le sol était formé de pierres lisses arasées et ornées de quelques stalagmites. La grotte n'allait pas plus loin. À sa gauche, il vit les corps décapités de ses deux compagnons.

La peur eut raison de son courage. Il était seul, à présent, pour rentrer à Connelmirth. De nature, il avait beaucoup de sang-froid, mais cette scène macabre n'en glaça pas moins ses veines. Il retourna au coupe-brise en courant, mais c'était trop tard : l'élucion avait été percé. La chrysalide qui contenait et protégeait l'animal avait été minutieusement déchirée sur le dessus et l'insecte avait disparu. Saisi par un sursaut de colère, Arrilan se mit à crier, oubliant ce qu'il venait d'entendre. À moins d'un miracle, il savait qu'il ne pourrait plus quitter l'île. La grotte n'était plus un simple lieu d'atterrissage pour la nuit, mais une prison qui concrétisait l'échec de sa mission ; la honte et la mort pour lui. Le bruit de glissement reprit, cette fois juste au-dessus de sa tête…

I

LA MAÎTRESSE ET LE *MÂCHIL*

Quand on n'est plus le complice du fantasme
de l'orgueilleux, on est un obstacle à écarter.
Monadaste, grand gerthul *de Norength*
à Respaven

Si la justice éternelle n'existe point après
la mort, il n'y a aucune différence entre
le tyran et le juste.
Cynobante l'Éloquent, hirwal *à Connelmirth*

Haut venthune, 1510 A. R. Temps présent

Comme un spectre assoupi sur des toitures humides, un lourd brouillard planait sur Dagrenoque; il siégeait comme un roi d'outre-tombe sur sa ville soumise, étreignant les vieux murs de pierres et les maisons marron couvertes d'ardoise. La Porte des pêcheurs s'était fermée doucement après l'entrée des derniers lougres et la ville se rassérénait une autre fois après les labeurs diurnes. Ses trottoirs de bois sur pilotis, suant le parfum de santal poivré des *matrômores*, ces arbres immenses et hydrofuges sur lesquels la ville entière était construite, mêlaient leurs odeurs à celles du mois frais de venthune. Les rues se vidaient peu à peu, les ruelles s'animaient de voleurs sans scrupules, les lames se promenaient nonchalamment et quelques marchands, des brelandiniers surtout, fermaient boutique çà et là; mais d'autres, à l'arrivée du crépuscule, ouvraient la leur.

C'était le cas de l'auberge du *Zymphe* Heureux, grand manoir de trois étages au coin des rues Sombraile et des Débraillées, dans le nord-est de la ville, près de la porte Royale. Les activités nocturnes de cette auberge étaient bien connues des autorités. Certains même, en secret, y avaient déjà eu recours et faisaient encore partie de sa liste noire des fidèles. Mais, comme il est de la nature du vice de se cacher en se faufilant, vieux serpent qui change de peau, l'aubergiste, une femme dans la trentaine du nom d'Arthally, avait pourvu l'auberge de quelques entrées secrètes, notamment celle qui donnait sur la ruelle condamnée, à l'arrière, une petite porte entourée de pampres épais et flétris sur des treillages délabrés. Et c'était à cette porte qu'il avait pris l'habitude de frapper.

Silencieusement, elle s'ouvrit, dévoilant une adolescente, les yeux bleus fraîchement réveillés, la peau pâle et chaude, les cheveux noirs, longs et bouclés comme les vrilles des grappes de *nôroles*. Sous la luminosité faible de son luste, elle reconnut la silhouette de l'homme qui se tenait devant elle et lui dit de sa voix familière, les yeux baissés:

— Mes salutations, capitaine! Que puis-je faire encore pour toi?

Le capitaine des lames ne souriait pas, mais, en mordillant sa lèvre inférieure comme il en avait l'habitude quand il était nerveux, il jetait des regards à ses côtés. Il vit derrière lui, perché sur une clôture vétuste entre deux maisons, un *pierge* qui l'épiait. Il ramena son regard sur l'adolescente trop connue et lui dit rapidement:

— Je t'ai dit de ne pas m'appeler capitaine ici… Arthally est-elle de retour?

— Oui mon cap… tivant, elle est arrivée de Trusquaive à l'aube et elle t'attend au troisième… comme de coutume.

20

Il inclina la tête pour entrer. Lorsqu'elle eut fermé à clef derrière elle, il la prit brusquement par la taille en la pressant contre lui. Même s'il préférait de loin Arthally, il ne dédaignait pas cette belle-de-nuit plus jeune. Il imaginait que sa propre fille, si elle eut été encore avec lui, eût eu les mêmes traits que cette jouvencelle.

Comme bien d'autres fillettes, elle avait disparu de Dagrenoque il y avait une quinzaine d'années déjà. Nombreux étaient les membres du conseil des Lames qui avaient, tout comme lui, perdu leur femme vers la même date. S'il venait à l'auberge du Zymphe Heureux, ce n'était pas pour oublier, car il ne le pouvait pas, mais pour assouvir ses passions.

Sans résister à ses avances et sans le regarder dans les yeux, l'adolescente se débattit de manière ludique, en menaçant de crier. Il feignit d'avoir peur et lâcha prise. Elle le fixa d'un regard de fausse accusatrice et lui ouvrit la porte arrière qui menait au troisième, à la chambre des Soies, la tanière de prédilection de la louve Arthally. Tandis qu'il montait derrière elle, les marches de frêne craquant sous ses pieds, il souleva la robe de satin rouge qu'elle portait. Dans la noirceur de l'étroit escalier, il glissa sa main de guerrier sur sa jambe nue jusqu'à son sexe. Ce jeune corps féminin avait une odeur de bain de roses récent et de le toucher provoqua vivement en lui les ardeurs contre lesquelles il perdait tout combat. Arrêtés quelque part entre le deuxième et le troisième étage, ils se mirent à coïter.

À sa gauche, le capitaine pouvait voir par la fenêtre les toitures d'ardoises frappées par la pluie et hantées par le brouillard; son regard voyageait entre les fesses faiblement éclairées de la mignonne et le toit du manoir de l'autre côté de la ruelle. Il regardait par la fenêtre quand son œil accrocha une traînée de sang qui ruisselait avec la pluie sur le toit du manoir. Juste avant d'atteindre l'orgasme, le visage baigné par les dernières lueurs blafardes du crépuscule embrouillé, il vit à son grand étonnement une tête rouler en bas de la toiture et s'arrêter contre le bord de la corniche. Il interrompit le coït d'un coup. Il sentit son cœur battre dans ses tempes et, en tachant sans la moindre gêne la robe de satin de sa semence, il fixa la tête, stupéfait. C'était la sienne.

Tout aussi anxieux que détendu, il tomba sur la jeune femme. Il ne savait que penser ; était-ce un rêve, un songe, une hallucination ? Quand il se releva quelques instants plus tard, la tête avait disparu.

« Inutile de lui demander son avis, pensa-t-il, la gamine n'a rien vu de près si ce n'est la marche. » Elle se redressa, replaça sa robe et reprit nonchalamment son luste. Quand elle se retourna, elle croisa par inadvertance le regard du capitaine. Insulté, il la gifla fortement, la prit à la gorge, sortit son braquemart et, transperçant sa robe, le glissa entre ses jambes en lui disant d'une voix colérique à travers des dents serrées :

— Si jamais tu me regardes une autre fois dans les yeux, petite laideronne trouée, je vais tellement élargir ta fente que tu pourras enfanter un veau ! Tu me comprends ? Tu comprends, n'est-ce pas ? Tu peux comprendre lorsqu'on te parle ?

Tremblante, les yeux humides braqués sur le tabard du capitaine, elle fit signe que oui.

Il retira sa lame et poussa la belle dans le dos pour qu'elle avançât plus vite. En haut de l'escalier, la vision de sa tête sur la corniche revint hanter son esprit. Il n'avait jamais vécu une hallucination pareille. Il ne savait qu'en faire. Dès qu'ils furent arrivés devant la porte de la chambre des Soies, la bagasse quitta le capitaine, le regard vers le sol, en le remerciant de l'avoir corrigée pour son manque de respect à son égard. Il lui donna une petite tape sur la tête comme on fait à une gamine qui réussit un exploit futile.

Une topaze bleue sur laquelle un sort permanent avait été jeté éclairait de sa lumière bleue *aphlogistique* tout le couloir, ainsi que la porte de la chambre des Soies, récemment recouverte en entier d'une gravure en cuivre montrant la déesse Hæline, ancienne divinité mineure d'Ériande. Le capitaine se demanda pourquoi cette nouvelle gravure avait été mise là, surtout que cette divinité de la beauté avait été bannie par les galves d'Halvarn cinq siècles auparavant. Toutefois, il ne pouvait, ni ne voulait rapporter l'incident ; c'eût été se souiller publiquement et maculer la réputation du conseil des Lames. Quelle excuse valable aurait-il pu inventer pour justifier sa présence dans cette auberge, tout juste tolérée, devant les galves scrupuleux, les calastaires chasseresses d'hommes coupables, la magistrature guindée de la ville et les membres du conseil prêts à tout pour sauvegarder leur réputation ? Aucune ne lui venait à l'esprit. Le prétexte d'une enquête n'aurait pas suffi. De nombreux magistrats et ophimides, des galves surtout, qu'il savait les plus hypocrites de tous, se seraient servis volontiers de sa peau afin de dissimuler leurs propres traces en sévissant contre lui. «Tout finit par se savoir, quand on parle trop», se disait-il.

Pour lui, les galves n'étaient rien de plus que les marionnettes des calastaires, des pantins figés dans des rites anciens, produits de l'imagination et de la peur humaines. Il ne croyait plus aux dieux d'Ériande, car il faisait partie de la génération qui, sans pouvoir l'exprimer, ne croyait plus à une religion qui avait perdu son âme. Pour lui, Halvarn, Hæline, Kilhairn, Rhaham et toutes les autres divinités n'étaient que des traditions religieuses parmi tant d'autres.

À peine eut-il approché sa main de la poignée de la porte qu'elle s'entrouvrit, laissant passer dans le couloir bleuté un faisceau de lumière pourpre. Une femme apparut dans l'ouverture et, en le lorgnant d'un œil bleu clair, le regarda dans les yeux comme une louve famélique qui n'aurait rien mangé depuis des jours. Sa chevelure châtaine mouillée entourait son beau visage ovale et tombait sur ses épaules empourprées. Après avoir glissé son sein ferme entre la porte et le chambranle, elle le fit monter et descendre dans l'ouverture, un geste qu'il aimait qu'elle fît. Elle était vêtue d'une robe de nuit en mousseline de soie blanche qui collait à sa chair récemment sortie de l'eau chaude. Son petit nez pointu et ciselé se découpait sur des joues hautes et humides. Quand il mit sa main sur le sein d'Arthally, elle lui dit sur un ton ludique :

— Tiens. Est-ce une main, ou une griffe ? Est-ce un matou méchant, ou un chaton câlin ? Mais, qu'est-ce que je vois ! Serait-ce le capitaine Brenmord, par hasard ?

Il lui répondit en jouant les niais :

— C'est peut-être Brenmord, ou c'est peut-être un autre ! Qui que ce soit, je crains qu'il te faille me laisser entrer, vois-tu ; je dois vérifier si tous les membres vulnérables sont en sécurité. C'est mon devoir d'être droit et ferme !

— J'ai toujours aimé ce qui est droit et ferme chez un capitaine, dit-elle.

Ayant ouvert la porte, elle le tira par son ceinturon qu'elle défit, puis arracha son tabard. Elle eut du mal à enlever le plastron doré qu'elle maudissait chaque fois. À son tour, il déchira sa robe, à la stupeur du *hoblain* nu qui les regardait, les yeux grands ouverts ; sans doute Arthally s'en servait-elle comme esclave et jouet vénérien.

Tel un enfant pubère et simple d'esprit, avec le dessus des mains et des pieds poilus caractéristiques de son espèce, il ne mesurait pas plus d'un mètre et il se tenait à côté d'une grande cuve de cuivre remplie d'eau, chauffée par un petit four placé dessous. Sa lèvre inférieure pendait comme une excroissance charnue, ses yeux étaient anormalement cernés et il ne semblait pas conscient de sa nudité. Brenmord ne lui accorda aucune attention, pressé qu'il était par les courbes d'Arthally.

Une fois nus tous les deux, ils entrèrent dans la cuve et s'enlacèrent follement. Il la prit vigoureusement par la taille et glissa ses mains sur ses lombes et son dos, l'emprisonnant ainsi sur son sexe. Elle glissa ses longs doigts sensuels et pourpres dans les cheveux roux du militaire en pressant ses lèvres brûlantes contre les siennes. Elle plongeait son regard dans les yeux gris et affamés de son amant qui, en la pressant davantage contre lui, enfouissait ses mamelons dans le poil abondant de son torse équarri.

Mais quelque chose avait changé. Il ne la reconnaissait plus ; elle n'avait plus la même manière de le toucher. Il eût cru embrasser une autre femme si le corps n'avait pas été le même. Sans pouvoir la nommer, Brenmord sentait une dif-férence tangible. L'âme était différente. Elle avait perdu une certaine douceur qui lui rappelait celle de sa femme disparue.

Elle glissa son sexe en elle et se berça impétueusement sur lui ; ses grands yeux bleus et vides roulaient sous ses paupières alourdies par les élancements du plaisir.

Dès qu'elle eut atteint l'orgasme, Brenmord vit une noir-ceur apparaître dans ses yeux, alors que de petites veines noires s'animaient nerveusement sous sa peau. Il croyait voir une statue en fluence, un golem féminin pourpre taché de nervures noires. Elle se berçait de plus en plus rapidement.

Il se sentit soudain envahi par une douleur innommable. Sa colonne vertébrale se raidit jusqu'à sa tête, ses bras s'en-gourdirent avec ses jambes et tous les muscles de son corps athlétique perdirent leur vigueur. Il était paralysé. Ses yeux s'agrandirent et son front se plissa, trahissant sa douleur et sa confusion. Il jeta un dernier regard à sa maîtresse. Elle avait le sourire d'une femme satisfaite et victorieuse. Elle posa son index sur la bouche de sa proie pour lui faire signe de se taire. Sous le fardeau du silence, il lui jeta un regard colérique, un regard qu'impose la terreur lorsqu'elle précède le dernier souffle d'un homme qui s'est fait prendre.

Étendu et raidi sous Arthally, dans le climat humide de cette grande chambre tapissée de soies diverses, il perdit connaissance sous les spasmes et la douleur. Son sang se mit à bouillir, sa peau blêmie se dessécha et tous ses organes internes avec elle ; il mourut en ne laissant qu'un cadavre recouvert d'une peau qui ressemblait à du papyrus mouillé. Si squelettique et asséché qu'il fût, il demeurait tout de même identifiable.

Le hoblain prit une serpe et, en marmonnant quelques paroles incompréhensibles, fit un sourire niais à sa maîtresse. Il s'approcha de Brenmord dont la tête sortait de la cuve et la lui trancha. Le peu de sang qui restait dans ce corps cruellement émacié s'épancha dans l'eau claire. L'esclave voulait se montrer brave et serviable, mais la décapitation était bien inutile. Arthally sortit de la cuve, se sécha et se métamorphosa en parfait sosie du capitaine. Une vague de jouvence lui traversa tout le corps, comme une chaleur qui labourait, enlaçait et lancinait sa chair et ses os. Elle se sentait ragaillardie. Enfin, se tournant vers le hoblain éberlué, elle lui dit avec la voix exacte de Brenmord :

— Ramasse la tête, emballe-la avec le corps dans le drap de soie là-bas, et attache le tout comme il faut pendant que je mets les vêtements de l'abruti ! Vite, petit lendore, sinon tu n'auras pas ta surprise !

Il voulait sa surprise. Il fit donc d'un pas leste ce que sa maîtresse avait ordonné. En un tournemain, il enveloppa et attacha dans un drap le corps avec la tête. Il aida ensuite sa maîtresse à revêtir le plastron et le tabard. Elle était devenue Brenmord au cheveu près. Son regard, sa barbe courte, sa mâchoire carrée, son rire même, presque tout en elle était Brenmord. En soulevant le cadavre de son bras droit et en tenant le hoblain de son bras gauche, elle disparut en laissant derrière elle une étrange brume grise.

Le garde-manger de la cuisine au rez-de-chaussée était vacant à cette heure-là, mais les cuisiniers ne devaient pas tarder. Elle y réapparut avec le cadavre et l'esclave. De grands sacs d'orge et de *graëmme* traînaient sur le sol, tandis que le reste des victuailles étaient empilées jusqu'au plafond sur les quatre murs. L'odeur de poussière qui venait des centaines de flacons oubliés sur les étagères, celle du lac sous leurs pieds, l'effluve excrémentiel qui sortait de la garde-robe au fond avec celui des légumes pourris dans les barils ouverts leur donnaient une nausée légère.

Aussitôt, elle ouvrit dans le centre du plancher la trappe des déchets qui donnait sur le lac Voglaire. Elle s'adressa au hoblain avec un sourire presque maternel.

— Es-tu prêt pour ta surprise ? Le moment est venu.

Il gesticula un oui avec un grand sourire et laissa tomber une coulée de bave sur son torse. Il posa sur elle un regard d'admiration et de tendresse qui, visiblement, embarrassait ce faux Brenmord. Elle lui demanda de fermer les yeux et lui attacha les pieds. Il riait, tout excité par la surprise à venir. Avec la même corde, elle attacha le cadavre du capitaine à une masse lourde servant à tuer les bœufs. Momifié dans la soie et les filins de velours, il avait l'air enceint de sa tête. Elle regarda le hoblain une dernière fois et lui dit froidement :

— Surprise.

D'un coup d'une force étonnante, elle jeta masse et corps dans l'ouverture. Le hoblain suivit, tiré inexorablement par le poids. Il réussit un instant à s'agripper au rebord de la trappe, mais le choc de l'eau froide sur ses jambes nues le fit prendre panique.

Dès que l'esclave eut sombré dans le fond du lac, forte de son nouveau corps masculin et prête pour la prochaine étape de son plan, Arthally replaça la trappe comme elle l'avait trouvée. Dans une brume grise légère, elle disparut à nouveau.

☙❧

Ce fut en pleurant et en courant qu'elle sortit du hangar situé au sud de la guilde des Savants près de la porte des Thraëls ; son cœur battait comme les ailes d'un colibri et ses jambes, encore trop affaiblies par les heures qu'elle venait de souffrir recroquevillée dans une caisse, ou plutôt une tonne à huile vide, ne soutenaient plus le rythme de sa course. En courant trop vite, elle s'épuisait plus vite encore. Elle finit par clopiner dans la ruelle des Sabres en face de la rue du Vieux Mur, pour ensuite s'effondrer sous un auvent tombé devant une arche. Elle se cacha sous sa voûte et, comme traînait près d'elle une couverture de laine grise trouée qui puait la suie et l'humidité, elle s'en couvrit à contrecœur. Dans sa nervosité, la jeune rouquine cherchait son souffle. Elle attendit en silence, sans bouger.

Le mâchil était appuyé contre un mur, près de la balustrade d'un manoir au loin ; il l'avait vue, il l'avait suivie des yeux. Il surveillait ce quartier depuis près d'un mois. Avec une patience remarquable et une discipline tenace, il y avait passé tout kilhairn, malgré la chaleur. Le conseil des Lames, plus spécifiquement le général Lamoras, lui avait assigné ce lieu, parce que certains marchands suspects en lien avec les ophimides trafiquaient des poisons illégaux, et cet endroit était une voie directe et retirée vers leur quartier général à Draguenoque. Les marchands avaient une clientèle de prédilection chez les quelques mages de la cité. Mais, ce jour-là, le mâchil devait y trouver tout autre chose. Il disparut dans l'ombre du mur.

Alors que la jeune femme commençait à s'endormir, la couverture qu'elle tenait et qui la réchauffait à peine s'envola d'un coup. Elle tourna la tête vers la ruelle pour découvrir sur la dernière marche devant elle, dans l'ombre de la voûte, un hoblain, plus précisément un *haute-cape*, qui venait d'apparaître et qui la regardait du haut de ses cent trente-trois centimètres. Avec une célérité impressionnante, il avait *transombré* sur plus de deux cents mètres depuis la balustrade du manoir où il se tenait quand il l'avait vue courir.

Dans un réflexe créé par l'habitude, il avait dégainé son poignard en *virthène*, une merveilleuse lame de couleur émeraude aux quillons méticuleusement gravés. Elle était entourée d'un faible halo blanc qui éclaira doucement le visage de la belle.

Bien qu'il la pointât vers elle, la jeune femme ne sentait pas que le mâchil lui voulait du mal. Le regard narquois du hoblain révélait des iris aussi noirs que ses pupilles ténébreuses ; son visage, quoique légèrement pâle, dégageait une sérénité peu commune et ses traits gracieux, découpés, presque efféminés, avec son nez mince à peine recourbé, révélaient un être qui fréquentait un autre monde. Ses cheveux courts et noirs comme le charbon retombaient derrière ses oreilles à peine pointues et, comme la plupart des hautes-capes, il portait des favoris ; ses mains vigoureuses et ses pieds nus étaient couverts de touffes de poils clairsemées.

Il fit un pas vers la jeune femme et jeta plus loin la couverture qu'il lui avait prise. En voyant qu'elle était sans armes, il remit son poignard au fourreau. Surprise et intimidée, elle recula spontanément et se frappa la tête contre une porte de bois percée d'un petit oculus crasseux. Le hoblain énigmatique avait devant lui une des plus belles femmes humaines qu'il eût vues de son vivant, croyait-il. Impressionné par sa beauté, ému par ses larmes et ses tremblements, il lui dit avec une voix ferme et suave tout à la fois :

— Ne crains pas… Dis-moi, humaine, au nom des lames de cette ville, dis-moi quel est ton nom. Que fais-tu ici ?

— Je suis à Dagrenoque, n'est-ce pas ? Je viens de Dagrenoque ! Dites-moi que j'y suis ; dites-moi que…

Sa voix fragile tremblait comme son corps gracile. Elle eut un faible soupir, davantage dû à la fatigue qu'à la frustration. Le hoblain se voulut rassurant et il essaya de sourire.

— Oui, tu es à Dagrenoque, mais quel est ton n…

Elle coupa sa question aussi vite qu'elle se courba vers le sol en gémissant. Un spasme ou quelque malaise à l'abdomen l'avait saisie. En s'approchant d'elle lentement, il posa sa main sur son épaule et se mit à genoux. Sans avertissement, comme ressaisie, les yeux bouffis par les larmes, elle agrippa le col monté de son tabard noir, le tira vers elle et lui dit avec une voix forte et désespérée :

— Je veux revoir mon père ! Tu le connais ? Tu connais mon père ? Je veux le revoir, je t'en prie. Vite, vite, il faut que je revoie mon père !

Il soupira et, d'une voix calme et rassurante, répondit :

— Je connais peut-être ton père, humaine, mais, avant, dis-moi quel est ton nom.

Elle avait les yeux d'un pers d'*abralme* et le regardait en silence comme une enfant brisée contemple avec bonheur le visage de la délivrance. Ces yeux noirs étrangers étaient plus que des yeux pour elle, ils étaient des foyers d'espoir, et cette voix paisible était un baume pour son cœur. Avait-elle trouvé, pour la première fois depuis quinze ans, un être qu'elle sentait digne de sa confiance ? L'impression qu'il lui faisait ne trouvait aucun mot dans sa bouche pour la décrire et traversait son âme comme une aube timide. Chose certaine, de lui se dégageait un charisme envoûtant, comme un rayonnement invisible d'une finesse éclatante. Il semblait posséder à la fois une ruse sauvage et une bonté solide. Mais elle n'allait pas se laisser gagner aussi vite.

— Soit. Je te dirai qui je suis et pourquoi je suis ici ; mais, avant, tu dois promettre de m'aider ! Promets-moi ton aide… je t'en prie.

Sous le fouet de ses souvenirs, elle se courba derechef, en larmes. Le hoblain sentait la sincérité de sa peine, mais sa demande, sans le laisser indifférent, le refroidit tout de même.

— Puis-je te promettre ce que je ne connais pas et connaître ce que tu me caches ? Explique-moi ta situation et je serai peut-être en mesure de te promettre quelque chose.

En se relevant dans la nuit tombante, elle voulut répondre à la question du mystérieux voyageur des ombres, mais une vieille dame aux longs cheveux blancs apparut comme un fantôme dans l'oculus. Elle était visiblement contrariée par l'invasion de son portique, sans doute jamais utilisé.

— Je pense qu'il vaudrait mieux aller ailleurs, dit le haute-cape. Donne-moi la main et reste dans l'ombre ; surtout, ne la lâche pas.

Elle prit sa main. Il fixa la vieille dame, lui donna en souvenir un sourire indolent, puis, juste avant qu'elle ouvre la porte pour leur cracher son sermon futile de mégère édentée, il transombra avec la jeune femme.

Ils apparurent dans un lieu qu'elle n'avait jamais vu et auquel jamais elle n'aurait pu rêver. Le ciel était d'un gris lugubre teinté de bronze, sans nuages ni horizon. Partout des formes noires de différentes diaphanéités flottaient, bougeaient, planaient, et le sol sous ses pieds n'était pas visible, bien qu'elle le sentît. L'air était sec, sans la moindre trace de vent, et frais comme les nuits de kilhairn ; l'odeur était inexistante et le son, absent. Constamment, elle voyait au loin de nombreux contours changer, disparaître, réapparaître et changer encore, comme une sempiternelle orchestration chaotique de silhouettes clignotantes sans visage, de musculatures sans corps, de corps sans musculature, de murs sans structures, de structures sans murs, de maisons incomplètes, de longues rues pleines de maisons incomplètes, de demi-collines au loin, noires, grisâtres, fondues dans des demi-montagnes au loin, noires, opaques, immenses. Partout la noirceur se mouvait dans tous les sens, entourée d'une brume statique, aux éclats moirés de platine. Parfois, ses formes disparaissaient aussi vite qu'elles étaient apparues, rendant la scène agressante et stupéfiante pour un nouveau venu. C'était le *Valnaos*.

— Où sommes-nous ? demanda-t-elle.

Il ne lui avait pas dit de garder le silence avant d'entrer. C'était l'erreur d'un débutant et non d'un mâchil expérimenté comme lui. Il se retourna vivement et lui fit signe de se taire, mais il était déjà trop tard. Au son de la voix, une silhouette noire perchée, celle d'un grand *arril* rapace, prit son envol et sortit d'un long croisillon flottant à une dizaine de mètres devant eux.

La créature se précipita vers la jeune humaine à une vitesse impressionnante, les serres ouvertes, longues et acérées, le bec crochu béant. Le hoblain tenait devant lui son poignard mystérieux. À présent, la lame ne dégageait plus sa lueur blanche habituelle ; elle brillait d'une noirceur électrique. Des éclairs noirs qui tournoyaient autour se précipitèrent sur l'oiseau. Aussitôt qu'il fut atteint par cette foudre obscure, il se dissipa dans la brume comme une vapeur fuligineuse. Le hoblain savait que ces créatures grégaires ne tarderaient pas à les assaillir en grand nombre. Il serra davantage la main de la femme et se mit à courir.

Allant de région sombre en région sombre, ils parcoururent rapidement ce qui semblait une grande distance sans se fatiguer. La rouquine trouvait incompréhensible ce qui lui arrivait. L'étrange sentiment de bien-être qui l'envahissait et la rapidité avec laquelle tous deux se déplaçaient la laissaient sans mot. Elle s'étonnait aussi qu'il n'y eût ni ciel, ni terre, ni pleine clarté, ni pleine obscurité; seulement des ombres, des ombres et encore des ombres, à perte de vue, une variété d'ombres inconcevable dans une brume immobile.

Finalement, ils s'arrêtèrent sur une ombre rectangulaire au sol, assez large et longue pour les couvrir en entier. Ils sortirent du Valnaos et apparurent à côté d'une colonne de bois. La jeune femme comprit, en se voyant dans l'ombre de la colonne, que celle-ci leur avait servi de portail. Ils étaient au centre d'une chambre somptueusement décorée par des tapisseries fines, éclairée seulement par un luste mural. L'étrange beauté du paysage qu'elle venait de voir changea un peu son humeur, d'autant plus qu'elle se savait loin du hangar qu'elle avait quitté dans la peur. Il lui lâcha la main, quitta l'ombre de la colonne et se dirigea vers un fauteuil de velours noir. Elle le suivit sans quitter les murs des yeux.

Les tapisseries murales racontaient la vie des dieux ériandais, en commençant par la chute d'Und, l'esclave infortunée de Féruldir, jusqu'au triomphe final de Tholah, la servante bénie de Galfadir. Méticuleusement brodées, les tapisseries faisaient chacune deux mètres de large sur quatre de long. Les deux baignaient dans la lumière claire du quartz coruscant.

Le hoblain pria la rouquine de s'asseoir dans le fauteuil de velours noir près de la table en ébène et prit lui-même place dans un fauteuil semblable, en face d'elle. Fascinée par le haute-cape, elle constata qu'il était devenu presque invisible, assis dans l'ombre que projetait sur lui le dossier du fauteuil, le luste étant derrière lui. Il posa lentement ses bras sur les accoudoirs et, levant l'avant-bras droit, reposa sa tête sur son poing:

— Tu es en sécurité, ici, humaine. Tu n'as plus rien à craindre. As-tu faim ? Soif ?

Elle fit signe que oui en hochant la tête vers le haut comme les gens de Dagrenoque. Ayant un sens de l'observation très développé, le hoblain nota aussitôt le geste. Il se voulut rassurant :

— Tu es remplie de bonne volonté, je le sens ; mais quelque chose ou quelqu'un, peut-être toi-même, retient ta langue. Si tu ne me fais pas confiance, comment pourrai-je t'aider ? Il est parfois plus aisé d'être en confiance devant un étranger que de l'être devant un proche qui nous connaît assez pour nous bien trahir…

La nervosité de la jeune femme revint. Elle se remit à trembloter, secouée par ses souvenirs douloureux ; quelques larmes tombèrent de ses yeux au regard évasif et, d'une voix affaiblie par l'épuisement, elle dit :

— Nôyane. Je m'appelle Nôyane. Je suis la fille de ma mère Sâphel et de mon père Brenmord.

Dès qu'elle eut prononcé ce nom, il vit immédiatement dans les traits de son visage la ressemblance avec ceux du capitaine. Il était content de sa découverte, car il avait très probablement, assise devant lui, la fille unique du capitaine Brenmord. Il venait tout juste de lui sauver la vie. Était-elle le lien ou l'indice tant attendu qui leur permettrait de trouver les autres filles ? Pourquoi était-elle la seule à être sortie du hangar ? Pourquoi ce hangar ? Avait-elle demeuré à Dagrenoque toutes ces années ? Si non, où ? Si oui, comment se faisait-il qu'ils n'eussent rien trouvé ? Toutes ces questions et beaucoup d'autres défilaient à la vitesse de l'éclair dans sa tête en ébullition.

La colonne qui trônait au milieu de la pièce carrée projetait l'ombre par laquelle ils étaient sortis tous deux du Valnaos. Sur cette colonne, une porte de trente centimètres de haut donnait sur un petit balcon. Soudain, le hoblain disparut du fauteuil, faisant sursauter Nôyane qui, surprise, recula sa tête vivement. Quand il réapparut dans l'ombre de la colonne et cogna sur la petite porte avec la jointure de son index, Nôyane entendit le bruit. Elle se retourna aussitôt, mais il avait déjà disparu. Après avoir transombré jusqu'à son fauteuil, il regarda la belle aux cheveux roux et lui dit :

— Brenmord… je connais bien ce nom. Il n'est pas commun.

Les nerfs à vif, Nôyane sursauta et se retourna vers le fauteuil du haute-cape. Il laissa poindre un sourire discret, baissa le regard et continua :

— Quel était le métier de ton père ? Quand l'as-tu vu la dernière fois ?

— Je ne me souviens pas de grand-chose, vraiment… Ses cheveux roux comme les miens me reviennent à l'esprit et le fait qu'il était une lame à Dagrenoque. Vois-tu, en fait, je… je crains d'en dire plus… Je ne connais rien de toi, je ne sais pas qui tu es, ni même ce que tu es. Je veux retrouver mon père, c'est tout ! Je veux parler le moins possible à qui que ce soit et, surtout, je ne veux pas parler de mon passé.

— Bien… Mais voici ce que nous allons faire, Nôyane. Tu me dis la raison qui t'a fait sortir du hangar en courant et moi je te confie au colonel Barrand, un homme plein de probité, le temps que j'aille chercher ton père. Si tu refuses de coopérer, je ne t'aiderai pas.

Elle était visiblement inconfortable avec l'injonction, mais l'urgent besoin qu'elle ressentait de retrouver son père après quinze années de séparation l'incitait fortement à s'y conformer. Après un long soupir, elle inclina la tête en pleurant.

— Si je te le dis, je vais mourir. Si je ne te le dis pas, elles seront esclaves toute leur vie. Elles sont déjà mortes… Tu ne peux rien pour elles, vois-tu…

— Attends, Nôyane… Elles? Qui sont les autres femmes? Et comment vas-tu mourir, puisque nous te protégeons? Après tout, c'est un…

Soudain, la porte de la colonne s'ouvrit et un *vanderglay* en sortit. Haut de vingt-cinq centimètres, il avait le bout du nez en trompette sous un cartilage plat, ainsi que des yeux bleu clair, larges et vifs. Ses oreilles étaient fines et longues, recouvertes partiellement par ses cheveux plats gris et huileux. Il avait des cernes bouffis par l'âge et des veines visibles sur ses mains menues qui le faisaient paraître plus vieux qu'il ne l'était. Il était vêtu d'une livrée luxueuse faite de lanières de velours multicolores portées sous un justaucorps bigarré tout aussi ridicule; on aurait dit un bouffon roquentin paré pour un carnaval. D'une voix aiguë, claire et harmonieuse, il demanda:

— Maître Hilard veut le dîner?

— Pourquoi, Fruzebin, est-ce que tu m'interromps toujours quand je parle?

— Ce n'était pas la volonté de Fruzebin de déranger maître Hilard durant son discours. Je reviendrai donc quand il me jugera digne d'être rappelé à son service…

— Fruzebin! Ne joue pas à la politesse avec moi. Fais apporter le repas du soir et fais-le servir à cette femme. Et surtout ne commence pas une conversation philosophique avec les autres serviteurs comme la dernière fois. Tu m'entends?

— Maître Hilard est très clairement entendu par Fruzebin, le serviteur de maître Hilard! Et plus jamais maître Hilard ne sera interrompu par Fruzebin, son serviteur! Car Fruzebin, son serviteur, le promet et quand Fruzebin, le serviteur de maître Hilard, promet…

Dans un soupir grandiloquent, le hoblain se laissa glisser sur le bord du fauteuil et dit:

— Aaarrr! Fruzebin… je t'en prie, va!

Alors que le serviteur fermait la porte derrière lui, Hilard posa les deux bras sur la table en ébène. Après avoir, en roulant les yeux, montré sa frustration à Nôyane, il se recueillit un instant. Il releva la tête et, la regardant avec sérieux, lui dit :

— Comme j'allais le dire, c'est une prévôté bien aguerrie, que le conseil des Lames. Personne ne te fera le moindre mal. Il faut…

— Assez ! Assez ! dit-elle à bout de force. Je veux revoir mon père et je ne veux rien dire. Je veux juste voir mon…

Épuisée, elle tomba lentement de son fauteuil. Il se précipita pour l'attraper avant qu'elle frappât le sol. Il lui dit doucement :

— Nôyane, dis-moi ce qu'il y a dans le hangar… Nôyane !

Il crut bon de la confier tout de suite à Barrand. Ce qu'il y avait dans le hangar démangeait sa curiosité au point de lui imposer la sensation qu'il lui fallait agir vite. Il la souleva par les aisselles, la tira jusque dans l'ombre de la colonne et transombra de nouveau.

Après avoir transombré avec elle dans la brume platine du Valnaos, il s'arrêta dans une ombre elliptique noire et familière. Il disparut encore pour réapparaître avec Nôyane dans celle d'une grande table ovale en marbre noir, bordée d'une trentaine de fauteuils semblables à ceux dans lesquels ils étaient assis peu auparavant. La table était au centre d'une vaste salle circulaire surplombée d'un grand dôme octogonal dont les vitraux polychromes racontaient les différentes scènes de la vie du dieu Halvarn. La statue de ce dieu, grand monolithe méticuleusement sculpté de huit mètres de hauteur, debout contre le mur tapissé de franges de velours rouge et orné d'une centaine de minces colonnettes couronnées de trèfles en ébène, tenait entre ses mains l'écu du conseil des Lames. Dans cette salle, la lumière bleutée des saphirs muraux était tamisée par choix et, ne rejoignant pas les frises ériandaises qui marquaient la frontière du dôme, elle rendait les vitraux à peine visibles ; la nuit était tombée. Hilard se réjouit de voir au fond de la salle du conseil deux visages familiers. Il éleva un peu la voix.

— Lamoras ! Barrand ! Votre aide !

Il était le seul subordonné à pouvoir leur donner des ordres, ou même à être autorisé à leur parler avec un tel ton de voix. En vérité, il n'était pas un membre interne du conseil, mais un membre externe et affidé, dont la voix bénéficiait du droit à la neutralité en toutes choses et du droit de veto sur toute décision. En somme, il était un haute-cape avec des privilèges militaires et civiques, dans une prévôté de trente-trois membres composée majoritairement d'humains. Et il était conscient qu'il constituait un atout précieux pour le conseil. Sa lucidité, sa force de caractère et ses dons surnaturels incompréhensibles pour le commun des mortels lui avaient valu non seulement cette estime, ce respect et cette liberté d'action, mais aussi le mépris, l'envie et les calomnies de certains membres. Néanmoins, son plus grand défaut était d'être un hoblain. Cette caractéristique, il la partageait avec ses frères de race depuis toujours.

En voyant la jeune femme dans les bras d'Hilard, le général Lamoras, calme et vigoureux, accourut sans hésitation ; mais le colonel Barrand marcha tranquillement vers eux en se grattant la nuque, visiblement contrarié par cette interruption et le nouveau problème qui venait de poindre. Il n'en était pas moins aguiché par la beauté de la demoiselle.

— Lamoras, cette femme est fort probablement la fille de Brenmord, ce qui voudrait dire…

— La fille de Brenmord ? Ce n'est pas possible… Où l'as-tu trouvée ?

— Je l'ai vue sortir d'un hangar dans le quartier des Thraëls. Il est évident qu'elle fuyait un danger dont j'ignore la source, la nature, et le degré. Regardez attentivement son visage. N'est-il pas visible ? Je veux dire son père… Elle lui ressemble beaucoup. C'est elle qui m'a dit en être la fille. Bref, elle est visiblement épuisée. Voyez à lui trouver un lit. Même si j'ai confié à Fruzebin la tâche de lui donner à manger, il vaut mieux que vous vous en occupiez ; ce petit roquentin oubliera peut-être de le faire. D'ailleurs, il faudra le remplacer bientôt, je crois qu'il est sénile.

— Mais, n'a-t-elle rien dit de plus ? demanda Barrand.

— Elle a mentionné d'autres filles, mais elle ne veut pas parler. Trouvez Brenmord ; peut-être qu'elle parlera. Inutile de la forcer. Elle veut son père. Donnons-le-lui. Il est possible qu'elle soit la piste qui nous permettra de retrouver vos filles.

— Tu parles comme si tu t'en allais, reprit Lamoras. Tu retournes au hangar ?

— Oui… seul. Tu ne viens pas avec moi et tu ne m'imposes pas une milice. N'oublie pas, Lamoras, je suis l'ombre de ton ombre et en tout temps je dois le demeurer. Je travaille seul, tu agis ensuite.

— Qu'est-ce que tu racontes, Hilard ? Je n'ai jamais remis notre entente en question ; faut-il que tu me la rappelles ? Mais je te trouve imprudent, des fois. Et celle-ci en est une.

— Je n'ai jamais remis en question ton autorité, Lamoras ; mais il y a des fois où je te trouve trop prudent. Celle-ci en est une.

Barrand avait l'habitude de les entendre jargonner de la sorte ; les deux partageaient une amitié qui lui faisait envie. Il y avait une telle complicité, une telle confiance entre le général et le mâchil qu'il eût aimé aussi connaître une telle amitié. La misanthropie d'Hilard était notoire, mais, quand ce hoblain au passé obscur se mettait à aimer quelqu'un, il était d'une loyauté à faire pâlir d'envie le plus féal des guerriers. Cette fidélité inébranlable était une caractéristique prédominante chez la majorité des mâchils et des hoblains. Et Lamoras était un homme fidèle, s'il en fut un. L'idée même de trahir un ami n'existait pas dans son cœur, à un point tel qu'il éprouvait pour les traîtres une répugnance extrême. C'était un homme costaud à la forte carrure, aux cheveux noirs et longs souvent retenus en queue de cheval, poivrés autour des oreilles ; ses yeux étaient bleus, pleins du sérieux de sa charge. Avant tout un meneur autoritaire et réfléchi, doué d'un sens très élevé du devoir, il avait un cœur magnanime et probe qui, malheureusement, le rendait parfois insupportable pour les êtres peu dévoués.

Il était très charismatique, mais austère, au point que sa douleur mal dissimulée derrière le masque de sa froideur militaire lui donnait un air peu sympathique ; car il avait abandonné tout espoir de retrouver sa fille et sa femme, disparues au même moment que celles du capitaine Brenmord et du colonel Barrand, quinze ans plus tôt. La nouvelle que lui apportait Hilard aurait pu lui redonner quelque espoir, mais il préféra secrètement le confort et le marasme du doute. Lamoras n'était ni disposé ni habile à manifester ses sentiments et il évita de laisser voir la joie que lui causait l'apparition de cette fille.

Tout comme Barrand et d'autres hommes du conseil, il ne s'était pas remarié. Il n'en avait pas le droit, puisque le corps de sa femme n'avait pas été retrouvé et que sa mort n'avait pas été prouvée. À Dagrenoque, pour qu'un deuxième mariage fût légal il fallait cette preuve. Et c'était en matière de vie conjugale que les calastaires avaient le plus légiféré. Cette loi, que plusieurs d'entre elles n'avaient pas souhaitée contraignante pour les hommes, l'était devenue à cause de l'influence dans leurs rangs des prêtresses clandestines de la déesse Hæline. En théorie, elle concernait tous les citoyens, mais en pratique elle ne s'appliquait qu'aux hommes. Une femme avait-elle perdu son mari sans en avoir prouvé le décès? Il lui était possible de se remarier, mais pas avec un homme qui ne pouvait produire la preuve de la mort de son épouse. Cette loi outrageait le conseil des Lames qui n'y pouvait rien et remplissait de veufs et de fidèles dont l'épouse avait disparu l'auberge du Zymphe Heureux et autres lupanars de la vallée.

Ce que le conseil ignorait et que les calastaires elles-mêmes ne voyaient pas, c'était qu'une partie des revenus de l'auberge allait secrètement aux prêtresses. Pourtant, aux yeux du peuple, les calastaires désapprouvaient radicalement ce qui se passait dans l'établissement. Aucun membre du conseil ne connaissait encore la tactique tortueuse du culte d'Hæline, mais des soupçons de complot planaient sur la ville comme le brouillard. Ces prêtresses fanatiques avaient trouvé une façon légale, sous le couvert de l'ordre des calastaires, de s'enrichir grâce au malheur des hommes et de leurs épouses.

Barrand prit Nôyane encore évanouie dans ses bras et fut émerveillé par sa beauté. Il dit à Lamoras:

— Dis-moi, mon général, où devrais-je la déposer? L'infirmerie? Et dévoiler sa présence? Ta chambre? Ou la mienne et risquer un scandale? Ou celle de Brenmord jusqu'à ce qu'il revienne?

— Tiens, tu me poses une question, colonel, en me donnant la réponse. Ne serait-ce pas comme me fournir un piège en même temps que la proie? La chambre de Brenmord, comme tu dis. De toute façon, il ne devrait pas tarder. Ne te mets pas nu avec elle, sinon je te ferai lyncher! Je vois comme tu la regardes…

Barrand bouillonnait en dedans; il détestait le côté paternaliste et intrusif de Lamoras, mais, à cause de son rang, il n'avait pas la liberté de répartie qu'il enviait à Hilard. Il ne pouvait jamais lui répondre quand il était frustré.

Quelque peu narcissique, Barrand était très soucieux de son apparence et il gardait ses longs cheveux marron tressés comme sa barbe. Il avait des yeux émeraude vifs et un corps athlétique. S'il était moins large d'épaules et moins haut de taille que Lamoras, il était beaucoup plus agile. Pour Barrand, le combat était un art qu'il fallait maîtriser dans les moindres mouvements ; il en était obsédé. Sa détermination et son talent lui avaient valu d'être considéré comme un des grands guerriers d'Ériande, autant par les lames que par le peuple. Au combat, il savait intimider ses ennemis et inspirer ses alliés. On ne pouvait savoir à quoi Barrand tenait le plus, à son apparence ou à sa réputation.

Lamoras méditait ces événements, tandis que Barrand se dirigeait calmement avec Nôyane dans les bras vers la chambre de Brenmord, qui se trouvait au premier étage de l'aile de la caserne militaire, située à l'extérieur de la salle du conseil, à une cinquantaine de mètres. À peine fut-il sorti de la salle que Barrand vit Brenmord arriver par le couloir en provenance du château Ferghel I.

Quand Lamoras se retourna pour s'adresser à Hilard, celui-ci avait disparu.

ꙮ

Throm n'était pas heureux. Ce quadragénaire très pieux et assidu au temple venait d'enterrer son fils Phéllias qui s'était enlevé la vie, un acte pour lequel sa femme, Hérodona, le blâmait. Elle le trompait depuis plus d'un an avec un membre du conseil dont il ne connaissait pas l'identité. Throm avait fait la demande aux galves de l'admettre dans leurs rangs sacerdotaux, mais ils l'avaient jugé inapte aux études et avaient décliné sa requête. Découragé, le brigadier marchait dans les rues embrumées de sa ville natale en traînant nonchalamment les pieds. C'était un grand costaud mesurant un mètre quatre-vingt-dix. Il bedonnait un peu. Ses cheveux châtains et frisés tombaient sur ses épaules carrées. Sa barbe mince n'était pas entretenue et ses yeux bleu clair étaient lourds de chagrin.

Il se disait en murmurant : « Tu peux te battre contre trois hommes et vaincre, tu peux casser le crâne d'un *sorg* avec ton poing, mais tu ne peux pas sauver ton fils ni garder ta femme ! Hé bien, dis-moi, Throm, es-tu un homme fort, après tout ? Pourquoi Hérodona te fait-elle un coup pareil ? Penses-y un instant. Tu as tout ce qu'il faut pour la faire vivre. Tu l'aimes, mais l'amour qu'elle avait pour toi n'est plus. Halvarn va certainement la punir. Elle sera maudite de lui. Il faut que tu t'éloignes d'elle. Veux-tu aimer encore une femme maudite de ton dieu ? Vraiment, si ton fils est mort, s'il s'est enlevé la vie, c'est qu'elle est maudite d'Halvarn. Éloigne-toi d'elle, Throm, sinon la même chose t'arrivera. »

Il n'aimait pas l'imprévisible va-et-vient de cette voix dans sa tête. Depuis des années déjà, elle lui donnait des ordres sans explication. Plus loin, sur sa route près d'un pont, un barde hoblain était assis sur un chariot et jouait de la sarbèle, une sorte de petit luth populaire chez les « mains-menues » ; Throm ne l'avait jamais vu jouer ni entendu chanter. Il le trouvait particulier vêtu tout en blanc telle une *nupanthée* au printemps. Il aimait beaucoup la musique et les bardes en général. Il s'arrêta donc quelques instants dans le creux du brouillard pour l'écouter. Il avait une voix riche et ronde et son accent rappelait celui des gens de Vol-de-Freux. Il s'arrêta, regarda Throm sans sourire et se remit à jouer :

Quel bonheur douloureux et quelle sobre ivresse
Que de vivre en aimant le cœur d'une traîtresse ;
La douleur qui meurtrit ouvre du souvenir
Les abcès mal soignés dont il ne veut guérir…

Elle m'aime et pourtant son amour est infâme,
Elle a un cœur de pierre et les yeux d'une femme !
Et je ne puis rien d'autre en mon cœur affamé
Que d'aimer dans ce gouffre où je souffre d'aimer !
Qui veut prendre sa main se verra la main prise,
Comme un lièvre au collet ou la feuille à la brise !
Qui veut gagner son cœur se verra conquérir,
Comme un chasseur de loup que le loup fait périr !
Qu'importe l'univers, qu'importe qui se rend,
Que celui qui se donne aime et ne se reprend !
Ô Beauté misérable et Bassesse gracile !
Ô Nature régnante et Nature servile !
Non, je ne puis rien d'autre en mon cœur affamé
Que d'aimer dans ce gouffre où je souffre d'aimer !

Throm avait les larmes timides. Elles ne coulaient pas aisément. Mais, après cette langoureuse mélodie et ces paroles qui
semblaient lui être adressées, ses larmes se mirent à tomber. Il
s'en fallut de peu qu'elles n'allassent se cacher dans sa barbe,
tant elles n'avaient point l'habitude de sortir. En saluant le
barde silencieusement de la tête, il jeta un *ferghel* dans son
chapeau, puis continua mélancoliquement son chemin vers
la caserne militaire du conseil où il avait sa chambre.

༄

Lorsque le lieutenant Hogarth et sa meute de lames firent
leur entrée dans la salle commune du Cent-Vergues, tous les
regards se fixèrent sur lui et le vacarme humain diminua rapidement. Le tavernier qui le connaissait bien le salua sobrement. Le lieutenant scruta lentement la salle et fit quelques
pas vers sa table préférée, près du foyer, dans un coin confor-
table et retiré. Il se mit à intimider les cinq personnes assises
à sa table, ou plutôt les intrus qui l'occupaient, en restant

debout à les regarder. Les yeux baissés pour ne pas risquer de croiser le regard du lieutenant, les hommes se levèrent tranquillement et allèrent s'asseoir ailleurs.

Hogarth avait des cheveux courts d'un châtain clair qui tombaient à peine sous les lobes de ses oreilles, lesquels étaient percés d'une dent de drac juvénile. Ses yeux bleus, vifs et fuyants, observaient tout avec nervosité, comme ceux d'un chacal caché. Avec son mètre quatre-vingts, il était de la même taille que le général Lamoras, son frère aîné, mais plus costaud. Son teint n'était ni foncé ni clair et les traits de son visage étaient arrondis. Ses sourcils fins montaient comme deux flèches diagonales. Sa lèvre supérieure était partiellement visible sous sa moustache négligée qui, sur sa mâchoire carrée, se fondait dans sa courte barbe.

Le robuste et gaillard tavernier avait l'habitude de recevoir les brigadiers de Hogarth à la fin de leur patrouille. Après s'être assis, le lieutenant et ses hommes enlevèrent leur casque plumeux. Hogarth étendit ses pieds sur le bord du foyer, alors que le tavernier déposait sur la table deux carafes pleines de bière, comme de coutume.

Tranquillement, dans l'auberge, les voix se mêlèrent aux rires et au bruit des chaises qui se déplaçaient, formant ainsi le chahut habituel de la salle commune. Les effluves du tabac, qui remplissaient l'air sous un plafond de fumée, se fondaient dans les odeurs des corps et de l'auberge.

Bien à l'abri du vent frais, la troupe du lieutenant se prélassait dans les chaises feutrées, le pot de bière à la main et le sarcasme à la bouche. Dillian-Lorrus, le plus âgé des cinq et le plus expérimenté au combat, regarda son lieutenant qu'il trouvait un peu plus songeur que d'habitude et lui demanda :

— Lieutenant, que se passe-t-il ? Quelque chose te démange. Je n'aime pas te voir dans un tel état. On dirait une poule qui essaye de pondre un œuf par son cul.

Crallas, un ami d'enfance du lieutenant, répondit :

— C'est son père. Le maréchal est malade.

Dillian-Lorrus reprit :

— Merde ! Le bon vieux Mathanny serait sur le point de lâcher l'épée ?

Hogarth le regarda en fronçant un peu les sourcils et arrêta son regard sur le feu du foyer en disant calmement, la voix imprégnée de fatigue :

— J'ai des doutes, Lorrus. S'il est vraiment malade, il cache bien sa douleur, ce vieux renard ! Et, s'il la cache, pourquoi à moi ? Serait-ce par orgueil, ou parce qu'il trame quelque chose et qu'il veut vérifier la fidélité de ses fils à son égard ? J'espère seulement me débarrasser de mon frère d'une façon ou d'une autre avant la mort du vieux. Si mon frère meurt avant lui, ce coup dur abrégera peut-être sa vie. Sinon, je ne serai pas maréchal avant longtemps. Lamoras lui succédera et tiendra les lames et son conseil par la barbe. Ensuite, plusieurs de nos meilleurs guerriers s'en iront à cause de sa rigueur insupportable.

— Ne t'en fais pas, lieutenant, répondit Crallas, nous trouverons certainement une manière de te faire monter au sommet.

Thorismond, un autre brigadier et camarade de longue date, rajouta :

— Crallas dit vrai, lieutenant ! Il faut seulement déjouer au sein du conseil ceux qui admirent et soutiennent Lamoras. Il faut, comment dirais-je… Il faut les convaincre qu'il n'est pas compétent ; qu'il n'a tout simplement pas l'esprit d'un général. Si nous pouvions le discréditer aux yeux de son père ! Mais, de toute manière, tu es plus populaire que ton frère parmi le peuple, Hogarth. Lamoras n'est pas accessible aux gens du commun comme tu l'es. Dès qu'il aura perdu toute crédibilité aux yeux de ton père, celui-ci te fera général. Bref, nous parlons pour ne rien dire. Quand on le fera tomber, tu seras général sans problème. Le conseil n'aura rien à redire, puisque, après tout, tu es aussi le fils de Mathanny; et comme le peuple t'est favorable…

Hogarth le darda du regard avec sévérité. Thorismond recula légèrement la tête en silence et le lieutenant reprit en frappant la table avec son poing:

— Non, Thori. En fait, je suis partiellement d'accord avec toi. Il faut l'humilier et le destituer, oui, et nous essayerons de faire ce que tu dis, mais après nous le tuerons si c'est inefficace. Tout doit être calculé. Ce que tu ignores, c'est que, tant que Lamoras est vivant, mon père ne me nommera pas général à moins qu'il ne devienne sa honte; mais, si mon frère meurt, je suis le seul descendant à pouvoir succéder à mon père, ce qui pèsera lourdement dans le choix d'un nouveau maréchal. Je ne veux pas être général, Thori. Et toi, Crallas, tu le sais. Si nous orchestrons bien la chose, je passerai facilement de lieutenant à maréchal. Mais discréditer Lamoras ne changera pas les idées de mon père, j'en suis tout à fait convaincu. Ses idées sont comme de vieux arbres enracinés dans le sol de son obstination de vieillard.

— De vieux arbres enracinés. Splendide! Je ne savais pas que tu étais poète aussi, lieutenant, ajouta Crallas, la bière à la bouche.

Un peu lassé de la flatterie amicale de Crallas, Lorrus lança posément à Hogarth:

— Pourquoi détestes-tu ton frère?

— Je ne le déteste pas, répondit Hogarth sur le même ton et en haussant les sourcils. Simplement, il croit que je ne suis pas à ma place et je crois qu'il n'est pas à la sienne. Il a raison aussi. Je dois être maréchal et lui, lieutenant, c'est tout. Il ne faut pas se compliquer les choses, merde! Depuis la mort de notre mère, il s'est fait mon gardien, mon protecteur, comme si je n'étais bon à rien ou que j'étais un enfant. De toute façon, notre père a plus d'estime pour lui que pour moi. Je ne vois pas d'autres solutions : il faut le tuer.

Crallas leva son verre et dit tout bas en regardant ses camarades autour de lui :

— Moi, je lève mon verre au futur maréchal Hogarth !

Les autres firent de même. Quand ils eurent bu leur bière, ils quittèrent le Cent-Vergues et retournèrent ensemble à la caserne militaire des lames pour la nuit.

II

DES BREBIS DE LA LOUVE

Les lois sont les rameaux de l'arbre de
justice. Ceux dont le cœur est dur en
raidissent les rameaux ; ceux dont le
cœur est tendre en défendent la sève.
Et, l'amour, c'est la sève des lois.
Zêbêlêth, halioste

L'épée tombe toujours après
la chute de l'idole.
Ériande, fondatrice des calastaires

Quand il sortit du Valnaos, il apparut sur le flanc du hangar,
dans l'obscurité pleine. De nature, les hoblains ne sont pas
nyctalopes, contrairement aux *hircinoïdes* et à certaines autres
espèces. Mais, grâce à sa nature haliostine, Hilard n'était pas
un hoblain seulement et il voyait dans l'obscurité comme
dans la clarté du jour. Il était de la race des mâchils. Ces êtres
exceptionnellement rares sont le fruit d'un mariage légitime
entre une humanoïde et un halioste. Créatures du Valnaos,
un monde parallèle au monde physique, les haliostes sont
des êtres ombreux et immortels, doués d'une grande sagesse
et ils suivent un rite précis avant de féconder une vierge.

La mère d'Hilard était une haute-cape de la ville de Cob-
bère dans le Cobblemour ; elle était morte en lui donnant

naissance. Hilard n'avait jamais appris son nom ni même vu son visage. C'était les haliostes qui l'avaient élevé, parmi les ombres mouvantes du Valnaos. Une âme sensible qui l'eût connu intimement autrefois aurait pu aisément découvrir son cœur déchiré entre ses deux natures, entre ses deux mondes. Comme la plupart des mâchils, sa dualité, parfois, revenait le hanter. Il était solitaire deux fois en lui-même, complet et incomplet dans l'une et l'autre des deux espèces. Comme les autres mâchils, agités par les soucis de leur condition, il était mortel ; et parmi les autres races, l'étranger dont le repos n'était qu'à une ombre près. Devenu adulte, il avait trouvé une certaine quiétude et une certaine satisfaction dans les deux mondes. Aussi avait-il accepté son rôle aux côtés des haliostes. Mais, Hilard cachait un lourd secret. Sous le regard des humains, il avait encore la fraîcheur d'un jeune adulte, mais ses yeux trahissaient le poids de ses deux siècles et demi d'existence.

Le hangar ressemblait à une longue maison de deux étages, d'une quarantaine de mètres de longueur sur une ving-taine de largeur. Des arbalétrières descendaient jusqu'au sol des deux côtés, soutenant une toiture vétuste et mal tuilée. Sales et vert-ocre, les vitres de plusieurs carreaux étaient brisées et laissaient des trous noirs dans des grilles de fer.

En regardant autour de lui d'un œil suspicieux, Hilard se dirigea vers la porte d'entrée large et haute, de toute évidence destinée à la réception et à l'expédition des marchandises. Il n'avait pas fait cinq mètres qu'il vit arriver un *travier* chargé qui s'avançait vers l'entrée, conduit par un homme d'une trentaine d'années accompagné de trois autres. Il ne les avait jamais vus ; le conducteur ne semblait pas Ériandais. Hilard se cacha sur le côté de l'immeuble et observa ce qui se passait. Le conducteur posa le travier devant la porte et, de sa voix grave et ferme, commanda :

— Allons-y lentement et sans bruit. Nous devons être au marché demain à l'aube. Un *caravolier* des calastaires nous y attend pour nous amener à Trusquaive. Une fois que nous serons là-bas, Arthally nous donnera enfin notre cachet, la truie !

Un des quatre hommes, un jeune blond aux yeux noisette vêtu d'une tunique et de guêtres en cuir, sauta du travier pour se diriger vers la porte. Il la trouva entrouverte. Surpris et soudain inquiet, il se retourna vers les autres et dit :

— Hé ! Qui a été le dernier à quitter hier, à midi ?

Le plus jeune, que les trois autres regardaient et qui était manifestement un peu simple d'esprit, répliqua :

— Moi ! Pourquoi ? Y a-t-il un problème ? Pourquoi est-ce qu'on me cible toujours quand il y a un problème ? Je n'ai rien fait, moi, sale chienne !

Debout près de la porte, le premier lui répondit :

— Si tu ne veux pas une raclée, c'est dans ton intérêt qu'il n'y ait pas de problème… La porte est ouverte. Tu devais t'assurer qu'elle était verrouillée !

Apeuré par la menace de la douleur à venir, le jeune homme visé, qui avait des cheveux blonds aussi, prit une voix ascendante, sur la défensive :

— Elle l'était. Je l'ai verrouillée, je te le jure sur la tête de mon père. Et qu'importe ! Elles sont endormies dans des tonnes vides fermées, merde ! Comment veux-tu qu'elles en sortent ? De toute façon, personne ne se serait douté de rien, même avec la porte ouverte.

Le conducteur n'approuvait pas ce discours ; mais, connaissant bien la susceptibilité du petit blond et soucieux de maintenir le silence, il se résigna :

— Tu as raison Frombert, la ruse est parfaite. Calmez-vous et taisez-vous, bande de fillettes. J'en ai plein les oreilles de vos chamailleries de gamines ! J'avance le travier à l'intérieur.

Nous travaillerons dans l'intimité, même si personne ne se promène dans ce quartier à cette heure… La dernière merde ambulante que je veux voir ici, c'est une loque de lame… Allons !

Le blond en tunique de cuir mit sa main sur la tête du petit et dit d'un ton railleur :

— Tu n'auras pas à attendre longtemps pour voir de la merde ambulante, Draxe. Elle est juste ici !

Les trois se mirent à rire. Offusqué, le petit blond répondit sèchement :

— Va manger ta mère, Évraste !

— C'est déjà fait, fantoche, répliqua-t-il après un rot. En plus, j'ai mangé la tienne.

— Évraste, tu es un…

— Vas-y, Fromfrom, je vais te laisser le restant de tes jours pour terminer ta phrase ; c'est généreux, quand même !

Ils ouvrirent la vieille porte du hangar. Hilard savait déjà qui des quatre reviendrait avec lui devant Lamoras ; les trois autres étaient sans importance. Le hoblain avait vite fait d'identifier quelle sorte d'hommes il avait sous les yeux. C'était justement cette racaille nocturne, ces hommes de main sans foi ni loi qu'il détestait tant, et il voulait s'accorder le plaisir d'en débarrasser le monde.

Il retourna à la fenêtre et, debout sur la pointe des pieds, jeta un regard à l'intérieur ; il attendait qu'ils allument une lanterne ; il attendait l'apparition de ses ombres bien-aimées. Il lui fallait un certain degré de lumière pour voir les objets afin d'intervenir. Le conducteur n'était pas encore entré qu'un des trois alluma une lanterne qu'il accrocha à la solive du plafond. Hilard sourit. Des colonnes en travée étaient entourées de tonnes et de caisses ; plus loin, vers le fond, un autre alluma une deuxième lanterne et l'accrocha de la même manière que la première. Pris par le besoin de prouver sa compétence,

Frombert examina les tonnes avec zèle. Un grand espace libre au milieu du hangar permit au travier d'atterrir. Hilard les laissa travailler en jetant derrière lui un regard occasionnel. Il y avait dans le hangar une foire d'ombres, ce qui le rassurait. Ils mirent tonne après tonne sur le travier, jusqu'à ce que le petit blond, pris de panique, sursaute en disant d'une voix affectée :

— Merde ! Merde ! Il y a une tonne ouverte ! Elle est ouverte, là ! Où est la fille ? Elle se cache peut-être ici ! Vite, il faut la trouver ! Hé la p'tite fille, on sait que tu es cachée ! On va te trouver, sale chienne !

Lorsque Draxe alla vers lui et qu'il vit la tonne ouverte, il ne put se contenir.

— Merveilleux ! On a perdu une bagasse. Arthally aura ta tête, petit. Je ne serai pas blâmé.

Évraste, qui voulait dissimuler sa crainte, poussa Frombert et lança :

— Finalement, il ne te reste pas beaucoup de temps pour finir ta phrase.

Rapsel, un quadragénaire avec de longs cheveux huileux, et Frombert, le petit blond, se regardaient comme des niais apeurés. Draxe se ressaisit tranquillement en faisant les cent pas. Dans ses mots, il mit du mordant.

— Attendez, merde ! Il faut réfléchir. Comment se fait-il que la talmache n'a pas tenu cette fille endormie ? Pas moyen de savoir laquelle est partie, donc, pas moyen de la retrouver, à moins d'ouvrir chaque tonne. Et encore, comment la re-trouver, en supposant qu'on puisse l'identifier ? Nous n'avons pas le temps. Si les lames la trouvent ou qu'elle trouve les lames, elle les mènera jusqu'ici. Ah ! Merde ! Il faut faire vite. Comment se fait-il qu'elle a pu ouvrir la tonne toute seule, puisque nous les avons clouées ? Et, si la porte du hangar était verrouillée, comment a-t-elle fait pour l'ouvrir ?

Soudain, d'un air grave et autoritaire, il regarda les trois autres un à un dans les yeux et leur dit en pesant chacun de ses mots :

— Il y aurait peut-être un traître parmi nous...

Frombert, qui avait peur de Draxe, se défendit avec toute la fougue qu'ils lui connaissaient :

— C'est impossible, Draxe. Nous avons chargé, puis déchargé ensemble sur l'île. Comment peut-on ouvrir devant tout le monde une tonne sans être vu, sale chienne ? Il aurait fallu omettre d'en clouer une et tu les as toutes vérifiées. Elles étaient toutes clouées, n'est-ce pas ? Hé, regardez ! Il y a des clous partout sur le sol autour de la tonne !

— Oui, en effet, les clous sont sortis... J'ai pourtant vérifié chacune des vingt-deux tonnes avant de partir. Quelqu'un a dû entrer pour ouvrir celle-ci ; mais qui ?

Rapsel, un corpulent débonnaire à la flatterie facile, répondit timidement :

— Eh bien ! Impossible que ce soit l'un de nous, Draxe. Nous sommes restés ensemble depuis le départ de l'île. Je pense que c'est quelqu'un de l'extérieur, comme tu dis.

Frombert, les yeux écarquillés, ajouta nerveusement :

— Oui, comme tu dis, c'est quelqu'un de l'extérieur. Je ne vois pas ce qui pourrait...

Évraste l'interrompit et le poussa encore dans le dos. Quand le petit blond eut la face sur la terre, Draxe lui dit :

— Ferme-la, Frombert !

— Pourquoi me dis-tu de me taire, sale chienne !

Il se releva quand Draxe hurla :

— Pas ta gueule, merde ! La porte ! Ferme la porte, imbécile !

Évraste leva la main et dit :

— Je vote pour qu'il ferme les deux !

Frombert lui jeta un regard insolent et lui répéta :

— Évraste, va manger ta mère !

— Ah ! C'est nouveau ! Cette fois, tu as mis mon nom avant ma mère. Tu innoves Frombert, tu innoves ! Tu es un grand esprit.

Hilard attendit qu'ils ferment la porte. Frombert ignora le commentaire d'Évraste pour obéir à Draxe, pris dans ses pensées envahissantes et sa peur bleue de la mort. Il demanda en fermant la porte :

— Hé, Draxe, penses-tu vraiment qu'Arthally va nous tuer ? Je veux dire vraiment ? Je sais que c'est une sale chienne et tout, mais est-ce que c'est vraiment une sale chienne à ce point ?

Draxe ne répondit rien. Un lourd silence s'installa. Frombert attendait la réponse à sa question. Ils savaient tous quelle sorte de louve elle était. Soudain, une lanterne se mit à bouger dans le fond du hangar. Tous dégainèrent leur glaive. Draxe explosa et dit :

— Qui est là ? Montre-toi, couard ! Je ne me bats pas contre des peureux. Viens, montre ta face !

Alors que le battement de leur cœur, de plus en plus rapide, rythmait celui du balancement de la lanterne, Draxe vit dans sa lumière la silhouette noire d'un homme court qui ne bougeait pas.

— Je t'ai dit de te montrer, couard ! reprit-il. Qui es-tu et que veux-tu ?

La silhouette dégaina son arme. La lueur blanche qui enveloppait la lame de virthène s'épancha doucement sur le visage calme d'Hilard et sur l'écu de Dagrenoque au centre de son tabard. Le hoblain fixa Draxe droit dans les yeux, et lui répondit :

— Ce n'est pas toi qui poses les questions dans cette ville, mais moi. J'ai entendu l'entièreté de ton discours depuis ton entrée dans ce hangar. Je ne crois pas que le maréchal du conseil des Lames sera très heureux d'apprendre qu'on trafique des filles dans ces murs. Si cette Arthally que vous évoquez est une matrone sans pitié, sachez que le maréchal Mathanny est un homme de justice. Je vous suggère de vous rendre sans algarade, si vous voulez avoir la vie sauve.

Très nerveux, Frombert se tourna vers Draxe et dit:

— Tu entends, Draxe? Il a comparé Arthally à sa sale chienne de maréchal! Hé, touffu! Tu peux dire à ta fillette de maréchal qu'Arthally est plus sale chienne que...

D'un coup vif, Évraste frappa Frombert derrière la tête, ce qui le fit taire. Draxe, qui brûlait d'ambition, ne pouvait accepter de capituler de cette façon humiliante, surtout devant ses hommes. Il commençait réellement à sentir les griffes acérées de la peur et de la honte percer tout son être. Rapidement, il chercha une issue. L'idée que ce hoblain n'était peut-être qu'une illusion lui passa par l'esprit. Sinon, il avait tout à fait raison, il devait s'avouer vaincu, déchu et déjà pendu, mais son orgueil s'y refusait. Il savait que les calastaires ne le protégeraient pas, que le conseil le ferait pendre et qu'en apprenant la disparition d'une partie même minime de sa marchandise, Arthally le ferait fouetter ou le fouetterait elle-même. Il était coincé; à moins que... Il devait se débarrasser de ce bout d'homme.

Ayant rassemblé son courage, il répondit à Hilard:

— Je déposerai ton crâne aux pieds de ma matrone, petite bamboche! Je suis certain qu'elle sera ravie d'apprendre comment j'ai capturé la merdouille qui lui a fait perdre une fille!

Draxe se tourna un instant vers Évraste et Rapsel, en ignorant Frombert qui détestait se faire exclure ainsi, et leur dit dans un demi-rire moqueur:

— Je n'aurais jamais cru me faire un trophée avec une merde de lièvre.

— Ah ! Tu sais, Draxe, il y a une première à tout, répliqua sincèrement Frombert sur un ton de pédagogue.

Quand Draxe se retourna vers Hilard, il avait disparu. Il y avait de la panique dans l'air, malgré le courage que prétendait afficher le chef du groupe. Comme toutes les tonnes n'étaient pas encore placées sur le travier, Draxe hésitait à partir. Chaque respiration allongeait le temps, alourdissait le silence, et le hangar se transformait en une petite boîte hermétique. Soudain, un faible bruit comme celui d'un objet solide qui glisse sur la vitre se fit entendre sur le travier plongé dans l'ombre derrière eux. Évraste se précipita pour voir ce qui se passait, alors que Draxe entendait qu'ils restent groupés pour se donner plus de chance de vaincre l'assaillant. La crainte était visible dans les yeux de Frombert. Rapsel voulait sortir au plus vite.

Évraste comprit ce qui se passait.

— Il prend l'élucion, merde ! Il bouge dans le noir. Vite ! Au travier !

La colère de Draxe ne connut plus de limites. Il monta à son tour sur le travier. Là, il confirma :

— L'élucion n'est plus dans le crâne !

Cette phrase résonna comme un glas. Le moral de Frombert, déjà fort chancelant, s'écroula. Ils avaient devant eux un être mystérieux, rapide et dangereux. Au paroxysme de la fureur, Draxe glapit :

— Montre-toi, que je t'ai dit ! Montre-toi tout de suite !

Au même moment, Évraste sentit sa gorge s'ouvrir d'un coup sec, sa respiration s'éteindre et le liquide chaud de la vie couler sur ses clavicules. Il tomba sur les genoux, lâcha son glaive et se heurta la tête contre une tonne. Là où il était tombé, un poignard lumineux semblait léviter. Il disparut. Pris de panique, Frombert se mit à courir vers la porte en criant. Il n'avait pas fait vingt pas qu'il trébucha sur une jambe qui venait d'apparaître dans sa trajectoire. Il embrassa énergiquement le sol. Draxe et Rapsel le regardaient quand, tout d'un coup, il disparut sous leurs yeux. Stupéfaits, les deux autres ne savaient que faire. Un long moment passa sans que le mâchil se manifeste à nouveau. Draxe était perplexe. Devaient-ils s'enfuir, ou attendre ? Pour la première fois, Rapsel voyait Draxe vulnérable et Draxe, voyant qu'il le devinait, lui murmura :

— Bon. J'ai attendu assez longtemps. Qu'est-ce que t'as à me regarder ? Tu veux manger ma botte, Rapsel ? Ne te laisse pas tromper par cette merde de lièvre. Il est caché quelque part ici. Je dis qu'on reste jusqu'à ce qu'il revienne. Il attend qu'on bouge. Il veut peut-être qu'on sorte d'ici, qu'on abandonne la marchandise. S'il pense qu'il est plus futé que moi, ce merdouillon n'a pas fini d'apprendre ses leçons. Viens, il faut s'approcher de la lanterne. Je crois que c'est la seule façon de le vaincre. Il n'est pas resté longtemps sous son faisceau, ce n'est pas pour rien. Je ne sais pas qui il est, mais je ne vais pas rester debout loin de la lumière. Viens.

Rapsel répliqua, les yeux révulsés par la peur :

— Je ne trouve pas normal qu'il soit parti aussi longtemps, Draxe. Je parie qu'il est allé chercher du renfort. Si on ne part pas d'ici bientôt, on peut s'attendre à ce qu'un groupe de lames nous tombe dessus.

Draxe lui adressa un regard méprisant et lui dit froidement avec condescendance :

— Es-tu en train de me dire que je n'ai pas pensé à toutes les possibilités ?

— Non, je veux dire que… en fait, ce n'est pas ce que je voulais dire, Draxe, je veux juste…

— Non, non, non, Rapsel, tu te tais avant de te changer en un autre Frombert. Reste calme. Je m'en vais à la lanterne et tu t'en viens avec moi.

Rapsel n'était pas convaincu. Comme Frombert, il avait peur, mais la peur le figeait, plutôt que de l'inciter à partir en courant. Il ne pouvait suivre son chef. Draxe se retourna lorsqu'il l'entendit hurler derrière lui. Le sang coulait sur l'arrière de ses bottes. Le quadragénaire tomba lui aussi sur ses genoux, mais Draxe le laissa derrière lui et poursuivit sa course vers la lanterne. Une fois dans la lumière, il balaya le hangar des yeux. Rapsel ne pouvait plus se lever et tout moment d'inaction semblait une éternité. Finalement, dans un geste aussi désespéré qu'inutile, il se laissa tomber torse contre le sol pour se traîner vers Draxe ; mais Hilard apparut, essoufflé, debout sur son dos. Il mit son pied velu sur la tête de sa victime et lui plaça son poignard sur la tempe. Le hoblain jeta un regard froid à Draxe qui tenait son épée comme un homme tient sa vie et, d'un geste sec, il donna le coup de grâce à Rapsel. Il demeura debout sur sa victime, ahanant et baigné dans la lueur de sa lame. Draxe fit un pas en avant, et dit :

— Tu penses vraiment que tu me briseras comme ces minables, petite merde de lièvre ? J'avoue, j'ai de l'admiration pour quiconque me brave. Je ne comprends pas pourquoi tu as choisi un hangar comme lieu de ta mort, en plus.

— Épargne-moi le spectacle pathétique de ton amour-propre froissé, humain. Je te donne le choix, comparaître devant mon maréchal, ou subir l'atrocité de ta sentence.

— Non, petite merde de lièvre, tu ne comprends pas, c'est plutôt moi qui te donne le choix : ma matrone ou ma lame.

— Tu n'as rien d'autre à faire de ta misérable existence que de t'attaquer à une petite merde de lièvre ? En parlant de merde, serait-ce la tienne que je sens ? Aurais-tu, toi aussi, fait un dégât dans ton *rabour* comme Frombert ? De toute façon, qu'importe, ta mère ne pourra pas te nettoyer là où je t'emmène.

Draxe leva son épée au-dessus de sa tête et chargea Hilard avec fougue. Au lieu de disparaître, le haute-cape roula sur le sol pour éviter le coup. Il recula dans l'ombre d'une tonne et s'accroupit. Draxe abattit à nouveau son épée et frappa le vide. Hilard avait disparu. Quand l'homme fit demi-tour, il trouva le hoblain encore debout sur Rapsel. Ne saisissant pas que le mâchil se jouait de lui, il chargea encore. Cette fois, Hilard ne fut pas aussi rapide ; le fer effleura son épaule gauche, ouvrant une plaie de surface.

Il se dit qu'il était temps d'en finir. Le poignard à la main, les deux adversaires s'affrontèrent dans le vieux hangar, entourés de tonnes et de caisses à claire-voie. Draxe se jeta sur son assaillant avec une rapidité impressionnante. C'était en effet un guerrier d'expérience et de talent. La douce lumière que dégageaient les lanternes produisait un reflet jauni sur l'épée de l'enragé. Hilard esquiva l'arme de Draxe et lui enfonça la sienne dans l'aine exposée. Surpris par la vive douleur, l'homme approcha sa main libre de la plaie, mais dans son geste il saisit le bras du hoblain qui retirait à peine son arme. Aussitôt, voyant l'opportunité de porter le coup de grâce, Draxe leva l'épée pour la plonger dans le torse du mâchil, mais soudain l'ombre les enveloppa. Ils disparurent tous deux, pour réapparaître dans une zone ombreuse et large, entourée d'une brume anormalement épaisse ; deux orbes lumineux y planaient mystérieusement, comme des *furolles* dans l'obscurité. Stupéfait, Draxe sentit un trait brûlant envahir tous ses membres et ses nerfs eurent un tel choc qu'il finit par laisser échapper sa lame. Il ne voyait plus nulle part le hoblain et son poignard. Il mit sa main sur sa plaie, vit le sang couler le long de sa jambe et cria d'une voix furibonde :

— Où es-tu, touffe de cul ? Sale bâtard des dieux ! Viens me faire face… Arrh !

Incapable d'ajouter un mot de plus, Draxe s'écroula dans

l'ombre. Il demeura couché pendant ce qui lui sembla une éternité, puis il vit traverser sur sa lame au sol une sorte d'insecte noir, célère, muni de plusieurs pattes. Plus foncé que l'ombre elle-même, il semblait n'avoir aucune orbite oculaire et il dégageait une lueur grisâtre et sombre. Quelques secondes plus tard, ce qui semblait être une armée de ces créatures se dirigea vers lui. Bientôt, tout son corps fut couvert de la masse noire que formaient ces bêtes grouillantes. Enfin, le mâchil apparut, s'assit devant lui en se croisant les jambes et lui dit posément :

— La colère qui te ronge, Draxe, je la connais. Elle abreuve l'animal que tu es ; tu vois, la seule différence entre nous, c'est que la mienne est maîtrisée depuis longtemps. Viendra le jour où j'aurai besoin de toi, où d'autres auront besoin de toi ; mais, en attendant, tu resteras ici pour expier. Ces créatures te garderont dans une douleur et une paralysie nécessaires. Elles te maintiendront vivant aussi longtemps que je le permettrai, en prélevant sur ton corps ce qu'il leur faut pour vivre et en te redonnant ce qu'il te faut pour survivre. Je t'ai donné le choix entre comparaître devant le maréchal ou subir la sentence réservée à des êtres comme toi ; ton choix est fait et sa conséquence, maintenant, t'appartient. Plus tard, lorsque ton cœur et ta conscience seront prêts, je reviendrai.

Un sourd murmure d'angoisse et de mépris se fit entendre sous la masse noire. La plaie qu'Hilard avait à l'épaule se ferma peu à peu. Il se leva, marcha quelques pas dans l'ombre, jeta un regard de compassion à Draxe et, se retournant enfin, il disparut dans les entrailles de l'ombre.

— Ne me tue pas, sale chienne ! Je ne t'ai rien fait, moi, merde ! Je ferai tout ce que tu me demandes, promis ! Vraiment, promis, je le promets ! Où suis-je, merde ? Dis-moi où je suis ! Quel est cet endroit ? Qui es-tu, sale chienne ?

Depuis une ombre voisine, Hilard arriva en silence devant Frombert qui, lui, se tenait debout dans une ombre verticale. Ils étaient sur ce qui ressemblait à un pilier très élevé, une sorte de colonne naturelle entourée d'une plaine étrange sur laquelle des milliards de petites ombres se mouvaient sans cesse. Il n'osait pas sortir des limites de l'ombre, qu'il voyait, non sans crainte, se rétrécir très lentement autour de lui ; mais, lorsqu'il vit Hilard, il s'apaisa un peu. Le hoblain croisa les bras et laissa l'homme se calmer.

— Voici que l'aube se lève. La brume est absente, ici. Je t'ai emmené dans ce lieu qui surplombe le sud de la forêt d'Hazelborde.

— Forêt ? Quelle forêt ? Je ne vois pas d'arbres, moi ! Quoi ? Tu me prends pour un imbécile ? Non, vraiment, là, tu vois des arbres, toi, sale chienne ?

— Tu es un homme, en effet, tu penses avec tes yeux. Toutes les ombres en mouvement que tu vois là-bas, ce sont celles des feuilles dans le souffle invisible qui passe. Puisque c'est la matière que ce souffle incline, on ne le peut sentir ici, car on n'y voit pas la matière. Quand tombe l'obscurité, cette forêt devient une mer de noirceur et réveille les créatures qui sommeillent dans les grottes qu'elle cache. Mais, ne crains pas, nous sommes sur le pic d'Elverthee ; nous pouvons parler sans craindre l'appétit d'une bête indésirable qui pourrait nous entendre. Maintenant, tâche de bien m'écouter, car ta vie tient à ton attitude. Tu me vexes une seule fois et je te pousse dans ce précipice dont la profondeur dépasse celle de ton esprit !

Le petit blond sentit les muscles de ses jambes faiblir et dit de sa voix nasillarde :

— Non, non, je ne veux pas te vexer, je te le jure ! Parle, je t'écoute. Je n'ai rien d'autre à faire pour l'instant, comme tu vois. D'ailleurs, je commence à m'y plaire, sur le pic d'Evle…

téri… d'El… erveti ou, comme tu dis, le pic. C'est un bon pic… je n'en ai pas vu souvent, des pics aussi… hauts ; j'imagine que c'est pourquoi on les nomme des pics, non ? C'est parce qu'ils sont au sommet. Sale chienne, on est vraiment haut ! Tu disais ?

Ne voulant pas souffrir son verbiage plus longtemps, Hilard lui répliqua sèchement :

— Assez ! Bientôt tu verras le maréchal Mathanny. Tu lui diras tout ce que tu sais sur cette Arthally et les filles du hangar. Si tu refuses de coopérer, si tu lui mens et que je l'apprends par la suite, et je l'apprendrai, n'en doute pas, je te ramène ici pour que tu y finisses ta misérable vie.

Cet ultimatum résonna dans tous les nerfs du petit blond. Il se mit à trembler, puis, envahi par un trop-plein d'angoisse, il tomba en larmes sur ses genoux :

— Tu ne comprends pas, sale chienne ! Si je parle, elle me pourchassera, me trouvera et me tuera. De toute façon, je suis mort.

— Alors, meurs en réparant le mal que tu as fait pour elle ! Meurs en sauvant ta dignité ! Le ferait-elle pour toi ?

— Non.

— Pourquoi ? Parce que tu n'es rien pour elle. Un simple instrument de marchandage. Le conseil des Lames est en mesure de te protéger. Tout n'est pas perdu, Frombert, et tu n'es pas encore mort. Elle ne sait pas où tu es et n'est pas près de le savoir.

Frombert leva la tête et regarda Hilard droit dans les yeux. Il sentait que le mâchil disait la vérité, mais il savait ce que son interlocuteur ne savait pas, il avait entendu des histoires sur la personne d'Arthally. Avec toute la force de conviction et de persuasion qu'il put trouver en lui-même, ce qui était bien peu, au demeurant, il murmura dans les larmes, comme si le plus grand danger le guettait :

— Elle trouve sa proie ; tu ne peux rien contre elle !

— Visiblement, tu ne me connais pas. Soit. Étant donné que tu refuses de coopérer, je te laisserai ici à la merci des arrils carnassiers.

La détermination du hoblain secoua Frombert, qui tremblotait encore. Il se retourna et vit le mâchil disparaître dans l'ombre. Aussitôt, Frombert se leva et se mit à supplier :

— Non, reviens ! Reviens ! Ne me laisse pas seul ici ! Je t'en prie, je ne veux pas mourir ici ! Merde ! Sale chienne de hoblain, reviens… Reviens !

De longs moments passèrent avant qu'il revienne sur le pic d'Elverthee. Quand le mâchil réapparut, il retrouva Frombert recroquevillé dans un coin étroit et sombre. Il dormait ou feignait de dormir. Hilard s'approcha en silence, frappa la botte de son prisonnier de son pied nu et dit :

— Réveille-toi. Je te donne une dernière chance. Réveille-toi !

Frombert ouvrit lentement ses petits yeux bouffis par les larmes et le sommeil. Dès qu'il reconnut Hilard, il sauta à ses pieds.

— Ne me laisse pas mourir ici. J'ai faim. Je t'en prie. J'irai avec toi voir ton maréchal, mais ne me laisse pas ici… sale chienne ! Je n'aime pas les pics, tu sais. Si tu ne l'avais pas deviné, maintenant tu le sais. Je ne suis pas un homme aux pics. Vraiment pas ; mais il m'a fallu y venir pour le savoir et je te remercie de m'y avoir conduit. Ce fut une excellente découverte ! Peut-être qu'il y aurait d'autres pics que j'aimerais, mais celui-ci, non ! Vraiment pas beaucoup. Sale chienne, on est tellement haut…

Hilard le regardait avec une sorte d'émerveillement perplexe. Il poussa un soupir, prit le petit blond par le bras et se dirigea vers l'ombre par laquelle il était venu. Avec son air niais habituel, Frombert se retourna pour contempler une dernière fois cet étrange paysage aux profondeurs inconnues, aux formes brumeuses et fluides, aux contrastes clairs et obscurs. Il craignait Hilard autant qu'il s'en voulait de ne pas être plus fort qu'un hoblain. Toute sa vie, Frombert s'était fait traiter de demi-homme et de moquetin, un sobriquet moqueur que les gens de Trusquaive donnaient aux hommes de petite taille et aux hoblains. De se sentir incapable de se défendre contre un haute-cape ravivait chez lui de vifs sentiments de colère et de frustration.

Quand l'ombre les eut pris sous sa main agile, les deux quittèrent le lourd silence du Valnaos.

III

LES VOILES SE LÈVENT

Figurez-vous des enfants âgés de
plusieurs millions d'années.
Figurez-vous-les maintenant plus avertis
que les plus anciens. Tels sont les haliostes.
Arthévir, mâchil

Une calastaire amoureuse d'un homme est
une piètre sotte. L'étude de la talmache doit
être son seul et véritable amour.
Irénia, calastaire

— Brenmord! Justement la personne que je cherche. Ce jour t'est favorable, capitaine! La jeune femme que je tiens dans mes bras t'est revenue après tant d'années d'absence. Elle se dit ta fille.

Brenmord se rapprocha du colonel et, sans la moindre expression faciale, sans démontrer trop d'intérêt, lui répondit de sa voix grave:

— Ma fille? Non. Ma fille est morte, colonel Barrand. Qu'est-ce que cette plaisanterie?

— Non, non, Brenmord, ton désespoir, comme celui du général, t'a fait croire dur qu'elle était morte, mais, comme c'est le cas de toutes nos filles, tu le sais bien, pourtant, son corps n'a jamais été retrouvé et, tant qu'il n'y a pas de preuve, il y a de l'espoir. Or, la voici bien vivante. Prends-la. Lamoras est dans la grande salle. Porte cette fille à ta chambre. Je vais chercher le maréchal. Il voudra certainement entendre ce qu'elle dira.

— Le maréchal ? Crois-tu qu'on ne puisse régler la chose entre nous, colonel ?

— Dis donc, capitaine, remets-tu en question mon jugement ?

— Je n'y songe même pas, mon colonel. Le maréchal n'a pas perdu d'enfant ; il n'est pas personnellement concerné par cette affaire. Il ne faudrait pas le déran…

— Le maréchal est la tête de ce conseil. Ce qui nous concerne le concerne directement. Allons, je suis heureux pour toi ! Elle est de retour et entre de bonnes mains. Quand elle se réveillera, interroge-la. Il faut savoir ce qui est arrivé aux autres filles et à nos femmes. Reste à ses côtés jusque-là, et reviens-nous avec l'information.

Sous les traits de Brenmord, Arthally n'aimait pas la bonne humeur de Barrand. Elle le savait trop léger de cœur pour être grave et trop sérieux pour être léger. Hors de la présence de Lamoras, il devenait autoritaire et démontrait un esprit ambitieux ; mais son orgueil militaire faisait de lui une excellente marionnette. Elle mordit son désir de le faire taire et répondit doucement avec la voix de Brenmord :

— À tes ordres, mon colonel.

À peine eut-il terminé sa phrase qu'il vit sortir de la salle du conseil le général qui visiblement n'était pas dans les meilleurs sentiments. Lamoras croisa les bras, fixa le colonel Barrand et dit sur un ton qui leur était trop familier :

— Non. Pas à tes ordres, colonel, mais aux miens. Je t'ai ordonné de porter cette fille dans la chambre du capitaine. Voilà que tu délègues ta tâche à un autre sans mon autorisation. Est-ce là un modèle d'obéissance, colonel ?

— Je crains que non, mon général. Je vais amener cette fille à la chambre comme tu me le commandes. Capitaine, la fille !

C'était justement en raison de ce comportement à l'égard de sa propre autorité que plusieurs membres du conseil rechignaient à suivre Lamoras, malgré toutes ses qualités. Barrand ne gouvernait pas les hommes de la même manière que son général. Il était naturel qu'un supérieur délègue une tâche à son subordonné. Barrand donnait ses ordres, mais laissait beaucoup plus de latitude à ses hommes, et cette différence provoquait entre Lamoras et lui, outre le respect qu'ils avaient l'un pour l'autre, des tensions désagréables. Cependant, Arthally n'en avait pas fini avec Barrand et sa haine de Lamoras était telle qu'elle ne pouvait s'empêcher de s'amuser à l'humilier. Elle se tourna vers le général et, prenant un air affligé, lui dit :

— Mon général permet-il ?

Lamoras fit signe que oui.

— Je reconnais cette fille comme la mienne. À son réveil, elle voudra certainement me voir ; j'estime important d'être à ses côtés à ce moment-là. Fais-moi la grâce de me permettre de l'emmener à ma chambre. J'aimerais tellement la tenir dans mes bras et être là quand elle se réveillera ! Imagine que tu vois ta fille devant toi, mon général. Ne voudrais-tu pas être avec elle ? Qu'un autre prenne ma place serait indigne de ton excellent jugement et de ta bonté. Quand tu as dicté ton ordre au colonel, je n'étais pas encore ici. Maintenant, je suis là.

Lamoras savait que sa rigidité le rendait parfois ridicule. Il était prisonnier de son rôle de général. Il sentit que quelque chose avait changé chez Brenmord, mais il ne savait pas sur quoi mettre le doigt. Il crispa légèrement les muscles de son nez comme il en avait l'habitude quand il était contrarié, puis, avalant sa fierté devant l'évident bon sens du capitaine, il répliqua :

— Très bien. Colonel, redonne-lui sa fille et va chercher le maréchal. Dis-lui que le conseil va siéger au sujet de cette nouvelle. Tu iras chercher Throm et les autres. Capitaine, je te charge de tirer toute l'information possible de ta fille et de nous revenir dès que possible. Nous t'attendrons dans la salle, ici. Va.

Barrand inclina la tête en silence devant Lamoras, content d'avoir eu raison. Brenmord venait de monter dans son estime. Le colonel était le premier à savoir quelles difficultés on rencontre à gouverner les hommes ; il n'aimait pas être désobéi et le respect qu'il avait pour les apparences liées à sa charge le démangeait, car Lamoras venait de l'humilier. Il mit la main gauche sur le pommeau de son épée par habitude et s'en alla vers le château. De son côté, Brenmord, après avoir remercié Lamoras, partit vers la caserne. Le général demeura seul et pensif, à suivre Brenmord et Nôyane des yeux dans le long couloir sombre près de la porte de la salle du conseil. Des souvenirs de sa femme Mellya et de leur fille lui revinrent. Il se demandait bien ce qu'il leur était arrivé. Après tant d'années passées sans obtenir le moindre indice à leur sujet, il refusait de se réjouir des derniers événements. Telle son épée, il mit sa joie dans son fourreau.

Il n'avait pas couché la fille sur son lit que ses yeux s'ouvrirent faiblement ; les traits flous du capitaine s'immisçaient dans son esprit et la ramenaient doucement à elle-même. Elle sentait ses jeunes muscles brûlants et fatigués, sa vitalité ankylosée par la résistance et son cœur comme un désespéré sur le bord d'un promontoire. Brenmord la coucha sur son lit couvert de peaux de *wegmé*. La fourrure épaisse l'entourait comme si elle avait été couchée dans une touffe d'herbe noire.

En espérant que l'air frais la secouerait, Brenmord ouvrit les volets et la fenêtre. Il s'appuya contre le piédroit et tourna sa tête brièvement pour lorgner la fille aux yeux pers et aux cheveux roux.

Il sentit la bise fraîche de venthune lui grignoter le visage. De sa chambre, il pouvait voir au loin les silhouettes des gardes se promener sur la muraille entourant le château, ainsi que celles, immobiles, des vieux arbres du jardin de la cour d'honneur, vacante à cette heure ; çà et là, par moments, dans le ciel pourpre qui allait en s'assombrissant, une chauve-souris virevoltait dans l'air ; les feuilles mortes pleuvaient dans le vent et les rires des gardes dehors sur la galerie de la caserne ponctuaient le calme de l'obscurité naissante.

Brenmord attendit là un long moment en jetant à l'occasion un coup d'œil sur elle. Enfin, il la trouva assise à le regarder. Elle le reconnaissait. Elle baissa les yeux et dit :

— Fermerais-tu la fenêtre ? Je ne suis pas vêtue pour cet air nocturne.

Son cœur de jeune femme frémissait et de joie, et de crainte. Tant d'années passées loin d'un père, loin d'une vie quotidienne partagée ! Tout lui semblait nouveau.

Brenmord ferma la fenêtre et les volets comme elle l'avait demandé. La soirée était plutôt fraîche pour ce temps de l'année. Il s'assit dans un fauteuil tout près de la fenêtre, en face du lit. Arthally jouissait déjà de la scène qu'elle anticipait et se laissait entraîner dans ce jeu qu'elle maîtrisait à merveille. Même si elle ne possédait pas tous les souvenirs du capitaine, tous les recoins de sa personnalité, elle en savait assez sur lui pour bien jouer son rôle. Nôyane cherchait les yeux de son père, comme elle cherchait son père dans ses yeux ; mais Brenmord ne soutenait pas très longtemps le regard de la jeune rouquine, préférant le balayer de brefs instants seulement, comme s'il voulait qu'elle sentît à quel point il était mal dans cette histoire. Finalement, après un lourd silence, la beauté aux yeux pers, ne pouvant plus se contenir, lui lança comme une foudre :

— Tu m'as manqué. Si seulement tu savais à quel point tu m'as manqué ! Pourquoi ? Pourquoi ne m'as-tu pas trouvée ? J'avais tellement besoin de toi ! Je m'endormais dans l'obscurité – quand je m'endormais –, en espérant que tu arrives, heureux de me voir, pour me sauver ! Les années ont passé sans le moindre signe de toi. Dis-moi pourquoi !

Les larmes de Nôyane se déversèrent comme dans un trop-plein de souffrances accumulées, mais elle ne tremblait plus ; choisissant de ne rien dire tout de suite, Brenmord feignit la douleur et laissa la crise s'apaiser.

Sous l'impulsion de sa peine et de son amour, elle se leva et se jeta dans les bras du capitaine qui la reçut avec tiédeur. Mais, il l'embrassa sur le front et se leva ensuite lui aussi pour la câliner plus confortablement. Arthally jubilait malicieusement de sa transformation. En la fixant enfin droit dans les yeux, elle lui mentit doucement :

— Ma fille, il n'y a pas une journée depuis ta disparition où je n'ai pas pensé à toi, où je n'ai pas espéré te retrouver. Je comprends ta peine et ton incompréhension, mais, toi aussi, comprends qu'elles sont aussi les miennes. Mes hommes et moi, nous n'avions aucun indice pour te retrouver. Avec les années, certains d'entre nous ont perdu espoir. Figure-toi cette douloureuse résignation ! Mais tout ceci est passé ; maintenant, tu es de retour par quelque miracle dont je me réjouis. Et nous pouvons recommencer à vivre tous les deux… Non ?

Ces dernières paroles lui mirent une faiblesse dans les jambes et elle dut s'asseoir sur le lit pour ne pas tomber. Lentement, il vit son regard s'embrumer comme celui d'une âme qui perd le peu d'espoir qu'elle avait. Le visage de la rouquine devint morose et ses épaules tombèrent sous le bât des souvenirs. Elle répondit d'une voix empreinte d'un découragement qui lui semblait habituel.

— Non, on ne peut pas recommencer à vivre tous les deux. Elle nous trouvera et nous tuera. Je l'ai vue de mes propres yeux tuer des hommes, sans que personne osât ou pût l'arrêter. Cette femme est une souillure, une sorte de mage, peut-être. Elle nous trouvera, nous fera disparaître et nous tuera.

— Tu l'as donc déjà vue ? C'est impossible. Personne ne l'a vue.

Arthally essaya aussitôt de dissimuler son inquiétude. Heureusement pour elle, Nôyane ne saisit pas l'étrangeté de cette question, qui lui eût révélé un indice sur Brenmord. En toute naïveté, elle continua :

— Oui, en fait… non… C'est difficile à expliquer, je n'arrive pas à comprendre comment elle fait. Je l'ai vue changer de forme une seule fois en secret, c'est tout.

Arthally répliqua :

— Changer de forme ? C'est toute une histoire, que tu racontes, Nôyane. Enfin, ne restons pas là-dessus. Dis-moi, as-tu souvenance du lieu ? Est-ce que tu sais où tu étais ? Étais-tu prisonnière ?

— Pour être prisonnières, nous l'étions toutes et plusieurs filles le sont encore. Elles vont sans doute mourir à cet endroit. Comment m'en suis-je échappée, je n'en sais rien. Nous étions sur une île très boisée. J'y ai passé mon enfance…

La douleur revint lui serrer le cœur et les souvenirs fouettèrent sa mémoire tachée d'images horrifiques. Brenmord lui mit la main sur l'épaule et elle continua, le cœur dans la gorge :

— Nous habitons un temple consacré à Hæline et,

lorsque nous enfantions un enfant mâle – j'en ai eu quatre –, la maîtresse le sacrifiait à la déesse. Seules les filles étaient préservées, soit pour les tâches ménagères et l'enfantement comme moi, soit pour les tâches du culte et l'enseignement aux futures prêtresses. Ah… Je ne veux pas en parler !

— Non, il faut le faire, Nôyane. Je veux et je dois l'entendre ; d'autres vies sont menacées. N'avons-nous pas attendu assez longtemps, déjà ? Pense aux filles des membres du conseil ; je crois qu'elles veulent revoir leur père. Continue.

— C'est vrai. Mais peut-être que la maîtresse m'écoute ; peut-être qu'elle m'a suivie jusqu'ici. Si elle m'entend révéler ces choses, elle va…

— Elle ne va rien faire, puisqu'elle n'est pas ici. Il n'y a que toi et moi dans cette chambre. Fais fi de cette peur ! Raconte-moi tout !

Hésitante et craintive, Nôyane se résolut enfin à continuer son récit :

— Je ne sortais pas souvent du temple, mais, quand cela m'était permis, pendant les festivités annuelles en l'honneur de la déesse, par exemple, je voyais un peu le paysage. À vrai dire, en quinze ans, je ne me suis pas promenée très loin. Deux fois l'an, un nombre variable de filles entraient dans l'île ou la quittaient. J'ai fini par comprendre que la maîtresse ne voulait pas qu'on se fasse des amies. Parfois, je voyais des hommes arriver au temple, mais je ne les voyais pas en repartir. Plusieurs d'entre eux ont été sacrifiés à la déesse. Lorsque nous enfantions deux mâles de suite, nous recevions trente coups de fouet. Ce sont les coups sacrés de la purification ; ils calment la colère de la déesse ; sans cela, il n'y a pas de purification. La maîtresse disait aussi que de mettre au monde deux mâles de suite est un signe de malédiction et que seule la déesse Hæline peut nous en libérer. Mais, pour obtenir ses faveurs, il faut se soumettre à ces trente coups. Comme je n'ai jamais enfanté de fille, il me semble que la maîtresse m'a rejetée. Les prêtresses m'ont dit que je suis maudite, vouée à la honte éternelle, parce que je n'ai pas enfanté de fille. Peut-être que c'est la raison pour laquelle je ne suis plus sur l'île ; mais je ne pourrais pas te dire où elle est. J'ai vécu quinze ans sans vivre et sans savoir où je vivais. Mais assez parlé de moi ! Dis-moi ce que tu as fait tout ce temps ? Parle-moi de toi mon… papinou.

— Papinou… c'est ainsi que tu m'appelais, n'est-ce pas ?

— Oui, je viens tout juste de me le rappeler. Je t'appelais mon papinou, et tu m'appelais ta tempête, parce que je faisais de grandes crises de colère, parfois. Tu ne m'en as pas voulu, j'espère ?

— Non, ma tempête, je ne t'en ai pas voulu. Pour ma part, j'ai cherché à te trouver pendant huit ans, sans succès, évidemment. Ta mère a disparu à peine un mois après toi, elle aussi, et je n'ai pas eu davantage de succès dans mes recherches à son sujet. Je ne me suis pas remarié, puisque la loi des calastaires l'interdit. J'ai travaillé comme garde pendant sept ans, puis le maréchal m'a promu capitaine. En somme, c'est cela, ce n'est que cela, rien de plus. Mais nous parlerons plus tard de ces choses, Nôyane. Pour l'instant, il faut que je transmette au maréchal ces informations.

— Non, père, non, ne fait pas cette erreur. Il ne faut pas qu'il sache !

— Calme-toi, Nôyane. Je n'ai pas le choix et je ne peux pas mentir au maréchal. Repose-toi ici, dans le calme et la sécurité. Tu n'as rien à craindre. Je reviendrai bientôt.

Alors qu'il marchait vers la porte, elle attrapa son bras droit ; il se retourna aussitôt et vit le visage morose de la rouquine révéler enfin un maigre sourire ; d'une voix de petite fille qui venait tout juste de renaître, elle lui murmura :

— Je suis si heureuse de t'avoir retrouvé après toutes ces

années sans toi ! Je ne veux plus jamais te perdre. Ensemble, nous pourrons trouver maman ?

Après l'avoir embrassée sur le front, Arthally ferma délicatement la porte derrière elle et se dirigea vers la chambre du conseil, soulagée d'avoir terminé l'entretien.

༄༄

Lorsque Brenmord entra dans la chambre du conseil, il y vit plusieurs membres assis à discuter des dernières nouvelles. Le maréchal Mathanny s'apprêtait à s'asseoir sur son siège, sous la grande statue du dieu Halvarn, quand il interrompit son mouvement et tourna la tête vers la gauche. Il dévisagea le capitaine de ses petits yeux bleu clair que surplombaient ses sourcils blancs ; se redressant aussitôt, il lui dit de sa voix grinçante de vieux baryton militaire :

— Ha ! Ha oui ! Le capitaine Brenmord ; j'envoyais bientôt quelqu'un te chercher. Te voici donc à temps pour nous renseigner sur cette fille, sur ce qu'elle t'a dit, si, bien entendu, elle t'a parlé !

— Mon seigneur et père, elle m'a parlé.

— Excellent ! Mais, avant d'écouter le capitaine, bénissons notre éclaireur afin que sa grande sagesse illumine nos intelligences en cette pressante matière. Thérulle, ta mandore !

Sur l'ordre du maréchal, le barde maigre aux cheveux longs et noirs qui se tenait à sa droite donna libre cours à ses maîtres doigts et, d'une voix juste et belle, se prépara, non sans cérémonie, à entonner un hymne à la louange de leur dieu. Il s'adressa, la tête inclinée, au maréchal, et ensuite à l'assemblée.

— Merci mon seigneur et mon père. Soyez tous bénis par la bienveillante main d'Halvarn. C'est un nouvel hymne que j'ai composé depuis hier ; j'en ressens beaucoup de fierté. J'ai mis à peine une demi-journée à le composer, ce qui signifie que l'inspiration était bonne. Je l'offre en l'honneur de notre maréchal clairvoyant et sage, ainsi qu'à la gloire de notre grand souverain. Je suis certain qu'il sera enthousiasmé par cet hymne, puisque je le suis moi-même. Le voici donc pour l'émerveillement de vos oreilles, en espérant qu'il soit de votre goût et que vous…

Le maréchal l'interrompit sèchement :

— Thérulle, ta mandore ! Chante !

— Ouiiii… mon seigneur et mon père. Voici donc l'hymne dont je suis fier.

En s'accompagnant de sa mandore, le barde officiel du conseil des Lames de Dagrenoque se mit à jouer en chantant :

Ô Majesté des majestés,
Couronne des couronnes,
Lumière des lieux infestés,
Vous chassez les démones.
Tout Dagrenoque dort en paix
Grâce à votre régence,
Et dans ses murs on vit sans faix
Sous votre vigilance !

Ô Souverain, chassez, des ombres du Voglaire,
Ceux qui de votre nom la gloire voudraient taire ;
Car nous entendons braire à l'instar d'un ânon
Ces brutes des chemins qui raillent votre nom !

Frappez vos ennemis de votre bras puissant
Et dans nos coupes d'or nous verserons leur sang !
Les mortels de partout trembleront d'épouvante
Quand vous dévoilerez votre ruse savante !

Ô mortels livrez-vous, sous peine de mourir,
Au sublime seigneur qui daigne nous bénir !
L'Ériande et les cieux dont sa beauté est ceinte,
Sont pour lui dans leur gloire, une bien humble enceinte !

Ô Majesté des majestés,
Couronne des couronnes,
Lumière des lieux infestés,
Vous chassez les démones.
Tout Dagrenoque dort en paix
Grâce à votre régence,
Et dans ses murs on vit sans faix
Sous votre vigilance !

Quand il eut terminé, Thérulle s'inclina devant la statue d'Halvarn ainsi que devant le maréchal et sortit de la chambre. Brenmord avait pu s'asseoir avant le début de l'hymne. Il n'était pas surpris de voir les visages des différents membres révéler la diversité des goûts. En dépit de son apparente vanité, Thérulle était grandement apprécié par la majorité des membres du conseil. Mais Hogarth, en général, n'aimait pas les bardes, qu'il considérait comme inutiles au royaume ; en vérité, il eût aimé apprendre le luth ou la mandore, non pas dans la poursuite de quelque grande aspiration artistique, mais plutôt pour charmer les dames, rien de plus.

Un autre qui n'aimait pas Thérulle, ou plutôt qui ne souffrait pas sa musique, c'était le vigoureux et vérace Morüngar, jeune *doargue* du mont Brandaire, une montagne solitaire localisée au sud de Connelmirth, sur la côte est. Peut-être sa culture souterraine, sobre et pragmatique, avait-elle influencé ses goûts personnels en matière de musique, mais il trouvait celle des Ériandais, notamment celle de Thérulle, trop mélancolique et pompeuse.

Trois jours auparavant, le maréchal avait eu une vision qui l'avait bouleversé. Mathanny avait vu une femme gracieuse et rousse marcher parmi des serpents sans être mordue ; autour d'elle, une forêt brûlait sans qu'elle soit touchée par les flammes ; sous elle, la terre s'ouvrait sans qu'elle et les serpents soient engloutis. Puis, dans la fureur des flammes, il avait vu les membres d'une milice sortir du fond des bois, une main brandissant l'épée, l'autre portant la statue d'Halvarn. La forêt avait cessé de brûler, les serpents s'étaient flétris, la terre s'était refermée et la femme était morte. Des cendres qu'avaient laissées les serpents avaient jailli les filles tant recherchées.

Cette vision l'avait laissé méditatif. Il la croyait envoyée par Halvarn pour le prévenir, car il l'avait eue dans sa cuve alors qu'il se lavait. Et comme l'eau est un symbole de purification et de renouvellement, le maréchal augurait l'avènement d'une dame aussi dangereuse que libératrice. Il avait su qu'il devait agir vite, mais quand ? L'arrivée de Nôyane lui avait sonné l'alarme.

Il s'adressa à l'assemblée en ces termes :

— Lames vaillantes de Dagrenoque, fils du bien-aimé Halvarn, dieu de nos pères, suivant la vision que j'ai eue il y a trois jours et à la suite d'un événement récent qui semble la confirmer, nous sommes convoqués céans à cette heure de la nuit pour porter remède à une maladie qui mine notre ville depuis plus d'une décennie déjà. La sécurité intra-muros de Dagrenoque est possiblement menacée, de même que celle de tout le Voglaire, si ma vision est véridique. Étant donné l'arrivée de la prétendue fille du capitaine Brenmord, j'ai jugé nécessaire que vous soyez tous instruits des nouvelles en même temps pour éviter que ne se répandent des informations inexactes. Tout ce qui se dira céans y restera. Maintenant, capitaine Brenmord, le conseil te prie de te lever et de lui révéler ce que cette fille t'a dit et que tu juges nécessaire de divulguer pour le bien de tous. Le conseil te rappelle qu'il est libre de t'interroger, comme il est de ton devoir de répondre en toute vérité. Donc, en présence du glorieux Halvarn, le conseil donne la parole au capitaine Brenmord.

— Le capitaine remercie le conseil de son attention. Voici donc le résumé, mon seigneur et mon père, et vous, membres du conseil, de ce que vient tout juste de me dire ma fille Nôyane. Mais, auparavant, j'interdis à quiconque d'interroger ma fille.

Comme il y avait des murmures de mécontentement parmi les membres du conseil, Mathanny leva la main pour rétablir le silence et Brenmord continua.

— Son état d'esprit ne lui permet pas de replonger dans les souvenirs douloureux de ce qu'elle a vécu. De toute façon, elle ne répondra qu'à moi, puisqu'elle ne peut plus faire confiance à qui que ce soit. Ceci dit, voici les grandes lignes de son récit. Sur la plus grande île de l'archipel d'Azexerte, à l'ouest de la rivière Serdent, il existe un temple consacré à la déesse Hæline…

Il ne put finir sa phrase. Le fougueux Percipion, un galve honoré d'Halvarn, s'indigna à haute voix et s'écria :

— Ah! Cette déesse hérésiarque! Il faut donc abolir son culte à nouveau? Je croyais que nos pères l'avaient fait une fois pour toutes. Allons brûler son temple maudit et toutes celles qui la vénèrent!

Le maréchal intervint doucement.

— Percipion, il appartient au capitaine de parler. Capitaine, continue.

Arthally était furieuse, mais elle essuya l'injure et le blasphème. Par la bouche de Brenmord, elle répliqua :

— Oui… comme j'essayais de le dire avant cette interruption inutile, il existe un temple consacré à la déesse Hæline.

Mon général, mon colonel, Percipion, vos filles sont vivantes et servent dans ce temple.

Les yeux du galve s'embrouillèrent de rage mêlée de peur et d'incompréhension. Il ne put se contenir et, se levant, il fulmina :

— Qu'avons-nous fait à Halvarn pour mériter une telle humiliation ? Ma fille, entre les mains de ces maudites adoratrices d'Hæline ! Par Halvarn, il faut partir vite, sauver nos filles et mettre fin à ce culte infâme de maritornes dévergondées ! Ma fille ! Vivante et dévergondée ! Ce n'est pas possible, par Halvarn ! Il faut les châtier au nom de la justice !

Mathanny haussa le ton :

— Et c'est au nom d'Halvarn le Juste que je t'ordonne de ne plus interrompre le discours du capitaine. Cette sorte de diversion est inacceptable. Assieds-toi, galve, et laisse ce membre du conseil terminer ses révélations. Ceci est ma dernière intervention sur tes propos !

Ses yeux marron pleins de feu, Percipion reprit son siège. Son cœur sacerdotal et paternel était troublé au plus haut point. Arthally savourait le plaisir de le voir ainsi.

La tension était palpable dans la chambre du conseil. La surprise causée par les propos de Brenmord avait rouvert des blessures toujours douloureuses malgré le temps écoulé. L'espoir, l'affliction et l'incrédulité tourbillonnaient avec un sentiment d'urgence. Lamoras demeurait sceptique, alors que Barrand se donnait raison d'avoir espéré tout ce temps. Hogarth, comme toujours, était dans une active indolence, cherchant quelle opportunité son escarcine et son sexe y trouveraient. Quant à Percipion, il semblait empoisonné par le venin d'une fureur vengeresse, mais son désir de revoir sa fille n'en était pas pour autant amoindri. Le capitaine Brenmord attendit qu'il se calme et reprit :

— Nos femmes y sont aussi ; malheureusement, elles

ont été endoctrinées par une certaine maîtresse du nom de Mérédrine, une paysanne commune douée d'un certain charisme et qui, par la restauration de ce culte, a bâti tout un réseau de proxénétisme. Je ne sais pas jusqu'où ce réseau étend ses ramifications à l'heure présente, mais, selon ma fille, le centre s'en trouverait dans ce temple sur l'île mère d'Azexerte. Elle m'a fait savoir que c'est bel et bien là qu'il faut frapper pour le démanteler. Je vous épargne les détails des souffrances de ma fille, mais je puis vous dire que ce temple contient des filles d'autres villes, notamment de Trusquaive et de Blume sur la côte d'Éther, ainsi que de Connelmirth.

— Ce sont là des villes dans lesquelles ces truies de calastaires sont très influentes !

Cette phrase était sortie sobrement de la bouche d'un homme maigre et pâle, aux yeux gris et ridés, aux cheveux longs, poivrés comme sa barbe méticuleusement enjolivée d'anneaux et tressée. La ferrade des ophimides brûlée sur son front révélait un membre supérieur de l'ordre. Mathanny ne pouvait ni ne devait l'interrompre. Cet ophimide émérite du nom d'Honorayon, qui avait son jeune et tendre élève Zébaldon assis à sa droite, interrogea le capitaine :

— Malgré tout le respect que j'ai pour ton intelligence militaire, Brenmord, je me demande pourquoi tu te laisses influencer par les propos d'une fille qui, de toute évidence et selon tes dires même, est profondément troublée. Rien ne nous indique qu'elle nous a dit la vérité. Je vois que Barrand est aussi envahi par la même fièvre. Ces propos peuvent être de simples fabulations. Il est certain que ce conseil est victime d'un complot pour lui nuire et il est fort probable qu'on ne cherche qu'à le dissoudre entièrement. Nous devons être sur nos gardes, avec l'arrivée soudaine de cette fille. Pourquoi celle-ci plutôt que celle du général, ou bien du colonel, si les deux autres sont vivantes ? Il faudrait faire enquête à

Trusquaive, à Blume et à Connelmirth. Qui sont les filles disparues là-bas? Ont-elles quelque chose en commun? Quinze ans de silence et de brume méritent que nous soyons plus vigilants que jamais. Ce sont là des questions que nous ne pouvions nous poser jusqu'à présent, car cette information, si elle est véridique, nous manquait. Partir en mission pour cette île – j'en parle, car je nous la vois déjà imposée – est, selon ma bien humble opinion, une action trop précipitée dont les conséquences seront néfastes pour nous. Mon seigneur et mon père, en toute honnêteté, cette histoire sent le piège, et un piège fabriqué par ces truies de calastaires.

Zébaldon qui était au début de la vingtaine vivait sa première année expérimentale en tant que jeune *guivre* de l'ordre, à savoir qu'il se devait de suivre un supérieur, un thraël, et de lui obéir en toutes choses. Cette période devait lui permettre d'acquérir les outils nécessaires à l'analyse situationnelle dans la manipulation de la talmache. Rempli d'admiration, il contemplait Honorayon de ses grands yeux émeraude.

Mathanny reprit la parole.

— Capitaine, autre chose?

— Oui, mon seigneur et mon père. Aux propos d'Honorayon, je dois ajouter qu'il n'est pas dans ma nature de vivre dans les suppositions, mais que je dois agir en fonction de ma charge et selon les informations que je reçois. Ma fille nous a donné une piste qui, je le crois fortement, n'est pas négligeable. J'estime de mon devoir d'en faire l'exploration et je demande l'aide du conseil à cet effet. À ce que je sache, ce ne sont pas les ophimides qui nous ont prêté main-forte lorsqu'il s'est agi de chercher nos filles et nos femmes au cours des quinze dernières années, n'est-ce pas?

Devant le dégoût manifeste contenu dans les propos du capitaine, Honorayon répliqua:

— Est-ce que tu te sens bien, capitaine? Il me semble

qu'il y a quelque chose de différent chez toi. Je te sens plus…
maternel. Pourquoi dis-tu « ophimides » avec hargne ? Aurais-
tu un différend avec l'un d'eux ?

— Pour répondre à ta première question, je me sens très
bien. Mais je suis tout de même bouleversé par l'histoire
de ma fille ; peut-être que les ophimides auraient pu faire
quelque chose pour elle et les autres. Visiblement, ils n'ont
rien fait. Voilà ce qui, peut-être, me tracasse. Qui sait ? Moi, je
n'en sais rien.

Voyant quelle direction cette conversation allait prendre,
Mathanny, en vieux sage aguerri, coupa court au dialogue en
disant :

— Si tu n'en sais rien, capitaine, je t'invite à ne plus faire
cas de l'attitude des ophimides sur cette question. Lamoras,
tu le sais trop bien, ton choix sera décisif quant à l'orientation
du conseil. Qu'en penses-tu ?

— Merci mon seigneur et mon père. Je suis d'accord avec
le thraël. Il nous manque des preuves, une piste certaine et
claire. Aussi ne pourrais-je ignorer l'expérience et l'intelligence du capitaine. Étant personnellement concerné par cette
histoire et en tant que général des lames, je dois dire que,
si ma fille et les autres sont en danger, il faut les secourir.
La guerre étant un risque calculé aux conséquences parfois
incalculables, je n'hésite pas un seul instant à conclure qu'il
faut…

Hilard apparut soudain dans l'ombre de la statue d'Halvarn. Il tenait Frombert à sa merci. Il interrompit le général
dans son discours pour dire avec fierté :

— … Entendre surtout ce que ce poisson que j'ai pêché
veut ardemment vous dire.

Frombert apparut face vers le mur, puisque le mâchil le
tenait par le col ; émerveillé par son voyage endocosmique, il
dit après s'être retourné :

— Sale chienne ! Comment fais-tu pour passer d'une place à l'autre aussi vite ? Non, mais… Ah ! Ce sont tes amis ?

Hilard salua le maréchal et s'adressa ensuite au général.

— Inutile de me faire un résumé de ce qui s'est dit jusqu'à maintenant. J'ai tout entendu depuis l'ombre. J'ai trouvé cet homme dans le hangar, ainsi que vingt-deux tonnes contenant apparemment chacune une fille sous l'effet d'un sort de somnolence puissant. Il nous reste ce poisson qui nous racontera tout ce que nous devons entendre, n'est-ce pas ? Maintenant, Frombert, explique-leur ce que tu faisais au fond d'un hangar dans le quartier des Thraëls.

Le petit blond regarda Honorayon et se sentit très intimidé. En outre, les yeux de vieil ours du maréchal tombèrent sur lui comme un poids insoutenable. Se sentant comme un agneau entouré de loups, il dit, les mains ouvertes devant lui :

— Ce n'est pas ma faute, je vous le jure. C'est une sale chienne ! Je ne sais pas à quel point elle est une sale chienne, mais je sais qu'elle l'est beaucoup. C'est elle qui m'a forcé à faire ce travail. J'habitais Connelmirth et voilà, elle vient me chercher et me dit que, si je ne travaille pas pour elle, je suis mort. Merde ! C'est là que j'ai rencontré les trois autres. La maîtresse m'a embauché. Je me suis retrouvé sur une grande île, à l'ouest d'Ériande. Il y avait des filles dans des tonnes à huile vides ; on a compté les tonnes, ensuite on les a fermées, et voilà, ce fut fini quand on a eu mis les tonnes dans des caravoliers et des *escames*. On arrêtait à Dagrenoque pour ensuite livrer les filles à Trusquaive. Là-bas, une autre cargaison nous attendait pour Vol-de-Freux, Malraivaine et Tourvulogne. C'est vraiment tout ce que je sais.

Hogarth se mit à rire. Honorayon, qui se retenait pour ne pas rire aussi tant il trouvait pitre le petit blond, lui demanda :

— Et le nom de cette… sale chienne ?

Le thraël semblait prendre plaisir à utiliser la nouvelle

expression pour désigner une femme. Il y eut un moment d'hésitation de la part du petit blond. Il les regarda tous nerveusement et finit par cracher le nom.

— Elle s'appelle Arthally.

Le thraël se tourna vers le capitaine en hochant la tête et demanda :

— Est-ce que ta fille, Brenmord, a mentionné ce nom ?

Le capitaine semblait dissimuler un certain malaise. Il répliqua :

— Non. Elle n'a pas mentionné ce nom. Elle me l'aurait dit, si elle l'avait su. Peut-être que ce fantoche nous ment pour sauver sa peau, qui sait ! Elle m'a dit que le nom de la proxénète était Mérédrine.

Le thraël reprit :

— En effet, capitaine, qui sait ? Peut-être que ta fille est sous l'effet d'un enchantement. Peut-être qu'elle est tellement troublée qu'elle a inventé un nom. Avant d'aller plus loin, il est sage de recueillir toute l'information nécessaire, n'est-ce pas ? C'est ce que font les hommes sages avant d'agir.

Lamoras interrogea le petit blond.

— Que faisais-tu comme métier, à Connelmirth ?

— J'étais savetier.

— Savetier. Tu réparais des chaussures… Hum ! Tu n'étais donc pas très à l'aise, non ? Tu voulais t'enrichir comme tant d'hommes, et rapidement ?

— Elle m'a forcé, merde ! Je ne pouvais rien faire.

— Très bien. Très bien. Sur l'île, as-tu vu un temple ?

— Non, pas de temple là. Je ne dis pas qu'il n'y en a pas ; je dis que je n'en ai pas vu.

Barrand se leva, fougueux et impatient. Il fixa le maréchal et dit d'une voix résolue :

— Mon seigneur et mon père, nous perdons notre temps. Nous avons enfin une piste ; explorons-la ! Allons libérer les filles du hangar, vérifions si les nôtres y sont et envoyons des espions sur cette île pour nous en donner un meilleur aperçu. Toutes ces questions me lassent ! Il faut agir maintenant ; quinze ans d'inaction m'ont rendu irritable !

Cette envolée du colonel semblait traduire l'attitude générale de l'assemblée. Frombert se tourna vers le maréchal et, avec une voix de condamné suppliant pour sa vie, demanda :

— Qu'allez-vous faire de moi, là ?

Hogarth qui aimait se moquer de la vulnérabilité ne put s'empêcher de répondre en appuyant sur les mots :

— On te mettra dans la *garraque*, petit paltoquet, et les goinfres verts viendront te grignoter sauvagement ; ils entreront dans ton corps et feront de toi leur festin !

Dillian-Lorrus et Crallas se mirent à rire, mais Lamoras, qui détestait de tels commentaires, se fit le plaisir de reprendre son cadet devant l'assemblée.

— Lieutenant ! Ce n'est ni le lieu ni le moment pour débiter de telles balivernes, indignes de ton rang !

Hogarth regarda Crallas, Dillian-Lorrus, Thorismond et Léügue. Il fit rouler ses yeux pour se moquer des propos de son frère. Le maréchal fronça les sourcils en regardant son fils cadet. Hogarth croisa son regard paternaliste et, en souriant du coin des lèvres, il se calma.

Soudain, Fruzebin apparut sur le balcon dans le fond de la chambre et fit sonner sa clochette en disant :

— Le repas que maître Hilard a demandé est prêt. Il s'agit de filets de carmile avec pommes de terre farcies à la *noghme* et ciboulette, servis avec une sauce crémeuse…

Lamoras intervint en haussant le ton.

— Très bien, Fruzebin, c'est assez. Merci ! Maintenant, Frombert, dis-moi tout ce que tu sais concernant cette Arthally.

— Mais, là, merde, je vous ai dit tout ce que je sais ! C'est une sale chienne qui vend des filles.

Morüngar qui jusque-là s'était contenté d'observer alla droit au but et dit à Frombert de sa voix caverneuse, en frottant sa grosse barbe blonde ébouriffée :

— Brouf. Je n'y crois pas. Décris-nous-la.

— Tu veux que je la décrive ?

— Non, il veut seulement que tu la décrives, lança Lorrus avec sarcasme.

— Elle est grande, et puis, elle a beaucoup de cheveux, beige. Elle est bien faite, comme les belles filles, là, et je crois qu'elle a des yeux pers ou bleus, je ne m'en souviens pas ; peut-être qu'ils sont bleu pâle. Son nez est comme relevé un peu, là, mais pas beaucoup relevé, et ses mains sont belles comme des mains… normalement belles. Mais, de toute façon, je parie qu'elle ne me payera jamais pour ce que j'ai fait, merde. J'ai travaillé ! Non, mais, j'ai vraiment travaillé pour rien moi, là, pour rien…

Hogarth n'en pouvait plus. Il s'esclaffa et Lorrus le suivit. Lamoras interrompit sèchement Frombert avec une légère teinte de grogne dans la voix.

— Tout beau, Frombert ! J'en ai assez entendu. Mon seigneur et mon père, nous devons explorer la région d'Azexerte.

— Et voilà ! répliqua Honorayon en sourdine. C'était prévisible.

Lamoras continua :

— Cet homme pourrait nous être utile. Ne pas explorer cette île aurait des conséquences évidentes. Il nous faut quelques hommes et quelques jours. Je suggère qu'on y envoie une milice à bord du *Révis* et qu'elle aille explorer l'endroit.

Le maréchal Mathanny ne répondit pas tout de suite. Il regarda les autres membres autour de la table, notamment Honorayon qui semblait rester sur son point de vue initial, pour s'arrêter enfin sur Hilard. Le mâchil était volontaire et consentant, ses yeux le dévoilaient nettement.

Mathanny était influencé par Hilard, chose qui révoltait certains, comme Hogarth qui haïssait le hoblain et Barrand qui, sans le mépriser, désirait avoir plus d'influence au sein du conseil et trouvait que le mâchil en avait trop. Enfin, le maréchal se leva, et appuya son fils aîné.

— Toute mon admiration pour l'esprit clairvoyant du généreux thraël. C'est toujours un privilège de l'avoir parmi nous et de bénéficier de ses lumières. Je l'ai déjà dit et je le répète, on nous a confié la meilleure tête issue des ophimides. Mais, je considère, cette fois, que le jugement et l'expérience militaire du général sont dignes d'être soutenus. Vous partirez donc à l'aube pour Azexerte avec le *Révis*. Capitaine, le conseil te nomme le *crânier* officiel de cette mission ; le *vogueur* t'est confié. Malgré l'état d'esprit de ta fille, elle devra te suivre, pour sa sécurité. Il ne me paraît pas sage de la laisser loin de toi, maintenant que vous vous êtes retrouvés. C'est un ordre.

Avant de se rasseoir, le capitaine Brenmord s'inclina devant le maréchal. Mathanny se tourna à nouveau vers le haute-cape et tira trois fois lentement sur sa barbe blanche tressée. Hilard comprit le message secret. Le maréchal lui dit :

— Pour ta part maître Hilard, tu demeureras ici avec nous ; la ville a besoin de tes talents et de tes services.

Hilard s'inclina devant l'ordre du maréchal et répondit :

— Je fais la volonté de mon seigneur et père.

Le maréchal s'adressa de même au thraël.

— Honorayon, le conseil requiert que les filles dans le hangar soient libérées et protégées. Il se fie donc à la générosité des ophimides pour cette tâche. Peut-il avoir recours à vos services ?

— N'aie crainte, Mathanny, le conseil sera bien servi, tout comme nous le sommes en retour. L'ordre s'en occupera ; je l'enverrai cette nuit même, puisque le temps presse. Nous aurons l'information à leur sujet dès l'aube. Nous ne faisons pas les choses à moitié !

Hilard voulait vomir. Certains de ces mages étaient de véritables filous opportunistes. Le maréchal était contraint de les associer à ses tâches civiques et même militaires, mais il eût préféré s'en abstenir. Leur aide était incontournable ; Hilard le savait trop bien, une ville sans mages puissants ressemblait à un nid d'oiseau dans un déluge. En vérité, ce que le thraël voulait dire était simple ; il demandait à demi-mot que le conseil ferme les yeux sur certaines marchandises ou activités qui leur étaient propres. Et le Conseil fermait les yeux, en principe.

Les lames faisaient donc des enquêtes, sans en faire ; c'était une sorte de procédure pour l'image sociale, mais sans but précis. Hilard, lui, ne fermait pas les yeux et le général non plus. C'était la raison, entre autres, pour laquelle Honorayon n'avait que mépris pour les opinions du hoblain ; il aimait faire sentir au mâchil que ses raisonnements n'avaient rien pour impressionner un thraël. Il enviait secrètement Hilard. Il ne souffrait pas ce privilège naturel dont disposaient certains êtres de voyager dans les dimensions intercosmiques comme les mâchils sans avoir recours à la talmache. La jalousie cuisait son orgueil d'ophimide. Bien que le hoblain ne fût pas un mage, ni même un *pancôme*, il était, par sa nature haliostine, intimement lié à la fibre universelle, qui constituait en partie, dans le langage vernaculaire des mages, la structure même de son être.

Honorayon le savait et son obsession pour l'excellence, le pouvoir et la connaissance nourrissait en lui le mépris qu'il avait pour le mâchil.

Plusieurs attendaient la mort du maréchal Mathanny pour ramener un gantelet de fer au conseil des Lames. Le manque de fermeté qu'ils lui reprochaient avec les ophimides, Mathanny le compensait en double avec les galves d'Halvarn.

Certains, comme Dillian-Lorrus et Haldaguire, deux vraies lames pures et dures et deux des meilleurs guerriers d'Ériande après le colonel Barrand et Carindal, croyaient que le vieux maréchal eût aimé se faire nommer haut galve et siéger aussi à la tête du tribunal des Dix-Doigts d'Halvarn. Barrand intervint aussitôt que la tâche fut déléguée aux ophimides; il se leva énergiquement et dit au maréchal :

— Si vous le permettez mon seigneur et mon père, j'irai avec eux pour voir si je peux identifier nos filles, ou d'autres.

Sans hésiter, Mathanny acquiesça à sa demande d'un signe de tête. Honorayon ajouta calmement :

— Malgré que je sois contre cette mission, vous pouvez compter sur ma participation en tant que représentant des ophimides et, puisque j'y dois trouver une occasion d'apprentissage, comme en toute situation qui vient contredire mon inclination première – c'est ce que notre ordre exige –, il est préférable que mon élève y participe. Il doit terminer son année expérimentale.

En voyant que les volontaires ne se multipliaient pas naturellement, Mathanny décida de les nommer.

— Puisqu'il serait impossible et imprudent de déployer l'ensemble des trente-trois membres du conseil, je vais donc nommer les quelques lames qui rempliront cette mission. En plus du général, du colonel, du capitaine, du thraël et du galve, il y aura Crallas, Ergath et Throm… Aussi, Thorismond, Léügue, Haldaguire, Morüngar, Dillian-Lorrus et le lieutenant Hogarth. Honorayon, le conseil autorise la présence de ton élève.

La déception avait été visible sur le visage du général lorsque son père avait nommé Hogarth, et Mathanny s'en aperçut. Lamoras savait que son cadet, dès qu'il ouvrait la bouche, n'était bon qu'à semer la dissension partout. Mais, Lamoras ne pouvait rien contre l'aveuglement paternel. Connaissant trop bien Hogarth, cependant, il savait qu'ils étaient tous les deux incompatibles sur le terrain. Mais Mathanny n'en voulait rien savoir. Il comptait sur cette mission pour rapprocher les deux frères. Pour lui, deux frères qui faisaient le même métier, deux fils de maréchal devaient bien s'entendre et former une équipe complémentaire propre à montrer l'exemple à tous. L'incompatibilité de ses fils lui paraissait impossible ; non pas en elle-même, mais parce qu'il s'agissait de ses fils.

Hilard salua le conseil des Lames et disparut. Mathanny sonna la cloche à côté de sa chaise et, presque aussitôt, Thérulle revint avec sa mandore. Le maréchal se leva derechef et dit à l'assemblée qui se leva après lui :

— Le Conseil a congé. Écoutons cet hymne, c'est-à-dire cet hymne court, à la gloire d'Halvarn. Ensuite, nous vaquerons à nos tâches avant l'aube. Thérulle, ta mandore… sans présentation.

Après avoir salué le maréchal et le conseil, le barde joua en chantant.

Quand dans la forêt d'Hazelborde
L'obscurité ouvre ses murs
Et contre nous lâche sa horde
De spectres, noirs, vils et impurs,
Tranquillement dame Discorde
Monte un gibet dans la cité ;
Et autour des cœurs met sa corde,
Pour pendre la Félicité.

Plus fort que l'aube et que la foudre,
Brille sur nous le Souverain ;
Il réduit les spectres en poudre,
Et la Discorde en pieu d'airain.
Que la cité ne soit pas sourde

À celui qui la défendra,
Quand la Discorde hautaine et lourde
Sur le gibet la rependra…

☙

Hilard apparut dans son *némorier*, perché sur un promontoire escarpé surplombant la vallée du Voglaire. Cette espèce de boule d'arbre, comme le nommaient vulgairement certains paysans, lui servait de demeure depuis longtemps. Il en avait sculpté l'intérieur et l'extérieur avec minutie pour lui donner le style traditionnel des hoblains du Cobblemour, mais il n'y avait ménagé aucune porte, préférant y avoir accès par la voie de l'ombre seulement. Une seule fenêtre ronde, un grand oculus, donnait sur la vallée endormie. De l'extérieur, le foyer secret du mâchil ressemblait à un arbre nain large et rond, muni d'un seul œil vitreux qui scrutait attentivement l'horizon.

Hilard était venu se préparer. Dans la parfaite noirceur de son petit foyer, il se dirigea vers sa chambre en haut de l'escalier et, parvenu à cette toute petite pièce, il ouvrit le coffre qu'il avait placé dans l'espace de rangement sous son lit mural. Il en sortit de courts brassards de cuir noir plaqués de virthène, une sorte de broigne en cuir treillissée, une cervelière et des guêtres de cuir noir, également plaquées méticuleusement de virthène. Il sortit aussi une tunique de combat noire et usée, une bandoulière chargée de douze éprouvettes minces en cuivre poli et un petit sac rempli d'herbes nutritives, notamment de la curalgine, du *chourppe* et de la *myosmie*; après avoir déposé ces objets sur sa table, il ôta le voile noir qui reposait sur son luste de chevet.

L'endroit s'éclaircit sous l'effet d'une douce lumière blanche comme celle de son poignard. Après avoir retiré son tabard sur lequel était brodé l'écu de Dagrenoque, il enleva ses vêtements de service et, lentement, il se coucha dans l'antre ovale qui lui servait de lit en tirant le rideau noir. La voix mélodieuse de Thérulle résonnait encore dans sa tête quand il s'endormit; mais le sommeil fut bref.

Il sentit que quelqu'un se mouvait dans le Valnaos, tout près de lui. Soudain, une voix familière dit son nom dans l'ombre de son armoire-vestiaire. Il crut d'abord rêver, mais il sortit de son demi-sommeil et s'assit sur le bord du lit en laissant pendre ses jambes. Il se frotta les yeux, bâilla, rouvrit le rideau et dit doucement:

— Qu'est-ce que tu veux à cette heure, Azcalath?

Une voix grave, aérienne et chaleureuse résonna dans la chambre.

— Je m'ennuie… tu me manques.

— Tu me manques aussi. J'avoue que je ne me suis pas fait très présent ces derniers temps. L'aube arrive à grands pas, et je dois me reposer un peu. Même si le voyage de demain sera de courte durée, je suis fatigué, Azcalath.

— Ah! Je n'aime pas m'imposer dans tes affaires, tu le sais; mais, je te le redis, ta sécurité m'est chère. Je ne voudrais pas que tu sois dépourvu des choses nécessaires à ta protection.

— Je ne sais pas ce que je ferais sans toi. Parle-moi, je suis réveillé, maintenant. J'écoute.

— Pardonne-moi de t'avoir réveillé, j'ai pris du temps à te retrouver.

— C'est fait. Azcalath…

— Oui, d'accord. Dis-moi, quel jour êtes-vous demain?

— Nous sommes à la mi-venthune, le trente-neuvième, je crois.

— En Ériande, oui. Mais, au Cobblemour, vous êtes le quinzième du mois de grine.

— Oui… mon anniversaire.

— En effet, et je t'apporte un présent pour l'occasion.

— Un présent à l'orée du sommeil ? Azcalath, tu m'impressionnes. Tu n'as pas un corps qui se fatigue, toi !

— Je t'ai demandé pardon, déjà.

— Oui, oui, désolé… C'est généreux de ta part d'avoir pensé à moi. Qu'est-ce que cette surprise et en quoi est-elle liée à ma… sécurité ?

— Contrairement à moi, ta nature hoblaine t'empêche de voyager par les ombres en mouvement dans ce monde, tu le sais ; je veux donc t'offrir cette statuette que j'ai cherchée longtemps sans pouvoir la trouver. Finalement, je l'ai achetée à un vieux voyageur à Vol-de-Freux. Il m'a dit qu'elle a été fabriquée par un mage sénile.

— C'est rassurant ! Tu n'aurais pas plutôt un élixir qui me transforme en ophimide imbécile ?

— Non. Je crois que cet élixir n'existe pas.

— Azcalath, je plaisante ; tu n'as pas besoin d'un élixir pour cela. Tu te fais ophimide et toc ! l'imbécillité arrive de soi.

— Je vois que les hommes t'aigrissent toujours.

— Oui. C'est une tare qu'ils ont. Ils s'aigrissent entre eux. À force de les côtoyer, on rencontre des gouffres de vanité, de cupidité, d'orgueil et de lâcheté. Quelques-uns seulement sont honorables, humbles, vaillants et simples, et encore ! Oh ! les hoblains ne valent guère mieux ; toujours curieux pour des vétilles, de véritables enfants perpétuels. Depuis des années que je les observe, je suis encore à me demander pourquoi les mortels se donnent tant de mal à faire le mal ?

— Ah ! Aime-les, Hilard. Aime-les comme nous, les haliostes, les aimons.

— Azcalath, je ne suis pas un halioste. Qu'est-ce que tu me racontes, à cette heure ?

— Hilard, je te dis qu'il ne faut pas oublier quelles peurs les habitent et avec quelle brièveté de vie ces êtres composent. Tu sais ce que j'aime le plus du mal, mon chéri?

— Bon sang! Azcalath, non. C'est une drôle de question, mais… non. Quoi?

— Il n'a pas d'espoir. Le mal ne sait pas espérer. Il est figé dans la négation; mais sais-tu ce que j'aime le plus du mal, Hilard?

— Pas plus qu'au moment où tu m'as posé la question tantôt.

— Ce que j'aime le plus du mal, c'est qu'il est sans sagesse. Sa ruse est construite sur la peur et le mensonge et, tôt ou tard, la peur le paralyse et le mensonge le trahit. Il se retourne contre lui-même et l'humiliation qu'il a tant essayé de fuir le rattrape et le brise. Souvent, il se doute de tout sans douter de lui-même et, s'il espère quelque chose, c'est de réussir à imposer son mensonge et à dominer seul sa peur; mais il échoue chaque fois. Sais-tu pourquoi?

— Non. Je ne sais pas pourquoi, mais je sais que tu vas me le dire.

Azcalath se mit à ricaner comme un petit garçon et continua:

— Il échoue chaque fois, parce que le mal est une créature!

— Je ne te suis pas, Azcalath.

— Le mal est une créature!

— D'accord, le mal est une créature, et puis?

— Tout est là, Hilard! Ne vois-tu pas que le mal n'accepte pas de n'être qu'une créature? Il se veut toujours son propre créateur! Il veut être son propre principe! Ce refus foncier, mon chéri, est la source même de tout mal. Il refuse d'être pour l'autre ce que l'autre est pour lui: un être dépendant.

— Intéressant.

— Et sais-tu pourquoi le mal est limité ?

— Non. Pourquoi ?

— C'est parce que la créature est sa propre limite !

— Je ne te contredis pas, Azcalath. Ta sagesse instruit la mienne. Bref, cet entretien est pour un autre temps. Plutôt que de parler de ces choses, j'aimerais recevoir ton présent et dormir.

— Oui… Le voici donc.

Sortant de l'ombre, une main charbonneuse, belle, gracile et aux doigts longs posa un petit *freux* en ébène sur le sol, à quelques centimètres au-delà de la frontière de l'ombre de l'armoire-vestiaire. Hilard la regardait avec des yeux qui clignaient de fatigue.

— Qu'est-ce que c'est ?

— Un freux, une sorte de corbeau, en ébène.

— Aaaah bon ! Et fait-il quelque chose, ce freux en ébène ?

— Quand tu dis son nom avec l'intention de le voir s'animer, il se transforme en freux géant. Il peut voler en portant deux personnes aisément. Quand tu redis son nom, il reprend sa forme de statuette.

— À vrai dire, c'est magnifique ; c'est-à-dire que, pour un mage sénile, c'est magnifique ! Quel est son nom ?

— Zilférimel.

— Zil-fé-ri-mel… Ce nom me dit quelque chose. Je parie que c'est le nom du mage.

— Exactement. Voilà, je te laisse dormir. Repose-toi mon chéri.

— Merci, Azcalath. C'est un merveilleux présent. J'en prendrai bien soin.

— Je l'espère ; tu en auras besoin.

— Au revoir.

Sous sa chaude couverture de laine, derrière son rideau noir, Hilard attendit le sommeil dans le calme et la solitude de son antre secret. Comme de coutume, il se couchait avec son poignard tout près. Il pensait encore à sa mère en s'imaginant quelle sorte de hoblaine elle avait pu être ; la couleur de ses yeux, les traits de son visage, sa voix, son rire, la douceur de ses mains… Il se figurait enfant et se voyait revenir des champs juste avant le crépuscule, un panier d'osier rempli de fleurs pour elle. Il les aurait choisies attentivement, ne prenant que les plus belles, car il faut toujours cueillir les plus belles fleurs pour sa mère. Il se réjouirait de la voir heureuse des présents éphémères, de ces baisers d'une saison que sont les fleurs ; il se réjouirait surtout de la joie qu'il lui donnerait. Il aimait s'imaginer aussi glissant autour de ses oreilles d'enfant les mains consolatrices de la première femme de sa vie. Doucement, elle le prendrait dans ses bras de jeune mère affable et le bercerait en lui lisant des histoires avant le coucher. Hilard se voyait s'endormir la tête appuyée sur le cœur de sa mère, respirant son parfum, écoutant son cœur chaud et fort battre contre son oreille.

Il sentit quelques larmes sillonner ses tempes et le sommeil lui ferma lentement les yeux.

IV

DU FEU ET DES FLAMMES

Si ta bouche est un doux fruit défendu,
Je me défends de m'en défendre ;
Et si, pour lui, je dois être pendu,
À son rameau je me veux pendre.
Mistal de Montauguet, poète de Vol-de-Freux

Tous les hommes naissent d'une
femme, quelques-uns naissent du feu.
Gwaldaire l'Habile, fondateur des ophimides

Quand l'aube amarante étala sa lumière fraîche sur le visage de Nôyane, elle ouvrit les yeux et vit, debout près du lit, Brenmord qui la regardait. Il lui dit d'une voix teintée de chagrin :

— J'ai une triste nouvelle à t'apprendre, ma fille.

— Dis donc, père, tu commences chaque jour de cette façon ?

— Bien sûr que non.

— Bon, bien, dis…

— Je dois te quitter pour un temps indéterminé.

Nôyane le fixa comme si une sentence de mort venait de tomber sur elle ; révoltée, elle secoua les dernières chaînes du sommeil et le frappa en criant :

— Non! Non! NON! Je viens de te retrouver! Déjà tu dois partir? Non, je ne veux plus t'entendre. Refuse... Ne peux-tu pas refuser?

Il la prit dans ses bras et la retint avec force. Elle le serra fortement comme une petite fille apeurée, mais se calma progressivement. Au bout d'un moment elle continua:

— Tu es un capitaine, après tout, non? Tu ne peux pas me donner ce coup!

— Nôyane, je dois partir pour cette île dont tu m'as parlé.

Ainsi qu'elle l'avait envisagé, la responsabilité de ce départ lui revenait. Elle savait qu'en parlant à son père de cette histoire elle risquait de l'envoyer à la mort. Ses poings frappaient son plastron à répétition. Enfin, en larmes, elle se laissa retomber sur le lit.

— C'est terminé.

— De quoi parles-tu, Nôyane?

— C'est terminé! C'est de ma faute. J'aurais dû ne rien te dire. Je t'ai envoyé à la mort. Je suis vraiment une fille maudite. La maîtresse avait raison. Je suis maudite. Je ne te reverrai plus jamais.

— Mais, reviens à toi, Nôyane. Il y a une option, tu sais.

— Laquelle?

— Si tu venais avec moi? Tu connais le temple et l'île mieux que moi; on se protégerait tous les deux.

Nôyane tira sur elle l'édredon de peau de wegmé. En s'appuyant contre la tête du lit comme une fillette à qui on raconte une histoire d'horreur, elle répondit d'une voix matinale empreinte de peur:

— Tu ne... Non. Tu ne peux pas me demander de retourner dans ce lieu. Elle te tuera et moi aussi. Pourquoi ne me crois-tu pas? Pourquoi? Qu'est-ce que je dois te dire pour que tu me comprennes? Pourquoi les hommes sont-ils toujours aussi stupides et obstinés? Pourquoi ne comprenez-vous rien quand on vous parle ? Elle te tuera ! Non, mais tu as perdu l'esprit, père ? Moi, je suis proscrite de cette île à jamais ! Si j'ai le malheur d'y remettre le pied, la maîtresse va…

— Tu n'es pas certaine d'en être proscrite ; c'est ce que tu m'as laissé entendre hier. Peut-être que tu vois cette femme avec les yeux de l'esclave qui n'a rien pu faire contre elle ; mais, maintenant, avec moi et toute une milice capable de te protéger, tu peux tout. Veux-tu passer ta vie en sachant que cette femme jouit de l'impunité, qu'elle peut te retrouver, t'emprisonner encore ? Ne veux-tu pas la voir expier ses crimes contre toi et d'autres ? Avec ton aide Nôyane, nous la traînerons par les cheveux devant le conseil des Lames. Il ne faut plus vivre dans la peur. Ton père a besoin de toi ; les autres filles ont besoin de toi, ainsi que toutes celles qui vont souffrir si tu ne fais rien pour l'arrêter, Nôyane. Ce n'est pas un hasard que tu sois sortie vivante de ce lieu, mais un signe du destin. Si tu ne veux pas me suivre et que tu es encore trop craintive, j'espère que tu seras assez forte pour accepter la mort de toutes les futures proies de cette femme.

Elle se laissa convaincre. Arthally la savait influençable. Elle n'avait plus rien à dire. Son triomphe sur la rouquine était presque assuré. Elle haussa légèrement le ton en s'efforçant à le ponctuer d'une affection familière et dit :

— Fais-moi confiance, je t'en prie. Regarde, je t'ai apporté des vêtements propres. Je reviendrai te chercher quand nous serons prêts à partir, c'est-à-dire bientôt. Pour ce qui est des provisions, le vogueur a tout ce qu'il nous faut.

À la pensée qu'elle retournerait sur l'île et qu'elle risquerait de perdre à nouveau son père, Nôyane se blottit contre la tête du lit ; ses sentiments s'entremêlaient. Tant d'années passées à obéir l'avaient rendue à la fois docile et réfractaire. Bien qu'elle fût toujours audacieuse et vive d'esprit, sa volonté, elle, s'était affaiblie. Son caractère impétueux luttait contre son habitude de la servilité. Elle voulait parler, mais les mots lui manquaient. Elle voulait crier, mais sa voix s'éteignait. Elle voulait s'enfuir, mais le chemin s'effaçait. Ne sachant plus quoi faire ni quoi dire, elle se tut devant un Brenmord imposant et inflexible.

Les scènes du passé se mirent à défiler dans sa mémoire, ramenant les douleurs encore vives qu'elle eût aimé enfouir sous les pieds de Galfadir pour toujours. Elle écoutait la bise de venthune s'abattre contre la fenêtre en sifflant de sa voix spectrale et, malgré les doux rayons de l'aube, elle se sentait engloutie dans les pires ténèbres qu'elle eût connues.

Enfin, au bout d'un long moment, une fois que furent bien secs les sillons de ses larmes, elle se résigna à revêtir des vêtements propres et à se préparer pour le départ.

❧

Le *Révis*, le magnifique *Révis*, grand vogueur qui faisait la fierté du conseil des Lames, était entièrement construit en *sinphore*, un bois noir léger très résistant aux changements de température. Il faisait quarante-deux mètres de la poupe à la proue sur dix-sept mètres en partant du bas de la proue jusqu'au sommet du *clairheaume*. Large de huit mètres, il comportait deux étages en comptant le fond du vaisseau qui servait de cale où la cargaison était arrimée. Il ne comportait donc pas de lest comme les bâtiments marins. Lège, son poids était de dix tonnes seulement. Le pont, recouvert de deux longues grilles séparées par un passavant fermé reliant la cabine du capitaine à la dunette, donnait directement par la descente principale sur les dix-huit cabines de l'équipage et des passagers, séparées par un couloir, ou plutôt une coursie centrale.

Comme son nom l'indiquait, le vogueur avait la proue en

forme de tête de *révis*. Deux larges yeux sculptés sur chaque côté rappelaient le regard de l'oiseau. Le bec de proue aquilin était bardé d'une mince couche de fer et pouvait servir de bélier puissant contre un autre vaisseau ; sa crête affilée donnait sur l'œil-phare situé sous le clairheaume qui trônait au sommet de la proue. Le vaisseau se tenait sur trois grandes serres finement sculptées, deux à la poupe, l'autre à la proue. Au centre de la proue, une pente sculptée menait à l'entrée du vogueur. À l'extérieur, la coque dans laquelle se trouvait le cargo était renforcée par de minces plaques de fer fabriquées par les doargues du mont Brandaire. À l'intérieur, la cale ne comportait aucun hublot et son espace était relativement dégagé avec, à ses extrémités, deux placards généralement fermés à clef. Le clairheaume était une sorte de cabine oblongue, avec des fenêtres entourées d'une grille intérieure qui protégeait l'orbe vitreux nommé le crâne, dans lequel le crânier insérait l'élucion pour le vol. Sous le pont, il y avait deux portes dans chaque cabine qui s'ouvraient, l'une sur la coursie, l'autre sur le balcon extérieur situé sous la préceinte.

Alors que Brenmord, accompagné de Nôyane, conduisait Frombert dans une cabine vide dont il avait la clef, les autres membres nommés par Mathanny prirent chacun leur chambre. Après avoir verrouillé la porte du prisonnier, le capitaine monta vers le clairheaume et glissa dans le crâne son *nigret*, un élucion noir de jais. Dans la cabine du capitaine occupée cette fois par le général Lamoras, le placard avait été refait pour contenir un petit lit, fait spécialement pour un… hoblain. Comme le général s'y attendait, Hilard apparut dans le placard ombreux vêtu de tout son attirail.

— Ne t'en fais pas, Lamoras, je me ferai discret. Personne ne saura que je suis ici.

— Surtout, oui. Personne. Il faut qu'on te croie absent le plus longtemps possible. Tiens bon.

— Mais, que dis-tu ? Je l'ai déjà fait, tu le sais. Vas-y, ferme la porte.

Après avoir placé le nigret de rechange dans une boîte qu'il gardait dans le placard, Lamoras ferma la porte et la verrouilla sur Hilard couché au sol. La cabine du capitaine était divisée en deux chambres ; la première servait au rangement, au travail et au dîner privé, l'autre, au repos. Tout autour de la cabine, de longues fenêtres verticales surplombaient les grilles diagonales du pont ; en ouvrant une fenêtre, une personne pouvait accéder au passavant et aux grilles qui menaient au toit de la dunette et au clairheaume.

Lorsque tous les membres désignés par le maréchal furent montés à bord du *Révis*, le colonel Barrand arriva la mine basse. Lamoras alla calmement à sa rencontre et lui demanda tout bas :

— Et puis ?

En retenant ses larmes, Barrand regarda le général.

— La bonne nouvelle… nos filles ne sont pas dans les tonnes, dit-il en hésitant.

Lamoras demeura confus ; il répliqua avec une certaine impatience, en fronçant les sourcils :

— Qu'est-ce que tu veux dire ? Bonne nouvelle, nos filles ne sont pas dans les tonnes ! Ce n'est pas une bonne nouvelle que celle-ci, colonel, c'en est une mauvaise !

Barrand baissa les yeux, prit une grande respiration et, sous la force de l'émotion qu'il retenait, il répondit :

— Elles sont mortes. Les filles dans les tonnes, elles sont toutes mortes, mon général.

Pensifs, les deux hommes se regardaient en silence. Barrand baissa le regard en premier, puis continua :

Nous n'avons trouvé qu'une seule tonne ouverte en

entrant, celle dans laquelle avait probablement voyagé la fille du capitaine. Nous avons aussi trouvé la fille du barde Clendane de la maison des Nicovins, et…

— Et… Continue, colonel. Qu'y a-t-il ?

— La belle Alsathée, la fille de Galduny. Je le connais depuis dix ans. C'est un prévôt d'Orrid et un riche marchand de tissus à Connelmirth ; naguère il m'avait offert sa fille en mariage. Nous l'avons trouvée nue, enfermée dans une tonne ; elle s'est ouvert les poignets sur un clou… Pardon, mon général.

Les souvenirs d'Alsathée adolescente lui revinrent soudain, mais Barrand se ressaisit, les chassa et conclut :

— Les autres filles viennent fort probablement d'ailleurs que de Dagrenoque. Je n'ai pu les identifier toutes. Les corps sont entre les mains des ophimides.

Lamoras mit sa main sur l'épaule du colonel et lui dit tout bas avec son sérieux paternaliste habituel :

— Je ne t'en demande pas plus, Barrand. Si on nous pose la question, on répond que les filles viennent d'ailleurs, un point, c'est tout. Conclu ?

— Oui, mon général.

— Bien, allons, la bénédiction commence.

Avant le départ, Percipion les rassembla sur le pont. Ils formèrent un demi-cercle devant l'autel de fer enchâssé dans le mur de la dunette. Le galve souleva au-dessus de sa tête la dague cérémoniale du culte, plaça le veau blanc sur son côté droit, les yeux de l'animal faisant face à ceux de la sculpture du dieu à la gauche de l'autel-four et, après avoir murmuré quelques prières en ancien wælïn, il trancha la gorge de la bête. Une fois que le sang eût coulé dans le vase de propitiation à la base de l'autel, le galve prit le récipient et y but le premier, suivi du général et de tous après lui. Il prit ensuite une corne de bélier remplie de lait de chèvre, versa le liquide sur l'autel pour le mêler au sang et lava le tout avec une gourde remplie d'eau fraîchement recueillie dans le Voglaire le matin même. Une fois les libations terminées, l'autel bien lavé pour ne pas laisser de traces de sang et toutes les prières dites, la viande bénie fut cuite par le galve.

Ils mangèrent sur le pont, comme de coutume. Barrand et Nôyane se regardaient discrètement avec un intérêt mutuel, mais le colonel n'osait lui parler devant Lamoras et Brenmord. Hogarth, Crallas, Dillian-Lorrus, Thorismond et Léügue mangeaient ensemble dans un coin, en retrait des autres. Lamoras, Barrand, Brenmord, Nôyane, Ergath, Throm et Haldaguire partageaient ce qui restait du veau sacré en écoutant Honorayon vanter sa science. Si Zébaldon en était émerveillé, Morüngar en avait assez. Le doargue alla s'asseoir contre le mur de la dunette, et mangea son repas seul et en silence. Il grommelait en dedans, car il devait manger la viande d'une bête sacrifiée à un dieu autre que Roggor, le dieu de sa famille et une des divinités du mont Brandaire. Il se forçait donc à imiter le général pour ne pas se le mettre à dos. Une fois le repas terminé, chacun retourna à sa cabine ou à son poste. Le *Révis* était enfin prêt à sortir de son hangar, dans l'aéroport royal de Dagrenoque.

Le capitaine Brenmord monta au clairheaume, mit les deux mains sur le crâne et s'unit à l'élucion. Doucement, ils soulevèrent le vogueur et le sortirent du hangar. Une fois décollé, le *Révis* sombre, leste et léger *slissa* vite vers les nues. Ils traversèrent l'épaisse brume matinale et le Voglaire disparut sous leurs pieds, alors qu'à l'horizon, trônant comme un vieux monarque endormi, apparaissait le pic enneigé de Klinkerchef.

ⱺɤ̄ᴊ

À la poupe, Hogarth et Crallas partageaient la même cabine, tout juste au-dessous de celle du général. Crallas avait à peine vingt-deux ans et, comme Lamoras, il gardait ses longs cheveux noirs en queue de cheval. Il avait de grands yeux noisette au regard discret. Son front était haut, son visage rond, et sa barbe clairsemée sous un nez large révélait des cicatrices d'anciens combats. Beaucoup de guerriers ériandais le jalousaient, car, non seulement il était difficile à épuiser au combat, sa résistance à la fatigue et à la douleur étant prodigieuse, mais il avait en outre un pouvoir incompréhensible sur bien des femmes. Il avait même réussi à charmer une doarguesse, un exploit qui lui avait valu bien des moqueries.

Le lieutenant et lui étaient inséparables. Pour eux, maîtriser une arme signifiait maîtriser sa vie. Hogarth avait à peine cinq ans de plus que Crallas et cette différence d'âge, en plus de son rang, donnait au lieutenant une certaine ascendance sur lui, surtout quand Lamoras était absent. Quoique les deux fussent de la même espèce, Crallas était de nature docile, malléable, un trait de caractère que Hogarth exploitait en toute conscience.

Ils haïssaient le haute-cape, qui le savait ; sa présence au conseil, pour eux, était inadmissible. Un non-humain né ailleurs qu'à Dagrenoque qui voyageait par les ombres et ne vouait pas un culte à Halvarn n'entrait pas dans leur définition d'un véritable citoyen hurth de leur ville, encore moins dans celle d'un membre authentique du conseil des Lames. Ils ne comprenaient pas pourquoi le hoblain restait. Pour eux, cette touffe de poils intruse devait partir et disparaître pour de bon. Mais le lien d'amitié qu'il entretenait avec le général Lamoras expliquait sans doute sa persistance.

Assis dans son fauteuil, les coudes sur les genoux, Hogarth s'adressa à Crallas en chuchotant :

— Crallas, mon père a interdit à la touffe de participer à

cette mission, mais j'ai la ferme conviction que mon frère ne va pas l'écouter. Je suis certain qu'elle est ici quelque part.

— Je suis d'accord. Lamoras ne va nulle part et ne fait rien sans sa touffe. Tu sais ce que je déteste le plus d'elle ?

— Non, quoi ?

— Son indépendance. Tu vois comme elle veut sans cesse faire le contraire de ce que demande Lamoras, tandis que, nous, nous sommes obligés d'obéir. Qu'est-ce que cette merde de touffe…

— Ou cette touffe de merde !

Les deux se mirent à sourire et rirent un peu du nez.

— En effet, il ne respecte ni la hiérarchie ni Halvarn. Il peut faire ce qu'il veut tout le temps. C'est de l'injustice pure. Il faudrait qu'il ait un accident, Crallas.

— Oui, un accident terrible, qui nous lave de tout soupçon. Mais quoi ?

Hogarth prit un instant pour réfléchir et répondit :

— Il faut l'isoler dans un endroit sans ombre, en pleine clarté, le paralyser avec un dard ; ensuite, on le jette en bas d'un précipice et on dit qu'on n'a pas pu le sauver.

— Oui, c'est bon, du pur génie, Hogarth !

— Merci.

— Et quand penses-tu qu'on devrait le faire ?

— Il faut du temps encore pour y penser. Mais, dès que l'occasion se présente, il faut sauter dessus ; tu m'entends ?

— Oui, oui, je t'entends. Il faudrait en parler aux autres aussi, lieutenant.

— Je m'en charge. Fais-moi confiance, la touffe va se faire raser. Ensuite, Lamoras sera plus vulnérable.

— Hé, sais-tu combien de temps il nous faudra pour nous rendre sur cette île ?

— Un peu moins d'une demi-journée, répliqua Hogarth avec nonchalance.

— Comment le sais-tu ?

— Brenmord.

— Ah bon ! Hé, Hogarth, tu sais, après la mort, Halvarn nous donnera une couronne de gloire et des richesses sans fin, parce qu'on aura eu le courage de purifier le conseil d'une maudite touffe. Figure-toi, Hogarth, figure-toi la gloire qui nous attend !

— Elle sera sans doute immense. Vive Halvarn !

— Vive Halvarn !

Sur un ton de tribun des tavernes, Hogarth lâcha :

— Hé, sais-tu pourquoi on ne peut pas lancer des touffes par catapulte ?

— Non, pourquoi ?

— Parce qu'ils se jettent tous dessus en même temps pour l'essayer.

— Je ne comprends pas.

— Mais quoi, Crallas ? C'est simple, ils ont tellement hâte de l'essayer qu'ils se jettent tous dessus, ce qui la rend inopérante ; comme des enfants stupides.

— Ah. Je n'y avais pas pensé, Hogarth.

Crallas se mit à rire, non pas tant pour flatter son lieutenant que pour lui rappeler son amitié. Ils aimaient bien tous les deux se moquer des autres races ; ils trouvaient là un certain divertissement qui, sans leur donner de véritable satisfaction, excitait leur amour-propre et leur fierté raciale. Ce genre de discours, très répandu chez les guerriers d'Ériande, ne souillait pas la bouche de Lamoras. Pour certains membres avisés du conseil, Lamoras était le diamant et Hogarth, le quartz. Comme le lieutenant le savait, son besoin de briller plus fort que son frère ne faisait que croître. Crallas avait déjà l'esprit ailleurs, et il demanda sans chercher de véritable réponse autre que celle que lui offrait son espoir :

— J'espère qu'il y aura des bagasses sur cette île ! La

première chose que je fais quand j'en vois une, c'est de la *slaguer* !

Hogarth répondit :

— Haille ! Là tu parles ! Nous serons loin de Dagrenoque, donc loin des galves. S'il n'y a personne pour nous voir et si Percipion ne l'apprend pas, je ne verrais pas pourquoi on se priverait de slaguer quelques prêtresses en chaleur ! Après tout, elles ne doivent pas être visitées souvent par des hommes.

Plus scrupuleux, Crallas demanda :

— Crois-tu qu'Halvarn nous livrera entre les mains de Féruldir parce qu'on slague des prêtresses d'Hæline ?

— Quoi ? As-tu perdu la tête, Crallas ? Nous n'avons qu'à libérer Halvarn de la touffe et les prêtresses seront une première petite récompense pour cet exploit. Halvarn est de notre côté. Rien ne peut nous arrêter. Quand on a Halvarn, on a tout et on peut tout faire. Je ne veux plus entendre ces réflexions idiotes ! Tu m'entends ?

Crallas baissa les yeux et hocha la tête en signe d'accord ; les deux guerriers étaient dans la même attente, et leurs désirs étaient identiques.

ⵊⵊ

La porte de leur cabine bien verrouillée, le thraël et son élève se reposaient, nus ensemble sur le lit. Honorayon passait sa main de sexagénaire sur le torse du jeune homme de vingt ans, frottant la peau de son cou jusqu'à son sexe dans un va-et-vient lent et habituel. Inspiré soudain, il s'arrêta net et dit :

— Zébaldon, la talmache est semblable à l'eau cachée dans un alambic opaque. Pour faire sortir l'eau de la cucurbite, que faut-il ?

— Je dirais qu'il faut du feu, maître. Grâce au feu, il y aura de la vapeur et elle sera l'indice qu'il y a de l'eau.

— C'est tout à fait juste. Tu peux conclure, maintenant, que chaque ophimide doit chercher son feu, s'il veut trouver sa vapeur. N'est-ce pas ?

— Je ne crois pas comprendre le rôle de la vapeur dans cette analogie, mon thraël. On me l'a expliquée une fois, mais de manière confuse. Que représente le feu pour un ophimide, finalement, s'il faut de la vapeur pour trouver de l'eau invisible ?

— Le feu, jeune homme, est notre symbole de prédilection. Tu l'aurais compris si je te l'avais expliqué. Des quatre éléments, le feu est le seul qui produit lumière et chaleur. Quand tu auras trouvé ton feu, Zébaldon, tu sentiras la talmache brûler dans tout ton être et la vapeur ne sera rien de moins que ton feu et son eau réunis. La vapeur sera la conséquence de l'activité talmachique en toi. C'est simple, vois-tu ? Tout ce qui coulera de son essence, soumis à tes connaissances, à ton imagination et à ta volition, portera la marque précise et unique de ton lien privilégié avec elle.

— Et comment fait-on pour trouver son feu ?

— Ah, voilà tout le mystère ! Aucun thraël ne pourrait te répondre avec précision, jeune homme. Parfois, c'est notre feu qui nous trouve, et pas toujours comme on l'aurait voulu ! C'est une réalité bien difficile à saisir ; mais la colère, la souffrance et l'amour semblent être des catalyseurs efficaces. Il nous faut une certaine patience et beaucoup de discipline. Surtout, il ne faut pas céder au découragement durant les premières années d'apprentissage. À force de chercher, on trouve ; c'est ainsi. J'avais un maître lors de ma treizième année au château Welgath à Connelmirth, qui m'avait humblement avoué, sans craindre de me scandaliser, qu'il avait passé vingt longues et pénibles années à chercher son feu sans succès.

Alors que certains mages se moquaient de lui – il y en aura toujours parmi nous qui savent moins vivre, tu sais, il faut s'y attendre –, était venu le jour où, sans qu'il s'y attendît, sans même qu'il y pensât, son feu avait chauffé l'eau. Et voilà ! Cet homme d'une rare intelligence était devenu une des têtes les plus fécondes de toute l'histoire de l'ordre, en matière de recherche transomatique, l'art de passer le corps et autres objets d'un lieu à un autre. Il se nommait Théüdin…

— Tu as rencontré Théüdin !

— Oui, dans ses dernières années. Mais, malgré son intelligence, il fit l'erreur de défendre la cause de ces calastaires-truies. L'ordre l'a ostracisé. C'était pour le mieux. Les femmes ne sont pas faites pour la manipulation de la talmache, jeune homme, on ne pourra jamais changer mes idées sur ce point. Leur nature trop craintive, émotive et pointilleuse embrouille leur esprit… J'ai vu trop de dégâts. Ne dis jamais ceci à une calastaire, tu la choqueras… Parlant de dégâts, sais-tu que les femmes saignent du sexe ?

— Non, je ne savais pas, mon thraël.

— Tu peux comprendre, maintenant, pourquoi il leur manque la stabilité nécessaire pour maîtriser la talmache, essence instable par excellence ! Vois-tu vraiment une femme essayer de stabiliser cette fibre erratique et dangereuse ? Le feu Zébaldon, le feu est comme la talmache, il mange ce qu'on lui donne. S'il mange de la paille dans le vent, qu'arrivera-t-il ?

— Il se répandra partout, frénétique et destructeur.

— Voilà. Tu as tout compris. Les femmes ne sont pas faites pour la talmache et la talmache n'est pas faite pour les femmes, point. Réfléchis. Revenons à Théüdin. Ce grand maître de la transomatique dut passer vingt ans à étudier l'essence dont il ne pouvait se servir. Quelle souffrance n'est-ce pas ! Pendant vingt ans, il s'est fait traiter d'incompétent. Vingt ans passés dans la persévérance et la stérilité talmachique.

— En effet. J'espère que ce ne sera pas mon sort.

— Cela est impossible, Zébaldon.

— Pourquoi ?

— Parce que tu es autre. Tu n'es pas cet homme. Il ne faut jamais se comparer à un autre ophimide. Le feu est caractériel, ou plutôt... ontologique. Il est lié intimement à l'être. Le feu, ne prend-il pas la forme et la dimension de ce qu'il brûle ?

— Oui.

— Selon toi, qu'est-ce qui est mieux pour un arbre : fleurir tardivement et porter des fruits, ou fleurir tôt et n'en porter aucun ?

— Je dirais ce qui est évident, mon thraël, fleurir tôt et porter des fruits.

— Bien, jeune homme ; je m'attendais à cette réponse. Fleurir tôt et porter des fruits. C'est ce que tu feras. Pourquoi ? Parce que cette pensée est sortie tout droit de ton essence. Ton feu est lié à ce fond. Il naît quand il faut, au moment précis voulu par la nature inconsciente unie à la talmache active et à la réalité ontologique et situationnelle de ton essence qui vit par, avec et en elles.

— En d'autres mots, maître, nous n'allumons un feu que lorsqu'il nous faut de la lumière et de la chaleur. Le besoin est la cause de son entrée dans le monde. La Nature me révélera la cause de mon feu et je l'appellerai à l'existence ?

— Non, pas tout à fait, Zébaldon. Ton feu existe déjà. Tu ne l'appelleras pas. La colère, l'amour ou peut-être autre chose provoqueront sa fusion avec la talmache. C'est à ce moment que tu vivras l'embrasement. Nul homme ne maîtrise l'existence ou ne peut l'appeler à être. C'est la perversion dans laquelle tombent les nécromants. Libre à toi de faire ce que tu veux avec les dons qui te sont confiés, mais je te mets en garde contre les dangers terribles de la nécromancie.

Vouloir posséder les puissances mêmes qui sculptent l'histoire, vouloir la retourner contre elle-même, ou vouloir changer l'ordre des siècles pour le dominer, c'est là une bien folle entreprise, et les nécromants nous donnent la constante preuve de leur démence inévitable ! Ramène les morts, jeune homme, ramène-les dans le monde des vivants et tu mettras en péril ta vie et ton esprit. Les nécromants se détestent entre eux et tous, je veux bel et bien dire tous, affirment être au service de la vie.

Bref, le feu représente ce que la talmache n'est pas, c'est-à-dire l'être ; et l'eau représente ce que le feu n'est pas, c'est-à-dire la talmache ; et la vapeur, elle, représente ce que le feu fait à l'eau. En d'autres mots, ce que l'être entier fait avec la puissance de la talmache. L'image est parfaite… et aucune autre image ne peut lui équivaloir. La talmache manifeste ce qu'il y a de caché dans l'être.

— Et toi, maître, quand as-tu trouvé ton feu ?

— Ah ! Je voyais venir cette question. En fait, si tu n'étais sous ma garde, voué à l'entière discrétion sur tout ce que nous vivons et disons ensemble, j'hésiterais à t'en parler. J'ai une certaine pudeur quand il s'agit de parler sur ce sujet. Mais, puisque je l'ai moi-même abordé, je vais t'en dresser la charpente. Pour ma part, je fus un des rares privilégiés, jeune homme. J'avais à peine six ans quand j'ai eu les premières manifestations de mes talents. Une vieille dame, ma grand-mère, évidemment ignorante et folle, avait suggéré à ma mère de ne pas m'envoyer chez les ophimides. Elle voulait que je fusse un talent errant ; oui, figure-toi-le, jeune homme : un pancôme, un mage sans les structures de l'étude, ni l'œil extérieur d'un maître ; de la folie à l'état brut. Ma mère était d'accord avec la sienne. Sais-tu pourquoi ?

— Non, maître.

— Parce que les deux étaient des calastaires-truies. Elles

114

ont tout fait pour ridiculiser mes dons. Et, comme je n'étais pas la fille que ma mère eût voulue, elle fit tout pour que j'en sois une. J'étais la moquerie des calastaires quand elles se rassemblaient autour du foyer maternel. J'ai vu et revu, senti et ressenti la malice de ces femmes que les études et le pouvoir de la talmache avaient souillées. J'admirais déjà les ophimides, leur érudition, la qualité de leur esprit, leur éloquence, la rigueur de leur méthode de travail et surtout la tradition de l'ordre. Je ne savais pas à ce moment-là que je confondais deux désirs. Le premier était d'avoir un père et des pairs; le deuxième, parfaitement lié au premier, était de m'épanouir avec eux. En somme, je suis le fils bâtard et méprisé d'une truie de calastaire et je suis convaincu, Zébaldon, que mon feu vint non pas de leur malice, mais de l'abandon de mon père.

— Heureux abandon.

— Oui, c'est bien triste, mais, je le crois aussi, jeune homme, je le crois aussi.

— Il faudra donc qu'il m'arrive un malheur?

— Zébaldon, qu'est-ce que je t'ai dit? J'ai parlé de la colère ou de…

— L'amour… La colère ou l'amour. Je ne vois pas comment l'amour peut naître de la colère; mais il me paraît évident que la colère peut naître de l'amour, si l'amour est rompu. Il me faudra donc vivre l'amour rompu, ou quelque souffrance corporelle.

— Peut-être les deux, jeune homme. Mais ne te creuse plus l'esprit avec ces choses. Seul ton feu t'appartient, et non pas ce qui l'allume.

Honorayon reprit le mouvement de sa main, montant et descendant avec lenteur sur le torse de son élève. Il fit le tour de sa forte carrure et de ses hanches, puis, passant sa main dans les cheveux blonds du jeune homme, il prit sa mâchoire carrée entre ses doigts, lui tourna la tête et l'embrassa sur la bouche.

Zébaldon se laissait faire en apparence, mais il était en plein conflit intérieur. Il savait que cette sorte de relation était connue chez les ophimides, entre élève et maître. Dans la majorité des cas, les deux étaient pleinement consentants. Mais Zébaldon se retrouvait dans une situation des plus délicate du fait que son père, Wenelen, un ophimide thraël premier, professeur émérite de philosophie et de conjuration, venait de décéder mystérieusement quelques mois avant le début de sa première année expérimentale. Le jeune homme était encore en deuil, et il regrettait le départ de son père aimé.

Mais l'accès au titre d'ophimide mineur ne pouvait être obtenu sans la pleine autorisation du maître attitré par son père. Wenelen avait eu de son vivant un respect aveugle pour Honorayon et il lui avait confié l'éducation privée de son fils unique, advenant sa propre mort. Maintenant que Wenelen n'était plus, Honorayon avait Zébaldon tout à lui et de sa relation avec lui dépendait sa progression dans l'ordre. Le fils de Wenelen ne pouvait pas supporter l'idée d'être un pancôme, c'eût été la honte pour son père. En outre, le jeune homme avait pris goût aux études. La pression que les thraëls lui imposaient était forte, mais celle qu'il s'imposait lui-même était pire. Il devait vivre à la hauteur des attentes de son père, d'Honorayon, des thraëls et des siennes.

❧

Barrand cogna à la porte de la cabine au fond de la proue, juste en face de celle de Frombert. Quand elle s'ouvrit, il vit les yeux pers assombris de Nôyane qui le fixaient. Elle lui fit un sourire coquin et baissa les yeux. Barrand lui donnait les frissons de la fièvre amoureuse et, comme elle était très affectueuse… Il était permis à la fille d'un capitaine de regarder un colonel dans les yeux, surtout si celui-ci recherchait sa compagnie. Elle n'était pas timide avec les hommes qui lui plaisaient, mais Barrand interpréta son mouvement de pudeur comme une marque de respect mêlé de timidité.

— Ne me crains pas, mademoiselle. Est-ce que tout va bien, ici ?

— Oui, tout va mieux, puisque tu y es…

Les deux se mangeaient du regard et la passion naissante transparaissait. Barrand répliqua d'un ton coquin :

— Tu me dis oui avec des yeux fraîchement trempés par les larmes. Je suis le colonel Barrand, le supérieur imméd…

— Oui… d'accord. Entre.

Une fois la porte fermée, il prit Nôyane par la taille et la serra fortement contre lui. Elle n'hésita pas un instant de plus pour lui enlacer le cou. Leur baiser fiévreux eût duré plus longtemps, mais la proximité des chambres ne permettait pas les ébats qu'ils eussent aimés, pas plus qu'elle ne leur donnait l'intimité voulue. Barrand la coucha sur le lit, prit ses mains gracieuses dans les siennes et couvrit le cou de Nôyane des traces invisibles de ses lèvres affamées. Nôyane se laissait immerger dans la détente, mais le lieu ne lui convenait pas. Elle se crispa soudain, repoussa délicatement le colonel qui la regardait avec les yeux d'un charognard amoureux et en jouant la petite fille elle répondit :

— Je ne me sens pas bien. Ce n'est ni l'endroit ni le moment… Pardonne-moi colonel.

Barrand passa ses doigts sur les lèvres de la rouquine, la regarda longuement dans les yeux et l'embrassa une dernière fois. Avant de sortir, il lui répondit doucement en chuchotant :

— Partie remise.

Elle resta couchée tout de son long et figea son regard sur

le plafond bas de sa cabine, son index frôlant le contour de sa bouche, comme si elle voulait y faire perdurer la douceur des lèvres de son nouvel amant. Elle avait connu de nombreux corps masculins, mais jamais elle n'avait été aimée, jamais elle n'avait reçu la moindre tendresse d'un homme. Ce baiser, qui avait le goût de l'authenticité, le premier véritable de sa vie, restait gravé dans son âme comme une ferrade sacrée. Malgré sa force de caractère encore latente, Nôyane était fragile. Son cœur oscillait entre un idéal amoureux et la réalité cruelle des passions. Et comme elle n'avait connu que les dernières, son espoir de vivre le premier était aussi vif que sa jeunesse fougueuse.

En sortant de la cabine, le colonel Barrand croisa dans la coursie le regard de Throm qui ne semblait pas très heureux de le voir quitter la compagnie de Nôyane aussi souriant.

— Que viens-tu juste de voir, brigadier ?

Voyant que ses sentiments avaient transparu, Throm détourna la tête, inclina son regard et répondit, sournois :

— Rien mon colonel. Je n'ai rien vu.

Barrand s'approcha de son brigadier, plaça son visage à quelques centimètres du sien et, tout en humant la fétide odeur de la jalousie de Throm, lui dit doucement :

— C'est en effet ce que je croyais. Tu n'as rien vu ni rien entendu et, si jamais je te vois tourner autour d'elle, je ferai de ton crâne un bol pour colifichets !

Throm fixa Barrand et les deux hommes échangèrent des cris silencieux : ceux du mâle affamé de victoire d'une part, ceux de l'amant porté par son cœur et ceux, d'autre part, du chasseur piégé par sa proie. Si Throm parlait à Lamoras, Barrand perdait Nôyane et son titre de colonel, car il était formellement interdit par les lois du conseil qu'un membre ait des liens charnels ou même amoureux avec une personne de l'autre sexe s'il n'y avait pas mariage légal devant Halvarn.

Il était aussi illégal d'avoir une aventure dans un bâtiment ou un édifice appartenant au conseil. Barrand le savait, mais n'en avait cure. Throm savait que Barrand le savait. Et le brigadier savait aussi qu'on n'attaquait Barrand ni par la langue ni par l'épée ; le risque était trop grand et, puisque Throm n'avait devant lui rien d'autre que les lames, il avait intérêt à se tenir coi.

La menace du colonel ne servait donc qu'au maintien de la forme et à l'exercice de son autorité militaire. Le colonel se trouvait odieux, mais il n'en pouvait plus. Autant il espérait revoir sa femme après toutes ces années d'abstinence et d'attente, autant il voulait passer à autre chose, changer le climat de sa vie et marcher sur un autre sentier que celui de l'attente et du sacrifice involontaires. Pour lui comme pour Throm, Nôyane représentait cette victoire heureuse, ce cachet de l'amour, cette proie libératrice, mais les deux hommes, aveuglés par la passion, captivés par les appas, ignoraient un danger imminent, les cercueils cachés dans le cœur de la rouquine.

V

LES REVERS DE VENTHUNE

J'abandonnerais volontiers tous mes
biens plutôt que d'abandonner un ami.
Aghmeil, zayhiste à Clonnybaire

On obéit par devoir ou par amour,
ou par amour du devoir,
ou par devoir d'amour.
Mironne des Vagues-noires,
thraëlle du Cinquième ordre

Le vent froid de venthune lui fouettant le corps, Haldaguire se dirigeait prestement vers le clairheaume par le passavant quand il vit tout à coup un autre vogueur accoster le *Révis* par le flanc gauche. Il reconnut l'écu sur le pavois de la préceinte, un grand cercle bleu avec en son centre le visage d'un loup aux yeux rouges. C'était les loups d'azur, forbans impitoyables du ciel d'Ériande et de la côte d'Éther. À ce moment même, Lamoras se trouvait dans la cabine du capitaine. Voyant que la baliste du vogueur intrus s'apprêtait à tirer sur le général, Haldaguire se retourna et courut de tout son souffle vers lui, le vent dans le dos. Il ouvrit énergiquement la porte ; avec lui, un vrombissement d'air y pénétra. Il hurla pour lui faire compétition en se lançant sur Lamoras à toute vitesse.

La fenêtre éclata en mille morceaux. Une énorme flèche

attachée à une chaîne perça l'armoire dans laquelle était Hilard et traversa le mur du fond. Haldaguire, dont les réflexes étaient dignes d'envie, avait sauvé Lamoras de justesse.

La porte de l'armoire était fendue et l'élucion de réserve avait été touché à mort. Quant à Hilard, il ne lui restait plus qu'à sortir, mais il ne bougeait pas. Haldaguire l'aurait vu. Lamoras se releva, mit la main sur l'épaule du guerrier, reprit son souffle et lui commanda :

— Descends par la cabine et va prévenir tout le monde. Je me rends au clairheaume. Viens m'y rejoindre dès que tu peux. C'est un des vogueurs de ce soudard de Radabaze. Il frappe toujours les vaisseaux d'exploration. Fais vite !

Haldaguire dévalait l'escalier en spirale qui menait à la coursie, lorsque le *Révis* fut bousculé légèrement. Il perdit pied, glissa, tenta de se rattraper, mais heurta malencontreusement sa tête contre le mur. Il tomba en bas des dernières marches, inconscient.

Sur le passavant, Lamoras courut contre le vent puissant et froid ; le vogueur ennemi s'éloigna quelque peu, ce qui occasionna une perturbation dans la trajectoire du *Révis*. La vitesse des deux vaisseaux ne permettait pas un vol parfaitement synchronisé et la chaîne attachée à la flèche tirait le vogueur de côté. Le général perdit pied en même temps qu'Haldaguire dans l'escalier, mais il parvint à s'agripper à la rampe et poursuivit sa course.

Sa vision périphérique lui permit de remarquer deux autres coups de baliste qui se préparaient, cette fois contre le pont et le clairheaume. Ils étaient presque rendus sur l'île mère de l'archipel d'Azexerte. Lamoras espérait s'y rendre pour atterrir en sécurité, mais, pour ce faire et pour en revenir après la mission, il devait à tout prix protéger l'élucion et le crânier. Les deux vogueurs volaient à toute vitesse, tranchant les nuages tordus. Lamoras entrait dans le clairheaume comme un bélier furieux, quand le deuxième coup de baliste frappa. La cage et la vitre du clairheaume furent cassées par un trait puissant, mais la flèche ne pénétra que le plancher sur le bord de la fenêtre. Le vrombissement du vent emplit leurs oreilles, et Lamoras cria :

— Brenmord, va protéger ta fille ! Je prends le crâne. C'est un ordre.

Le faux Brenmord fit signe que oui et s'engagea dans l'escalier en courant.

C'était le moment idéal pour se venger de ce nigaud de Frombert qui avait osé parler d'Arthally au conseil des Lames et, qui plus est, l'avait traitée de sale chienne. Une fois dans la coursie, Brenmord aurait pu crier pour avertir les autres de la situation critique, mais il vit descendre dans l'escalier de la claire-voie deux loups d'azur bien armés. Avant qu'ils le vissent, il se glissa vite dans la chambre de Frombert et ferma la porte. Arthally se disait que cette attaque soudaine pouvait lui être favorable. Au travers des yeux de Brenmord, elle regardait sa proie avec délectation. Attaché à un poteau, le petit blond était confus ; il demanda :

— Qu'est-ce qu'il y a ? Qu'est-ce que j'ai fait encore ? Je ne fais rien moi, là ! Je suis ici tout seul ; je n'ai rien fait, merde ! Qu'est-ce que je peux faire ? Je suis ici tout seul, vraiment. Quand tu y penses, tu ne peux rien faire de mal quand tu es ici tout seul !

— Tais-toi, nigaud. Tu parles trop. Maintenant, tu ne parleras plus.

Arthally le prit par les cheveux, le poussa contre le mur en courbant sa tête vers l'arrière, lui cracha au visage et, avant qu'il ait eu la chance de crier au secours, lui trancha la gorge avec un énorme plaisir.

∾

Après le départ d'Haldaguire, Hilard sortit de l'armoire et se dirigea vers l'ouverture faite par la flèche pour examiner les dégâts et se faire une idée de la situation. Il n'y était pas sitôt parvenu qu'un loup d'azur vêtu d'une armure composite de fer et de cuir entra dans la cabine en ouvrant davantage le trou fait par la flèche. Il avait glissé sur la chaîne en se servant d'une épaisse courroie de cuir. Instinctivement, Hilard chercha les ombres. Elles étaient trop petites et trop faibles dans la clarté des lieux. Il devait régler son compte à cet adversaire à la manière des hommes. Il dégaina son poignard et chargea le brigand, qui reçut le mâchil en plein ventre et tomba sur le bord de la fenêtre qu'il venait de traverser. Le vent hurlait dans la cabine. Hilard se concentra sur le forban et, juste avant qu'il lui enfonce son poignard dans l'œil, Hogarth arriva derrière lui, le prit et le lança par la fenêtre ouverte. Son poignard tomba quelque part dans la chambre, alors qu'il partait en chute libre dans le ciel. Crallas arriva derrière son lieutenant et enfonça avec la rapidité de l'éclair son épée dans l'orbite nue du brigand.

— Je te l'avais dit, qu'il était là ! s'écria Hogarth, fier d'avoir eu raison.

— C'est de la vraie perspicacité, lieutenant ! C'est toi qui devrais être général.

— Maréchal… Crallas, je devrais être maréchal, rien de moins.

— Euh, oui, maréchal, c'est ce que je voulais dire. C'était facile, de se défaire de la touffe !

— L'opportunité, Crallas. Il faut saisir l'opportunité. Toute victoire en dépend ! Allons, il faut faire vite pour Haldaguire. Ces pendards n'ont pas fini d'aborder par le pont, là-bas. Passons par la coursie. Suis-moi.

— Lieutenant, ils prennent le clairheaume !

— Quoi! Par la sainte merde d'Halvarn! Tu as raison, Crallas. Allons!

Ils laissèrent Haldaguire inconscient dans les marches et se déplacèrent à toutes jambes dans la direction du crâne. Ils virent des brigands descendre sur le pont par une chaîne à laquelle la flèche, solidement enfoncée dans le toit de la dunette, était reliée. Le fer de la cage fumait encore; sans doute un sort quelconque avait-il été employé pour y fondre un espace permettant le passage des envahisseurs.

Hogarth et Crallas arrivaient à peine dans le clairheaume lorsqu'ils virent trois brigands y entrer aussi par une large brèche dans la paroi vitrée et grillagée. Une flèche de baliste avait aussi perforé l'arrière du clairheaume, heureusement loin du crâne qui se trouvait à l'avant. Ils devaient protéger Lamoras.

Un des trois loups d'azur, très costaud et musclé, se précipita dans l'escalier qu'avait pris Brenmord et qui menait à la coursie, sans doute pour isoler le lieu. Hogarth et Crallas se jetèrent sur les assaillants, l'épée au clair. Les lames s'entrechoquèrent dans un vacarme de cris stridents et dans les sanglots assourdissants du vent des hauteurs.

Hogarth fut frappé au visage et se mit à saigner du nez. À la vue de son sang, il perdit la maîtrise de ses nerfs, hurla des injures et cracha des jurons. Ses yeux étaient illuminés du feu de la rage et les muscles lui brûlaient. Cela lui arrivait souvent. C'était ce comportement, cette absence de maîtrise de lui-même, que Lamoras lui reprochait.

Il donna plusieurs coups de pieds au ventre de l'assaillant. Sous sa force, le brigand recula sur des jambes flageolantes et tomba sur le dos. Le lieutenant sauta sur lui et le roua de coups. Crallas, pour sa part, était déjà sur l'autre et lui assénait une généreuse séquence de coups de lame.

Les nerfs de fer, Lamoras gardait son calme et sa concentration. Il avait les yeux fixés sur l'île qui approchait à toute vitesse et lançait parfois un coup d'œil sur le vogueur voisin dont il devait suivre les moindres mouvements, de la même manière qu'il devait garder à l'esprit l'action qui se déroulait à l'intérieur du clairheaume.

Pour empirer la situation, deux nouveaux brigands abordèrent le *Révis* par la chaîne. Étrangement, après leur arrivée, le lien se relâcha brusquement. C'était l'intervention talmachique d'Honorayon qui faisait son effet.

Les loups d'azur voulaient le nigret à tout prix. Cet élucion puissant pouvait atteindre les mille ferghels sur le marché noir à Vol-de-Freux et à Connelmirth.

જ⊗

Dans la coursie, juste après que Lamoras avait franchi le clairheaume, une porte s'était ouverte comme un volet dans un vent violent. Les loups d'azur, qui avaient percé une des grilles au-dessus du pont, allaient bientôt se diriger vers les cabines. Un des plus agiles et des plus jeunes d'entre eux, et sans doute un des moins doués en stratégie, était descendu sans attendre ses compagnons. Une fois dans la coursie, le forban de quinze ans avait dégainé et ouvert brusquement une porte au hasard. Il avait été surpris de voir deux hommes nus ensemble dans le même lit. Il s'était mis à rire. Honorayon était sorti du lit et s'était mis à rire lui aussi. Il avait levé la main droite et une partie du mur à la gauche de l'adolescent s'était arrachée et lui avait fouetté le visage avec une telle force qu'il en était resté étourdi. Le plancher de bois avait cédé sous ses pieds et il s'y était enfoncé jusqu'aux hanches. Le plancher s'était refermé sur lui.

126

Le brigand agonisait. Honorayon prit sa dague encore au fourreau et la lança à Zébaldon en lui disant :

— Bon. J'ai fait ma part du travail. Finis-le. Vas-y, finis-le, j'ai dit !

Zébaldon n'avait jamais tué un homme, encore moins quelqu'un de plus jeune que lui. Il était encore émerveillé par la rapidité d'action de son maître. Il ne bougeait pas, figé par l'ordre du thraël qui avait repris :

— Jeune homme, sors du lit, et finis-le, j'ai dit ! C'est toi ou lui. Si tu ne sors pas de ce lit, je t'en sortirai, moi ! Un mage doit apprendre à tuer.

Le jeune mage apprenti, ou plutôt l'*aphlo*, s'était tiré lui-même hors du lit, mais à peine avait-il attrapé la dague avec mollesse et crainte que le thraël expérimenté avait perdu patience. Il la lui avait reprise et avait tranché la gorge de l'adolescent. Honorayon avait ainsi montré à son élève un tout autre aspect de lui-même. Il lui avait crié :

— Dois-je tout faire pour toi, espèce de couard ? Quel âge as-tu ? Je viens de te sauver la vie ! Tu te serais laissé tuer, quoi ? M'aurais-tu défendu ? Non ! Réveille-toi, Zébaldon ! Réveille-toi, petit flandrin sans virilité ! Quand donc tâcheras-tu d'être à la hauteur de ton père ! Veux-tu être un mage, ou une fillette ? Tu apprendras à tuer ou tu mourras. C'est la dernière fois que je te le dis. La prochaine fois, ta veulerie te coûtera la vie. Tu défends le compagnon avec qui tu voyages. Il est ton meilleur atout en tout temps. Il est l'œil que tu n'as pas derrière la tête ! C'est logique.

Le thraël l'avait giflé trois fois derrière la tête. Il avait enlevé une de ses bagues, l'avait glissée au doigt de son élève et avait murmuré un mot. Zébaldon était devenu invisible. Le thraël avait repris :

— Reste ici. Ne parle pas. Monte sur le lit, mets-toi contre le mur et couvre tes pieds avec l'oreiller pour cacher la concavité du lit. Je dois purifier ce vogueur.

Le thraël sexagénaire aux longs cheveux poivrés, maigre et bedonnant, était sorti nu dans la coursie. Un autre brigand l'avait chargé, estramaçon à la main. Mais il s'était arrêté, étonné de voir soudain un homme nu devant lui ; profitant de cet instant de surprise, Honorayon avait fait apparaître une main spectrale sur la cervelière de l'assaillant. La pression avait été telle que son crâne s'était mis à saigner sous le métal déformé qui l'enserrait. Le forban avait perdu connaissance.

Le mage s'apprêtait à monter par l'escalier de la claire-voie quand deux autres loups d'azur étaient descendus. Il avait fait éclater quelques marches sous leurs pieds, ce qui les avait fait débouler. Honorayon n'avait eu qu'à toucher leur armure ; et comme elle était instantanément devenue très chaude, ils s'étaient empressés tant bien que mal de l'enlever en hurlant et en s'y brûlant les mains. Le thraël avait gravi librement l'escalier jusqu'au pont, en laissant à ses victimes la tâche d'alerter les autres membres du conseil par leurs cris.

Il connaissait très bien les situations de combat et, voyant huit nouveaux brigands glisser vers le pont et la cabine, il avait *rumi* machinalement tout bas, le vent froid fouettant son corps nu. Une couche de tégument semblable à celle de la carapace des charançons lui avait rapidement couvert la totalité de la peau.

Plus haut, deux des brigands étaient entrés dans la cabine du capitaine ; les six autres avaient dégainé leur lame sur le pont et entouré Honorayon. À ce moment, Morüngar et Throm avaient surgi de la dunette, alors que Thorismond, Ergath et Léügue sortaient de la claire-voie, arme à la main. Chacun des guerriers s'était lancé sur un brigand afin de laisser au thraël une entière liberté d'action.

Honorayon avait la main droite en direction du clairheaume et, en pressant l'index contre le pouce, il avait rumi. La chaîne qui reliait le clairheaume au vogueur ennemi s'était mise à rougir par le milieu. Elle avait éclaté d'un coup sous la chaleur ardente qui la faisait fondre. Le premier lien était rompu.

Morüngar engagea le combat sans hésitation ; sa masse d'armes dentelée fracassa le genou droit du brigand devant lui, qui lâcha son glaive et mit ses mains sur sa plaie. Le doargue allait l'achever, mais le brigand auquel s'attaquait Leügue avait terrassé le guerrier ; Morüngar courut le plus vite qu'il pouvait. Malgré ses courtes jambes, il arriva juste à temps pour secourir Leügue et s'en prendre à son agresseur. Sa masse d'armes fit un aller-retour sous le coccyx du brigand qui hurla en lâchant son arme. Leügue lui planta sa dague dans l'aine. En faisant un demi-tour sur lui-même, Morüngar l'acheva d'un coup de masse à la tempe. Le sang gicla partout.

Les deux combattants se jetèrent sauvagement sur l'assaillant d'Ergath. Les deux opposants avaient leur épée coincée garde contre garde, figés sur place dans un combat de force. Morüngar alla droit au but ; il s'élança derrière les genoux du brigand, ce qui lui fit perdre l'équilibre un instant. Leügue qui suivait derrière l'assomma du pommeau de son épée.

Grâce à cette équipe efficace, le thraël put briser la deuxième chaîne qui reliait les deux vogueurs par le toit de la dunette. Mais l'épreuve n'était pas terminée. Honorayon s'aperçut que le vogueur ennemi rechargeait les deux balistes de nouvelles flèches. Il devait choisir, et vite. Il pouvait s'occuper de la dernière chaîne qui les retenait ou faire flamber le vaisseau. En se courbant vers le sol, il rumit encore, se mit à trembler et se leva d'un trait en lévitant, les bras écartés. Les écailles épaisses de sa peau de coléoptère s'effritaient sous la pression des flammes vermeilles qui progressivement se tordaient autour de lui. Une grande flèche partit et se logea profondément dans un talon arrière du *Révis*.

Un immense jet de feu vermeil se précipita hors du mage en transe et s'élança sur le vogueur ennemi dans un nuage incendiaire. Le coupe-ciel des loups d'azur devint un brasier tel que le bruit de son crépitement couvrit presque les hurlements des brigands dont les chairs se calcinaient. Certains tombaient dans le grand vide bleu comme des gouttes de feu. Les dégâts se propagèrent jusque dans le clairheaume du vogueur ennemi ; il commençait à perdre de l'altitude ; bientôt, le *Révis* aurait à le traîner comme un boulet de feu, un poids trop lourd pour la puissance de son élucion. Aussi, le thraël se retourna-t-il aussitôt pour faire fondre ce qu'il croyait être la dernière chaîne, celle qui entrait dans la cabine du capitaine. Mais il reçut un coup de masse au ventre. Il tomba par terre en position fœtale, nu, vulnérable et déconcentré. Il avait échoué à maintenir le sort.

Thorismond était blessé gravement et gisait dans son sang. Throm sauta sur le brigand qui venait de frapper le thraël et Morüngar le rejoignit. Le *Révis* avait atteint Azexerte. La forêt tempérée aux mille ravins se voyait depuis le pont.

ᘖᘗ

Cependant qu'Honorayon faisait fondre les chaînes, deux épées se croisaient au-dessus du corps inanimé d'Haldaguire, dans la cabine. Les brigands tentaient de descendre vers la coursie, mais un homme aux cheveux noirs et courts leur bloquait la voie. Ils échangèrent plusieurs coups avant qu'il pût les faire reculer. Au bout d'un moment, Dillian-Lorrus les eut devant lui, en haut de l'escalier. Dans le vacarme et l'air froid de la cabine du capitaine, les deux brigands reculèrent pour mieux l'entourer.

Ayant enfin plus d'espace, le représentant des lames dégaina sa main-gauche. Il intimida les attaquants de ses yeux fins et gris, chargés de charisme et d'expérience; quelques cicatrices, vestiges de combats antérieurs, caractérisaient son visage équarri, grave et arrogant. À première vue, il paraissait aussi inquiétant que beau. Il fit à ses assaillants un sourire moqueur et analysa d'un coup d'œil le lieu dans lequel ils étaient tous les trois. Les deux le chargèrent en même temps avec l'espoir de le faire tomber derrière, dans l'escalier. Bien qu'il ne sût pas si Haldaguire vivait encore ou pas, il devait protéger l'entrée de la coursie.

Doué d'une ambidextérité surprenante, il désarma le premier, esquiva l'arme du second et la retourna contre lui. Mais aussitôt le forban désarmé lui sauta au cou par l'arrière, et se mit à l'étrangler. Le deuxième, voyant l'occasion que lui offrait son camarade, reprit son équilibre, mais il reçut une dague en pleine côte. Le jeune Haldaguire s'était réveillé. Le premier loup d'azur pouvait presser la gorge de l'Ériandais tant qu'il voulait, le guerrier n'était pas au bout de ses ruses. Les brigands ne portaient aucun soleret ni rien qui pouvait protéger le dessus de leurs pieds. Ils ne portaient que de simples bottes de cuir. Le lame lui abattit son talon sur la crête du pied. La douleur et la surprise du brigand furent telles qu'il lâcha prise. Se retournant sur lui-même, le lame donna trois coups de poing au visage du loup d'azur et le poussa dans l'escalier. Haldaguire en profita pour l'attraper, le contraindre et lui casser le cou.

Fâché de la blessure infligée à sa côte, le deuxième brigand fut pris de panique en voyant son sang couler. Lorsqu'il vit mourir son compagnon d'armes en plus, il perdit toute assurance; maintenant, la situation était inversée; le loup était seul et les lames étaient deux. Il courut vers la fenêtre, mais ne put s'y rendre. L'homme aux cheveux noirs lui agrippa les épaules, lui asséna un coup de pied derrière le genou et le tira vers le sol. Il tomba. Ce fut alors que le lame plongea sa main-gauche vers la tête du brigand, qui roula sur le sol pour l'esquiver. Il ne s'était que partiellement relevé qu'il reçut au visage la botte d'Haldaguire et, dans le flanc sous ses côtes, la main-gauche. Il hurla en mêlant quelques jurons à son cri. La main de Dillian-Lorrus lui serra la gorge. Haldaguire le désarma. De sa voix doucement rauque, Lorrus lui demanda :

— Tu me dis qui est ton maître et je te laisse retourner sur ton vogueur ; tu ne me le dis pas et je te jette dans le vide pour que tu sois la pâture des *vulcres*. Qu'est-ce que tu choisis ?

— Il s'appelle Radabaze. Il possède cinq vogueurs et plus de cinq cents hommes.

— Tu veux dire de petites merdes comme toi ?

— Oui.

— Et, dis donc, où pouvons-nous trouver ton père-anus !

— Je ne sais pas...

— Ooooo, la chèvre idiote ! Mauvaise réponse, petite merde ! Haldague, il faut le jeter aux vulcres. Allons !

— Non, non. D'accord, je vous le dis. Il a un sanctuaire consacré à Kilhairn dans l'archipel de Brannilbin, au sud de Trinith, vis-à-vis de la forteresse de Cavinharle. Un autre se trouve sur les falaises nordiques de la forêt de Hautcrique. Il est responsable de l'Ériande pour les loups.

— Et qu'est-ce que vous voulez de nous ?

— Euh, bien... les gaillards, c'est simple ! On veut les élucions.

— Tu as entendu, Haldague, il nous a appelés les gaillards pour se rapprocher de nous, comme si nous étions ses camarades ! C'est mignon, je pense ! Oh ! Je sens qu'une petite larme de tendresse va me gicler du cul !

— Allez, Dillian, enfermons-le avec l'autre prisonnier

jusqu'à ce que Lamoras se prononce à son sujet. Il faut monter ensuite au clairheaume pour l'assister.

— Haldague, Haldague, comme tu es traditionaliste, solennel et procédural. Parfois, il faut faire les choses selon une logique de guerre. As-tu déjà oublié ce que tu viens de faire ?

Dillian-Lorrus frappa le brigand au visage et lui cassa le nez, puis, dans un tour de force brutale, il le prit par le col et le lança par la fenêtre.

— Voilà. Vive la justice. Maintenant, je vais gagner le pont tout seul ; tu restes ici pour garder l'entrée de la coursie.

— Non, je vais rejoindre Lamoras au clairheaume comme il me l'a ordonné. C'est à toi que revient la tâche de protéger l'entrée de la coursie. J'ai reçu mes ordres, déjà.

Haldaguire se précipita vers le passavant, mais il fut arrêté par Dillian.

— Laisse faire ce que t'a dit Lamoras. Adapte-toi à la situation. La prochaine fois, sache que je ne reçois pas mes ordres d'un puceau de vingt ans, même s'il est parmi les meilleures lames du pays ! Tu restes ici. Il nous faut un des plus habiles cogneurs à cet endroit. Donc, tu restes et tu les empêches d'entrer.

Sur ces mots, Lorrus tapa deux fois Haldaguire sur la joue et sortit.

ⵯ

Tout de suite après que le thraël Honorayon eut égorgé le brigand de quinze ans devant Zébaldon et qu'il fut sorti de sa chambre pour écraser la cervelière d'un autre brigand, des cris terribles dans la coursie avaient fait sortir Barrand et les autres de leur chambre ; mais le colonel avait vu en premier Honorayon, nu, gravir l'escalier brisé de la claire-voie.

Il avait cru rêver, mais son attention avait été sollicitée par le brigand qui gisait au sol, du sang plein le visage, et les deux autres qui hurlaient de douleur en essayant d'enlever leur broigne brûlante. Il s'était tourné vers la proue et avait vu la porte de la chambre du prisonnier s'ouvrir. Brenmord qui en sortait avait été surpris de voir le colonel et lui avait lancé énergiquement :

— Ils ont tué le prisonnier. Lamoras m'a ordonné de protéger ma fille. Lui s'occupe du crâne. Il faudrait l'aider. Ils nous prennent d'assaut par le clairheaume et le pont !

Barrand qui se retournait une dernière fois pour observer la coursie jusqu'à la poupe avait vu au fond Dillian-Lorrus qui sortait de sa chambre en dégainant son épée et en courant vers l'escalier qui menait à la cabine du capitaine. Le colonel s'était précipité vers le capitaine et lui avait dit :

— Protège ta fille, je monte au crâne. Mais, avant, je veux que tu m'attaches cette merde qui traîne dans le couloir !

Il désignait les trois brigands. Barrand était monté vers le clairheaume, mais Brenmord n'avait pas fait ce que lui avait demandé le colonel. Il était entré directement dans la chambre de Nôyane. Elle était vide.

Arthally ne s'en était point souciée. Elle avait traversé la chambre et ouvert la porte qui menait au balcon. Une fois celle-ci fermée, elle avait rumi un sort et fait fondre un trou dans la paroi vitreuse et métallique du balcon. Voyant que l'île d'Azexerte n'était plus très loin, elle avait défait son plastron et son armure jusqu'à se mettre complètement nue, avait lancé le tout dans le vide et s'y était laissée tomber elle aussi. Dans sa chute, l'air froid avait mordu sa chair chaude, mais elle avait ouvert grand les bras et les jambes et rumi une autre fois quelques paroles inintelligibles. Elle avait repris sa forme féminine et des plumes noires s'étaient mises à pousser sur tout son corps. Bientôt, ses bras étaient devenus de grandes ailes et de ses lombes étaient sorties de longues rectrices. Elle s'était laissée planer vers les antres sombres de l'énigmatique Azexerte.

ကာ

Il avait traversé les nuages et les deux vogueurs s'étaient dérobés à sa vue. Dans sa chute, il avait perdu sa cervelière en heurtant la toiture grillagée du pont. Un bref instant, il s'y était agrippé, mais la force du vent l'avait aspiré dans la bouche béante du ciel.

Hilard tombait... l'air froid fouettait ses yeux et givrait son armure. Il avait mis sa main dans la pochette de cuir attachée à sa ceinture, saisi la statuette que lui avait donnée Azcalath et, en la tenant fermement, il avait crié :

— Zilférimel !

La statuette était devenue trop chaude pour qu'il la tînt plus longtemps. Une sphère de lumière bleutée s'était formée autour d'elle, comme une explosion. Hilard tombait et la statuette aussi. Mais le bibelot allait plus vite que lui. Il avait soudain senti un duvet chaud sous ses mains ; un freux géant le portait sur son dos ! Il s'était retourné aussitôt sur le ventre et s'était agrippé aux plumes noires du dos de l'oiseau. Le freux reprit de l'altitude.

— Va vers l'île, là-bas, avait ordonné Hilard. Il faut suivre les deux vogueurs.

Il ne savait pas si l'oiseau comprenait. Mais, Zilférimel le Freux l'avait bien compris. Gravissant les nues à grands coups d'ailes et volant avec les vents véloces, il avait obéi fidèlement à la voix de son nouveau maître.

ကာ

Aveuglé par la colère au point de ne pas voir entrer les deux autres brigands, Hogarth continuait à rouer de coups son adversaire au sol en criant comme un insensé, le poing taché de sang. Les deux arrivants l'arrachèrent à leur compagnon, le lancèrent contre le mur du clairheaume et lui donnèrent une raclée. Il laissa échapper son épée. Ils le frappaient à grands coups de pieds. Hogarth saignait de la bouche, et essayait en vain de crier le nom de son frère.

Mais Lamoras, loin d'être indifférent à ce qui se passait, s'imposait de garder le crâne. Il fallait être très exercé pour cette sorte de navigation, car de maîtriser l'élucion sous pression n'était pas une tâche pour les esprits évasifs ; se maîtriser soi-même l'était encore moins. Crallas vit Hogarth par terre et lâcha immédiatement le brigand contre qui il luttait pour se précipiter sur celui qui s'apprêtait à égorger son lieutenant. Il balança son fer quatre fois au-dessus du capitaine agonisant et fit reculer ses assaillants vers la porte d'entrée.

Il sentit s'approcher de lui le brigand qu'il venait de quitter ; il fit un demi-tour sur lui-même en balançant son fer, mais son adversaire esquiva le coup. Crallas avait ouvert sa protection. La main-gauche du brigand se glissa partiellement entre les plaques de fer de sa jaque de cuir, perforant à demi son flanc. Un des loups acculés au mur lança une dague vers sa tête, mais elle passa tout droit près de son oreille et percuta le mur. Crallas saisit le poignet de l'homme qui l'avait dardé, lui asséna un coup de pommeau sur la tempe et sortit la main-gauche de son propre flanc.

Hogarth se traînait par terre le visage plein de sang.

Les loups d'azur se jetèrent sur Crallas dès qu'il leur eut tourné le dos. Le premier lui sauta au cou pour l'égorger, mais le guerrier ériandais se pencha et lui enfonça la main-gauche dans la fente entre le cuissard et la genouillère ; l'arme glissa sous la rotule du genou en provoquant une douleur aiguë chez le brigand, qui lâcha Crallas sur-le-champ. Le lame se tourna rapidement sur lui-même, esquiva de justesse l'épée du bandit qui lui avait lancé la dague et croisa le fer avec lui. Sa main-gauche glissa jusqu'à la garde et tint en prise l'épée du loup d'azur. Celui qui était blessé à la rotule se redressa pour lui balancer son fer, mais, levant le bras, l'agile Crallas dévia le coup avec sa lame. L'ouverture n'était pas négligeable. Il défit la prise d'armes avec le premier, libérant sa main-gauche. Sans se soucier de la douleur que lui causait sa blessure au flanc, il enfonça l'arme étroite dans l'orbite du forban déjà blessé au genou.

Le cri du loup couvrit le bruit du vent. Malgré la souffrance qu'il endurait, Hogarth réussit à se lever en s'appuyant sur la vitre grillagée. Des formes un peu floues animaient son champ de vision et l'air froid calmait légèrement la lancinante douleur de ses plaies de surface, que la fièvre du combat l'incitait d'ailleurs à ignorer. Celui que Hogarth avait roué se redressa mollement, le nez sanglant et la lèvre supérieure fendue. Il reprit son arme en se relevant et se dirigea vers Lamoras. Il voyait que la situation n'était plus en faveur des loups et, dans un geste de pure malice, de désespoir et de délire, il voulait les faire tomber tous : il ne restait plus qu'à tuer l'élucion.

Enfin, ils survolèrent le premier promontoire de l'île. Le vogueur assaillant était en flammes et Crallas luttait de nouveau contre le premier loup qu'il avait frappé. Le brigand qui avait lancé la dague délaissa Crallas pour se ruer sur Hogarth avec son épée ; mais, par un réflexe de combat acquis, le lieutenant leva le bras droit et arrêta le coup avec son brassard ; tout de suite, il s'efforça de rassembler ce qu'il lui restait d'énergie, glissa le bras rapidement sur la lame jusqu'à la garde et arracha son arme à l'assaillant. Il lui asséna un coup de coude au visage, le prit par le cou et lui glissa l'épée jusqu'au fond de la gorge. Alors, n'en pouvant plus, Hogarth tomba, épuisé.

Lamoras voyait venir le loup furieux. En se demandant ce que faisait Haldaguire, il regarda dans la direction de Crallas et le vit couché par terre sous le brigand, les mains occupées à retenir ses poignets, car l'homme avait sorti des dagues pour l'achever. C'en était fait du *Révis*; Lamoras n'arrivait plus à le maintenir en altitude : il descendait inexorablement. L'élucion ne pouvait soutenir le poids d'un autre vogueur; l'écrasement était imminent. Les chaînes étaient tenaces et bien ancrées. L'île était sous eux et le poids du vogueur ennemi tirait le *Révis* vers l'arrière, accentuant sa déclivité.

Lamoras perdit pied, lâcha le crâne et glissa vers la porte. Le brigand suicidaire fit une chute lui aussi qui s'arrêta contre le pied du crâne. Il ouvrit le boîtier de verre et enfonça sa dague dans l'élucion.

Crallas et son adversaire glissèrent eux aussi vers la porte; Lamoras reçut le brigand de plein corps contre lui. Il sauta sur l'opportunité, prit l'homme par le cou et le lui brisa. En glissant, Crallas avait laissé une longue trace de sang, ce qui attira l'attention du général.

Dans sa descente, le *Révis* slissait sur la cime des arbres avec sa coque de fer; le vogueur ennemi, comme une langue de feu traînant derrière, accrocha un amas d'arbres marécageux et arracha au *Révis* les deux serres arrière et une partie de la cabine du capitaine dans laquelle se trouvait Haldaguire. Le brigadier ne put tenir contre la force du vent et il fut aspiré vers l'extérieur. Sa chute eût été mortelle s'il n'avait été accueilli par les branches et les eaux.

Les deux vogueurs se trouvèrent séparés du coup et le *Révis* piqua du nez à pleine vitesse. Il atterrit sur un espace marécageux et glissa librement sur les eaux en écartant et en renversant les arbres des îlots dans sa trajectoire. Il fit un arrêt subit lorsqu'il heurta un roc énorme. Contrairement au *Révis* qui flottait, l'autre vogueur, dont la coque était en grande partie calcinée, s'éteignit en se noyant dans les eaux qui envahissaient sa cale. Bientôt, il ne resta plus de sa trajectoire dans l'air qu'une longue traînée de fumée noire.

ღ

Dès qu'elle avait entendu les premiers bruits de la bataille, Noyâne s'était cachée dans la penderie de la cabine qu'elle occupait et en avait fermé la porte, mince et dérisoire rempart contre une possible attaque. Elle fut projetée comme une pierre de fronde à travers cette fragile paroi sous l'impact du bec de proue contre le roc. Elle se retrouva étendue sur le plancher, devant son lit, le visage dans une tapisserie qui ne sentait pas les nupanthées. Elle ne comprenait pas pourquoi le vogueur oscillait si étrangement ni pourquoi il y avait eu un tel choc.

Quand elle se remit de son étourdissement, elle se releva en douceur, ouvrit la porte du balcon et vit un trou dans sa paroi vitreuse à travers lequel elle apercevait une flore marécageuse qui ne lui était pas inconnue. En effet, le vogueur flottait sur place devant un mur de roche, sur les eaux peu profondes d'un vaste marais. Un vent fort et frais inclinait les arbres presque dénudés par la saison de venthune. Elle crut voir un animal bouger dans l'eau à quelques mètres du balcon. S'approchant prudemment du trou, elle regarda plus attentivement la sylve lacustre, sans rien remarquer. Au bout d'un moment, elle se convainquit qu'elle avait rêvé et retourna dans sa cabine. Elle n'y avait pas remis les deux pieds que sa porte s'ouvrit brusquement. Dillian-Lorrus apparut, essoufflé, dans le cadre de la porte. Il la regarda avec inquiétude.

— Pourquoi es-tu seule ?

— Je ne suis pas seule, tu es là !

— Je ne peux pas te laisser seule. Tu viens avec moi fillette.

139

— Je ne suis pas une fillette. Je suis une femme !

— Oui, oui, comme tu veux. Fillette, femme, dame, poulette, même chose. Viens.

Morüngar fut le premier à redescendre par la claire-voie. Avant même qu'il voie Dillian, celui-ci lui lança :

— De quoi a l'air le pont ?

— Il ressemble à la coursie. Nos lames ont bu à leur soif.

— Y a-t-il des blessés ?

— Brouf, Throm s'est brisé un doigt en cassant un crâne, Thorismond est agonisant et le mage est nu… encore ; mais tous les brigands sont morts.

— La curalgine pour Thoris ?

— Léügue s'en occupe.

— Tant mieux. Je vais faire un tour au clairheaume. Il faudrait faire vérifier les cabines.

— Je m'en occupe.

Morüngar vérifia toutes les chambres et trouva le corps du prisonnier là où Brenmord l'avait laissé. Plus loin, il trouva Percipion dans sa chambre, à genoux dans le coin, en prière, ses longs cheveux gris tombant sur ses épaules. Il se doutait que le galve n'était pas d'humeur à parler quand il priait ; mais dans les circonstances… Pour la première fois depuis cinq ans, il osa lui faire un reproche. Avec le manque total de tact dont il était coutumier, il s'écria :

— Si tu continues à prier autant, galve, Halvarn nous enverra d'autres bénédictions formidables comme celle qu'il vient de nous donner. Si tu veux vraiment rendre service, plutôt que de te cacher dans ta chambre et de marmonner, va sur le pont, les hommes ont besoin de toi.

Percipion se retourna avec lenteur, visiblement vexé. Il répondit calmement au doargue qui anticipait sa répartie avec une certaine indifférence :

— Je crois qu'il n'est pas possible pour toi de connaître

la haute science d'Halvarn ; tu ne vois pas que c'est en grande partie grâce à mes nombreuses supplications que j'ai sauvé ce vogueur ? Être un fidèle d'Halvarn n'est pas un privilège octroyé à tous et, visiblement, tu ne l'as pas. D'ailleurs, je te trouve très prétentieux, toi, un éternel proscrit de ta terre natale, d'oser juger des choses sacrées. Ne portes-tu pas la ferrade des blasphémateurs sur ta main droite ? Ce cercle que tes pères ont brûlé sur ta main n'est-il pas le signe de ton exil et de ta proscription ? Il est naturel que tu ne croies pas que je suis le sauveur du *Révis*. Mais qu'importe, je pense qu'Halvarn peut t'aider aussi.

— Oui, je n'en doute pas le moindrement. En plus, l'eau qui passe au travers du plancher en ce moment ne signifie pas que la vève[1] coule, puisque tu l'as sauvée, mais que le *Révis* se purifie du sang ennemi. Non ?

— Oh ! Que c'est ridicule ce que tu viens de dire ! C'est évident qu'il coule ! Mais cette eau ne peut purifier quoi que ce soit. Ce n'est pas celle du Voglaire, qui seule peut purifier. C'est là une connaissance élémentaire que nous enseigne Halvarn. Vite, il faut sauver ce qu'on peut, prévenir les autres et sortir d'ici.

— Ah, oui ! Voici maintenant une autre preuve de la bénédiction d'Halvarn : le prisonnier a été tué.

— Tant pis. Orrid l'a châtié. Allons.

Confus, Morüngar se gratta le cou et le dessous du menton, et les deux se dirigèrent vers le pont pour avertir les autres.

ᘓᘔ

Haldaguire réussit à nager jusqu'à une roselière rocheuse, malgré le choc de la chute et la douleur qu'il avait au genou

---

1. Terme argotique pour désigner un vogueur.

droit. Il se l'était frappé contre un rameau en tombant et il n'avait pas de genouillères. Il se fût aussi fracassé le dos en frappant un second rameau avant de percuter l'eau, n'eût été la protection de sa dossière.

Quand il se fut mis debout sur une pierre de quelques mètres de haut perdue parmi les roseaux qui balançaient dans le vent leurs panicules brun clair, il regarda plus attentivement autour de lui. Sous un ciel glauque et bruineux, une vaste étendue d'eau parsemée de jonchères, d'arbustes, d'arbres et de nénuphars constituait le paysage. Des îlots de pierres gris pâle, pour la plupart oviformes et partiellement moussus, donnaient au sombre marécage une configuration tristement grumeleuse. Plusieurs centaines de mètres plus loin, dans un lieu plus éclairci et profond, le vogueur ennemi éteignait ses dernières fumées dans les eaux où il s'engouffrait. Haldaguire ne voyait aucune trace du *Révis* au loin, seulement des arbres écimés qui témoignaient de son passage.

Il résolut d'enlever son armure pour faciliter la nage qu'il devait entreprendre s'il voulait retrouver les autres. Il plongea dans l'eau froide et se mit à nager vers un îlot plus large et plus haut. Il n'avait pas fait trois mètres avec son épée en main qu'il sentit quelque chose frôler son torse à toute vitesse, quelque chose qui portait des écailles. Pris par surprise, mais déterminé à savoir ce qui nageait avec lui, il s'arrêta et plongea sur place pour voir sous l'eau. Il ne vit rien. Il plongea une seconde fois sans plus de résultat. Ne voulant pas s'épuiser, il nagea donc plus rapidement en direction de l'îlot.

Soudain, son épée fut mordue par une étrange créature de l'ordre des sauriens que l'Ériandais n'avait jamais vue. Son émerveillement se mêlait à sa frayeur ; ses pieds touchèrent la rive et il courut le plus vite qu'il put en clopinant vers le plus haut rocher. Il grelottait dans l'air tiède et humide comme une feuille de venthune. Il attendit en haletant et en tremblant, sans arme ni armure, loin des siens qui auraient pu le secourir.

Le jeu des ombres grises et la blancheur de certains îlots lui donnèrent l'impression de voir plusieurs vieux crânes gris couverts de mousse, posés sur une glace noire. La faim le tenaillait et il sentit qu'il n'était pas seul dans cette situation. Il entendit un bruit semblable à celui que font les aiglons quand ils réclament leur nourriture, mais ce bruit était plus grave, plus reptilien. Haldaguire se retourna lentement, alors que son cœur pressait son battement effréné contre ses tempes. Debout sur la pierre devant lui se tenait une créature qui ressemblait à un lézard de deux mètres de hauteur, mais munie d'ailes et de cornes céphaliques. Elle le regardait avec ses larges yeux vert lime. Elle poussa encore quelques cris et lui frappa le torse de son museau; le prochain coup allait le faire tomber à l'eau.

— Initchilla, va-t-en!

Au bord de l'îlot, une voix féminine très douce avait jailli d'entre les roseaux. Haldaguire se retourna pour voir, mais il n'y avait personne. Quand son regard revint vers la créature, elle venait tout juste de plonger. La voix reprit:

— Ne crains pas, elle voulait jouer seulement. Les femelles urodracs ne chassent pas à cet âge. Elles sont très joviales et taquines, surtout elle; une vraie gamine!

Haldaguire n'était pas très à l'aise, mais, dissimulant sa nervosité, il répondit avec force:

— Qui es-tu? Montre-toi! Je ne parle pas aux fantômes!

— Puisque tu l'exiges.

Elle écarta les roseaux de ses mains gracieuses et monta lentement vers Haldaguire. Il fut incontinent séduit par la beauté de cette femme aux longs cheveux châtains et aux yeux bleus qui, dans le paysage morose, mettaient de la couleur. La puissance de son charme endormait la volonté du guerrier qui, sans débattre, contemplait les courbes blanches et nues de la femme mystérieuse. Progressivement, il se laissa envahir par son image et renonça à toute prudence. Son esprit s'éteignit sous l'appétit de la chair et ses sens de jeune homme vierge l'emportèrent sur la méfiance que la présence de cette femme en ce lieu aurait dû susciter chez lui.

Elle glissa ses mains tendrement dans les cheveux marron du jeune homme et lui enleva le reste de ses vêtements. Il se coucha sous elle sur le tapis de lichen gris, au sommet de la plus haute pierre de l'îlot et elle s'empressa de presser ses lèvres contre les siennes. Il ne comprenait pas ce qu'il lui arrivait. Il était envoûté par la beauté de la femme. Ils s'embrassèrent longuement. Enfin, elle prit son sexe en elle dès qu'il fut prêt et, allègrement, se berça sur lui. Haldaguire arquait le dos à répétition en laissant sortir de sa bouche la mélodie langoureuse du plaisir.

Mais il vit soudain les globes oculaires de la femme noircir et sa peau se maculer de veines noires. Une douleur atroce naquit dans tous les nerfs et tous les muscles de son corps. Sa colonne vertébrale se figea comme un arbre. La mélodie du plaisir devint le cri du vaincu. Elle accéléra les mouvements de son bassin. Quand elle atteignit l'orgasme, le corps d'Haldaguire était déjà crispé, sans vie. Arthally s'était encore rassasiée et elle avait une nouvelle forme à son répertoire; elle ne l'adopta pas tout de suite, non, elle ne s'en servirait que plus tard…

ᘒᘓ

Le choc du nez de proue contre la paroi rocheuse fit glisser vers l'avant tous les membres du conseil qui se trouvaient dans le clairheaume. Crallas et Hogarth heurtèrent durement leur cervelière contre le grillage. Lamoras prit le dernier

144

brigand comme bouclier. Lorsque Barrand sortit triomphant de son engagement avec l'assaillant costaud qui l'empêchait d'atteindre le clairheaume plus tôt, il constata rapidement la situation critique du lieutenant et de Crallas. Il leur administra immédiatement de la curalgine, tandis que Lamoras achevait le dernier brigand.

En peu de temps, Hogarth et Crallas sentirent leurs plaies se fermer et la douleur vive qui les accablait diminuer en même temps. Dillian-Lorrus entra dans le clairheaume en tenant Nôyane par la main quelque temps après Barrand. Il fut ravi de voir les brigands abattus sur le sol. Quand Nôyane vit que Barrand n'aimait pas la voir tenir la main de Lorrus, elle lâcha prise aussitôt et lui sourit tendrement.

Le colonel regarda Lamoras qui essuyait sa lame du sang de sa dernière victime.

— Le pont est plein de cadavres, mon général, dit-il. À ce que je sache, nous n'avons aucune perte, si ce n'est celle du vogueur.

— Soit. Nous descendons tous sur le pont. Allez !

Barrand crut bon d'ajouter :

— Nous n'avons plus d'élucion…

Piqué par sa remarque, Lamoras le regarda et dit :

— Très bien, très bien, colonel, continue de souligner les choses évidentes !

— Pardonne-moi, mon général, je ne voulais pas…

— Tout beau, Barrand, tout beau. Allez ! Tous sur le pont.

Le général n'avait pas fait un pas vers la porte du clairheaume que Morüngar y entra comme une tempête en disant de sa voix forte :

— On coule, merde ! La cabine est arrachée ! On ne trouve plus ni Haldaguire ni Brenmord. Vite, les hommes nagent déjà vers un îlot tout près. Il faut faire vite !

Morüngar sortit, une partie de son armure à la main.

Barrand souleva Crallas en faisant glisser son bras autour de ses épaules. Dillian-Lorrus se chargea du lieutenant de la même manière et les quatre, avec Lamoras et Nôyane, se dirigèrent vers le pont. Là, le général vit Thorismond affaibli, mais debout, le bas de son armure taché de sang. Léügue le tenait contre lui en attendant que la curalgine fît son effet. Honorayon se relevait en criant le nom de Zébaldon, tandis que Throm, Ergath et Percipion nageaient vers l'îlot le plus près. L'inquiétude se dessina sur le visage de Nôyane ; elle ne retrouvait son père ni sur le pont ni sur l'îlot, alors que l'eau leur montait déjà jusqu'aux chevilles. Lamoras constata rapidement les dégâts, ainsi que la disparition d'une partie de la cabine du capitaine, une pièce dans laquelle se trouvait Hilard et, selon le dire récent de Lorrus, Haldaguire.

Morüngar cria plus fort :

— Vite, la vève bascule !

Le général se ressaisit. Il sentit la douleur de Nôyane et mit la main sur son épaule en disant :

— Il est peut-être encore vivant, Nôyane. Allez, il faut nager. Viens.

Ils se jetèrent tous à l'eau et nagèrent en direction de l'îlot le plus près. Lorsque tous s'y retrouvèrent, Honorayon n'avait toujours pas trouvé la moindre trace de Zébaldon. Encore nu et grelottant, il rumit quelques mots presque inaudibles et créa une bulle d'air chaud autour de lui, ce qui sécha rapidement son corps et ses cheveux. Ensuite, en rumissant toujours à voix basse, il fit monter le tapis de lichen qui s'arracha à la pierre pour le vêtir jusqu'au cou. Tous furent émerveillés de voir se former sur lui une véritable tunique végétale. Honorayon leur inspirait crainte et respect, mais aussi un certain dégoût, car il ne gardait que pour lui-même les bienfaits que lui procuraient ses pouvoirs ; il aurait pu sécher les autres, mais il n'y pensa même pas et personne n'osa le lui demander, sachant qu'il les aurait envoyés tarir.

Dans un dernier effort, le thraël rumit encore une fois pour défaire le sort d'invisibilité engendré grâce à l'anneau qu'il avait glissé au doigt de Zébaldon. À la grande surprise de tous, l'élève se tenait là, debout parmi eux, vêtu de sa tunique trempée, tenant à la main les effets personnels de son maître et les siens. Honorayon explosa de colère et lui cracha comme un fauve :

— Où étais-tu ? Je t'ai appelé ! Je t'ai cherché ! Où étais-tu ?

— Pardonne-moi, mon thraël, mais je n'ai pas quitté tes côtés depuis que tu m'as appelé. J'ai donc couru vers toi, mais je n'ai rien répondu, car tu ne m'avais pas encore ordonné de parler. Je me suis donc tu.

Honorayon fut surpris, puis enchanté d'une telle obéissance. Il se tourna vers Lamoras et lui dit sur un ton légèrement moqueur :

— Dis, général, tes hommes t'obéissent-ils comme le mien ?

Lamoras ne répondit rien. Il se contenta de sourire discrètement. Le général était préoccupé par le *Révis*. Ce vogueur avait servi à son père et à son grand-père, mais c'était son arrière-grand-père qui l'avait construit. Et c'était Lamoras qui le perdait. Comment allait-il avouer cela à un vieux maréchal malade dont les derniers plaisirs étaient de voir ses fils travailler ensemble et partir dans un vogueur qui lui était précieux ? Lamoras savait que le vieux Mathanny était un peu fleur bleue quand il s'agissait de ces aspects de la vie familiale.

D'un coup sec, le thraël arracha son sac à dos des mains de Zébaldon, s'assit et l'ouvrit. Il en sortit quelques bouquets de fagots qu'il déposa au milieu du groupe, rumit quelques mots et alluma un feu ; ensuite, il sortit du pain, du fromage et des poissons frais, ainsi qu'un petit batelet en sinphore sculpté.

Morüngar n'était pas le seul impressionné par tout ce que pouvait contenir le sac à dos du mage. Il se demandait bien ce qu'il y avait encore à l'intérieur. Peut-être y avait-il de la bière !

Lorsque Hogarth revint vers le groupe après s'être lavé les mains et le visage, Lamoras, qui voyait le *Révis* se couvrir de la nappe d'eau noire, prit la parole :

— Nous sommes fortunés d'être sortis indemnes de cette attaque…

Percipion l'interrompit pour ajouter :

— Grâce à mes prières et au bras protecteur d'Halvarn !

Au galve, Lamoras fit un sourire faible, mais approbatif et continua :

— Au nom de tout le conseil, je remercie le prévoyant thraël d'avoir apporté de la nourriture, puisque nous avons perdu toutes nos provisions. Nous trouverons toutefois le nécessaire pour survivre et parfaire cette mission. Nous avons perdu de vue Haldaguire ; nous le retrouverons. Brenmord aussi a disparu ; nous espérons qu'il réapparaîtra. Nôyane, je comprends ton chagrin ; ton père ne doit pas être loin.

Barrand trouvait le général un peu hypocrite, car, s'il était un homme qui ne voulait pas admettre la nécessité de l'espoir, c'était bien Lamoras. Mais le colonel n'intervint pas. Le moment n'était pas aux reproches fraternels ni à l'ergotage, mais, devant les craintes naissantes, à la coopération et à l'encouragement.

Puisqu'il ressentait déjà un vif attrait pour Nôyane, Barrand s'était donné comme mission personnelle de la protéger. La voyant larmoyante, il s'approcha d'elle doucement pour la réconforter par sa présence.

La crainte qu'elle avait pour la sécurité de son père était manifeste. Son inquiétude était douloureuse et Barrand la comprenait. Sans réfléchir à son geste, elle se jeta dans les bras du colonel. Le mouvement spontané mit Throm mal à l'aise et le général dans l'embarras.

Barrand sut tout de même réagir selon le protocole militaire des lames. Délicatement, il la repoussa en lui faisant voir par son regard que ce geste le mettait dans une situation inconfortable. Il voulait tant la consoler, la serrer contre lui et lui dire que tout irait pour le mieux ! Elle se retira donc, un peu penaude.

Hogarth était furieux contre son frère. Non seulement le vogueur était une perte totale, ce qui le rendait irascible, mais il ruminait toujours sa rancune devant l'indifférence et l'inaction dont le général avait fait preuve à son endroit dans le clairheaume durant l'attaque. Il avait une occasion en or de le marteler aux yeux de tous et Lamoras n'attendait que cela ; pour lui, une telle intervention de la part de son cadet était inévitable. Hogarth lui dit, le venin aux lèvres :

— Comment peux-tu dire : « Nous espérons qu'il réapparaîtra » ? Vraiment, Lamoras, ton jugement m'impressionne ! Le vogueur est sous l'eau, la cabine arrachée par les arbres, Haldaguire est sans doute mort et le capitaine aussi. Et pourquoi Brenmord est-il décédé ? Je vais te le dire, pourquoi, moi ! C'est simple comme la pluie. C'est parce que tu as pris le crâne au lieu de combattre à sa place et à nos côtés ; au lieu de risquer ta vie pour tes hommes, tu as préféré prendre la tête du vogueur, te mettre de l'avant pour tout prendre en main. Brenmord était meilleur crânier que toi, et toi, bien meilleur au combat et meilleur stratège dans l'action que lui. Tu es obsédé par le pouvoir, frérot, et rien au monde ne t'en fera décrocher. Moi et Crallas avons presque laissé nos tripes dans ce combat. Figure-toi dans quel état nous aurions été, si tu avais choisi de combattre avec nous ! Tu es indigne de ta charge, Lamoras, et bientôt tous ici s'en rendront compte.

Lamoras voyait Barrand fulminer contre le lieutenant, mais il lui fit signe de ne rien dire. C'était son intervention qui comptait; il fixa son cadet droit dans les yeux et lui dit d'une voix cinglante :

— Petit frère, tu penses secrètement avoir l'étoffe d'un général, mais tu ne vois jamais plus loin que le bout de ta rage. Si tu as presque laissé ta peau dans le clairheaume, c'est parce que tu as combattu comme je t'ai interdit de le faire, c'est-à-dire sans queue ni tête. Ne mets pas sur mes épaules ton manque de patience, d'habileté et de tempérance, lieutenant ! Je n'ai pas de comptes à rendre à un enfant qui n'est pas encore un guerrier, surtout pas au sujet des ordres que je donne. Tu les reçois, tu les appliques et tu te tais. Je ne t'ai demandé ni ton avis ni tes commentaires sur mes choix personnels dans quelque situation que ce soit. Maintenant, tu vas cesser cette séance de préparation à la mutinerie, tu vas reprendre ton rang et gouverner ton langage. Est-ce que c'est clair, lieutenant ? Réponds-moi !

Hogarth regarda Crallas et Dillian-Lorrus, croisa le regard de Léügue et de Thorismond, puis revint fixer son frère. Il haussa les sourcils avec arrogance et dit :

— Je t'ai dit ce que j'avais à te dire. J'espère seulement pour toi que tu l'as bien compris, étant donné que je n'ai ni la patience pour te le réexpliquer, ni l'habileté pour te le faire comprendre, ni la tempérance pour modérer ma colère après que je te l'aurais répété trois fois.

Léügue laissa échapper un rire qu'il étouffa tout de suite quand Lamoras le poignarda de son œil. Le mage interrompit la discussion comme s'il n'avait rien entendu.

— Avez-vous terminé, les gamines ? Je vous invite à manger. Refuserez-vous la nourriture d'un ophimide ?

— Honorayon a raison; il faut manger un peu et quitter cet îlot pour la terre ferme. Qu'en dis-tu, mon général ?

— Thorismond a parfaitement tiré les paroles de ma bouche. Allons, il faut manger.

Hogarth se préparait à répondre quelque chose d'acerbe à son frère. Lorrus qu'il regardait fronça les sourcils en signe de désaccord, espérant que son lieutenant ne fît plus de remarques propres à envenimer la situation; mais Hogarth ne pouvait pas se retenir et il lança tout haut:

— Puisque Thori est capable de tirer les paroles de la bouche du général, y a-t-il quelqu'un qui soit capable de tirer l'intelligence de sa tête?

Comme il avait un respect sincère pour le général et sachant qu'il était capital pour les ophimides de maintenir de bonnes relations avec la tête du conseil, Honorayon se leva comme un seigneur confiant devant sa cour, fixa Hogarth et, d'une voix virile et posée, lui dit:

— J'en ai assez d'entendre ce qui sort de ton gosier pourri. Je suis capable de souder tes lèvres ensemble. Veux-tu que je le fasse?

Le lieutenant savait que le thraël ne plaisantait pas. En regardant le mage avec arrogance, il sourit avant de s'asseoir tranquillement avec les autres. Lorsqu'il mangeait, Hogarth avait une habitude qui consistait à placer sa main gauche sous son aisselle et à prendre sa nourriture avec la droite.

Le repas fut interrompu quand un orbe oculaire semblable à celui d'un homme se mit à rouler sur le sol près de Nôyane et s'arrêta près du feu. La jeune femme se mit à haleter, à chercher son souffle et, prise de panique, elle se retint pour ne pas hurler. Inquiet, Lamoras demanda:

— Que se passe-t-il Nôyane... Nôyane?

Zébaldon fut le deuxième à voir l'œil. Partagé entre l'émerveillement et le dégoût, il s'exclama:

— Général, il y a un œil d'homme qui roule tout seul sur le sol parmi nous.

VI

L'ŒIL D'AZEXERTE

> On ne change pas la rivière
> en coupant les ponts.
> *Éraldémas, souverain gerthul*
> *de Connelmirth*

> Ne crains pas l'amour,
> c'est son absence qui fait mal.
> *Élanire des Orages, calastaire de Blume*

Zilférimel survola l'endroit où les vogueurs s'étaient écrasés, donnant à Hilard un bon aperçu des lieux; mais, à sa demande, le freux n'y atterrit pas. Ce fut à une centaine de mètres du campement forcé des lames que l'oiseau géant posa silencieusement les pattes. Visiblement, Lamoras et son groupe n'étaient pas très éloignés de la terre ferme. Lorsque le mâchil descendit de la bête en se laissant glisser au sol, il redit le nom de l'animal qui, après une explosion de lumière bleutée, retrouva sa forme originelle de statuette. Hilard prit un moment à la chercher dans les brandes. Il la retrouva cependant et la remit dans sa poche.

Il se dirigea immédiatement vers un arbre effeuillé. Son ombre mangea le mâchil qui apparut aussitôt quelque part dans le Valnaos, dans un lieu qu'il n'avait jamais visité, mais qu'il reconnaissait comme s'il en avait rêvé naguère. En voyageant rapidement d'ombre en ombre, il s'approcha du marécage dans lequel avait coulé le *Révis* jusqu'à descendre dans un trou noir qu'il devinait être le fond de l'eau à cause de la froideur particulière du lieu. Non sans craindre le danger auquel il s'exposait, il perça le grave silence du Valnaos.

— Darbalian, brille !

Sa jeune voix de ténor faiblement éraillée trancha le silence implacable. Le mâchil attendit en scrutant les alentours sans rien voir de manifeste. Il répéta trois fois son cri presque paternel. Enfin, à l'endroit où se trouvait exactement le vogueur englouti, une rupture lumineuse se vit dans l'ombre. La lumière se répandit sur un rayon vertical de plusieurs mètres et Hilard put s'émerveiller devant le spectacle des ombres des poissons qui semblaient voler tout autour de lui dans le fond du lac où il était.

Dans le monde physique, le mâchil aurait été sous l'eau, mais, dans le Valnaos, la matière était absente, les ombres se voyaient de très loin et le hoblain se promenait dans ce trou ombreux sans les contraintes de l'eau sur ses mouvements et sans avoir à retenir son souffle. Une vibration chaleureuse émanait du faisceau et, sans hésiter, Hilard se précipita vers lui.

Mais une main l'agrippa par l'épaule et le jeta par terre. Aussitôt, il se retourna en se relevant et vit debout devant lui, noir comme du jais, un halioste qu'il ne reconnaissait pas. Haut de ses deux mètres et demi, la carrure forte, la peau faiblement moirée, le visage oblong et obscurci, la créature imposante s'exprima d'une voix enrouée.

— Que fais-tu sur mon territoire, alors que tu n'as pas la permission d'y mettre les pieds ?

Hilard savait répondre à ces créatures dont il avait en partie la nature et l'essence; il répondit doucement:

— À cette question ridicule j'oppose une réponse intelligente.

— Ma question est ridicule? Prouve-le.

— Soit. Montre-moi que ton territoire porte la marque d'une appartenance quelconque.

— Il n'y a pas de marque.

— Eh bien! je ne pouvais donc pas savoir que j'étais sur le territoire de quelqu'un.

Humilié par le mâchil, l'halioste se fâcha et dit:

— Qu'importe. Tu es sur mon territoire et tu dois mourir; mais, dans ma générosité, je te laisse choisir comment.

— Une telle générosité se fait rare en effet. Hum! laisse-moi y penser un peu… Oui, voilà! Je veux mourir en présence de mon serviteur.

— En présence de ton serviteur? Non, c'est impossible, tu es seul ici.

— Pas du tout; je n'ai qu'à l'appeler et il viendra sur-le-champ.

— Et comment cela est-il possible?

— Eh bien, c'est un halioste comme toi.

— Comment sais-tu que je suis un hal… Un halioste serviteur… Tu es un mâchil. Quel est son nom?

Tu le connais certainement. Il se nomme Azcalath.

L'halioste resta confus et coi un instant, mais il reprit avec sang froid:

— Tu es le maître d'Azcalath?

— S'il est mon serviteur, c'est la déduction logique, oui. Tu le connais?

L'halioste se tut. Son silence prolongé laissa libre cours à l'imagination d'Hilard. Comme il ne répondait plus, le mâchil ajouta:

— Et toi, quel est ton nom ?

— Tu dis la vérité, mâchil, je le sens. Je te dirai donc mon nom et mon histoire. Jadis, maître d'Azcalath, bien avant que tu sois au monde, je me nommais Évinbard, ce qui signifie : celui qui traverse la frontière. Mais j'ai contracté une alliance illégitime avec une mortelle et de cette union est née une fille. Les sages m'ont proscrit de leur forêt domaniale et depuis je suis tranquille ici ; triste, mais tranquille. Ton serviteur et six autres ont protesté contre ma sentence d'exil, mais sans succès. C'est un moment de chance pour toi, mâchil. Le respect que j'ai pour ton serviteur freine mon bras et m'empêche de te tailler en pièces.

— Je le sais et je t'en remercie. Bien que l'halioste véritable n'ait pas l'âme assassine à l'égard des mortels, je suis reconnaissant de ta merci. Peut-être pourrai-je convaincre mes pairs de mettre fin à ton exil ?

— Va en paix, mon exil est permanent et, depuis des siècles, il est devenu ma façon de vivre.

— Il est possible de changer les choses, Évinbard !

— Oui... sauf que les haliostes ne sont pas des choses.

Hilard allait continuer la conversation quand soudain l'halioste disparut. Le mâchil demeura pensif un instant, mais il revint à ce qu'il s'apprêtait à faire et se dirigea vers la lumière. Il s'approcha du faisceau lumineux qui fendait le clair-obscur et prit Darbalian qui traînait, lumineux, au sol. La lumière cessa d'un coup et Hilard remit l'arme dans son fourreau, heureux de l'avoir retrouvée enfin.

Grâce aux lueurs du feu qui accentuaient les traits de leur visage, Hilard entrevoyait au loin les ombres de ses compagnons sur l'îlot, mais il jugea préférable de les suivre de près, en retrait et invisible. Il sortit du Valnaos à une cinquantaine de mètres du campement improvisé, sur la rive, dans l'ombre d'un très vieux *magamonier* qui allongeait ses rameaux tordus à tous les vents.

Il ne fut pas long à apercevoir, plus loin sur la rive, une femme aux cheveux châtains, belle, gracieuse et vêtue de mousseline, qui se tenait debout dans l'ombre d'un arbre elle aussi. Elle épiait le groupe sans bouger, en silence. Elle tourna lentement la tête dans la direction d'Hilard, lui révélant un regard furibond.

࿂

Dès que l'œil roula devant lui, Honorayon se leva pour l'écraser avec son pied. Avec un calme teinté de dégoût et en balayant les environs du regard, il dit tout haut :

— Quelqu'un nous épie. Cette personne nous envoie un avertissement, peut-être une menace, mais, quoi qu'il en soit, quelqu'un quelque part sait que nous sommes ici et cette personne manie la talmache. Si c'est une calastaire, je vais la rôtir vivante !

— En effet, ajouta Lamoras, cette personne est peut-être une calastaire. Si oui, j'ai de bonnes raisons de croire que tu seras sa première cible, thraël.

Hogarth se mit à rire et répliqua :

— On continue avec les évidences frérot ? Peut-être aimerais-tu dire aux autres que je suis assis à ta gauche, au cas où tu serais le seul à t'en apercevoir !

Crallas, Thorismond et Dillian-Lorrus se mirent à rire, mais Léügue se retint. Même s'il trouvait Hogarth comique dans sa façon de s'exprimer, il jugeait sa remarque gratuite et désobligeante. Morüngar qui en avait assez répondit au lieutenant :

— Hogarth, je viens de réaliser que ta bouche est assez

grande pour manger mon poing en entier. Ferme-la, sinon tu l'auras pour dessert.

— Quoi ! Tu penses que je vais me laisser intimider par un blasphémateur barbu ? Tu peux bien défendre mon frère, toi, car sans lui tu traînerais les grands chemins avec les vauriens et les mercenaires. C'est lui qui t'a pris sous son aile de poule quand ta cité de mineurs minables t'a rejeté. En plus, c'est dans ton intérêt de parler autrement à son frère et à ton lieutenant. On ne sait jamais, après tout ! N'est-ce pas, petit barbichon des tavernes ?

Morüngar grommela dans sa barbe, mais n'osa rien répondre. Ce que venait de dire Hogarth traduisait très bien le sentiment général des lames à son égard. Il était impuissant devant l'insulte et il n'y aurait rien à faire devant cet état de choses tant et aussi longtemps que Lamoras serait général. Le doargue n'était membre du conseil que grâce à lui et il ne le serait plus en un tournemain si celui-ci devait mourir ou s'en retirer. Morüngar espérait seulement que Lamoras succède éventuellement à son père Mathanny, afin que soit démis de ses fonctions ce lieutenant fanfaron.

Des trois cent soixante-quinze clans du mont Brandaire, Morüngar appartenait à celui des Agründor, reconnu pour son peu de piété, mais toléré par les autorités religieuses à cause des guerriers émérites qu'il fournissait depuis longtemps. Agründor était synonyme d'excellence militaire. N'empêche, Morüngar portait la marque des blasphémateurs sur la main droite comme son frère, sa sœur, son grand-père, trois de ses oncles et douze de ses amis qui faisaient aussi partie du clan. Une ferrade en forme de cercle ouvert, brûlée dans la chair. C'était la première punition pour un premier blasphème contre le saint nom du dieu Roggor ; le bannissement était la seconde.

Le cercle, qui signifiait l'unité rompue, représentait la

continuité de la honte éternelle, le cycle perpétuel des conséquences inaltérables de la faute commise. Mais c'était aussi le symbole de l'unité du clan au sein des clans.

Ce châtiment terrible tenait toute la cité dans la peur de la honte et de l'exil. Certains doargues, plus aventureux, rebelles et désireux de voir le monde, cherchaient à s'évader des cavernes de leur lieu natal; pour ce faire, ils avaient parfois recours au bannissement, puisqu'il leur était interdit de sortir et de se mêler aux autres races. Le seul contact qu'ils pouvaient avoir avec le monde extérieur était celui que leur imposaient les nécessités du commerce, réservé aux commerçants seulement. Sinon, il leur fallait préserver la pureté de leur sang à tout prix. Comme le clan Agründor n'en était pas un de commerçants, c'était donc à ce moyen que Morüngar avait eu recours. Presque tous les doargues de l'Ériande qui vivaient parmi les hommes étaient des exilés.

Blasphémateur, il ne l'était que dans la forme, puisqu'il lui était impossible de blasphémer vraiment le nom d'un dieu qu'il aimait. Ce blasphème dont les autorités religieuses l'avaient accusé ne venait pas de son cœur, mais du désir qu'il avait d'apprendre et de son besoin pressant de grandir et de mûrir loin de tout ce qui lui rappelait le Brandaire. Il estimait fort limitée l'éducation que lui offraient ses pères, surtout que les commerçants eux-mêmes, qui développaient un champ de connaissances plus vaste que le commun des doargues, étaient censurés pour ne pas ternir l'éclat des croyances ancestrales et de l'unité raciale.

Morüngar souffrait des conséquences de son choix. Il eût aimé retourner parmi les Brandairois et les enrichir de ce qu'il avait pu apprendre au cours des ans, mais ce n'était plus possible. Des cavernes s'étaient creusées dans son cœur et de nombreuses questions le hantaient. Il en était venu à se demander si la connaissance qu'il avait tant désirée valait la perte définitive du foyer paternel. «À quoi bon arroser les racines d'un arbre quand sa terre est devenue stérile à cause de l'indifférence des jardiniers?» pensait-il. Quiconque rencontrait Morüngar rencontrait un doargue qui semblait se laisser mourir.

Après le repas, Honorayon prit le petit bateau en sinphore et le posa sur l'eau. Il prononça un nom en chuchotant et la sculpture grossit pour devenir un batelet capable de les transporter tous. Zébaldon, qui s'interrogeait sur la manière dont la talmache opérait une telle transformation de la matière, se tourna vers son maître et lui dit, sans discrétion, devant tous:

— Mon thraël, comment se fait-il que la sève qui coule dans un arbre lui fait donner des fruits? La talmache sert-elle de sève pour changer, pour augmenter, même pour diminuer une forme en une autre si celle-ci est toujours fixe? Son mouvement cosmique a-t-il une source? En fait, voici ce que je veux dire: comment la talmache fait-elle pour changer le volume d'une forme ou d'un corps qui est déjà fixé par la matière?

Honorayon rencontra certains regards qui s'arrêtaient sur Zébaldon comme s'il était l'idiot du village qui jouait au génie. Il croisa surtout celui de Nôyane qui le fixait et semblait attendre sa réponse avec avidité. L'intérêt de la jeune rouquine créa un malaise chez l'ophimide. Celui-ci prit son élève à part et lui dit d'une voix posée après un long soupir:

— Par Gwaldaire! je n'en reviens pas; tu ne fais qu'accumuler les erreurs, toi. C'est prodigieux. Quelle patience il me faut pour t'instruire Zébaldon! Je ne veux plus que tu me poses de telles questions devant des inférieurs et des incultes. Plus important encore, ne provoque plus jamais une possibilité d'entretien de cette nature devant une femme qui pourrait devenir calastaire et qui l'est peut-être. Nous ne connaissons rien de cette fille. Il me semble que c'est évident ! N'oublie pas qu'une femme ignorante est une femme soumise et une femme soumise est une femme agréable. Pourquoi multiplierais-tu le nombre de nos rivales ? Nous ne révélons à une femme que ce qu'elle doit entendre, point. Autre chose, les gens de guerre n'aiment pas les érudits. Alors, sois mon élève, mais sois-le discrètement. On permet à un thraël d'être instruit, de poser des questions et d'être intelligent, mais il est préférable que son élève se taise. Tant qu'il n'est pas thraël, il ne connaît rien et ne doit rien connaître. Suis-je clair ?

— Oui, mon thraël, dorénavant, je me ferai plus discret.

En vérité, Honorayon n'avait pas la réponse à la question posée. Il avait des hypothèses de savant, mais rien qui aurait pu satisfaire l'esprit curieux du fils de Wenelen. Et comme le thraël n'aurait jamais osé s'humilier devant une femme, Zébaldon avait eu droit à l'apologie des bonnes manières, une mascarade de mauvais goût jouée par l'orgueil mageocratique d'un sexagénaire, défenseur blasé du célibat.

La disparition de son père rendait Nôyane inconsolable et très anxieuse. Elle ne voulait plus être sur l'île et se méprisait d'avoir accepté de les suivre jusque-là. Le fait de monter dans la barque lui donna un coup dur aux tripes. Par ce geste, elle s'enfonçait davantage dans la gueule d'Azexerte. Sa fébrilité, son regret et sa peur étaient palpables.

Lorsqu'ils eurent tous accosté sur le rivage, l'ophimide retransforma le batelet en statuette, l'essuya sur sa tunique et la remit dans son sac. Ils marchèrent quelque temps jusqu'à ce qu'un layon se manifeste au creux de la forêt. Le sentier était encore en usage et Nôyane le reconnut. Anticipant la question de Lamoras, d'une voix brisée elle lui fit part de ses connaissances :

— Ce sentier mène à un pont plus loin. Il fait un détour dans la forêt sur plusieurs kilomètres jusqu'au temple d'Hæline.

Resté observateur silencieux depuis le naufrage du *Révis*, Percipion déclara :

— Je ne pars pas d'ici sans l'avoir incendié. Thraël, voudras-tu le calciner comme tu l'as merveilleusement fait pour le vogueur plus tôt ?

— Seulement après avoir vidé la bibliothèque, s'il y en a une. Il me fera grand plaisir de réduire en cendres toute œuvre ayant appartenu aux calastaires !

Avec un air désabusé, comme s'il restait encore en elle quelques vestiges de son attachement au culte, Nôyane reprit comme s'ils n'avaient rien dit :

— Sinon, il faudra couper par la forêt, ici, pour tâcher de trouver le sentier principal qui mène directement au temple.

— Principal ? lui dit Thorismond de sa voix caverneuse. Qu'est-ce qu'il y a de particulier avec ce sentier ? Où mène-t-il pour qu'il soit principal ? Y a-t-il un village ?

— Non. Les filles et les prêtresses habitent le temple. Le sentier mène à un verger, une ferme et un rucher où elles cueillent des pommes et du miel. Il mène aussi aux champs où elles labourent et récoltent du graëmme et de l'orge. C'est une communauté qui se suffit à elle-même. Elle reçoit, quelques fois par année, des provisions venant d'ailleurs.

— As-tu entendu ? dit Hogarth à l'oreille de Crallas. Il y aura de la prêtresse à slaguer ! Halvarn est avec nous ! Je te parie vingt ferghels que mon abruti de frère choisira le sentier du pont. Si nous pénétrons davantage la forêt vers l'intérieur, il nous sera plus facile d'observer les lieux, protégés par le couvert des bois, mais non ! Il voudra plutôt marcher à découvert en plein sentier pour la sécurité de tous. Vingt ferghels, qu'est-ce que t'en dis ?

— Je ne parie pas. Tu connais trop bien ton frère ; mais tu as raison, c'est plus tactique de suivre ton plan.

Thorismond reprit :

— Ce sentier-ci, où mène-t-il, dans le sens opposé au pont ?

— Je n'en suis pas certaine. Je ne l'ai jamais suivi jusqu'au bout.

— Très bien, dit Lamoras. Nous continuons sur le sentier jusqu'au pont pour la sécurité de tous. Il faut s'approcher le plus possible du temple et l'observer avant de faire quoi que ce soit.

Hogarth qui regardait Crallas en souriant se tourna vers son frère et lui dit :

— Je ne suis pas d'accord.

Honorayon l'apostropha crûment.

— C'est nouveau.

Ignorant le thraël, Hogarth reprit en haussant le ton :

— Il faut passer par la forêt. C'est le chemin le plus sûr. Marcher à découvert sur un sentier en plein venthune alors que les feuilles ne nous offrent plus un couvert complet n'est pas stratégique ; il nous faut les troncs des arbres et la protection naturelle des bois. Tu commets une erreur, Lamoras. Les autres en souffriront.

— Est-ce que tu connais cette forêt, ou la menace qui nous guette ? répliqua Lamoras.

— Non, mais…

— Ah ! Tu ne connais pas cette forêt, lieutenant ! Tu ne connais pas ces lieux ! Aucun danger ne s'est manifesté encore. Tu ne sais pas ce qui habite ces bois et voilà que tu veux les traverser pour jouer au héros, en mettant des vies en danger !

Tais-toi, lieutenant! Nous perdons notre souffle et du temps avec ces balivernes. Je mène, ici, pas toi.

— Est-ce que je pourrais lui livrer un coup de masse sur la tempe? intervint Morüngar en s'adressant au général. J'aimerais m'assurer qu'il a bien compris le message!

En regardant le doargue du coin de l'œil, Lamoras fit de la tête un signe rapide que non. Hogarth répliqua immédiatement à Morüngar, l'arrogance dans la bouche.

— J'aimerais bien voir ta masse s'envoler vers ma tête! Je n'aurais qu'à reculer d'un pas de *rascard* pour l'esquiver. Court comme tu es, je pourrais t'enfiler sur mon épée, te rôtir et faire de toi une belle petite brochette à barbichette!

Morüngar fulminait. Percipion riait aux éclats. Il sortait son arme lorsque Barrand, conscient du regard de Nôyane sur lui, s'interposa entre eux, se tint devant Hogarth, le regarda au fond des yeux et lui dit:

— Lieutenant, est-ce que tu es un lieutenant?

— Selon mon père, oui, et, selon l'avenir, ton général.

— Soit. Mais, dis-moi, qui t'a montré comment manier l'épée?

— Toi.

— Et qui suis-je, moi?

Hogarth ne répondait plus. Il voyait bien le petit jeu de pouvoir duquel se délectait Barrand. Il savait que le colonel allait répondre à ses propres questions afin de l'humilier.

— Dis-moi qui je suis, Hogarth… Tu ne réponds plus? Ah! tu ne réponds plus! Sa bouche est close, enfin! Je vais donc rafraîchir tes souvenirs. Je suis la raison pour laquelle tu sais manier l'épée. Tu n'as jamais gagné un seul combat contre moi en treize ans parce que tu n'arrives pas à mes genoux en terme d'habileté; tu es pourri côté technique et, comme tu pars en effarouché, tu n'établis pas une stratégie efficace et rapide. Et voilà que tu parles de stratégie! Je ne suis ni ton frère ni ton père et ne serai jamais ton camarade. Je suis ton colonel et tu seras toujours un petit lieutenant. Tu pourras changer autant de fois que tu veux le titre de ton grade, tu seras toujours un petit lieutenant. Ton père ne sera pas toujours là pour te protéger. Et comme il n'est pas ici pour essuyer la merde que tu as sur tes fesses de gamin, voici ce que tu vas faire, maintenant. Tu vas laver tes petites fesses de lieutenant infantile, tu vas déloger tes couilles que tu as coincées dans ton cul, tu vas faire un nœud dans ta langue de pendard et tu vas montrer l'exemple aux petites gamines qui encensent tes propos ridicules. Je connais dix hommes qui seraient dix fois meilleurs que toi en tant que lieutenant. La seule raison pour laquelle tu as ce grade, c'est que tu as un père qui ne nous écoute que quand nous servons ses intérêts. Mémorise bien mes mots, ramasse tes crottes de langue, lave la couche de ton amour-propre et sors de tes oreilles les phallus de tes camarades !

Barrand ne se fâchait que très rarement. Ce qu'il ne se permettait pas de dire à un supérieur, il trouvait les mots pour le dire à un subordonné. Il avait fait sentir à son lieutenant toute l'autorité qui manquait à Lamoras à cause des liens du sang. Un lourd silence s'installa dans le groupe après cette intervention faiblement retenue, qui avait grandement plu au général et surtout à Nôyane.

Hogarth, pour sa part, se refroidit un peu ; mais ce n'était rien d'autre pour lui qu'une déclaration de guerre. Il rageait à l'intérieur et cherchait des idées qui lui permettraient de discréditer son frère et le colonel auprès du maréchal.

Honorayon et Morüngar étaient fiers de Barrand. Le thraël fit à Hogarth un sourire mesquin, un geste simple de la bouche qui traduisait toute la condescendance d'un mage à l'endroit d'un petit militaire insatisfait de sa charge.

Le lieutenant détesta le sourire du thraël ; il eût aimé tuer

Honorayon, mais ce geste aurait compromis sa relation avec son père, qui tenait le mage en haute estime. À moins, bien sûr, que la disparition du thraël n'ait l'air d'un accident…

∘⌀∘

Elle scruta d'un œil farouche l'endroit où se trouvait Hilard, car elle sentait une essence différente de celles des hommes et des autres humanoïdes ; mais le mâchil était bien enfoui dans l'ombre. Le vent frais qui tournoyait autour d'elle batifolait dans ses cheveux épars et fouettait sa robe en mousseline de soie blanche dans un concert de plis et de replis gracieux. La femme ne semblait pas grelotter. Elle avait l'air d'une nymphe vêtue d'un drapeau blanc, translucide et féerique dans une forêt plus morne que la mélancolie. Son corps était une guerre sans armes et ses yeux étaient des flèches sans archers ; son charme rivalisait avec celui de la déesse Tholah et sa féminité gracile traçait dans l'air les mouvements suaves et despotiques de la beauté.

Hilard sentait émaner d'elle, un être contraire à l'être, une essence contraire au souffle spontané de la vie. Dans l'ombre d'une grande racine, il disparut pour réapparaître dans les hautes branches du même arbre qui l'abritait. Il se fit invisible dans l'ombre et attendit, car il pressentait qu'elle allait inspecter le lieu de plus près.

Elle le fit. Hilard sourit en la voyant se promener à quelques mètres du magamonier vénérable dans lequel il était perché. Comment avait-elle fait pour passer d'un lieu à un autre aussi rapidement ? Était-elle une mâchile ? Hilard l'aurait senti. Une thraëlle du Cinquième ordre ? Elle avait franchi une centaine de mètres en un tournemain. Néanmoins, il se sentait comme un enfant sûr de sa cachette et qui ne pouvait être vu de la louve qui le chassait. Elle tourna son regard vers l'arbre et s'en approcha lentement ; elle s'arrêta devant le vaste tronc aux mille nœuds, leva le regard vers le labyrinthe des rameaux ombreux et demeura debout, immobile et silencieuse. Les feuilles pleuvaient autour d'elle, le vent sifflait dans les rameaux et Venthune se promenait dans les bois.

Hilard ne bougeait pas et respirait calmement. En un rien de temps il pouvait disparaître et réapparaître au loin sans contrainte. Non, il restait immobile et observait la femme sans rien dire. Son souffle ne paraissait pas dans l'air frais, car il était partiellement dans le Valnaos, comme assis sur la frontière entre deux mondes. Elle ne savait pas où il était, mais elle le sentait là, dans l'arbre. Soudain, des larmes de sang se mirent à couler sur ses joues blanches et ses yeux bleus devinrent noirs comme du charbon. Hilard s'interrogea sur le sens de ce spectacle horrible, sans cependant éprouver la moindre peur. Il émit l'hypothèse qu'elle tentait de l'intimider, puisqu'elle ne pouvait ni le voir ni le toucher. Au bout d'un long silence qui semblait éternel, la femme aux yeux obscurs et à la robe tachée de sang s'adressa à l'inconnu de l'arbre avec une voix de vieille femme hargneuse :

— Mâchiiiiil… je romprai ta nuque !

Elle fit quelques pas à reculons et disparut dans un éclat de brouillard gris qui dura le temps d'une fumée de bougie qu'on vient d'éteindre.

Dans la tête du hoblain, les questions et les hypothèses se bousculaient. La haine que dégageait cette femme ne devait pas être prise à la légère. Devait-il en avertir les autres, ou rester clandestin comme cela avait été conclu entre le maréchal, le général et lui ? Valait-il mieux alerter le général seulement, en espérant le trouver seul ? Allait-il céder à son propre désir de vengeance et libérer Lamoras de la présence malencontreuse du lieutenant ?

Il opta enfin pour la clandestinité, ce qui lui permettrait

de bénéficier de la surprise et de garder un certain recul par rapport au développement de la situation. En ce qui concernait cette femme, il lui fallait plus de temps. Pour l'instant, il prit la décision de suivre Lamoras d'ombre en ombre, à distance.

∾

Sur le sinueux sentier de rocaille, Lamoras se mit en route avec le groupe en direction du pont. Le chemin fut une longue progression entre les pierres, les racines et les herbes, mais la marche se déroula sans événement majeur, à part le persiflage habituel dont firent preuve les deux frères. Au crépuscule, ils arrivèrent à une centaine de mètres du pont et le général, sensible à la fatigue et à la faim dont se plaignait le groupe, donna l'ordre de quitter le sentier afin d'installer le campement. Ils trouvèrent un antre au pied d'une ravine peu profonde à une cinquantaine de mètres.

Honorayon sortit de son sac à dos une tente en peau de wegmé qu'il jeta par terre. Il rumit une formule en wælïn et elle se monta toute seule. Son diamètre ne mesurait pas plus de deux mètres. Tour à tour ils y entrèrent, stupéfaits devant ce qu'ils virent à l'intérieur. On aurait dit une véritable auberge. Le plancher était en bois et les murs en pierre soutenaient des entraits et des arbalétriers. Un foyer se trouvait dans le coin, entouré de cinq fauteuils anciens. Douze portes en tout s'ouvraient sur des chambres individuelles. Une odeur de viande fraîchement rôtie planait dans l'air rustique et Honorayon, qui semblait avoir l'habitude du lieu, leur dit avec une voix de bon vivant :

— Choisissez une chambre pour la nuit… sauf celle qui a sur sa porte la tête de bouc là-bas ; c'est la mienne. Je veux dire la chambre, et non la tête. Je sens encore le fumet du lièvre que j'ai fait cuire céans, il y a un an déjà. Ce lieu est intemporel ! Sous le comptoir de service, vous trouverez des barils remplis de légumes frais et de harengs salés. Aussi, vous trouverez de la bière…

Il ne put terminer sa phrase. Les yeux de Morüngar s'illuminèrent et, d'une voix pleine de la chaleur de l'enthousiasme, il s'exclama :

— De la bière ? As-tu dit de la bière ? Oui ! Ô ! Par l'enclume bénie de Roggor, ce jour est une bénédiction !

Tous, sauf Hogarth et Percipion, se mirent à rire devant l'extase peu courante du doargue. Le galve dont le visage était devenu sombre n'hésita pas à briser la gaieté du moment.

— Roggor n'existe pas. Il n'y a qu'Halvarn qui existe. Un jour viendra, doargue, où tes yeux verront la vérité. Pour l'instant tu dors encore dans ta caverne avec tes faux dieux. Mais, j'ai confiance. Tu sortiras de tes erreurs et je te mènerai sur le bon chemin, sur le chemin lumineux du grand seigneur Halvarn.

Il leva le regard, le posa sur les personnes présentes et continua :

— Comment pouvez-vous souffrir que soit prononcé devant vous le nom d'un faux dieu ? N'êtes-vous pas tous les fidèles d'Halvarn ?

Hogarth ne suivait pas le galve sur ce point ; il avait une autre vision des choses. Il cracha sur le sol, ce qui vexa le thraël, et dit à Percipion sur le ton de la rivalité :

— Vraiment, je crois que tu te trompes, galve ! Halvarn ne te laissera jamais remettre sur le bon chemin un blasphémateur. Pourquoi voudrais-tu en faire un fidèle du vrai dieu ? S'il a blasphémé le nom de son faux dieu, il insultera certainement l'unique et seul Halvarn. N'oublie pas aussi qu'il n'est qu'un doargue. Il n'a pas le sang pur des hommes, des Hurths que nous sommes. Halvarn ne pourrait le considérer comme un des siens. Si tu m'en veux croire, galve, abandonne ton projet sacrilège et laisse le petit barbichu des cavernes boire sa bière jusqu'aux confins douloureux de l'*Undhar*.

Las de ce discours, Morüngar cacha sa frustration derrière son visage impassible et, préférant ne rien dire pour ne pas alimenter le débat, il se réfugia dans le silence qui le caractérisait. Son peuple commençait à lui manquer, les profondeurs de la terre aussi. La nature à la fois changeante et opiniâtre des humains contrastait fortement dans sa tête avec celle des doargues, plus constante et harmonieuse. Faisant fi de ces remarques, il se laissa guider par sa soif vers l'arrière du comptoir où il vit des tasses de céramique propres et des barils pleins de bière. Il se servit avec satisfaction.

Le galve ne savait plus quoi répondre ; sa langue semblait soudain paralysée. L'argument qu'avait apporté le lieutenant rejoignait une certaine logique propre au conseil à laquelle personne n'osait formellement s'opposer. À l'intérieur de lui-même, Percipion regimbait contre cette opinion qu'il prenait comme une humiliation. Se jugeant iniquement confronté, il se replia sur ses idées sans rien dire de plus. S'il en était un dans tout le conseil qui n'aimait pas la contradiction, qui la prenait comme un affront pur et simple, c'était bien ce galve tant estimé des fidèles.

Contrairement à Hogarth et à d'autres comme Léügue et Crallas, Percipion voyait Morüngar comme une occasion de faire un prosélyte et ne protestait pas contre sa présence au sein du conseil. Même s'il n'eût jamais fait un galve du doargue, il avait une vision plus étendue de sa religion. Il voulait voir le culte d'Halvarn répandu aux quatre vents, principalement pour les retombées économiques et le pouvoir religieux qu'une telle chose eût donné aux galves, mais aussi par pur idéalisme religieux. Mais le problème venait de l'intérieur, manifestement d'esprits comme celui d'Hogarth qui entretenaient le culte de la pureté ethnique, une doctrine que Percipion avait abandonnée il y avait longtemps, car elle s'opposait à son ambition et à sa cupidité.

L'obscurité qui ramenait le calme dans les bois mangea la petite tente d'Honorayon logée dans la ravine. Hilard vint se percher dans les hauts rameaux d'un *paraclare* avoisinant. Il allait fermer les yeux pour accueillir le sommeil, couché sur ces longues branches droites et serrées les unes contre les autres, quand un mouvement sur le sol au loin attira son attention. Comme il était parfaitement nyctalope, il vit se tenir sur un grand rocher surplombant la ravine un être masqué recouvert de la tête aux pieds d'une longue cape noire. L'inconnu surveilla le gîte du mage le temps d'une dizaine de souffles et se retira enfin parmi les arbres. Hilard garda les yeux ouverts encore longtemps, scrutant les bois dans tous les sens, mais la fatigue finit par l'envahir et il sombra, malgré lui, dans le sommeil.

Lorsque chacun fut dans sa chambre respective et que les têtes furent dans le royaume des rêves, Barrand qui ne dormait pas sortit de son lit. Il ouvrit sa porte lentement et, comme il n'en pouvait plus de désirer Nôyane sans la voir, il se dirigea silencieusement vers sa chambre. Elle ne dormait pas non plus. Elle l'attendait.

Il ferma la porte derrière lui et s'approcha de sa flamme. Doucement, il glissa sa main sur son visage et fit danser ses doigts dans ses cheveux. Elle posa délicatement sa main sur le torse du colonel, la laissa glisser vers ses hanches et le tira contre son bassin nu. Elle le désirait. Malgré l'odeur désagréable de leur corps après toute une journée de marche laborieuse, ils s'embrassèrent et s'embrasèrent dans la faible lueur d'un petit luste en quartz.

L'air de la chambre était frais et le silence des lieux, rassurant. Les lèvres de Nôyane rappelaient à Barrand celles de sa femme Alvuine. Il se mit à penser à elle. La fille sentit que son amoureux n'était plus présent d'esprit, que son attention divaguait. En glissant sa main aventurière sur les lombes du colonel, elle le pinça vigoureusement et lui demanda :

— Est-ce qu'elle te manque ? Je veux dire : l'aimes-tu toujours ?

— Ma femme ? Je ne l'ai pas vue depuis quinze ans. Disons que j'ai eu le temps de l'oublier. Mon cœur est ailleurs, maintenant. C'est malsain d'attendre le retour d'un spectre toute sa vie.

— Alors, tu l'aimes. Si elle te revenait demain, tu…

— Nôyane, elle ne me reviendra pas. Je t'ai dit que mon cœur est ailleurs. C'est toi que j'aime.

— Tu ne peux pas m'aimer, colonel, tu ne me connais pas.

— Je ne te connais pas, mais je sais que j'aime ce que je vois et ressens. Tu m'enchantes et me donnes le désir d'aimer. Longtemps j'ai entretenu l'espoir de retrouver ma fille, mais ma femme… Même si, par quelque prodigieux tour du destin, elle me revenait, un gouffre nous sépare et le pont qui en joint les rives a été brisé par l'absence prolongée.

Après l'avoir embrassée doucement, Barrand connut Nôyane, mais il crut nécessaire, une fois leurs ébats terminés, de se retirer seul dans sa chambre pour en sortir à l'aube sans éveiller les soupçons. Il repartit, heureux d'avoir affermi leur amour naissant. La jeune femme se retourna dans son lit, prit une position fœtale et pleura deux larmes, une pour la joie, l'autre pour la peine ; car elle était aussi joyeuse que craintive d'avoir un homme qui l'aimait ; joyeuse de l'avoir trouvé, mais plus craintive encore de le perdre. Pendant plus d'une décennie, les prêtresses d'Hæline lui avaient inculqué la conviction que les hommes n'étaient que des traîtres et des menteurs dont il fallait se méfier, mais, dans son cœur de jeune femme, Nôyane espérait que le contraire fût vrai. Cet espoir lui permettait de s'ouvrir à Barrand et de se convaincre – c'était une tentative timide – qu'elle était une femme aimable pour autre chose que ses appas et qu'elle n'était pas maudite. Ce qui la faisait pleurer, c'était qu'elle avait la certitude de sa fragilité ; elle savait que son espoir ne tenait qu'à un fil.

ॐ

Au plus creux de l'obscurité, Hogarth se leva, mit ses vêtements et alla réveiller Léügue et Crallas, les deux hommes sur lesquels il avait le plus d'influence. Ce qu'il avait à l'esprit le dévorait. Enfin, quand les deux furent réveillés, le lieutenant leur expliqua son plan.

— Voici ce que nous allons faire, maintenant. Il ne nous faudra que bien peu de temps, mais notre action est critique si nous voulons discréditer mon abruti de frère devant les autres et gagner leur confiance afin de mener à bien cette mission. Nous sommes très près du pont. Nous affaiblirons les cordes qui le tiennent et marcherons en retrait demain. Quand le pont tombera, si mon frère est dessus, nous en serons débarrassés ; si le pont tombe pendant que d'autres y sont, Lamoras prendra le blâme, car j'aurai protesté avant la traversée en disant qu'il n'est pas sécuritaire. Mon frère me contredira comme toujours, et voilà ! Le fer sera dans notre fourreau !

— C'est un excellent plan, lieutenant ! Je suis avec toi jusqu'au bout.

— Merci, Crallas. Et toi Léügue ?

Sortant de son lit, le brigadier râblé fit quelques pas dans la chambre. Il avait la mine perplexe. La trahison d'un supérieur n'était pas une idée séduisante à ses yeux. Il était vrai cependant que Lamoras, par le passé, n'avait pas été pour lui le meilleur des mentors et il ne l'affectionnait pas du tout. Il gratta son crâne et remua ses courts cheveux d'un noir poivré. De ses grands yeux verts cernés enfoncés dans son visage ovale de trentenaire, il regarda Hogarth et, en chuchotant, lui dit avec sa voix de baryton nasillard :

— Je n'ai jamais pu mettre ma confiance en Lamoras, tu le sais, lieutenant. Il a du charisme, mais son entêtement est implacable. Le seul danger…

— Quel danger ? Parle-moi sans crainte, je suis ton lieutenant, merde !

— Laisse faire, Hogarth. Je suis certain que ton plan fonctionnera. Allons-y.

— Non, non, dis-moi ce qui te préoccupe, Léügue ! Qu'est-ce que tu vois ?

— Je trouve qu'il est préférable d'inclure Thori et Lorrus dans cette affaire, sinon, ils l'apprendront et…

— Et quoi ? Ils nous dénonceront ? Comment vont-ils l'apprendre ? As-tu l'intention de le leur dire ? Haille ! Léügue, c'est une affaire secrète, scellée, sans faille. Vraiment, je te le dis, ne t'en fais pas, même s'ils savaient, ils sont comme deux tombes fermées, ces hommes-là. Viens, j'ai besoin de toi ! Ils ne diront rien de ce qu'ils ne connaissent pas. Allez !

Alors qu'un vent frisquet balayait les feuilles mortes parmi les racines tortueuses du sol forestier, les trois hommes sortirent de la tente et se faufilèrent entre les arbres jusqu'au layon. Le ciel était clair, les grincements des vieux rameaux fissuraient l'armure de leur courage et accompagnaient le craquement des feuilles mortes sous leurs pieds, leur imposant des efforts pour rester discrets. Il n'avait pas plu à cet endroit depuis longtemps. Le sol était sec. La douce lueur de la nuit éclairait faiblement le paysage d'Azexerte, victime saisonnière de venthune.

Quand ils furent parvenus à quelques mètres du pont

qu'ils avaient vu la veille, Hogarth donna l'ordre à ses compagnons de l'attendre et alla lui-même affaiblir les cordes avec son couteau. Quand il en eut terminé, trois personnes sur le pont seraient suffisamment lourdes pour le faire tomber, concluait-il. Ses compagnons l'attendaient en silence sur le bord, guettant les environs au cas où quelque événement inattendu surviendrait.

Et, justement, comme si le hasard... Déjà bien avancé sur le pont fragile, Hogarth vit de l'autre côté ce qu'il crut être une forme féminine parmi les arbres. Les ténèbres ne permettaient pas une vision claire pour l'œil humain ; ce fut ce qui poussa le lieutenant à vouloir investiguer. Il fit signe à ses compagnons de rester sur place, tandis qu'il se dirigeait vers l'autre rive du large et profond ravin. Le pont chancelait dans le vent et sautillait sous le poids du lieutenant, au rythme de ses pas.

Il avait franchi la moitié du tablier quand une pensée lui vint : il s'exposait. S'il se mettait en danger, son plan échouerait. Hogarth ne croyait pas que le risque en valait la peine. Il ne voulait pas s'aventurer plus loin.

Sur le point de rebrousser chemin, il crut revoir la même forme humaine qui passait d'un tronc d'arbre à un autre. Il crut rêver. Il se figea et continua d'observer l'endroit. Après trois répétitions de la même scène, il conclut qu'il ne rêvait pas. Une femme se promenait réellement dans le bois de l'autre côté du gouffre. Il regrettait de ne pouvoir observer son visage convenablement.

Soudain, elle sortit de sa cachette et se plaça devant le pont. Vêtue d'une longue robe en mousseline blanche, elle tenait un sabre et leva le bras comme pour couper les cordes. Hogarth comprit le message et recula vivement.

Ses camarades ne comprirent pas ce qui motivait son mouvement. Ils le voyaient comme mystifié par quelque chose qui se passait de l'autre côté. Quand il posa le pied sur le sol, il semblait apeuré. Il regarda ses hommes et leur dit :

— Vous la voyez ?

Léügue répliqua presque immédiatement. Il semblait partager la peur d'Hogarth.

— Qui ? Je ne vois personne, moi.

Crallas qui, souvent par habitude, était le contrepoids émotionnel du lieutenant lui dit :

— Allons, ne t'en fais pas, Hogarth. Il faut rentrer, si tout est fait.

Mais, le lieutenant se fâcha comme de coutume lorsqu'il ne comprenait pas ce qui lui arrivait et qu'il en était contrarié. Il haussa la voix.

— Comment ne pas t'en faire ? Crallas, merde ! Je vois une femme de l'autre côté ! Vous ne la voyez pas ? Vous êtes certains de ne rien voir ?

Les deux firent signe que non. Hogarth se frotta les joues et les yeux avec son pouce et son index, prit une grande respiration et leur dit en regardant le ciel :

— Qu'est-ce que c'est que cette histoire ? Mais, merde ! Elle vient de disparaître ! Foutons le camp d'ici. Allez, foutons le camp, j'ai dit !

Sur le chemin du retour, Crallas et Léügue échangèrent discrètement des regards sans rien dire, chacun se posant les mêmes questions sur l'état d'esprit de leur compagnon et supérieur.

Dès qu'il eut regagné sa chambre, Crallas se rendormit comme si de rien n'était, mais ce ne fut pas le cas d'Hogarth et de Léügue.

Le lendemain, ils levèrent le camp et reprirent le sentier en direction du pont. Hilard avait jeté un regard sur les environs au cas où il apercevrait l'individu observé la nuit précédente, mais il n'y avait rien. Il suivit le groupe de lames dans l'ombre des bois jusqu'au pont dont avait parlé Nôyane. Throm, qui ne craignait pas les hauteurs, fut le premier à y mettre le pied. Mais avant qu'il aille plus loin Lamoras lui demanda d'arrêter. La structure concave consistait en de petites planches de bois attachées les unes aux autres. Le pont s'étalait sur une vingtaine de mètres en longueur et sur un mètre en largeur. Après avoir observé cette structure, le général ordonna qu'un maximum de trois personnes à la fois passent sur le pont, une décision qui ne plut pas à Hogarth, en apparence. Il haussa le ton à nouveau.

— C'est une autre erreur, frérot. Tu me reproches d'agir en étourdi, mais voilà que tu fais la même chose ! Ce pont est visiblement trop vieux pour supporter un tel poids ! Je dis une personne à la fois.

Le général lui répondit froidement :

— Nous n'avons plus de temps à perdre avec tes protestations, lieutenant. J'ai dit trois personnes à la fois. Allons !

Barrand suivit Throm. Comme Nôyane et lui s'étaient rapprochés plus intimement, elle courut derrière le colonel. La spontanéité du geste ne passa pas inaperçue. Le général et le galve se regardèrent avec une certaine inquiétude. Throm prit de l'avance, car il marchait vite sur les vieilles planches. Vers le milieu, le brigadier costaud s'arrêta brusquement lorsqu'il vit quelques cordes s'effilocher. Il se retourna lentement et ses yeux pleins de crainte traduisirent son malaise à l'intention de Barrand. Le colonel comprit le message du brigadier quand il vit à son tour d'autres cordes se briser sous leur poids. Les trois s'arrêtèrent au milieu du pont, paralysés par la surprise.

Avant qu'ils aient pu regagner le promontoire où se tenaient les autres, les dernières cordes lâchèrent. Nôyane perdit pied, glissa et fit une chute d'une vingtaine de mètres dans le ravin. Le courant l'emporta tout de suite dans sa houle blanche. Barrand et Throm s'accrochèrent rapidement au cordage qui servait de rampe. Ils se virent balancés vers le versant opposé à pleine vitesse. Le choc du pont contre la pierre fit tomber Throm qui, dans sa chute, emporta Barrand avec lui. Les trois se retrouvèrent au fond du ravin, emportés par les bras aqueux d'une rivière froide et vigoureuse.

Hogarth retenait son sourire tant bien que mal. Mais, quand son regard croisa celui de Lamoras, ses lèvres succombèrent au plaisir de sa malice et de sa fausse déception. Il sourit avec toute la tendresse d'un enfant. Il haussa les sourcils devant le général et lui dit tout haut afin que les autres puissent l'entendre :

— Désolé, frérot, j'ai oublié de te dire que ce pont était trop vieux pour supporter trois personnes à la fois.

Avec son sarcasme habituel, Dillian-Lorrus ajouta :

— Tu as raison lieutenant, c'était ton devoir de le prévenir et tu ne l'as pas fait.

Estimant que la mutinerie était inévitable après un tel événement et content que le plan d'Hogarth ait fonctionné, Léügue affirma froidement :

— Voici la preuve qu'un lieutenant peut avoir plus de lucidité qu'un général qui n'écoute jamais ses hommes.

Les yeux s'arrêtèrent sur Lamoras après cet affront, mais le visage du général demeurait placide. Avec humilité, il se tourna vers Honorayon et lui dit :

— Thraël, que peux-tu faire ?

VII

SCROUNDELMIRE

J'ai lancé une pierre au Passé
pour le punir; l'Avenir me l'a
renvoyée pour m'humilier.
Évinbard, halioste

Un rascard, essentiellement,
c'est de la vermine qui
maîtrise l'art de brailler.
Zartheer, thraël du Cinquième ordre

Lamoras méditait un plan de secours. Honorayon lui-même ne savait quoi imaginer. Hogarth se félicitait. Il avait devant lui les témoins de l'incompétence de son frère. Il jubilait. En plus, Barrand était tombé. Il savourait le plaisir stérile que procure la malice devant l'humiliation d'un être méprisé. Il se gonflait. Il sentait grandir sa crédibilité au sein du groupe et celle de son frère se blottir sous les doutes. Mais Lamoras n'était pas encore détrôné.

Ergath qu'ils surnommaient le Fauve et qui, heureusement pour lui-même et pour Lamoras, ne vivait pas dans la tête d'Hogarth, s'approcha du précipice et regarda vers l'ouest. Il se retourna et dit au général avec enthousiasme:

— Qu'en penses-tu, mon général ; on suit le précipice jusqu'à ce qu'on puisse les secourir ?

Hogarth intervint aussitôt.

— Ce n'est pas une bonne idée, le Fauve. Nous ne pouvons consacrer du temps à récupérer ceux qui tombent. Nous nous épuiserons plus vite et nous nous mettrons tous en danger. Qui n'avance pas recule. Le général a interdit l'option de la forêt. Si nous l'avions prise, nous serions encore ensemble. Puisque ce pont n'est plus, je dis qu'il faut partir vers l'ouest par la forêt comme je l'avais suggéré au début. Mais ce groupe était gouverné par un homme qui n'écoute personne d'autre que lui-même. Il ne m'était pas possible de vous épargner ce drame.

Percipion voyait bouillir les dernières bulles de la mutinerie ; il ne restait qu'à refroidir le plus possible la tête chaude du lieutenant qui, faute d'être surdoué à l'épée, s'en tirait fort bien avec le mensonge et les complots. Le galve coupa la parole à Honorayon qui allait parler.

— Un instant, thraël, je veux dire ceci au lieutenant. Tu es un vrai pendard, sais-tu ? Ce groupe est encore sous la gouvernance du même homme, et c'est encore à lui de diriger cette mission.

Lamoras intervint après avoir jaugé d'un coup d'œil l'attitude de tous.

— Très bien, très bien… Je n'ai pas besoin qu'on défende ma cause, puisqu'elle ne sera pas mise à mal par un subordonné. Oui, tu avais raison, lieutenant, le pont ne pouvait pas tenir trois personnes à la fois. Maintenant, il faut agir. Nous nous dirigerons vers l'est, car nous avons des vies à sauver. Ensuite, nous reviendrons sur nos pas et nous trouverons un autre chemin vers le temple. Je tiens à te rappeler que notre guide est présentement dans une rivière froide avec deux de mes hommes. Si tu étais général, ce que tu ne seras jamais…

Hogarth lui coupa la parole et lui répondit sèchement sur un ton colérique :

— On verra, frérot ! On verra !

Lamoras reprit :

— Si tu étais général, ce que tu ne seras jamais, tu ne laisserais pas tes hommes en danger. Est-ce que tu es conscient de la perte de temps que c'est pour moi d'avoir à t'expliquer ces choses élémentaires ? Visiblement, tu es contrarié… Demeure-le.

Le général voyait que la révolte de son frère était inévitable. Il ne pouvait tout simplement pas obéir à son aîné. En gardant la tête haute malgré la douleur que lui causait ce conflit, il continua en tranchant :

— Que ceux qui sont avec moi me suivent ! Nous allons vers l'est, et vite !

Lamoras partit, suivi de Morüngar, d'Ergath, de Percipion, du thraël et de son élève. Léügue et Thorismond hésitaient.

Hilard n'entendait pas ce qui se passait. Il maintenait une distance considérable entre lui et le groupe. Mais, lorsqu'il vit le groupe partir, il devina qu'une mutinerie venait de se produire. Il choisit de suivre le général plutôt que d'abattre son cadet. Même s'il avait l'ardent désir de se venger de l'attentat d'Hogarth sur sa personne, le mâchil maîtrisait sa colère.

Hogarth se retrouva devant Crallas, Léügue, Dillian-Lorrus et Thorismond, non plus comme lieutenant, mais comme nouveau général. Avec fierté, il conclut sans certitude :

— Vous avez choisi le meilleur parti. Nous prenons la forêt vers l'ouest jusqu'au sentier principal. Nous avancerons plus vite, maintenant que nous n'avons plus à traîner un chariot de merde et de blasphémateurs. Nous trouvons le temple et nous décapitons cette Merdarine ou Mardérine, qu'importe, pour en ramener la preuve devant le conseil. Nous trouverons un moyen de quitter cette île avec les filles qui s'y trouvent, si bien sûr elles y sont encore.

Crallas regarda Lorrus et Thorismond en disant avec force :

— C'est certain que nous trouverons les filles, mais nous ne repartirons pas avant d'avoir slagué des niches ! Toutes ces filles sans les slaguer… pas possible ! Haille ! la victoire du phallus d'Halvarn !

Tous riaient, sauf Léügue qui généralement était le premier à faire de telles remarques. Cette fois, son humeur n'était pas à la plaisanterie. Il pressentait quelque chose de néfaste et cela l'inquiétait. Il ne pouvait mettre le doigt sur la menace, cependant. Hogarth vit la consternation dans ses yeux et s'adressa à lui.

— Est-ce que tu doutes de moi, Léügue ? Tu peux toujours aller avec mon abruti de frère ! Est-ce que grand-papa Lamoras te manque ? Il ne partagera jamais sa gloire avec toi. En fait, tu sais très bien ce que tu es pour lui. Une arme, rien de plus. Il joue à l'homme attentionné, mais ce n'est qu'une tactique pour t'asservir. Courage, Léügue, ne crains pas la perte de confort qu'impose l'absence de ce thraël hypocrite, pédant et efféminé. Nos gourdes sont pleines, la curalgine est fraîche et abondante, et tu as entendu ce qu'a dit la fille de Brenmord ? Il y a un verger sur cette île et une ferme. Allons-y ! Nous n'avons rien à craindre.

Léügue regarda Dillian-Lorrus qui lui donna une forte claque dans le dos en riant. Le grand râblé répondit à Hogarth :

— Est-ce qu'il faut la décapiter, cette mégère de Merdeurine ? Ne pourrions-nous pas la ramener vivante devant le conseil ? Après tout, ce n'est qu'une simple paysanne devenue vulve en chef.

— Léügue, écoute-moi. Ramener la tête d'une proxénète, non ! Ramener la tête d'une adoratrice d'Hæline, une déesse maudite des galves et méprisée des ophimides, oui! Nous privons le conseil du plaisir de la juger et de la condamner, c'est vrai, mais, ce qui nous importe ici, c'est la reconnaissance de nos actions et de notre courage. Nous ramenons sa tête et nous croulons sous les honneurs. Le conseil ne te regardera plus jamais du même œil, Léügue, jamais. Allons!

Haut de deux mètres, Thorismond gardait depuis des années ses cheveux blonds courts et rasés autour des oreilles. Une barbe incomplète caractérisait son visage, couronné par une petite touffe de poils sur la glabelle, posée entre ses yeux pers. Sa carrure intimidante et sa force physique incontestable faisaient de lui un adversaire de taille; mais son manque de rapidité de réaction lui coûtait cher parfois.

En les voyant partir devant lui, Thorismond ne les suivit pas. Dillian s'en rendit vite compte et cria le nom d'Hogarth qui se tourna d'un coup. Il fronça les sourcils, puis, montrant un peu de bile, il glapit :

— Qu'est-ce qui ne va pas Thori? Tu as la trouille?

Dillian répondit à la question comme il en avait l'habitude quand Lamoras n'était pas présent; il regarda Hogarth et dit tout haut :

— Il veut sa mère.

— Ferme-la, Lorrus! répliqua Thorismond.

— Tu veux la ferme, Thori! Ah non! Il veut envoyer sa mère à la ferme!

Crallas, qui n'était pas le plus habile en humour, se laissa prendre par la vague de sarcasme à la Lorrus en répétant une phrase qu'Hogarth avait l'habitude de dire.

— Va traire une vache, Thori! C'est sans doute un plaisir qui lui manque.

Pour les Ériandais de Dagrenoque, envoyer quelqu'un traire une vache, c'était lui dire qu'il était en manque de plaisir sexuel ou, de façon plus péjorative, qu'il était tellement en manque qu'il irait jusqu'à prendre une vache pour se satisfaire. Cette expression était considérée comme vulgaire et commune chez les mercenaires.

Thorismond sourit à leurs balivernes. Il aimait bien plaisanter ainsi et la camaraderie que dénotaient ces propos contrastait avec le sérieux militaire qu'imposait la personne de Lamoras. Mais il n'était pas trop d'humeur à rire. Une faible douleur au ventre le lancinait encore, malgré les effets régénérateurs de la curalgine. Le coup d'épée qu'il avait reçu sous le nombril lui laissait une longue cicatrice qui était encore partiellement visible et qui guérissait lentement. Hogarth devina que la douleur le reprenait. Il savait par expérience que la curalgine n'était pas infaillible et qu'elle guérissait et cautérisait les blessures plus vite chez certains que chez d'autres. Il prit une éprouvette en cuivre à sa bandoulière et la lui donna en disant :

— Tiens, camarade, prends-la. C'est de la myosmie. Elle te donnera des forces et apaisera un peu ta douleur jusqu'au crépuscule. Allons, maintenant, il faut faire un long chemin pendant que la clarté est avec nous.

Dans l'espoir de découvrir un autre pont et le sentier principal, ils se faufilèrent entre les arbres vers l'ouest, en marchant rapidement et en suivant à distance le guide naturel qu'était le ravin et leur nouveau général mutin.

⨳

Le torrent se calma au bout de deux cents mètres. La rivière était moins profonde et la pente moins à pic, mais les trois nageaient pour leur vie. Plus ils avançaient en cherchant un rivage quelconque vers lequel se porter, plus les murs du ravin s'élevaient, se transformant en d'immenses méandres encaissés, parsemés de végétation. Barrand heurta des pierres à deux reprises, mais, heureusement, son armure le protégeait ; Nôyane et Throm s'en tiraient miraculeusement indemnes.

Ils suivirent longtemps les sinueux tournants de la rivière, portés et chamboulés par le courant. Ils tombèrent deux fois en bas de cascatelles. Finalement, ils sentirent des galets sous leurs pieds. Ils étaient sur une rive interne. Essoufflés tous les trois, ils s'écrasèrent sur le tapis herbeux et rocailleux du rivage sauveur en crachant et en haletant, soulagés d'avoir survécu à cette mésaventure.

Barrand n'avait que six pensées capitales : trouver un lieu clos, faire un feu, sécher les vêtements trempés, réchauffer Nôyane, maintenir Throm loin d'elle et se reposer. Très soucieux de son apparence, il forma le projet d'enlever son plastron bosselé à maints endroits, mais, pour une raison de sécurité, il se retint. Il violenta sa vanité et se résolut à le garder.

Throm se plaisait à lorgner les courbes de Nôyane, que ses vêtements trempés mettaient en évidence ; mais, il baissa les yeux aussitôt et cessa de l'observer quand le colonel, qui le voyait faire, lui imposa un regard désapprobateur. Throm se releva lentement et vit sur la rive un antre qui s'ouvrait dans la falaise, surplombée plus loin par une arche naturelle qui traversait la rivière comme un pont. Sans rien dire et en cherchant encore son souffle, il pointa du doigt l'endroit.

Barrand se releva difficilement à son tour, prit Nôyane à son bras et se poussa du mieux qu'il put dans la direction de l'arche. Comme des clous dans leurs os, le vent frais martelait l'eau froide dont leurs vêtements étaient imbibés. Si Nôyane tremblotait en essayant le plus possible de se réchauffer auprès de Barrand, Throm, lui, ne semblait pas trop souffrir du froid ; du moins, il n'en laissait rien paraître.

Ils entrèrent dans l'antre qui se prolongeait en un couloir étroit et à pic sur une centaine de mètres et qui, comme un escalier naturel de pierres érodées et lisses, donnait sur un petit plateau boisé. L'absence de vent les ragaillardit un peu, ce qui facilita leur ascension.

Quand ils furent parvenus sur le plateau, Barrand vit dans le mur de la falaise, cachée derrière des *zénoriers*, une ouverture qui semblait mener à une grotte. Il s'en approcha pour mieux l'observer en tirant sa lame de son fourreau. Il écarta les branches, riches de petits fruits cylindriques marron, et, anticipant toute surprise, il mit prudemment sa main sur le roc. Throm le suivait derrière, sa lame dégainée lui aussi. Le colonel pencha la tête légèrement vers l'intérieur et constata qu'il s'agissait en effet d'une grotte dont il ne pouvait pour l'instant mesurer la profondeur. Craignant que ce lieu ne soit le gîte d'un drac ou d'une autre créature indésirable, il se tourna vers les deux autres, s'appuya contre la pierre de l'ouverture et leur dit calmement en chuchotant :

— La rive se termine au pied de la pente et nous ne savons pas où mène cette rivière. Au moins, céans, nous avons des fruits et du bois pour un feu. J'ai toutes les raisons de croire que le général nous cherche. Il serait donc avantageux de rester sur place quelque temps. Throm, avant de faire un feu, tu explores cette grotte avec moi. Elle pourra nous servir de gîte si jamais Lamoras ne nous trouve pas avant la nuit. Jusqu'à maintenant, nous pouvons dire que nous sommes fortunés dans notre infortune. Suis-moi, et toi, Nôyane, reste bien cachée, nous reviendrons vite.

Après que Barrand fut entré dans la grotte, Throm se tourna vers Nôyane, et la dévêtit du regard en la mangeant avec des yeux qui trahissaient sa faim salace. Un frisson d'inquiétude traversa l'âme de la belle, car ce brigadier en qui elle n'avait pas confiance entrait dans une grotte obscure avec celui qu'elle aimait, celui qui avait déjà tout son cœur. Déjà, en imaginant la mort de son père, elle était saisie, envahie par l'angoisse. Voilà que s'ajoutait une inquiétude nouvelle : le sort de Barrand. Elle se croyait maudite et voyait partout se manifester les signes de cette malédiction.

Dans l'ombre des zénoriers sans feuilles, elle se laissa sombrer dans le découragement.

Une fois dans la grotte, Barrand sortit de son havresac trempé un étui dans lequel était logé son luste de quartz dont le rayon s'étendait à plusieurs mètres. La lumière fit apparaître une forêt de stalagmites et de stalactites qui meublaient une grotte large et haute. Au loin, le murmure discret d'un cours d'eau caché ajoutait à la noirceur humide un son délicat qui atténuait la grimace hostile de ces grandes dents limoneuses parsemées d'ombres et d'inconnu.

Au bout de cent mètres parmi ces sculptures naturelles aux tailles diverses, les deux lames s'arrêtèrent devant ce qu'ils croyaient être le fond de la grotte. Bien qu'ils ne l'eussent pas explorée en entier, ils estimaient d'un commun accord qu'elle pouvait les loger pendant une nuit, ou du moins le temps que Lamoras arrive. Par ailleurs, malgré l'humidité, l'air était moins frais. Le colonel ne fut pas sitôt sorti de la grotte que Nôyane, qui avait craint de le perdre, lui sauta au cou et l'embrassa.

Throm détourna le regard, tiraillé en dedans. Pour oublier, pour essayer d'oublier, il se mit à cueillir des branches mortes çà et là afin de faire le feu. Barrand serra sa belle fortement et, se voulant rassurant, lui dit au creux de l'oreille :

— Je ne veux plus que tu craignes quoi que ce soit. Je serai toujours à tes côtés, Nôyane, je ne t'abandonnerai pas. Nous sortirons vainqueurs de cette épreuve et de cette mission, tu verras. Fais-moi confiance !

— Je te fais confiance… mon colonel !

Ils sourirent et s'embrassèrent tendrement.

Throm déposa les fagots dans une concavité au sein du roc,

un lieu qu'il avait choisi instinctivement. Lorsqu'il retourna dans le bosquet, il entendit une voix chuchoter à l'intérieur de sa tête. Elle semblait excitée, confiante et pressée, comme motivée par un grand œuvre ; elle lui dit :

— *Réjouis-toi, Throm ! Le moment de la justice d'Halvarn va poindre. Tu feras souffrir Hérodona pour ses crimes contre ton fils et toi.*

Et la voix se tut. Throm chercha de toute ses forces à l'ignorer. Il en secoua les traces de son esprit et continua son travail de fagotier de circonstance ; une fois qu'il eut recueilli assez de bois sec, il tenta d'allumer la première flamme. Il y parvint après plusieurs essais avec sa dague et sa pierre à feu.

Le crépuscule envahissait le ciel. N'ayant eu aucun signe du général, le colonel crut bon de se retirer dans la grotte. Throm reçut l'ordre de dormir près de l'entrée, car Barrand voulait se retrouver seul avec Nôyane.

Les amants se firent un lit de feuilles mortes parsemées sur des ramilles de magamoniers aux longues aiguilles. Grâce au feu que Barrand avait allumé près d'eux dans la grotte pour sécher leurs vêtements et se réchauffer, ils purent se mettre nus l'un contre l'autre et se prodiguer des caresses, entourés des monolithes difformes qui ressemblaient aux colonnes ruinées d'un temple ancien. Il n'était plus possible de cacher quoi que ce soit à Throm. Le secret de leur relation intime allait reposer dorénavant sur sa discrétion. Barrand avait donc intérêt à le maintenir dans l'obéissance la plus stricte.

En proie aux tiraillements de la chair, Throm écoutait les échos du concert de la volupté résonner dans la grotte. Les ébats de Barrand et de Nôyane lui ramenaient au nez l'odeur du corps d'Hérodona et les moments de passion qu'il avait connus avec elle autrefois. Ce qui faisait le plaisir du couple faisait le tourment du brigadier. N'en pouvant plus, il se leva d'un coup et sortit de la grotte pour respirer le silence. Il se mit à réalimenter le feu qui s'éteignait lentement au milieu du petit plateau. Son regard évasif hypnotisé par la flamme que le vent faible taquinait se mit à errer parmi le vide de la noirceur ambiante.

Soudain, le son mélodieux de plusieurs lyres se joignit au crépitement nocturne du feu ; mais Throm ne voyait rien. Des voix humaines, certainement féminines, erraient en harmonie autour de lui, comme des revenantes sans corps ou des fantômes sans visage. Throm sentait son sang se refroidir et sa langue se dessécher. Les fagots rougis et blanchis par les flammes se mirent à serpenter dans tous les sens. En même temps, le feu s'élevait au point de léviter à deux mètres du sol. Les voix augmentaient en nombre et le volume de leur chant montait progressivement. Le feu croissait en taille et en luminosité.

Les *zénores*, qui tombaient des branches autour de lui et roulaient à ses côtés, se fendirent, formant deux lèvres ouvertes à l'intérieur desquelles Throm pouvait voir des yeux qui l'épiaient, de nombreux yeux bleus qui l'accusaient, des yeux comme ceux d'Hérodona, son infidèle épouse, sa tendresse évanouie.

Des deux mains, il enserra sa tête, en agrippant ses cheveux comme un pendu tient sa corde avant de mourir, certain que cette scène était le châtiment auquel il devait s'attendre pour avoir été un aussi mauvais père et un aussi mauvais mari, pour avoir laissé mourir son fils.

Lorsque le feu fut devenu géant, il ouvrit ses jambes brûlantes comme une femme prête à enfanter. Un homme majestueux, haut de cinq mètres, vêtu de maillons d'or et de plaques d'argent pur sortit du fond des flammes ; sa barbe blonde et moirée, ornée de mille tresses, tombait jusqu'à sa taille ceinte d'un large ceinturon diamanté en cuir mince qui recouvrait le nombril. Sur sa tête, une couronne d'émeraudes était posée, qui jetait des reflets verdoyants sur son visage à l'expression à la fois mystérieuse et sereine. Les voix se turent quand il leva la main. Throm était à court de souffle et ses nerfs tremblaient comme un mensonge devant la vérité.

Ce fut alors que le souverain du feu, d'une voix grave comme la mort et douce comme l'enfance, s'adressa au mortel en disant :

— Ne crains pas celui qui, dans le feu que tu vois,
Te révèle son front, sa puissance et sa voix !
Qui suis-je, tu te dis, pour qu'au sein d'une flamme,
Mon Seigneur m'apparaisse et m'enlève tout blâme ?
Oui, mortel, tu m'entends, la culpabilité
N'est jamais, sur ses reins, ceinte de liberté.
Dans le cœur elle fait sa marque et sa demeure
Afin que celui-ci en souffre, en rage, en meure.
Ne garde plus les yeux, qui sont faits pour s'ouvrir,
Fermés sous un bandeau que tu tiens à tenir.
Marche vers l'horizon que j'ai peint sans étude ;
Tu n'y trouveras plus les pas de l'inquiétude
Ni l'aurore illusoire où tes espoirs joviaux
S'écroulent comme un pont sous les grands fiels fluviaux.
Oui, ta femme est indigne et ma revanche est juste ;
Sous ma main tu verras que ta vengeance auguste
Couronnera ta rage et bénira ton sein
Des gloires que je donne à l'âme que j'étreins !
Marche vers l'horizon que pour toi je dessine ;
Car il te faut cueillir le fruit qui te destine
À la vie au-delà du sort des cœurs perdus ;
Puisque tu es féal aux vœux qui me sont dus.
Oui, Nôyane est ce cœur dont tu veux tant la flamme,
Et je vais, moi, la rendre éprise de ton âme !
Tu la veux, tu l'auras ; mais avant il te faut
De son nouvel amant étouffer sans défaut,

Le souffle qu'elle adore et qui te fait envie.
Parfois, un rival doit sacrifier une vie !
Tu veux servir ton maître et louer son honneur ;
Il te veut triomphant et comblé de bonheur.
Maintenant, sans tarder, reçois de ma main libre
Celle pour qui ton cœur depuis si longtemps vibre ;
Fais tomber son amant. Il est ton prisonnier.
Prends Nôyane sans peur. Ta femme t'a renié.

Le colosse se tut, s'enveloppa dans son manteau de flammes et disparut dans sa chaleur ardente. Le silence retomba sur l'obscurité froide, les fagots reprirent leur place en serpentant sous le feu et les zénores repartirent vers leurs branches, après avoir refermé leurs paupières tégumentaires. Bouleversé par la vision qu'il venait d'avoir, Throm se retrouva seul devant la danse lumineuse du petit feu. Il se convainquit sans peine qu'Halvarn lui-même lui était apparu et il jubila à la pensée que Nôyane serait à lui dans un proche avenir. Il se disait tout bas : « Hérodona humiliée ! Nôyane toute à moi ! Non, ce n'est pas possible… Oui, c'est possible. Halvarn me l'a dit. Il ne faut pas que je doute. Halvarn lui-même me l'a dit. J'ai douté. Non, j'ai presque douté. Ce n'était pas un vrai doute. Halvarn ne veut pas que je me culpabilise. Je dois vouloir son honneur, car il veut mon bonheur ; et, pour avoir le bonheur, je… je dois mettre à mort… mon colonel. Je dois le faire pour Halvarn, c'est ce qu'il a demandé, c'est ce qu'il m'a demandé pour mon bonheur, oui, pour son honneur. Comme Halvarn est bon ! Il est si bon ! Va te coucher, Throm, demain est un jour nouveau pour ton nouveau bonheur. Oui… Ah ! Merci, céleste et magnanime Halvarn, merci ! »

Le souci qu'il avait de la sécurité de Nôyane, la méfiance grandissante qu'il entretenait envers Throm ainsi que celle que lui causait le lieu faisaient en sorte que Barrand ne dormait pas. Sa paupière légère oscillait entre le demi-sommeil et la veille. Ils avaient aménagé leur lit sommaire dans une alcôve naturelle. De nombreuses branches avaient nourri les flammes et le feu chauffait bien l'endroit. Le luste lumineux avait été placé juste à côté de l'épée nue du colonel, à quelques centimètres de sa main. Le ruisseau marmonnait son discours répétitif dans cette grotte qui ne respirait pas et qui dormait depuis des temps immémoriaux.

Couché contre Nôyane, il ouvrit l'œil un instant et vit une ombre bouger entre les stalagmites. Il demeura immobile, en attente, prêt à bondir comme un lion sur quoi que ce fût. Après un long moment, une petite créature haute de vingt-cinq centimètres qui ressemblait à un croisement grotesque entre un renard et un goblinoïde sortit de l'ombre ambiante et, sur la pointe des pattes, s'orienta vers le luste qu'elle convoitait.

Sournoisement elle approchait sa main de l'objet quand, d'un mouvement rapide, Barrand l'attrapa au cou. C'en était fait d'elle. Sa surprise se mêlait à la honte qu'elle ressentait d'avoir été prise en flagrant délit de vol. Sa peur la rendait nerveuse et agitée. Barrand la souleva et l'appuya contre une colonne de calcaire. Il sortit sa dague et la plaça contre sa tempe. Là, dans la faible lumière, il l'observa attentivement avec un regard menaçant et lui dit en se forçant à chuchoter :

— Un rascard ! C'est la première fois que j'en rencontre. Un rascard qui vient voler le luste d'un colonel ! Ce n'est pas gentil. Malheureusement, je vais devoir t'éviscérer. Veux-tu que je le fasse ?

Le farfadet désapprouva énergiquement.

— Ah ! tu ne veux donc pas que je t'étripe ? Peut-être que je pourrais te jeter au feu et te rôtir… Veux-tu que je le fasse ?

Le rascard y alla d'une nouvelle désapprobation vigoureuse, en laissant quelques larmes tomber de ses grands yeux semblables à ceux d'un tarsier.

— Non, je ne le ferai pas. Je crois qu'il vaudrait mieux que je te découpe en morceaux. Veux-tu ?

Le rascard fondit en larmes et pleurnicha comme un gamin contrarié. Il se mit à crier. Barrand mit la dague calmement dans sa propre bouche et, de sa main libre, le gifla généreusement. Il reprit sa dague et la glissa sous la gorge velue du farfadet en disant :

— Tu vas taire ton maudit gosier, sinon je t'égorge !

Le rascard cessa de crier, mais il continua à pleurnicher à en être pathétique.

— Je te donne le choix de me dire ton nom ou de te faire découper en morceaux. Alors, un premier essai ! Quel est ton nom ?

Les yeux du farfadet sortirent de sa tête quand il entendit cet ultimatum. Il trouvait cet humain fort instruit sur la nature des rascards. Il n'était vraiment pas tombé sur la bonne proie. Qu'il répondît ou pas, c'était une sentence de mort. Sentant que l'humain ne plaisantait pas, il inclina la tête sous le poids de la défaite et répondit avec une voix nasillarde et agressante :

— Scroundelmire. Je me nomme Scroundelmire.

— Bien, Scroundelmire… Voilà, j'ai dit ton nom. Tu m'appartiens, maintenant. Comme première tâche, tu vas t'occuper du feu et tu vas me laisser dormir en paix. Demain, quand je me lèverai, nous parlerons de choses sérieuses !

Le farfadet alla s'asseoir près du feu sans cesser de pleurnicher. Barrand, qui connaissait bien cette fanfaronnade, se redressa encore et lui ordonna :

— Hé ! Tu vas fermer ton gosier de braillard ? Ce jeu de rascard ne fonctionne pas avec moi. Je ne suis pas ému par tes larmes de bandit. Finis-en !

Scroundelmire regarda Barrand avec dégoût.

— Tu n'es pas un bon maître ! Jamais tu ne sauras me comprendre ou m'apprécier. Il faut que…

— Hé ! C'est fini, le geignard. Tu te tais jusqu'à l'aube.

Quand le colonel n'entendit plus rien d'autre que le crépitement du feu et le murmure de l'eau, il posa la tête sur le tapis de feuilles mortes et étreignit sa douce. Il allait s'endormir lorsque la voix râpeuse du rascard s'éleva à nouveau.

— Ce n'est pas juste ! Ce n'est pas gentil de me parler ainsi ! Pourquoi ne suis-je pas aimé de mon maître ? Pourquoi me traite-t-il de tous les noms ? Pourquoi ? Pourquoi dit-il que je suis trinqueur comme un farfadingue, et pleurnichiant comme un saligourde ? Je ne lui ai rien fait pour mériter ces insultes. À chaque fois que je lui parle, il me met la dague à la gorge et me menace de mort ; et pourtant, je l'ai servi, je l'ai protégé de bien des pièges. Je l'ai délivré de plusieurs mages ténébreux. Mais, je me dis : « Scroundelmire, garde espoir, ton maître verra ton dévouement. Il le verra, tu verras, ce n'est qu'une question de temps. Ensuite, il t'aimera et ne te frappera plus jamais avec un bâton. »

Barrand ouvrit les yeux et fixa les cheveux de Nôyane, tout en se demandant comment, de façon ingénieuse, faire taire ce pleurard puéril. Il eut une idée :

— Est-ce que Scroundelmire veut que je le libère de ses obligations ?

— Oui, oui, définitivement ! Sinon, je serai humilié devant mes frères pour longtemps.

— C'est ce que ton maître se disait. Alors, Scroundelmire, qui n'obéit pas à son maître et ne l'aime pas, malheureusement, n'en sera jamais libéré !

— Non, c'est impossible ! J'aime et j'écoute mon maître. Je suis allé sur plusieurs îles pour lui ; j'ai même fait plusieurs travaux. Je veux être libre, mais je ne méprise pas mon maître !

— Bien ! Alors, quand son maître demande à Scroundelmire de se fermer la gueule, qu'est-ce que fait Scroundelmire ?

— Je ne dis plus rien.

— Faux. Qu'est-ce que son maître veut dire quand il lui dit de se fermer la gueule ?

— Il veut dire que je dois me taire.

— Alors, Scroundelmire…

— Oui.

— Ferme ta gueule jusqu'à l'aube…

— Oui, mais pourquoi m'as-tu abandonné lorsque j'étais petit ? J'aurais pu mourir, seul dans le désert.

— Scroundelmire…

— Oui.

— Ferme ta gueule jusqu'à l'aube…

— Oui, mais je ne voulais pas que tu quittes le foyer sans me dire au revoir. Sais-tu toute la douleur que j'ai dû vivre quand je t'ai vu partir ; j'ai passé des années entières dans les tourments les plus…

— Scroundelmire…

— Oui.

Cette fois, haussant le ton au risque de réveiller Nôyane, mais résolument plus ferme et déterminé, Barrand reprit :

— C'est la dernière fois que je te dis de te fermer ta gueule avant de t'égorger.

Barrand fixa le farfadet comme un archer sa cible. Le rascard abandonna sa tactique. Cet homme n'allait pas céder à son jeu. Vaincu, il se résolut donc à se taire, se tourna vers le feu et fit la grimace en marmonnant.

※

La course le long du précipice fut longue et pénible. Les détours que le terrain les obligeait à faire étaient nombreux. De grands amas de pierres, des étangs, des bois épineux et denses faisaient continuellement obstacle à leur progression. Ils durent s'arrêter de nombreuses fois pour reprendre leur souffle et se désaltérer. Quand arriva la mi-journée, Lamoras scruta très attentivement la rivière au fond du ravin, mais il ne vit aucun signe de ceux qu'ils recherchaient.

Ils devaient s'arrêter pour manger. La marche forcée avait fatigué le thraël, qui avait pu les suivre malgré son âge et son manque d'entraînement aux activités physiques prolongées. Même s'il s'était imposé le silence aux côtés de son maître depuis leur dernière conversation, Zébaldon, doté d'un sens de l'observation qui ne se mesurait qu'à celui d'Hilard, ressentit le besoin de dire à Lamoras :

— Général, si je puis me permettre de te signaler quelque chose…

Tout le groupe se retourna vers Zébaldon, étonné de l'entendre sortir de son silence habituel. Lamoras répondit avec toute sa prestance militaire :

— Va. On t'écoute, jeune homme.

— Il est, à plusieurs mètres d'ici, un amas de petites pierres que j'ai vu près d'un arbre. Je ne saurais le retrouver. Mais il m'a paru que ces pierres avaient été disposées par quelqu'un ; peut-être dans le but de marquer une frontière territoriale, ou pour une autre raison.

Lamoras reprit en s'adressant à tous :

— Est-ce qu'il est le seul à avoir vu cela… Je vois que oui. Très bien. Je te crois sur parole, jeune homme. Tu as un excellent sens de l'observation. Gardons la flèche à l'œil. Est-ce qu'il te reste de la nourriture, thraël ?

— Général, je peux mettre un poulailler dans ce sac ! Et, parlant de poules…

Morüngar ne put s'empêcher de demander :

— Est-ce qu'il te reste de la bière ?

En lui répondant non de la tête, Honorayon sortit de son sac à dos une poche en jute dans laquelle il y avait deux gros poulets. Ils les firent cuire et mangèrent à leur faim ;

mais Morüngar n'avait pas terminé son cinquième morceau qu'il dut le jeter dans la rivière afin de suivre le groupe qui partait sans lui. Ils avaient couru et marché sur encore deux kilomètres quand, à une très grande distance de l'autre côté du ravin, Lamoras vit s'élever parmi les arbres et les hautes pierres un filet de fumée.

Essoufflé, le général s'enthousiasma modérément.

— Là-bas ! La fumée ! La voyez-vous ? Ce doit être Barrand. Il faut vite trouver un chemin. Leur situation doit être précaire et il est urgent de les secourir. Honorayon, peux-tu faire quelque chose ?

— Je crois qu'il vaut mieux trouver un chemin naturel.

Comme Zébaldon s'était vu valorisé par le général devant les autres, il se sentit plus à l'aise d'intervenir ; sa confiance en lui ayant monté un peu, il se permit de suggérer à Honorayon :

— Maître, tu pourrais nous transmuter en oiseaux et nous volerions de l'autre côté. Ensuite, tu pourrais nous ramener à notre état originel. Le sort durerait assez longtemps, je crois…

Lamoras répondit à Zébaldon sur-le-champ :

— Bonne idée, jeune homme ! Thraël, tu as tout un élève ! Que suggères-tu ?

Sans le laisser paraître, Honorayon était très mal à l'aise. Il devait maintenant décevoir le général, ce qu'il aurait voulu éviter à tout prix, dans son souci constant pour la diplomatie. Jadis, dans sa jeunesse, le thraël avait fait une très mauvaise expérience de transmutation somatique. Pour plaisanter avec des compagnons, il avait transformé délibérément en jument la vache d'un fermier démuni. Cette bête servait à nourrir sa famille. Furieux, le fermier était allé se plaindre à la direction de l'académie qu'Honorayon fréquentait. Le jeune mage avait avoué sa faute et, n'eussent été ses rares talents pour l'apprentissage, il aurait connu le renvoi permanent. Si l'académie avait dédommagé le fermier, ce n'était pas tant pour lui venir en aide que pour laver la tache faite à la réputation des mages.

Honorayon avait tiré les leçons de cette frasque de jeunesse, mais il s'était mis à détester la transmutation et il s'était promis de ne plus jamais s'y essayer. Pour s'en tenir à ce vœu, il avait inventé une excuse qui passait bien auprès des incultes, comme il aimait les nommer. Il répondit posément à Lamoras :

— Je crois qu'il vaut mieux trouver un chemin naturel. La talmache est instable, général. Mon élève, aussi doué soit-il pour l'observation, comme tu le dis, ne pouvait penser à un tel détail dans sa grande ignorance et son manque d'expérience. Le risque d'erreur dans la transmutation est très élevé. Je ne peux me permettre de risquer vos vies. Il faut continuer à pied… c'est tout.

Zébaldon encaissa un regard contrarié de la part de son maître. Il savait qu'un discours caustique l'attendait.

Cependant, sur le bord du ravin, Ergath était monté sur une haute pierre pour savourer ce temps de pause. Il aimait sentir le vent frais dans ses longs cheveux noirs, qui séchait en outre les perles de sueur sur son front large. Il admirait le paysage torturé de l'île. Des pierres partout, lisses ou raboteuses, des crevasses peuplées de végétation morte ou mourante ; les promontoires nombreux ressemblaient à des murs défigurés, portant de lourdes cicatrices desquelles sortaient comme des os gris des branches tordues et défeuillées. Venthune, encore une fois, avait préparé le lit morbide et froid pour la venue de son époux, Welare.

Ergath allait se retourner pour rejoindre le groupe lorsqu'une flèche sortit à toute vitesse du labyrinthe forestier et se logea dans son orbite gauche. Il rugit de toute sa force en tenant la flèche de ses deux mains ; il perdit l'équilibre, et la pierre étroite et lisse sur laquelle il était s'enfonça brusquement vers l'avant. Lamoras courut vers lui, mais il était trop tard; le Fauve perdit pied. Il tomba sur un lit de pierres après une chute de trente mètres. Lamoras éleva la voix:

— Embuscade! Tout le monde derrière les arbres! Protégez le mage!

VIII

ILSWITHE

On aime mieux les plaisirs
délictueux que la justice; mais
les véritables plaisirs sont
les fruits de celle-ci.
Adéard l'Ascète, hirwal à Connelmirth

Sur le chemin circulaire de
l'orgueil, l'amour s'éteint.
*Laetilde, impératrice d'Ériande
et thraëlle à Connelmirth*

D'un pas constant et ferme, le lieutenant Hogarth menait
ses hommes en suivant de près le précipice qui, comme il
en avait l'espoir, les conduirait au prochain pont. Le jour
avançait au rythme de leurs pas et déjà la fatigue et la mi-
journée leur imposaient un temps de repos. Ils mangeaient
le peu de nourriture qu'ils avaient prise dans les barils de la
tente du thraël quand soudain Hogarth entendit son nom
trancher l'air de la forêt. Il se leva, tira son épée d'un coup
sec et regarda dans la direction d'où la voix provenait. Bientôt, une figure familière se manifesta et le lieutenant dit sans
enthousiasme:

— Par la merde de Féruldir! Haldaguire! Messieurs, nous
avons un revenant.

Dillian répondit avec une pointe d'ironie :

— Espérons que ce soit un faux.

Thorismond était perplexe. Il demanda tout haut :

— Je ne comprends pas. Comment a-t-il fait pour survivre ? Il porte des vêtements qui ne sont pas à lui. A-t-il passé la nuit dehors ?

Léügue lui répondit :

— Patience, Thori, il nous racontera tout bientôt.

Ils lui offrirent du hareng salé avec des carottes crues. Un peu essoufflé, le nouveau venu s'assit au pied d'un arbre et mangea. Lorrus laissa tomber le mot qui devait amorcer pour Haldaguire la narration de son histoire.

— Puis ?

— Puis, quoi ? Je n'ai pas grand-chose à raconter…

Crallas se mit à rire et tenta d'imiter sa voix, ce qu'il faisait très mal.

— Je n'ai pas grand-chose à raconter… Bof, vraiment, Haldague, tu n'as rien à nous dire sur ton histoire de survie ? Sans doute mon puceau préféré s'est-il trouvé une bagasse sur cette île avant nous. Non ? D'où viennent tes vêtements propres ? Où est ton arme ? Tu n'as pas grand-chose à raconter ? Vraiment ! Cesse de nous prendre pour des touffes.

— Tout beau, Crallas, tout beau ! Puisqu'il faut que je vous le dise… C'est simple. J'étais dans la cabine du capitaine quand le vogueur… vous savez. Dans la descente, la cabine a frappé un rameau de paraclare, sans doute, et je suis tombé à sa suite. Heureusement que l'eau du marécage était là, sinon ma chute aurait été mortelle. Comme je ne suis pas très bon quand il s'agit de m'orienter dans les lieux sauvages, je me suis perdu dans la forêt. Mais, j'ai trouvé une maisonnette abandonnée quelque part ; il y avait ces vêtements et un lit. J'y ai passé la nuit. Je me promène depuis hier ; j'ai découvert un sentier. Comme je n'ai que cette dague comme arme, j'ai espéré très fort ne rien rencontrer dans ces bois qui me soit mortel. Bref, je suis heureux de vous avoir retrouvés. Sauf que, les autres, où sont-ils ?

— Un différend avec le général, répondit Hogarth. Nous l'avons jugé inapte à poursuivre cette expédition. Ses nombreuses erreurs et son manque de jugement ont déterminé notre séparation.

Crallas ajouta :

— Il nous fallait quelqu'un de plus humble et de plus perspicace que lui. Deux qualités qu'un général se doit d'avoir, et Lamoras ne les a pas. Si tu restes avec nous, Hogarth est ton nouveau général, en principe.

Fidèle à lui-même, Dillian-Lorrus regarda Haldaguire et lui dit :

— C'est comme quand tu as un chien de garde qui ne jappe plus, tu vois. Soit il devient un carlin comme Lamoras, soit tu le remplaces par un briard qui remplit bien ses fonctions comme Hogarth. Ce n'est pas une question de partisanerie, mais de bon sens.

— Soit. C'est logique, répliqua Haldaguire. Qu'est-ce qu'on fait, maintenant ?

Hogarth souriait fièrement et naïvement à la pensée que, lentement, mais sûrement, il mettait les lames du conseil dans son fourreau. S'il supportait quotidiennement l'insatisfaction que son grade inférieur imposait à son ambition, un désagrément qui, parfois, le rendait téméraire et irréfléchi, sa contrariété lui servait précisément de mangonneau pour se jeter contre le moindre des murs qui se dressait devant lui. L'ambition était à Hogarth ce que le devoir était à Lamoras.

Il répondit à Haldaguire avant de repartir à la recherche du sentier :

— Nous cherchons le chemin qui mène directement au

temple. Là-bas, nous verrons quelle sera l'action à entre-prendre.

— Hogarth est la preuve que même un cadet peut-être plus grand que son aîné, ajouta calmement Lorrus avec une pointe de camaraderie. Il est aussi la preuve qu'un homme peut être laid et se faire tout de même des amis !

Hogarth feignit un rire amical avec les autres, pendant qu'ils reprenaient leur marche. Mais il aurait frappé Lorrus avec plaisir.

La forme corporelle d'Haldaguire procurait à Arthally une certaine excitation. Elle avait une affection particulière pour la beauté du jeune homme. La forme de ses bras et de ses pectoraux l'aguichait autant que les traits de son visage.

Elle se demandait comment mener le groupe au temple sans piquer au vif l'orgueil et l'autorité du lieutenant. Hogarth marchait en tête avec toute la fierté d'un nouveau chef et ses désirs n'allaient être servis dorénavant que par sa volonté.

Quelque temps avant le crépuscule, alors que s'atténuait progressivement la clarté des nues, ils arrivèrent à un sentier qu'ils crurent être celui dont avait parlé Nôyane et ils le longèrent en le suivant de près, à travers les bois, jusqu'au pont. Différant du premier, ce pont était en pierres, plus large et moins long. La forêt continuait de l'autre côté, leur offrant à nouveau un couvert rassurant. Après avoir observé attentivement les environs, ils traversèrent rapidement et rentrèrent sous la cape des bois. Ils se faufilèrent entre les arbres à proximité du sentier, jusqu'à ce que, dans une clairière, après une longue marche, leur apparût le temple qu'ils cherchaient.

Hogarth fit signe à ses hommes de se reposer ; les besoins corporels les pressaient et ils voulaient contourner le temple pour mieux scruter les alentours. Auparavant, Hogarth se plaça derrière un arbre tandis que Dillian-Lorrus et Léügue faisaient de même un peu plus loin pour se soulager. Thorismond qui ne connaissait rien à la flore de l'archipel s'étendit sur un lit de mousse marron entre deux grandes racines de magamonier. Une étrange odeur de chair se dégageait de la plante. Sans se méfier de quoi que ce soit, il y resta couché, les deux mains derrière la tête. En attendant ses compagnons, il regardait entre les rameaux le ciel accueillir les premières pâleurs du soir. Soudain, plusieurs tentacules vert foncé longs d'un mètre et pourvus de ventouses surgirent du lit mousseux et enveloppèrent le visage du brigadier blond. Il se débattit en criant sans pouvoir les rompre. Plus il bougeait, plus la pression des tentacules augmentait. Hogarth et Dillian entendaient le murmure troublant de Thorismond tout près. Léügue arriva un instant plus tard et les trois se mirent à couper les tentacules coriaces avec leur dague. Hogarth criait le nom d'Haldaguire. Alarmés par la douleur et la suffocation de Thorismond, les trois taillaient les tentacules le plus vitement qu'ils pouvaient, tout en esquivant les autres pour ne pas en être aussi la proie. Arthally profita cependant de la situation pour s'évader. Elle disparut derrière un matrômore à plusieurs mètres de là et réapparut dans le temple devant quelques-unes de ses prêtresses. Elle reprit sa forme féminine afin de signaler sa présence et d'avertir ses filles de la venue des hommes. Ayant reçu les ordres de leur maîtresse, elles se préparèrent aussitôt. Une fois cette démarche accomplie, Arthally se retransforma en Haldaguire devant elles pour leur montrer sa nouvelle forme, puis réapparut derrière le même arbre.

Quand elle rejoignit le groupe d'Hogarth, Thorismond, enfin dépêtré des appendices meurtriers de la *cargaste*, se relevait presque indemne, avec une légère démangeaison de la peau du visage comme incidence. Arthally se promena dans la forêt quelque temps, car les hommes s'étaient déplacés. Ce fut quand elle croyait les avoir perdus pour de bon qu'elle entendit Lorrus s'écrier :

— Lieutenant ! J'ai trouvé Haldague ; il se fait agresser comme Thori, mais pas au même endroit. Lui, c'est son tentacule qui est pris dans le buisson. C'est du vrai tentacule à tentacule, ici !

Hogarth n'était pas euphorique. L'incident de la cargaste, ensuite la soudaine, mais brève disparition d'Haldaguire quelque temps avant l'approche de la nuit l'avaient secoué plus qu'il ne le laissait paraître. Quand il s'aperçut que Lorrus plaisantait, il regarda les autres avec assurance et dit en arrêtant son regard sur Haldaguire :

— Je ne sais pas ce qui t'a pris de disparaître, mais tâche de rester avec nous à partir de maintenant. Je n'ai pas le temps de m'occuper d'un adolescent qui suit ses lubies. Thori a failli mourir. On aurait eu besoin de ton aide. Où es-tu allé ?

— Pas très loin. Je suis un peu trop pudique quand je fais mes besoins.

— Quoi ? répliqua Hogarth, étonné. Bon. Reste plus près la prochaine fois.

— Et, comme Thori, ajouta Lorrus, garde ton tentacule hors du buisson.

— Et gardons la flèche à l'œil, conclut Hogarth en reprenant la marche.

Un temple antique d'une architecture oubliée, mangé par le lichen gris, la mousse noire et le passage des ans, leur apparut quand ils franchirent l'orée des bois. Le fronton qui portait des gravures de divinités surplombait un entablement également couvert d'images semblables. Le fût de chaque colonne était composé de six galbes cylindriques sans cannelures verticales et soutenait un mince chapiteau circulaire. Devant les quatre colonnes frontales du temple, une dizaine de marches seulement montaient vers de grandes portes de cuivre closes; à la base des marches, un long et large parvis ouvert servait de thermes. Il s'y trouvait un grand bassin d'eau chaude fumante. Ils allaient s'approcher davantage du temple quand, soudain, les portes s'ouvrirent et laissèrent sortir plusieurs jeunes femmes vêtues de longues robes en mousseline et en tulle. Avant de se dévêtir pour se baigner, chacune, en sortant, touchait à la statue d'une déesse que les hommes devinèrent facilement être celle d'Hæline.

Crallas et Lorrus avaient la salive à la bouche. Les hommes se regardaient comme s'ils venaient de découvrir le trésor le plus précieux du monde. Lorrus regarda Haldaguire et le frappa fortement à l'épaule en lui disant:

— Aujourd'hui, mon puceau, aujourd'hui tu deviens un homme! Réjouis-toi, camarade!

Et Arthally, par la bouche d'Haldaguire, lui répondit en souriant:

— Oui, Lorrus, aujourd'hui, je vais mettre mon tentacule dans le buisson!

Thorismond se tourna vers Hogarth et lui demanda:

— Qu'allons-nous faire, maintenant, mon général? Je les ai comptées; elles sont au nombre de vingt-deux.

Hogarth ne répondit rien. Il observait. Haldaguire remarqua:

— Ces filles sont des bagasses. Elles ont l'habitude des hommes. À mon avis, elles sont en manque de chair. On pourrait s'en approcher calmement en laissant nos armes ici pour ne pas les effrayer. Je ne vois pas de menace.

Hogarth le regarda:

— S'en approcher est une bonne idée; sans nos armes, non. Nous ne passerons jamais par les portes, à moins d'avoir l'air de pauvres perdus qui ont besoin d'aide. Évitons de poser des questions au sujet de cette femme qu'on cherche.

Crallas avança:

— Moi, je dis que nous les séduisons et que nous slaguons toutes ces niches !

Dillian répliqua, les yeux fixés sur les filles :

— Lorrus est d'accord avec ce plan ingénieux. Thori, tu passes à l'action avec nous ? Et toi, Léügue, cherches-tu encore une ferme pour ta mère ?

— Je suis avec vous, camarades ! répondit énergiquement Thorismond.

Dillian-Lorrus vit que Léügue mâchait encore le doute. Il lui mit les mains sur les épaules, le regarda dans les yeux et lui dit :

— Si Brenmord était ici, tu serais déjà nu avec ces filles. Léügue, tu penses trop. Je vois que tu n'es pas certain que ce soit une bonne idée de s'exposer à des inconnues qui n'ont pas d'armes pour nous attaquer, ni d'armures pour se défendre. Il est vrai que de belles femmes nues représentent une sérieuse menace pour des hommes d'armes et que le combat risque d'être sanglant et douloureux, mais courage, prends ton cul entre tes mains, merde, et viens t'amuser avec des bagasses en chaleur qui vivent dans un vieux temple où les hommes se font rares. La femme, Léügue, est semblable à une ouverture de flanc au combat. Il faut saisir l'opportunité quand elle passe. Tu prends ton arme, camarade, et tu perces !

— Lorrus, répondit Léügue sur un ton ferme empreint de sarcasme, quel discours éclairant tu viens de me faire ! Je sors des ténèbres. Ce que tu ne sembles pas vouloir comprendre, et les autres aussi, c'est que je m'oblige à douter. Pourquoi veux-tu que nous suivions tous, comme toi, les premiers élans passionnels qui nous assaillent ? C'est étrange que ces filles soient sorties au moment même où nous mettions les pieds ici.

— C'est une étrange coïncidence, Léügue, c'est vrai,

répondit Haldaguire. De toute façon, fais ce que tu veux. Après tout, une bagasse, c'est une bagasse. Si tu changes d'idée, elle est encore là. Pour ma part, je prends la plus salace, j'entre dans le temple et je la slague sur un bon lit chaud !

Dillian-Lorrus fut étonné de constater un changement aussi rapide dans le comportement et le discours d'Haldaguire. Il ne l'avait jamais vu aussi entreprenant et bavard au sujet des filles. Il se disait que, si Haldaguire avait marché jusqu'au premier pont avec eux, il aurait suivi Lamoras. Il ne disait que du bien de son général. De l'entendre parler comme Crallas était une nouveauté étrange dans son vocabulaire. Lorrus n'y comprenait rien.

Léügue se laissa convaincre et emboîta le pas à Hogarth qui fut le premier à quitter les bois pour se diriger vers le parvis. Lorsqu'ils furent tous arrivés sur le bord du bassin, les jeunes femmes les regardèrent sans se couvrir ni fuir. Une des plus âgées, une trentenaire aux cheveux noirs lisses et aux yeux d'azur, dit d'une voix enjouée :

— Bienvenue, messieurs, je me nomme Ilswithe. Dites-moi, qu'est-ce qui vous amène sur mon île ?

Déjà charmé par sa beauté, Hogarth lui répondit en jouant au suborneur :

— Ton île ? Euh… un accident. Nous n'avions nullement le désir de nous écraser sur l'île de la belle Ilswithe, n'est-ce pas, messieurs ?

En chœur chaotique, ils répondirent :

— Non. Vraiment pas. Erreur de parcours. Oui, c'est vrai, erreur de parcours.

Thorismond fit le galant.

— Mais je suis certain que nous n'aurions jamais osé passer tout droit si nous avions su que la belle Ilswithe et ses filles y vivaient.

Dillian-Lorrus reprit le fil de la galanterie.

— Exactement. Après tout, combien d'îles connaissons-nous qui abritent une belle Ilswithe avec ses filles ? C'est une heureuse erreur de parcours, enfin.

Ilswithe se retourna vers les autres filles et se mit à rire en reculant dans l'eau chaude. Les autres l'imitèrent. Avec des yeux lubriques, elle regarda attentivement Hogarth et chacun des hommes par la suite.

— Vous ne venez pas vous baigner ? dit-elle. L'eau est merveilleuse… Il faut enlever ses vêtements, bien sûr…

Haldaguire se promena sur le bord du bassin pendant que les hommes se mettaient nus et sautaient dans l'eau. Ils furent assaillis aussitôt par les filles. Ilswithe approcha Hogarth comme un fauve en manque de chair et le couvrit de baisers. À une jolie brune pulpeuse aux yeux marron qui l'avait séduit, Thorismond se vantait de sa longue cicatrice à l'abdomen.

Léügue était nerveux et perplexe. Il ne comprenait pas pourquoi, devant les portes du temple, juste avant les marches, un large autel de marbre noir recouvert de cendres était dressé, car cet objet se situait généralement dans le naos ou le pronaos selon les temples, mais jamais à l'extérieur. Il était inconfortable avec l'idée que le lieutenant et les autres s'adonnassent à des ébats intimes avec les adoratrices d'un autre dieu ; mais, plus étrange encore, il s'étonnait du comportement libertin et spontané de ces femmes avec des inconnus. Ce n'était point les us et coutumes des Ériandaises d'être aussi entreprenantes et publiquement salaces. Léügue soupçonnait un complot, bien qu'il n'arrivât pas à entrevoir quel danger guettait les hommes sur cette île. Les femmes étaient joviales et un peu naïves dans leurs manières. En se disant que cette histoire risquait fort de rester entre eux et qu'elle était peut-être moins dangereuse qu'elle ne lui paraissait, il ruminait les paroles de Lorrus qui, renforcées par la beauté des baigneuses, eurent raison de lui.

Mais, de nature circonspect, il se disait que, si cette histoire sortait du secret en plein Dagrenoque, ses compagnons d'armes et lui se feraient lyncher par des galves fanatiques, ou pire, se feraient ostraciser. Le risque n'était pas négligeable. Perdre la citoyenneté de Dagrenoque, c'était la honte irréparable.

Pourtant, lui-même ne pouvait résister aux appas des beautés qui s'offraient à eux… à lui, sans obstacle. Avec l'aide d'une mignonne jeune fille, il finit par se dévêtir aussi. Crallas avait déjà les lèvres errantes sur les courbes d'une jolie rouquine aux yeux bleus.

Hogarth allait critiquer le comportement d'Haldaguire quand il le vit prendre par la main une jolie demoiselle bien en chair aux longs cheveux noirs. Son élue sortit de l'eau et se couvrit de sa robe en mousseline. Haldaguire lui chuchota quelque chose à l'oreille, la prit par la main et entra dans le temple.

Crallas qui en avait assez de l'air frais, se disant qu'il y avait sans doute à l'intérieur de la nourriture, du vin et des lits pour continuer l'exploration corporelle des insulaires, voulut donc le suivre, mais trois filles lui sautèrent dessus et l'ensevelirent sous les caresses et les baisers.

Pleinement satisfait, Hogarth dit tout haut à ses hommes :

— Si vous étiez restés avec mon abruti de frère, auriez-vous ce luxe ? Auriez-vous trouvé les prémices du *Tholahar* sur cette île ?

Il ne put conclure ce qu'il voulait dire, car Ilswithe pressa ses lèvres contre les siennes et le tira jusqu'à ce qu'il ait de l'eau sous le menton. Bien ramollis par la chaleur, les ébats et leurs plaisirs, les hommes sentirent la torpeur imprégner leur corps et leur volonté. Une file de cinq autres jeunes femmes, vêtues de longues robes blanches en fourrure de *mormet*, sortirent du temple et entourèrent le bassin. Elles prirent les vêtements et l'équipement des hommes et s'en retournèrent au temple. Ce geste ne passa pas inaperçu et provoqua la colère de Léügue qui leur dit sur un ton autoritaire :

— Hé ! Vous laissez nos choses là.

Ilswithe se voulut rassurante et répondit :

— N'ayez crainte, nous ne faisons que mettre vos biens à l'abri. Il pleuvra peut-être bientôt et nous devons dîner. Serez-vous nos convives ?

— Tout beau, Léügue ! intervint Hogarth. Oui, bien sûr que nous serons vos convives.

— Allez messieurs, ajouta Lorrus, rieur et ramolli, après avoir mangé nos hôtesses, nous mangerons aussi à leur table.

Ses compagnons se mirent à rire, mais Thorismond capta toute l'attention et suscita l'hilarité quand, de l'eau jusqu'aux hanches, de la vapeur montant de son corps, il se mit à chanter une rengaine de tavernier connue à Dagrenoque :

Versez le vin ! Qu'il coul-e !

Que ma belle en soit soûl-e !

Que mon réveil au doux matin,

Soit sur sa jambe ou son tétin !

Versez le vin ! Qu'il coul-e !

J'en veux un flot qui soûl-e !

Remplissez bien son verr-e ;

Je la veux témérair-e !

Puisqu'il nous faut tous trépasser,

Buvez, ma belle, il faut danser !

Versez le vin ! Qu'il coul-e !

Que ma belle en soit soûl-e !

Tous ses camarades se levèrent pour l'applaudir et l'acclamer, sauf Crallas qui avait la tête sous l'eau devant une autre rouquine. Les filles quittèrent une à une les thermes pour se diriger vers le temple. Quand Ilswithe fut sortie de l'eau, le bassin se vida rapidement. Les hommes se virent offrir de longues robes chaudes en fourrure de mormet noir, qu'elles leur mirent tous en sortant. Ils franchirent le premier portique du temple et contournèrent l'autel pour se retrouver ensuite dans un espace qui couvrait une dizaine de mètres, sous une longue voûte en berceau. Deux autres grandes portes, recouvertes de cuivre également, s'ouvrirent lentement; les ayant traversées, ils longèrent un corridor aux murs très hauts dont la frise était ornée de triglyphes représentant les trois visages de la déesse. Ils longèrent aussi plusieurs chambres dont les murs étaient recouverts de tapisseries fines. Les lits croulaient sous de somptueux et nombreux draps de velours et de soie de qualité. Le faste évident des chambres contrastait avec la vétusté du temple lui-même; Hogarth se serait cru dans un palais impérial caché dans des ruines.

Au bout du corridor, qui ressemblait plus à un ambulacre de colonnettes, ils virent au milieu de quatre colonnes très élevées deux portes en bois qui s'ouvrirent devant eux. Ils s'avancèrent avec de nombreuses demoiselles, sous une petite coupole intérieure aux mille caissons rectangulaires méticuleusement gravés avec, sous l'entablement qui les surplombait, une myriade de statuettes de la déesse, sculptées à même la pierre du mur. Les effluves agréables du banquet bien arrosé qui se trouvait sous leurs yeux, sur une grande table ronde, ragaillardirent les convives d'Ilswithe, malgré la lumière parcimonieuse du lieu. Une dizaine de torches seulement éclairaient la salle du repas, créant un climat intimiste paisible, mais offrant une luminosité faible dont les cristaux lumineux plus puissants leur avaient fait perdre l'habitude.

Lorsqu'il s'agissait de la profession militaire, Crallas n'éprouvait aucun sentiment de rivalité à l'égard de son lieutenant, mais, en matière de conquêtes amoureuses, il voulait être à tout prix le premier. Il désirait gagner Ilswithe, ne fût-ce qu'une nuit, non pas pour sa beauté indicible ni pour son charme incontestable, mais pour prouver à Hogarth qu'il était capable de séduire les mêmes femmes que lui. Les conquêtes de Lorrus excitaient également sa convoitise. Pour lui comme pour les autres, la femme était une proie, son corps, un repas dont il devait se repaître, et son intelligence, une chose parfois utile, mais, en somme, plutôt incommodante.

Comme le voulait la coutume en Ériande et dans quelques villes de la côte d'Éther, la vinasse était réservée pour le repas qui, lui, se terminait par les grands crus. Les hommes burent tout leur soûl en bécotant les belles et en bouffonnant à langue déployée jusqu'au crépuscule, qu'ils ne virent pas et qu'ils ne verraient pas ; car le somnifère puissant qu'Arthally avait fait mettre dans leur verre fit effet lentement.

Ces militaires robustes et durs tombèrent entre les bras de leurs hôtesses, comme des fleurs tendres cueillies par de petites filles au printemps.

Hogarth fut le premier à se réveiller. Il se trouvait dans un cachot, le dos couché sur un bloc de marbre blanc, les poignets et les chevilles ligotés au sol par des chaînes. Ses compagnons d'armes étaient nus comme lui à ses côtés, dans la même position. Tous les cinq étaient couchés au centre d'une large pièce sombre. Des crânes cendreux étaient placés pêle-mêle sur des tablettes qui faisaient le tour des quatre murs de marbre noir.

Ils se réveillèrent l'un après l'autre, ahuris et furieux de constater ce qui leur arrivait. Quand Hogarth revint à lui-même, c'est-à-dire après que sa colère eut diminué un peu, il se dit qu'il devait s'attendre à une rafale de reproches acerbes. Mais, lorsqu'il remarqua l'absence inquiétante et intrigante d'Haldaguire, il sentit monter en lui une vague de frayeur mêlée d'incompréhension.

IX

PIÈGE ET PRÉCIPICE

> Parfois la passion aveugle autant la
> raison que la foi; quand les deux sont
> obscures, tout l'être est en péril.
> *Hellébore, calastaire et poète à Blume*

> Quand on croise des pierges, c'est un
> présage mauvais qui nous dit que les
> dieux nous ont retiré toute bénédiction
> pour nous maudire à jamais.
> *Nézéfarias, ancien nécromant*
> *de Tourvulogne*

Tel un serviteur fidèle, Scroundelmire avait entretenu le feu toute la nuit. Il avait passé le temps à faire des silhouettes avec ses doigts et à dessiner sur le mur avec le charbon des branches brûlées.

Aux premiers rayons de l'aube qui pénétrèrent dans la caverne, Barrand se réveilla presque en même temps que Nôyane. En remettant ses vêtements secs et son armure bosselée, il jeta un coup d'œil sur les dessins exceptionnels du rascard et lui dit :

— C'est toi qui as fait ces croquis ?

— Non. C'est mon maître qui les a faits dans son sommeil. Pourquoi ? Tu aimes ?

— Non, c'est de la merde…

— C'est ce que je disais ; c'est toi qui les as faits.

Il n'avait pas fini sa phrase qu'il se mit à pleurer, mais Barrand s'en moqua.

— Bon, Scroundelmire pleure comme un petit enfant qui n'est pas allaité… Assez ! Maintenant, prépare-toi, tu nous serviras de guide. Premièrement, je veux savoir s'il y a une autre sortie dans cette caverne.

Le farfadet restait inconsolable. Nôyane fut émerveillée par cet être étrange. Jamais auparavant elle n'avait vu un véritable rascard. Barrand vit à quel point elle le trouvait intéressant et Scroundelmire s'en aperçut aussi. Le colonel se pencha vers elle et lui dit à l'oreille :

— Je ne veux pas que tu adresses la moindre parole à ce petit fourbe emmerdeur. Ne te laisse pas séduire par ses airs de mendiant piteux et de pleurnichard tourmenté. C'est un voleur de la pire espèce ; son peuple entier en est un d'escrocs. Je connais des marchands qui préféreraient rencontrer des brigands armés plutôt que d'avoir affaire à ces pestes maudites. Ils mentent et volent comme ils respirent. Il ne dira la vérité qu'à moi, parce que je le possède présentement. Il ne cessera de m'appartenir que lorsque je l'aurai banni et je ne le bannirai qu'après qu'il nous aura bien servi. J'ai pris ce risque et je l'assume, mais il faut que tu t'en tiennes loin, sinon il te détournera de moi.

— Personne ne me détournera de toi, Barrand. Tu peux pleurer sur la personne qui le fera.

Avec les traces du sommeil encore sur le visage, elle lui chuchota des mots doux dans l'oreille et lui sourit doucement. Quand ils sortirent de la caverne afin de rejoindre Throm, ils furent étonnés de le voir à genoux, en prière devant un autel de pierres qu'il s'était fait.

— Mais veux-tu me dire ce qui se passe ici ? lui demanda Barrand. Throm ! Je te parle !

Le guerrier se releva en silence, se tourna lentement vers le colonel et, d'une manière grandiloquente, lui répliqua :

— J'ai vu ce que peu d'hommes voient et j'ai entendu ce que peu d'hommes entendent. Cette nuit est le début de mon bonheur et le début de l'honneur d'Halvarn le majestueux. Que son nom glorieux soit chanté par toutes les bouches d'Ériande !

Barrand n'était pas un homme des plus pieux. Sa ferveur se résumait à suivre le rite sacrificiel et à chanter quelques hymnes. Pour lui, la religion demeurait l'affaire des galves. Par conséquent, cet amas de roches bricolé qui servait d'autel à Throm ne semblait pas normal au colonel, même contraire à tout ce qu'il avait connu jusqu'alors du culte de son dieu. Comme Nôyane, il sentait chez Throm une certaine fragilité d'esprit. Tous les deux avaient nettement l'impression que le guerrier sombrait dans la folie. Barrand crut devoir réagir. Pour ne pas piquer trop vivement le brigadier, il lui répondit plus doucement :

— C'est maintenant le moment de poursuivre notre route, Throm. Il faut voir s'il n'y a pas un chemin possible par la caverne. Tu nous suis ?

— Je marche auprès d'Halvarn comme un chien auprès de son maître. Oui, je dois te suivre colonel. Mon bonheur en dépend, ainsi que l'honneur d'Halvarn.

Nôyane n'était pas à l'aise avec ce langage et Barrand l'était encore moins ; mais il n'osait pas poser de questions.

Scroundelmire s'approcha de Nôyane et tira sur le pan de sa robe de coton épais de couleur corallin clair. Il n'eut pas le temps d'ouvrir la bouche pour se plaindre des mauvais traitements que lui faisait subir son maître que Barrand le prit par l'oreille et le tira loin d'elle en disant :

— Allez, montre-moi par où tu es entré ! Il y a

certainement un tunnel céans. Si tu refuses de m'obéir… je vais te Scroundel-cuire.

— Aïe, aïe, aïe, mon oreille, non, mais, aïe, mon oreille! Non, mais, t'es… Aïe! Merci d'avoir lâché mon oreille, maître! Pourquoi cette torture? Je ne t'ai rien fait! Après t'avoir sauvé de deux urodracs, c'est le merci auquel j'ai droit? Vraiment, quel maître ingrat! Je n'en peux plus de ce traitement. La prochaine fois que tu es exposé au danger, je te laisse faire, je ne t'aiderai plus jamais, maître, plus jamais! Tu n'es pas un bon maître.

— Ah! Tu crois, petit Scroundel-mite, que je vais te laisser partir parce que tu fais tout pour m'être insupportable? Eh bien, figure-toi que non! Allez… le tunnel!

Barrand avait bien deviné; plus loin dans la caverne, une échelle faite de cordes, haute de huit mètres, montait sur un petit promontoire enfoui dans les ténèbres. Scroundelmire monta en premier, suivi de Barrand, de Nôyane et de Throm. À ce dernier fut remis le cristal afin qu'il pût illuminer tout le haut par le bas. Il sentait brûler sa chair en voyant sous la robe de Nôyane la forme de ses jeunes jambes graciles. Son esprit divaguait et son désir croissait au fur et à mesure qu'il l'imaginait sans Barrand. Bientôt, bientôt, comme l'avait promis Halvarn, cette jeune beauté serait à lui.

Une fois parvenus en haut de l'échelle, ils furent guidés par le rascard dans un labyrinthe naturel où de fortes odeurs de glaise et de champignons leur agressèrent le nez. Après une longue marche, ponctuée d'occasionnels accès de lamentations de la part du rascard, ils entrèrent dans une grande chambre souterraine dont la voûte était meublée d'une profusion de petites stalactites. Des milliers de champignons aux chapeaux vert tendre, ronds et chargés de spores, tachés d'écailles jaunâtres et nauséabonds, poussaient partout sur le sol jusqu'aux murs suintants d'humidité. Prenant hypocritement à cœur son rôle de guide, le farfadet leur dit :

— Savez-vous ce que sont ces champignons ?

Anxieux et fatigué, Barrand lui répondit vivement :

— Bien sûr ! Ce sont des champignons. Maintenant, ferme ta gueule et marche !

Le farfadet regarda Barrand comme un archer sa cible, et lui fit un sourire malicieux. Le colonel s'aperçut que, progressivement, il cédait à son jeu et que ce n'était plus qu'une question de temps avant qu'il éclate de rage contre lui. Mais, ce que le farfadet ignorait, c'était que Barrand n'était pas près de lâcher prise et que ce combat des deux volontés, malgré les apparences, était loin d'être terminé. Ils sortirent de la caverne oblongue avec une légère nausée, laissant derrière eux le jardin de champignons nocifs.

L'étendue de la caverne semblait infinie ; les tunnels se perdaient dans les profondeurs et l'air se faisait halitueux et lourd. Heureusement, après avoir gravi l'échelle de corde, ils n'eurent besoin d'aucun outil particulier pour progresser ; mais leur ventre affamé criait grâce, malgré les zénores qu'ils avaient mangés plus tôt. Ils étanchèrent leur soif en buvant l'eau claire et froide dans les flaques. Throm était trop obsédé par son rêve de félicité pour s'occuper du rascard, qu'il suivait un peu à l'aveuglette ; mais Barrand luttait d'arrache-pied pour ne pas perdre la maîtrise de lui-même. Au bout d'une longue marche dans les méandres des galeries, après quelques escalades et descentes faciles, le rascard se résigna malgré sa malice à servir son maître comme l'y obligeait la malédiction héréditaire de son espèce.

Ils longèrent un petit couloir très étroit et aboutirent dans une grotte gigantesque qui s'ouvrait sur le crépuscule naissant.

L'air frais et le vent doux, comme des étrennes de la nature, revivifièrent leur corps et leurs poumons. Mais ils n'avaient rien mangé de très consistant depuis une journée entière.

Une faible odeur de cadavre planait dans l'air. Barrand se dirigea vers la gauche de la grotte où l'odeur semblait plus prononcée pour découvrir, à sa plus grande surprise, derrière d'énormes stalagmites, une géode de cinq mètres de haut par trois de large; autour d'elle, il vit en demi-cercle dans la pierre, des statuettes de danseuses, de courtisanes et d'ouvrières minutieusement gravées. Dans le centre de la géode, au-dessus de l'autel rectangulaire, une statue de la déesse Hæline regardait le sol en pointant le ciel de sa main gauche.

Une odeur de putréfaction émanait d'un corps étendu sur l'autel. Les pierges qui piaillaient picoraient en se chamaillant ce qui restait de la chair fraîchement morte. Malgré l'odeur et les mammifères ailés, Barrand s'approcha prudemment du cadavre, la mémoire remplie d'histoires de morts qui se relevaient pour attaquer les vivants. Il n'en avait jamais vu, et n'en voulait jamais voir. À ses pieds, de tout petits crânes et squelettes jonchaient la base de l'autel. Il sentit que Nôyane s'approchait de lui avec Throm. Il tourna la tête et, sans les regarder dans les yeux, leur dit:

— Ce sont des enfants. Sacrifiés à la déesse. Je comprends maintenant pourquoi nos pères ont voulu éradiquer ce culte de l'Ériande.

— Ce sont des mâles seulement, répondit Nôyane. Et celui qui est sur l'autel est sans doute ton brigadier Haldaguire.

Throm restait silencieux et indifférent. Après avoir mieux regardé le corps, Barrand se tourna vers sa bien-aimée en s'écriant, indigné:

— Par Halvarn! Tu as raison, Nôyane! C'est Haldague! Non… mais comment?

Scroundelmire intervint en lançant comme une flèche venimeuse :

— C'est la maîtresse... Elle a pris la forme de ton ami. Bientôt, sans même que tu la voies venir, elle te réservera le même sort. Un sort que tu mérites, parce que tu es un mauvais maître. Sans cesse tu me maltraites, tu m'imposes des épreuves physiques insupportables, tu me fais traverser cette caverne où le danger est partout et, en plus, comme si ce n'était pas assez, je suis obligé, par ta faute, parce que tu es un incompétent et un lâche, je suis obligé de subir...

Pour la première fois, Throm qui retenait tout à l'intérieur réagit. Il asséna au rascard une gifle magistrale qui l'envoya rouler par terre. Surpris et terrifié, Scroundelmire se releva en silence, ajusta son habit rapiécé et, en se frottant la joue, se réfugia aux côtés de Barrand. Discrètement, le colonel fit un faible sourire d'approbation au brigadier et son regard revint se fixer dans les yeux de Nôyane.

— Elle peut changer de forme ? demanda-t-il. Pourquoi ne nous as-tu pas dit ça avant le départ ? C'est une information critique, que celle-là ! Je ne veux pas te gourmander, tu le sais, mais... L'as-tu tout simplement oubliée ?

Barrand vit la confusion dans le regard de Nôyane. Elle réfléchit un instant et dit :

— Pourtant, j'en ai informé mon père. Ne vous l'a-t-il pas dit ?

— Non. Non, rien sur la chose, évidemment. C'est curieux... Pourquoi Brenmord aurait-il négligé un tel détail ? Il nous avait interdit de t'interroger davantage ; le conseil a respecté son vœu, moi le premier... jusqu'à maintenant. S'il a refusé de divulguer cette information, pourquoi a-t-il choisi de la garder pour lui-même ? Et s'il y a véritablement un complot contre le conseil, comme le prétend le thraël, ton père y serait-il lié ?

Throm, qui semblait revenu momentanément du monde des dieux dans lequel les deux autres le croyaient parti, ajouta calmement :

— Si elle peut changer son apparence, peut-être qu'elle était le capitaine ?

À cette remarque, Nôyane se fâcha et éleva la voix :

— Impossible ! Mon père ne coïterait jamais avec cette souillure !

En entendant parler de coït, l'esprit de Barrand se mit à tourner à haute vélocité. Sa patience avait été mise à l'épreuve par le rascard et le comportement étrange de Throm avait fait culminer son inquiétude. Et voilà que, maintenant, il était plongé dans un tourbillon d'incompréhension. Il haussa un peu le ton, prit Nôyane par les mains, et lui demanda :

— Nôyane, sois franche avec moi. Je veux savoir tout ce que tu sais de cette femme ou de cette… souillure. Que vient faire le coït ici ? Quel est son rôle ?

La rouquine se figea devant lui. La peur qu'elle avait d'être vue et entendue par la maîtresse revenait la hanter plus que jamais ; mais la présence réconfortante de Barrand et son regard rassurant lui permirent de la surmonter. Elle finit par s'ouvrir et lui dit :

— Je vais te décevoir. Pardonne-moi ! La triste réalité, c'est que je ne connais pas du tout la réponse à ta question. Les filles m'ont dit, quand j'étais parmi elles… ah… je ne sais pas comment l'expliquer… les mots me manquent. C'est comme si elle pouvait devenir l'homme avec qui elle pratique le coït. Je n'en sais pas plus. Je l'ai vue se transformer une fois dans une de ses chambres dans laquelle j'apportais des draps propres. C'est tout ce que je sais vraiment. Je crains de n'avoir jamais vu son véritable visage, ni même d'avoir connu son nom.

Barrand répliqua en se rappelant le nom que Brenmord leur avait donné :

— Qui est Mérédrine, d'abord ?

— Oui, justement, qui est Mérédrine ? ajouta Throm.

Nôyane les regarda tous les deux, étonnée d'entendre ce nom dans leur bouche. Elle souriait à demi en fronçant les sourcils et leur dit avec une intonation de surprise :

— Mérédrine ? Mais c'est mon père qui vous a dit ce nom ?

Ils firent signe que oui.

— Que c'est drôle… je… non, je ne comprends pas… Mérédrine, c'est une chatte qui appartient à la maîtresse, ici sur l'île. Mon père vous a vraiment donné ce nom ?

— Oui, c'est le seul, répondit Barrand. Il nous a dit que c'est toi qui le lui as donné. Plus tard est arrivé un nigaud qui nous a parlé d'une certaine Arthally. Tu l'as déjà entendu, ce nom ?

Elle fit signe que non en baissant le regard.

Un doute lancinant avait envahi le colonel. Il se demandait si celle qu'il aimait n'était pas rien d'autre qu'un leurre pour les piéger sur cette île. Si oui, était-ce volontaire de sa part ? Et jusqu'à quel point en était-elle consciente ? À mesure que la perplexité le gagnait, un dard froid lui vrillait le cœur. La colère, la peur et l'impatience eurent raison de lui. Il prit Nôyane par le col et lui mit sa dague à la tempe en lui disant entre les dents, les yeux humides :

— Écoute-moi, Nôyane ! Si tu me trompes, si tu me mens, si tu me mènes dans un piège, je te ferai comprendre le sens du mot douleur.

Les yeux soudain ravivés par une grande fureur qui l'envahissait, Throm sauta sur le colonel et le poussa contre une stalagmite. Barrand se redressa d'un bond, dégaina son arme et, avec tout le naturel de son autorité, fixa Throm en lui disant :

— Un colonel vient-il de se faire pousser par un brigadier ? Dis-moi Throm, est-ce que ton colonel doit se défendre, maintenant ? Réponds-moi !

Throm parla comme il ne l'avait jamais fait, certain qu'Halvarn était avec lui.

— Je ne te laisserai jamais faire le moindre mal à Nôyane. Cette femme est innocente, elle n'est pas cette maîtresse ! Ne le vois-tu pas, imbécile ?

Barrand ne pouvait se laisser invectiver ainsi ; même s'ils n'étaient pas devant d'autres hommes, ce comportement était inacceptable pour lui.

— Dégaine, pendard, que je te rappelle les premières règles de ton métier. Dégaine, j'ai dit, c'est un ordre !

Throm crut un instant entendre la voix de Lamoras dans la bouche de Barrand ; il ne voulait pas se battre contre son colonel, se sachant fort inférieur en force et en habileté, mais il mit tout de même son arme à nu.

L'orgueil militaire de Barrand avait été gravement outragé ; même Nôyane qui, en larmes, tentait de l'apaiser, se vit repoussée violemment par lui et tomba à travers les squelettes d'enfants mâles. Scroundelmire, pour sa part, espérait voir mourir son maître afin de reprendre sa liberté.

Les derniers rayons du jour quittaient lentement la bouche de la grotte en tirant la cape de la nuit derrière eux. L'écho métallique des épées résonna dans l'éternel silence du lieu. Des chauves-souris troublées par le vacarme sortirent par milliers pour la chasse nocturne, en tournoyant autour des belligérants comme un nuage marron de fourrure ailée.

Throm réussit à entailler la chair de Barrand sous le triceps, mais le colonel n'avait pas fini de lui enseigner sa leçon. Après quelques coups, Throm se retrouva désarmé, l'aine ensanglantée, les genoux au sol. Barrand se tint debout devant lui, remit son fer au fourreau et, sans pitié, lui asséna trois coups de pieds au visage et trois au ventre.

— Lève-toi, pendard, lui dit-il. Prends ta curalgine et viens. Tu comprends maintenant comment il faut parler à un colonel ! Crois-moi, il n'y aura pas de prochaine fois pour toi. Va chercher ton arme et viens. Nous sortons d'ici.

Il mâcha lui aussi sa curalgine ; elle devait durer dans son corps jusqu'à l'aube, le temps de bien guérir sa plaie. Il pestait à la pensée qu'il s'était fait blesser par un de ses propres hommes. Sa prestation n'avait donc pas été parfaite et cela lui causait une profonde insatisfaction.

À la sortie de la grotte, un sentier mal battu apparaissait dans les herbes hautes et longeait un précipice vers la droite. Le rascard demanda :

— Est-ce que mon maître me rend ma liberté, maintenant ?

Barrand haussa les sourcils.

— Est-ce que ton maître t'a dit que tu étais libéré ?

— Non…

— Eh ! tu es donc encore à son service.

Le rascard baissa les épaules et se mit à pleurnicher comme d'habitude, en balançant sa tête et ses bras de gauche à droite comme un gamin mécontent.

Nôyane et Barrand ne se regardaient plus. La fille ne savait trop quelle attitude adopter et il fallait du temps au colonel pour comprendre ce qui se passait.

Une fois sur le sentier, ils virent le petit chapeau conique et gris qui dépassait le front du rascard flotter dans les herbes hautes.

Throm jeta un regard sur le gouffre. Il ne pouvait en voir la profondeur à cause de l'obscurité et du brouillard épais qui recouvrait le sol. Le layon tortueux contournait le sommet de la falaise et descendait en demi-cercle beaucoup plus loin, dans l'abîme brumeux.

Ils s'arrêtèrent dans un petit antre pour se reposer un peu ; quelques baies leur offrirent un repas frugal. La nuit s'annonçait tiède et calme. Throm transforma son écharpe en oreiller et se coucha contre un rocher moussu ; mais il n'arrivait pas à s'endormir. D'un œil discret, il observait Nôyane qui se couchait loin de Barrand et le rascard qui s'étendait dans l'herbe, à une plus grande distance encore. Comme il n'y avait pas de vent, que l'air était doux, qu'ils n'avaient rien à faire cuire et qu'ils étaient sur un flanc escarpé pouvant abriter des créatures telles que des vulcres et des *charangonnes*, ils n'avaient pas fait de feu.

Au milieu de la nuit, alors que Throm ne dormait pas et que Nôyane était plongée dans les profondeurs du sommeil, Barrand se leva et s'avança sur le bord du précipice pour faire ses besoins. À ce moment précis, Throm qui brûlait de rage vit une couronne d'émeraudes lumineuse apparaître sur la tête du colonel et une voix dans le noir lui dit :

— Maintenant, pousse-le. Vite !

Et Throm obéit. Il se leva comme un ours qui saute sur sa proie et poussa Barrand de toute sa force. Le colonel tomba dans le gouffre, en fracassant les rameaux dans sa chute, ce qui déchira le calme et la douceur de la nuit. Il n'y eut aucun cri, cependant. Barrand ne devait être qu'à demi réveillé. Subitement, Throm vit flotter au-dessus du gouffre devant lui de longues traînées de fumée lumineuse qui se torsadaient et formaient une colonne de flammes. Quand la luminosité eut atteint son paroxysme, un être nébuleux, sans visage et sans race définie, apparut au milieu. Il regardait Throm avec ses yeux blancs sans pupille. Il lui dit d'une voix trop vieille pour être mortelle et trop grave pour être humaine :

— Seul un fou poserait un geste aussi injuste,
En croyant, pour son bien, en poser un auguste !
La passion aveugle et son aheurtement
Peut tordre sans pitié la raison d'un amant.
Quel animal chassé ferait preuve d'audace,
Si, hors d'un lieu couvert, sans défense, il se place ?

Il serait sot, ma foi ! Tu lui ressembles bien…
Tu marches sous le ciel, ne te doutant de rien,
Convaincu que le monde à tes pieds se soumet ;
Devant à qui les veut, les Beautés qu'il émet,
Comme à l'aube un rayon se voit à ce qui brille !
Mais, tu ne brilles pas aux yeux de cette fille !
Tu n'es qu'un rayon noir, une œuvre sans destin,
Un époux sans honneur, sans femme et sans festin.
Tes convives sont morts ; ton vin, rempli de lie,
Leur a coûté l'amour qu'ils avaient de la vie.
Vois donc derrière toi, sur ton chemin tracé ;
Quel pas n'as-tu fait, Throm, que tu n'as effacé ?
Tu vis pour disparaître ! Et pourtant, imbécile,
Tu voulus délier un désir indocile !
Regarde la rouquine ! Elle te hait, sais-tu ?
Chacun de tes baisers lui sera détritus !
Tu ne peux l'aimer, Throm ! Tu mettras tes chloroses
Sur les pétales blancs de ses fragiles roses.
Vois-tu dans quel pétrin, ce fol Halvarn t'a mis ?

Après ce discours qui fit trembler Throm de tout son être, l'homme couronné, haut de cinq mètres et barbu, qu'il avait vu la nuit d'avant sur le plateau, revint avec son attirail luxueux et scintillant. La même mandorle de feu éclata dans l'air frais de la nuit. Le dieu Halvarn se retourna pour s'adresser à l'être nébuleux et lui dit :

— Il est vrai, Féruldir, que je lui ai promis
La rouquine qui dort là, sur cette falaise ;
Mais, dis-moi, père d'Und, en quoi ceci te lèse ?
Féruldir répondit :
— Halvarn, crédule Halvarn ! Un crime, c'est un crime !
Pour te faire adorer, tu lui offris en prime
Une fille blessée aux célestes appas !
Pourquoi mettre un couvert sans mettre le repas ?

Tes mains, Halvarn, tes mains sont vides pour cet homme,
Et bientôt par ta faute, il mourra dans son somme.
Comment peux-tu trahir des êtres si petits
En les manipulant avec leurs appétits ?

Throm ne suivait pas tout ce que disait Féruldir, car sa majesté l'effrayait. Halvarn se mit en colère et dit avec force :

— Père d'Und, entends-moi ! Je connais bien ta ruse ;
N'es-tu pas le bandit que Galfadir accuse
De mille et un méfaits contre sa royauté ?
Tu oses contre moi, dresser ta primauté ?
Ce n'est pas moi qui règne en des lieux infâmes,
Se délectant des cris et des peines des âmes !
C'est toi, vieil hypocrite ! Alors, je te le dis,
Retire ton discours, sinon je te maudis !

Féruldir se mit à rire au point que Throm couvrit sa tête de ses bras, tant il était apeuré. Le rire secouait les os du brigadier, comme un tremblement de terre, puis le père d'Und répliqua :

— Tu maudis un maudit ? Je me ris de l'audace ;
Bien que je doute enfin que ce soit efficace…
Tu le vois bien toi-même ; il me faut réclamer
Ceux que tu n'as pas pu, par ta faute, semer.
Ils sont morts dans le grain, n'ayant pas pu éclore,
Puisqu'ils ont fait l'erreur de t'écouter, lendore.
Et je mens à tes yeux ? Vraiment, tu me déçois !
Tu trahis ton disciple et moi, je le reçois.
Tu le sais bien, Halvarn, ton œuvre est évidente,
Du sang qui coulera, ta coupe est débordante ;
Elle t'accuse aussi sous l'œil de Galfadir.
Que te sert-il alors d'accuser Féruldir ?

Si Halvarn fulminait dans ses flammes, il ne laissait rien paraître devant Féruldir, le seigneur de l'Undhar. Il se retira dans sa mandorle tranquillement sans dire le moindre mot, et l'énigmatique père d'Und fit de même sans regarder Throm.

Quand le brigadier sortit de son hallucination, il se retourna et vit Nôyane qui dormait comme la petite fille qu'il avait tant désirée, comme l'épouse idéale qui ne le trahirait jamais, comme le trophée qu'Halvarn lui avait destiné.

Cependant, le rascard avait vu le meurtrier dans l'action ; c'était le moment ou jamais. Il se leva prudemment, lentement, les yeux rusés, brillants d'étonnement et de joie en raison de sa libération précoce, et s'enfuit dans les hautes herbes sans être vu ni entendu. Throm n'avait jamais vécu de telles hallucinations par le passé, mais celle-ci avait été tellement convaincante et réaliste que, même s'il n'y avait rien compris, il se sentit plus serein du fait d'avoir exaucé le vœu d'Halvarn. Il savait maintenant que la rouquine était sienne et que l'avenir la lui destinait. Plutôt que de croire ce menteur incorrigible de Féruldir, il mit sa confiance dans les dires d'Halvarn.

Nôyane se réveilla brusquement dans la confusion, la peur et la colère ; le sentiment d'abandon revenait soudain la bouleverser. Où était Barrand ? Elle criait son nom en se débattant. Il ne répondait pas. Elle pleurait et gémissait dans la douleur. La barbe, la peau et l'haleine puantes de Throm lui donnaient la nausée. Prisonnière sous la masse corporelle de son violeur, elle l'entendait jouir comme un fanatique sanctifié par une guerre sainte dont il allait sortir vainqueur.

X

DANS L'OMBRE ET L'OUBLI

On n'enseigne pas la compassion à un
phraxar. On le subjugue ou il nous bourrelle.
Mevgrinly, explorateur kilk

Les doargues sont étonnamment féaux.
Cette vertu leur est tellement particulière,
qu'elle stabilise les mœurs qui se reflètent
dans leur architecture. Tout est stable,
sobre et simple, chez eux, rien de superflu ;
mais, par Kilhairn ! qu'ils sont obstinés !
*Horvandar l'Ardent, ophimide seigneur
et* morandaire *(145 A. R.)*

Ce fut un long siège sur le bord du gouffre ; l'ennemi caché dans les bois et la mort d'Ergath hantaient leurs pensées. Ils éprouvaient dans la fébrilité la crainte et l'excitation qui précèdent les premiers instants de combat. Sur l'ordre de Lamoras, chacun se mit à couvert derrière un arbre et scruta la forêt, à l'affût du moindre mouvement.

Quand Hilard eut approché le groupe suffisamment pour voir qu'il s'était mis en position de défense, il se déplaça d'ombre en ombre dans les bois à la recherche de l'attaquant. Il n'eut pas besoin de chercher longtemps. Derrière les arbres et les pierres, à une quarantaine de mètres, se cachaient des êtres recouverts d'un poil dru tacheté de gris clair et de marron foncé ; leur menton, terminé par une barbiche, était plus long que celui des hommes et s'étirait vers le bas. De petits yeux entièrement noirs étaient surmontés par de longs sourcils épais et charbonneux, semblables à deux arches, qui rejoignaient des oreilles hautes et pointues. Deux petites cornes veillaient dans l'ombre de deux plus grandes, généralement torsadées, mais asymétriques chez certains. Un museau plat descendait le long du visage pour se terminer par des lèvres minces et brunes. La mâchoire était ornée d'une riche fourrure qui s'avançait en pointe vers le cou. Tout le corps de ces hircinoïdes dégageait l'odeur d'une nouvelle fourrure saisonnière bourrée de sueur.

Visiblement, ils avaient le sens de l'odorat très développé, car Hilard en vit plusieurs se retourner vers lui, alors qu'il était à une cinquantaine de mètres, bien caché dans l'ombre. Il comprit tout de suite qu'il ne s'était pas suffisamment méfié, qu'il avait le vent dans le dos et qu'il était trop tard. On avait détecté sa présence. Pour remédier au problème et parvenir à s'approcher, il décida de faire un détour.

Zébaldon avait mis derechef l'anneau d'invisibilité de son maître, qui ne fonctionnait que lorsque le porteur demeurait silencieux ; la moindre parole brisait le sort. Lamoras était bien caché derrière un arbre. Lorsqu'il avança la tête pour voir ce qui se passait dans la forêt, une flèche siffla aussitôt et se planta dans le tronc à dix centimètres de son visage. Peu s'en était fallu qu'il soit mis hors de combat lui aussi. Même s'il avait l'habitude de prévoir l'imprévisible, une mauvaise surprise telle que l'embuscade d'un ennemi inconnu était toujours possible. Dans une situation pareille, Lamoras aurait aimé pouvoir compter sur l'habileté d'Hilard, mais, depuis l'attaque des loups d'azur, il ne savait plus si le mâchil était vivant ou pas. S'il l'était, pourquoi ne lui avait-il pas donné signe de vie ?

Le général ne pouvait compter que sur des armes blanches

contre des flèches, et quoi encore. Hogarth manquait à l'appel et Ergath n'était plus. Ils auraient été les seuls archers de talent dans le groupe. Un atout lui restait : le thraël. L'élément essentiel de leur victoire reposait sur la capacité du groupe à garder le mage debout et vivant.

Quant au galve, il ne voulait pas mourir. Son regard disait tout ; bien qu'il fût doué à l'épée, il détestait la frénésie du combat, les taches de sang sur ses vêtements et les cris de douleur des guerriers blessés après le carnage. La sueur trempait ses vêtements dans le vent frais et son cœur battait dans sa gorge. La panique le gagna et il cria au mage :

— Brûle la forêt ! Brûle tous les emmerdeurs qui s'y trouvent !

Honorayon fit signe au galve de se calmer. Il enleva ses vêtements de thraël, prit une petite boule de virthène dans sa main, la plaça au milieu de son sternum et rumit quelques phrases hermétiques. Son corps nu se couvrit d'une couche du métal vert-noir qui lui fit une armure moulée sur mesure. Il se tourna vers Lamoras et lui dit :

— Je n'ai pas d'ordre à te donner, général, mais je te suggère de me suivre en restant derrière moi. Les flèches voleront sur mon armure sans m'atteindre. Nous allons nous avancer vers l'ennemi, sinon nous n'en sortirons jamais. À toi d'agir, général !

Lamoras s'adressa à Morüngar et au galve.

— Vous restez ensemble, tous deux ; protégez-vous l'un l'autre et suivez-nous de près. Zébaldon, tu restes ici. Je suis derrière le mage. Allons-y ! Pour Ergath, mettons leur sang sur les arbres !

Dès qu'ils furent à découvert, le thraël reçut une pluie de flèches sur l'abdomen, le torse et les jambes. Toutes, elles ricochèrent sur sa cuirasse de virthène, en frôlant Lamoras à deux reprises. Morüngar vit sortir de derrière les arbres quelques créatures qu'il ne sut pas identifier. Le galve dégaina son épée ancestrale, une arme héréditaire vieille de douze générations. Croyant fermement que son dieu le protégerait, il quitta le couvert de l'arbre en sortant une statuette d'Halvarn de sa besace. Il la brandit en criant à pleins poumons :

— Soumettez-vous à la puissance d'Halvarn, race d'impies ! Sinon, vous périrez sous la fureur de son fer ! Nous ne vous donnerons qu'une seule chance de vous soum…

Il ne put terminer son imprécation. Une flèche se logea dans sa cuisse droite. Il laissa échapper sa statue plutôt que son arme et hurla de douleur. Morüngar aurait voulu le gifler pour avoir ouvert la bouche, mais il se retint. Il avança sans lui, en espérant se rapprocher sans être vu, malgré l'ordre que lui avait donné Lamoras.

Après son grand détour, Hilard, cette fois, s'était faufilé jusqu'aux créatures ; il apparut en silence derrière un hircinoïde qui se tenait dans l'ombre et qui se préparait à décocher une flèche vers Lamoras. Le mâchil dégaina Darbalian et trancha le triceps de l'archer ; la flèche partit dans le vide et se planta dans un arbre. Avec une grande rapidité, l'hircinoïde dégaina un poignard et se retourna pour attaquer Hilard, mais celui-ci n'était plus là. Il regarda partout, incapable de comprendre ce qui venait de lui arriver, quand soudain Hilard se laissa tomber du haut des branches, prit l'archer à la gorge et disparut avec lui dans le Valnaos. Ils réapparurent dans une masse ombreuse longue et large qui était sans doute l'ombre de l'arbre. L'archer se débattait avec fougue ; il frappa le mâchil au visage trois fois, mais le paysage étrange et inquiétant le troublait fortement et il perdit un instant la présence d'esprit qu'il lui eût fallu pour assaillir le hoblain. C'était une des tactiques préférées d'Hilard ; elle fonctionnait souvent, et à merveille. Il se réjouissait de ce fameux moment de distraction. Une fois encore, il coûterait la vie à son adversaire. Sans perdre l'emprise qu'il avait sur l'archer, il fit glisser Darbalian profondément dans sa gorge, couvrant ainsi la dague du liquide rouge et chaud de la vie. En l'observant de plus près, Hilard se dit:

— Ce sont des phraxars, sans doute une très ancienne tribu. Comment sont-ils arrivés ici? Qu'importe pour l'instant, nous sommes sur leur territoire; c'est un sacrilège, pour eux. Ils ne lâcheront pas le combat, à moins qu'on ne les intimide.

Il réapparut dans l'ombre de l'arbre et chercha un autre adversaire. Cependant, Honorayon avançait à pas de tortue; le poids de l'armure, relativement léger, n'y était pour rien; c'était les articulations de l'armure moulante qui n'étaient pas des plus faciles à bouger. Il avait l'air d'un golem vert-noir avec une bonne panse pleine. Une faible douleur se faisait sentir lorsqu'il recevait des flèches, mais aucune ne réussissait à transpercer l'armure.

Il vit courir vers lui comme des enragés que rien n'arrête deux phraxars, poignards à la main, prêts à égorger. Lamoras voulut intervenir, mais le thraël leva la main pour l'arrêter. Il les voulait pour lui-même. Il étendit les bras en ouvrant les doigts et rumit en dirigeant le sort contre les deux malheureux. Les arbres aux rameaux dénudés s'inclinèrent devant eux; ils saisirent les créatures, les entourèrent de leurs branches avec une rare puissance et, telles des catapultes, les lancèrent vers le ciel comme des boulets. Certains phraxars eurent connaissance du sort et furent envahis par la frayeur. Mais une voix rauque comme celle d'un daim qui brame hurla ce qui pouvait être un cri de guerre. Ils se ressaisirent.

Cette fois, une dizaine d'entre eux sortirent de leur cachette pour assaillir le mage. Ils avaient compris que c'était lui qu'ils devaient faire périr en premier. Cela fit comprendre à Lamoras qu'ils étaient intelligents et bons tacticiens.

Honorayon avait bien dormi la veille. Il était d'humeur à s'amuser un peu. Il fit sortir de terre les racines du rhizome qui relie les magamoniers entre eux, ce qui fit obstacle à la course des attaquants. Ceux qui trébuchaient et tombaient se faisaient aussitôt enlacer par les racines, piégés contre le sol forestier. Un seul phraxar réussit à se rendre jusqu'au mage, mais Lamoras l'attendait avec impatience. Le général sortit du couvert que lui offrait le thraël, et, en s'exposant à des flèches meurtrières, sauta sur la créature en fureur avant qu'il eût atteint Honorayon. Ils roulèrent dans les feuilles mortes qui recouvraient le sous-bois ; la tête de l'archer heurta une pierre qui l'étourdit un peu et permit à Lamoras de le cribler de coups.

Mais ces créatures, à vrai dire, avaient la tête dure. Le phraxar se remit vite, prit le général par le cou et poussa sa tête vers l'arrière en écrasant sa trachée. Lentement, il se redressa et sortit son poignard, tout en tenant Lamoras de sa main puissante ; il allait plonger l'arme dans le ventre du général lorsqu'il reçut un coup d'épée qui lui sectionna une partie du cou. Percipion avait clopiné jusqu'à lui.

Lamoras se releva en cherchant son souffle. Il vit sur sa droite un phraxar musclé à la forte carrure qui le chargeait. Il prit deux grandes cornes, tout droit dans le plastron. Sans avoir eu le temps de reprendre son souffle, il se retrouva de nouveau par terre, les poumons oppressés.

Honorayon vit Lamoras tomber. Le phraxar laissa le général et fonça sur le mage en sortant sa dague, mais il en reçut une dans les côtes, suivie d'une autre dans le bas-ventre. Il se retourna, les yeux remplis de rage, pour voir son assaillant et avisa un hoblain debout dans l'ombre d'un magamonier, une autre dague à la main. Le phraxar tomba sur ses genoux à deux mètres du thraël.

Bien qu'il ne se doutât point de la raison de leur attaque,

le mage restait imperméable à toute compassion. Sans perdre un instant, il posa la main sur le front de l'hircinoïde, rumit quelques mots en proto-draconique ancien et la chair de l'attaquant se mit à cuire, alors qu'une fumée émanait de son corps et qu'une forte odeur de chair brûlée se répandait dans l'air. Le phraxar s'effondra sur le sol, encore vivant cependant, et ses hurlements semèrent la terreur chez ses semblables. Ce martyr constituait l'avertissement final que le thraël leur donnait à tous.

Pourtant, ce ne fut pas encore suffisant pour dissuader les phraxars de s'acharner et ils ne firent pas mine de battre en retraite. Sans même se concerter de vive voix, le thraël et le général comprirent qu'ils devaient s'assurer une victoire décisive et faire aux assaillants la preuve qu'ils disposaient de forces supérieures pour mettre fin à cette attaque et prévenir tout autre assaut.

Pendant ce temps, Morüngar ne perdait pas son temps. Ses petits yeux pétillants illuminés par la flamme du combat, il se précipita, la masse d'armes levée, sur un combattant qui le chargeait en le menaçant de ses poignards. N'ayant pas l'habitude de la course en forêt, le Brandairois trébucha malencontreusement sur une racine cachée sous les feuilles ; il s'écroula le nez au sol et sa masse fit un vol plané d'un mètre. Il se releva vite, sa barbe blonde décorée d'aiguilles jaunies de magamoniers.

L'un des poignards du phraxar s'abattit et lui entailla la joue, mais, de sa main gauche, il arrêta l'autre qui lui aurait tranché la gorge. Étant plus fort que le phraxar, le doargue se remit debout. Et, comme il était désarmé, il frappa l'ennemi au ventre, ce qui le fit se pencher vers lui. Morüngar le prit immédiatement par les deux cornes et lui frappa violemment la tête contre sa genouillère en pointe pour lui briser le nez. Le coup fut décisif. Le phraxar ne voyait plus rien, aveuglé par le sang qui lui coulait dans les yeux. Morüngar reprit sa masse et, en y mettant toute sa force, l'acheva d'un coup à la tempe.

Impressionnés par son regard et par la vigueur que dégageait toute sa personne, plusieurs phraxars prirent peur et s'enfuirent. Morüngar les invita à revenir se mesurer à lui, mais il n'y avait rien à faire. « Quelle bande de couards ! se dit-il. Je commençais à m'amuser, moi ! Regarde autour de toi, il doit bien y en avoir encore quelques-uns… »

Mais il n'en voyait plus. Il arpentait prudemment le sous-bois lorsqu'il entendit soudain un tel hurlement qu'il ne put faire autrement que de se précipiter dans la direction d'où il venait. Étonné, il vit une dizaine de ces créatures couchées au sol, immobilisées par une multitude de racines, comme s'ils avaient été la proie d'une araignée. Quant au mage, il se tenait debout devant un phraxar agonisant, décharné, les chairs fumantes et écorchées exposées à l'air frais de venthune.

Alors qu'il courait tant bien que mal vers le mage dans le labyrinthe forestier, derrière un arbre, à quelques mètres à sa droite, un archer banda son arc et visa la tête du doargue. Quelque chose coupa la corde qui lâcha d'un coup et la flèche en tombant piqua légèrement la cuisse du phraxar, surpris et confus.

L'archer sentit la présence de quelqu'un derrière lui. Se retournant lentement, il vit le mâchil debout, le sourire aux lèvres et Darbalian à la main. L'hircinoïde sembla pourtant se désintéresser du hoblain et regarda tour à tour sa plaie et la pointe de sa flèche. Ses yeux se révulsèrent et une expression de terreur déforma ses traits. Hilard comprit qu'elle était empoisonnée. Très vite, le poison mortel fit son effet et le mâchil le regarda mourir dans les spasmes, la bouche écumante. Il conclut que la flèche avait été trempée dans de la *scorve*.

Morüngar arriva finalement auprès des trois autres. Toujours à bout de souffle, Lamoras donna l'ordre d'égorger tous les phraxars captifs dans les racines, mais d'en garder un comme otage. Percipion et Honorayon l'approuvèrent vigoureusement, tandis que Zébaldon ne dit rien, préférant se taire, malgré sa vive opposition. Il craignait que de procéder à d'inutiles exécutions ne leur attire des représailles plus violentes, mais il ignorait qu'avec ces créatures le rapport de force était inévitable. Leur vainqueur pouvait les soumettre et se faire respecter, mais la soumission est proche parente de la vengeance et la frontière entre les deux est bien mince ; ne pas les soumettre eût été bien pire. Le jeune ophimide eût libéré les otages en présence même de leur chef, ce qui les aurait grandis aux yeux de celui-ci, mais le général avait une autre vision des choses. Sur le champ de bataille, Lamoras était plutôt enclin à éliminer tout ce qui lui causait des problèmes ou qui pouvait, dans un avenir proche ou lointain, lui en causer.

Même si Honorayon était facilement contestataire, il obéissait scrupuleusement aux ordres lorsqu'il s'agissait de questions militaires, ce qui faisait de lui un excellent instrument et un exemple pour les guerriers. Le peuple pouvait reprocher de bien nombreuses choses aux thraëls d'Ériande, mais, au combat, plusieurs d'entre eux étaient incontestablement disciplinés.

Morüngar exécuta l'ordre du général et massacra les assaillants piégés. Enfin, quand le galve et la joue du doargue furent soignés, Lamoras prit un otage et sa troupe continua son chemin à la recherche de leurs trois compagnons emportés par la rivière. Ils laissaient derrière eux neuf cadavres enveloppés de racines tordues par la puissance de la talmache.

Zébaldon redevint visible et reprit sa place auprès de son maître. Une fois de plus, il avait été le spectateur et l'élève ; une fois de plus, il avait été vivement impressionné par l'imagination et l'habileté du thraël. Même si, terrifié par sa cruauté, il craignait de plus en plus Honorayon, il sentait croître en lui-même l'enivrant désir de posséder un tel pouvoir. Il voulait à tout prix l'imiter, mais son cœur vacillait entre l'émerveillement et la jalousie, entre le désir et la peur. Pour le moment, il obéissait sans rien dire, et il se sentait complètement inutile.

Honorayon ne comprenait presque rien de ce que disait l'otage, car celui-ci parlait un dialecte issu du çirmoïl, une vieille langue que le mage, malheureusement, connaissait peu.

Hilard était le seul qui le pourrait comprendre. Comme il avait vécu et voyagé longtemps, sa connaissance des langues était très étendue; mais il ne se manifestait pas. Même si Lamoras et les autres ne doutaient plus de sa présence, le mâchil préférait ne pas se joindre à la troupe en pleine clarté, sachant que la femme qui l'avait vu reviendrait contre lui. Capable de le surprendre et déterminée à le faire périr, elle s'acharnerait à le décharner. Aussi Hilard demeurait-il aux frontières du Valnaos, autant pour la sauvegarde de sa vie que pour celle de Lamoras.

Le général avait repris confiance. Cependant, il eût aimé que le mâchil demeure dans l'ombre, mais l'embuscade des phraxars l'avait poussé à l'action. Lamoras ne pouvait se figurer ce qui était arrivé au hoblain depuis sa chute du *Révis*, mais, comme il avait retrouvé son ami, son allié, résolument le moral du groupe s'en portait mieux et Lamoras en était satisfait. La récente victoire animait le petit escadron d'une bonne humeur et d'un allant nouveau qui galvanisaient chaque membre.

Le dur trajet le long du précipice les laissa bredouilles. Il n'y avait aucune trace, aucun signe de Barrand, de Throm et de Nôyane, à part la fumée que le général avait localisée plus tôt. Cette fumée pouvait révéler la présence de n'importe qui, maintenant qu'ils avaient fait la rencontre d'une tribu de phraxars.

Lorsque le crépuscule allongea ses bras obscurs sur la forêt, Honorayon suggéra de monter la tente à l'abri du vent et des regards. Suivant son conseil, Lamoras ordonna qu'ils descendissent sur un petit plateau fortement boisé qu'il découvrit sur le flanc du promontoire, à une dizaine de mètres plus bas. Une fois la tente montée, Morüngar fut désigné pour effectuer le premier tour de garde, puisqu'il n'avait pas besoin de sommeil autant qu'un humain. Bien attaché à un jeune magamonier, le phraxar resta sous la garde du doargue, qui, comme Hilard, était nyctalope.

Morüngar ne se plaignit pas de sa tâche, mais, fidèle à ses goûts, il ne put s'empêcher de demander au mage qui entrait dans la tente :

— Euh… maintenant que j'y pense, thraël, je suis certain qu'un pot de bière m'aiderait à mieux surveiller ; j'aurais une autre odeur sous le nez, plus agréable que celle qui émane de cette vermine cornue.

— Soit. Tu n'as qu'à te servir, répondit Honorayon. Trois pots de bière et pas un de plus. Je ne veux pas d'un soûlard comme sentinelle.

Les yeux de Morüngar sortirent de leurs orbites, tant il était offusqué.

— Soûl après trois pots de bière ? Moi ? Non, mais… est-ce que j'ai l'air d'une fillette ? Nom de Roggor ! Il m'en faut au moins douze.

Quand Honorayon fut entré, Morüngar grommela pour lui-même :

— Vraiment, soûl après trois pots de bière… Pour qui me prend-il, ce fanfaron ?

Au plus profond de la nuit, alors que le doargue sirotait les dernières gouttes de sa précieuse bière, sur la pente rocailleuse qui conduisait au petit plateau, il vit descendre Hilard qui marchait silencieusement. Quand il arriva près de lui, le doargue lui dit en chuchotant :

— Je croyais que le maréchal t'avait interdit de… bref, voici l'otage.

Hilard s'avança devant le phraxar et dégaina Darbalian. La lueur apaisante du poignard mystérieux envahit leurs deux visages, révélant un mâchil sérieux et un otage terrifié. Avec sa forte haleine de bière et sa voix caverneuse, Morüngar dit à Hilard qui observait silencieusement le phraxar :

— Le mage ne comprend pas ce que dit la vermine. C'est une vieille langue qu'elle parle, apparemment.

Hilard répondit au doargue, mais en continuant à fixer l'otage dans les yeux :

— Le thraël faisait allusion au çirmoïl. C'est une langue très ancienne, parlée par la majorité des hircinoïdes, plus souvent par les phraxars comme lui ; mais ceux de cette île sont isolés depuis longtemps, je parie.

— Phraxars, dis-tu ?

— Oui, c'est ainsi que les hommes les appellent. Entre eux, ils se nomment bâwâm ; c'est-à-dire les bénis d'Âm, ou de la Nature.

Morüngar se gratta le menton sous la barbe et demanda :

— Est-ce que tu parles le çirmoïl ?

— Non… mais je parie qu'il parle le faléel, la langue de nombreuses créatures sylvicoles. Je la connais bien, celle-là.

— Tu paries ? Combien ?

— Une tournée de bière ?

— Aaaah ! Là tu parles ma langue, mâchil ! Finalement, tu te censures seulement devant le général…

— Lamoras m'inspire une tempérance rigoureuse, en

242

effet. Je ne le changerais pour rien au monde; c'est le seul homme en qui j'ai confiance et je tuerais quiconque lui ferait le moindre mal. Toute mon admiration pour sa probité.

Morüngar n'avait jamais entendu Hilard parler ainsi. Une telle loyauté le surprit. Il n'avait pas l'habitude de se laisser impressionner par les hoblains. Secrètement, il les considérait tous comme des voleurs et des enfants. Même si l'exilé du mont Brandaire n'avait pas fait preuve de loyauté envers le dieu Roggor et ses prêtres, il était de la même trempe que Lamoras et le haute-cape venait de grandir considérablement à ses yeux. Le doargue et le mâchil avaient bien une chose en commun, l'amitié que Lamoras leur vouait.

Après avoir bien intimidé l'otage, Hilard lui parla en faléel.

— Est-ce que tu comprends ce que je dis?

Le bâwâm baissa la tête et répondit que oui. Hilard se tourna vers Morüngar, fit un grand sourire et lui dit:

— Une tournée de bière pour moi!

Le doargue fronça les sourcils, se frappa le cœur et répliqua:

— Brouf! Je gagnerai la prochaine fois, mâchil.

Hilard glissa Darbalian sous le menton du phraxar et, d'un sérieux imperturbable, lui demanda:

— Je vais te donner la possibilité de choisir. Si tu réponds à mes questions et que tu dis la vérité, je vous laisserai vivre, toi et ta tribu; mais, si tu refuses d'y répondre, tu meurs et ta tribu aussi. Vois-tu, notre dieu est plus puissant que tous les petits fantômes que vous adorez. Tu en as eu la preuve, n'est-ce pas?

Le phraxar hésita, visiblement nerveux et profondément attristé. Hilard attendit sa réponse patiemment dans le silence et l'air frais; mais il fut lent à se décider. Le mâchil vit quelle peur habitait cette créature et quel fardeau il lui imposait, mais il ne broncha pas et pressa davantage son poignard contre la gorge de l'otage. Enfin, au bout d'un long moment, le bâwâm, dans un faléel très pauvre, parla :

— Répondre questions de toi.

— Bon choix. Parle-moi de la maîtresse de l'île. Qui est-elle ? La connais-tu ?

Le phraxar se mit à trembler, une sueur froide couvrit son corps et il larmoya doucement. Ses yeux comme deux billes noires fixèrent tour à tour le doargue et le mâchil, puis replongèrent dans le vide confus de l'indécision. Hilard mit sa lame au fourreau, croisa les bras, recula d'un pas et attendit. Sa patience fut récompensée. L'otage cracha le morceau :

— Nous esclaves. Elle pied sur nous a.

Hilard reprit :

— Vous êtes ses esclaves ? Qui est-elle ?

— Île pour elle. Temple pour elle. Prêtresse pour Hæline. Forte sur nous. Faibles nos dieux sous elle. Change forme peut changer elle. Habite temple elle avec déesse.

— Elle habite le temple avec sa déesse… bien… Et ce temple, où se trouve-t-il ?

D'un coup de tête, le phraxar pointa vers l'ouest, dans la direction qu'avait prise le groupe d'Hogarth. Il continua :

— Sur chemin après pont deux. Île trois ponts a. Trou long ici, en deux sépare île.

— La gorge qui sépare l'île en deux possède trois ponts. D'accord. Maintenant, dis-moi le nom de ton chef.

Jusqu'alors, Morüngar était demeuré silencieux. Il n'en pouvait plus de ne rien comprendre, il frotta ses lèvres et sa barbe comme s'il sortait de table et lança crûment à Hilard :

— Qu'est-ce que dit la vermine ?

Hilard répondit calmement :

— Je t'explique tout de suite…

Le phraxar reprit la parole et dit à Hilard :

— Il nom de Obéouda.

Hilard fit la traduction à Morüngar avant de poursuivre.

— Bien. Obéouda est le nom de leur chef et la maîtresse dont avait parlé Brenmord possède cette île et a réduit en esclavage ces phraxars. Elle est la grande prêtresse d'Hæline dans le temple à l'ouest; en plus, nouveauté, cette prêtresse que Brenmord nous avait dit n'être qu'une simple paysanne devenue proxénète, eh bien! figure-toi qu'elle peut changer de forme.

Morüngar, qui commençait à sentir le poids de la fatigue, dit en bâillant:

— Changer de forme!

Le mâchil lui répondit comme s'il avait l'habitude d'entendre ces choses et comme s'il voulait changer de sujet:

— Oui, oui, c'est probablement une métamorphiste, peut-être même une mage spécialisée dans la transmutation, ou elle a un objet en sa possession qui lui permet ce genre de ruse.

Morüngar ouvrit grand les yeux après avoir bâillé, impressionné qu'il était par le savoir qui sortait de la bouche de ce haute-cape généralement discret. Hilard continua son interrogatoire sur le même ton de voix et le même sérieux:

— Tu sais comment te rendre au temple, n'est-ce pas?

Le bâwâm répondit en cachant mal sa peur:

— Oui. Connais temple où trouve… elle.

— Et de quoi cette maîtresse a-t-elle l'air? Tu l'as déjà vue?

— Oui. Cheveux terre, yeux ciel, peau lait. Face belle, âme morte. Elle horreur belle.

— Une horreur belle! C'est la première fois que j'entends cela… Combien de prêtresses a-t-elle?

— Non. Filles nombre change nombre. Vent moins elles change.

— D'accord, le vent change moins souvent que leur nombre. Il y a donc un roulement régulier de filles…

— Oui. Roule.

— Écoute-moi bien. Je sens que tu es sincère; nous vous libérerons de cette prêtresse si vous nous aidez à retrouver nos amis. Trois d'entre nous sont tombés dans ces eaux hier matin et nous les cherchons depuis. Deux hommes et une fille… Les aurais-tu vus, par hasard?

— Non. Œil rien vu. Nous aide vous. Vous aide nous.

— Exactement.

Hilard s'adressa à Morüngar.

— Va me chercher Lamoras.

Le doargue haussa les sourcils, moins surpris par l'autorité soudaine que le mâchil se donnait que par la nature de la demande.

— Réveiller le général, maintenant, en pleine nuit? Non, mais tu es fou, Hilard?

— Dis-lui que c'est moi qui veux le voir dehors.

— Et pourquoi je le ferais pour toi, mâchil?

— Parce que, si tu ne le fais pas, je couperai ta barbe dans ton sommeil.

— Je ne te crois pas!

— Oh, oui!

— Brouf! Vraiment, Hilard… Si tu n'étais pas un mâchil…

— Mais j'en suis un, Morüngar. Va, ma brute préférée, va me chercher Lamoras.

— Aaah! Brouf de brouf! Tu m'emmerdes et je ne peux pas te haïr.

Le doargue ne fut pas sitôt entré dans la tente que le mâchil, fidèle à sa parole, dégaina Darbalian et coupa les cordes qui retenaient l'otage. Malgré l'odeur désagréable que dégageait la fourrure saisonnière du phraxar, Hilard lui mit la main sur la joue en disant:

— Je regrette la mort de tes frères guerriers. Vous nous avez attaqués, nous nous sommes défendus. Point. Tu iras voir Obéouda pour lui dire qu'il aura l'aide du dieu Halvarn pour libérer son peuple du pied despotique de la maîtresse. Nous comptons sur vous pour nous aider à trouver nos trois amis. Est-ce que c'est clair pour toi ?

— Oui, clair.

— Bien. Suis-moi.

Hilard prit le bâwâm par le poignet et disparut avec lui. Un instant plus tard, Lamoras, un luste à la main, sortit avec Morüngar et vit que l'otage avait disparu, de même qu'Hilard. Le général se frotta les yeux et mit sa main sur l'épaule large de Morüngar.

— Hilard était bel et bien ici, dit-il. Je vois ses pas dans le sable.

Vexé, le Brandairois tonna, aussi gauche que d'habitude dans sa droiture.

— Bien sûr qu'il était ici ! Je ne vais pas te mentir, mon général ! Mais, pourquoi est-il parti ? Est-ce qu'il va nous trahir, avec tout ce qu'il m'a dit ?

Lamoras répondit en soupirant :

— Ne t'en fait pas, Morüngar, je ne t'accusais pas d'être un menteur. Non… c'est un mâchil. Sa longue expérience de vie lui donne une attitude de mercenaire, mais il me paraît impossible qu'il trahisse ceux qu'il aime. Et Hilard m'aime. En fait, il est parti seul. Dès qu'il le peut, il fait les choses sans l'aide d'autrui, quitte à contourner certaines personnes d'autorité, comme moi, par exemple. C'est peut-être un mépris secret qui l'anime et que j'ignore, mais je crois que c'est plutôt son esprit d'indépendance. On se ressemble, tous les deux, sur ce point. C'est sa plus grande force et son plus grand défaut. Bref, ce que l'otage lui a dit, je l'entendrai demain. À mon avis, il tentera de gagner l'amitié de ces créatures et de localiser le temple en se servant de leurs connaissances de l'île. On peut être sûrs qu'il réussira. Va te reposer… Je prends la garde maintenant au cas où il reviendrait avant l'aube.

XI

LES VRAIS VISAGES

L'amour fait ses preuves dans
l'épreuve de l'amour.
Hellébore, poète et calastaire

Entre le cri de la vie et le silence
de la mort, la gorge de la liberté.
Alothaire, vierge et fidèle de Norength

Étendu sur son bloc de marbre froid, Hogarth avait les yeux braqués sur le plafond du cachot ; il anticipait douloureusement la vague de reproches que lui réservaient ses compagnons d'armes. L'air sec et chaud ne transportait qu'une infime odeur de cendres et de chair brûlée qui se mêlait étrangement à celle de la myrrhe. Depuis des chambres adjacentes leur parvenaient faiblement quelques rires de jeunes femmes, assignées sans doute à des tâches religieuses ou ménagères. Crallas et Léügue se trouvaient à la droite d'Hogarth, alors que Dillian-Lorrus et Thorismond étaient à sa gauche. La captivité et la honte d'avoir été piégés attisaient la nervosité des cinq compagnons. Les tensions montaient, l'impatience aussi. Ce fut Léügue, tendu comme un arc, qui le premier lança son trait.

— Je vous l'avais dit, bande d'imbéciles! Pourquoi ne m'avez-vous pas écouté? C'était trop louche, cet accueil sur le parvis du temple! Vraiment, de jeunes femmes nues qui sautent dans les bras d'inconnus, c'était d'une absurdité sans faille.

Lorrus lui cracha avec toute l'amertume qu'ils lui connaissaient:

— Ah! Léügue, ferme-la, merde! Si tu n'avais pas été une petite fille, tu te serais imposé davantage. Tu penses trop, mais tu agis peu. D'autres agissent pour toi, pendard!

— C'est tout à fait juste, ce que dit Dillian, renchérit Thorismond. Tu n'as qu'à te la fermer, emmerdeur! Si tu avais eu des couilles, puisque tu es si perspicace, tu te serais obstiné à nous convaincre du danger.

Léügue savait qu'ils avaient raison; il ne sut quoi répondre et il se tut un temps. Il s'en voulait terriblement de ne pas s'être imposé, et surtout de ne pas avoir obéi aux conclusions que lui imposaient son intuition et son analyse. Il était plus furieux contre lui-même que contre son lieutenant, tout compte fait. Mais Crallas, lui, se sentait égoïstement trahi et encore davantage humilié. Si Léügue avait lancé la première flèche, Crallas y alla du premier coup de baliste.

— Lâchez Léügue, tous les deux! Il n'est pour rien dans cette histoire. Il nous a fait part de ses doutes, et nous en avons fait fi. Lorrus, toi le premier! Moi-même je n'en voulais rien savoir et je ne l'ai jamais écouté. Et toi, Thori, avec ta tête chaude, ce n'est pas possible de te faire changer d'idée, une fois qu'une d'entre elles est entrée dans ta verge. Tu voulais slaguer autant que moi, merde! Le responsable de notre sort, vous le connaissez très bien, c'est Lamoras. Il ne nous a pas suivis ni soutenus. Hogarth ne pouvait pas faire autrement. Il nous aurait fallu plus d'hommes, plus de têtes.

Hogarth ne disait rien, préférant écouter. Lëügue reprit en déchargeant son fiel :

— Crallas, ta fausse humilité me met le vomi à la gorge.

— Tâche de t'étouffer ! répliqua aussitôt Lorrus.

— Crallas, reprit Lëügue en ignorant Lorrus, tu sais très bien que ce n'est pas le général, le responsable de notre sort. Hogarth et toi, depuis Dagrenoque, n'aviez qu'un discours aux lèvres, celui de la mutinerie. Vous avez rompu avec le général et, si je vous ai suivis, c'est uniquement parce que je ne peux pas souffrir cet homme ; mais, s'il a deux qualités que je lui reconnais, c'est sa prudence et sa maîtrise de soi. Jamais nous n'aurions vu Lamoras se livrer à des ébats passionnels avec des adoratrices d'un faux dieu, ni même risquer tous ses hommes à la fois comme l'imbécile d'Hogarth l'a fait. Lamoras aurait gardé des hommes cachés à faire le guet au cas où les choses auraient mal tourné. Qui peut nous délivrer, maintenant ? Qui peut avertir Lamoras de notre situation ? Hogarth a donné suffisamment de preuves de son incompétence et de son incapacité d'écouter ses hommes. Son inconséquence nous coûtera la vie et notre destin est maintenant de finir comme tous ces gens sur les murs.

Hogarth était vexé par les propos de Lëügue. Il fulminait en silence. Il répliqua avec autant de fiel :

— Quand nous serons sortis d'ici, je te montrerai, Lëügue, comme il faut parler à son général !

— Toi, un petit lieutenant sans tête, incapable d'obéir à son frère ? Toi, un petit lieutenant qui ne sait pas respecter l'autorité de son frère, de son général ? Toi, un petit abruti sans prudence et sans discernement ? Toi, un pendard, tu vas me montrer comment il faut parler à un général ? Toi qui ne sais pas parler à ton général, tu vas me montrer comment te parler, alors que tu n'es pas général ? Bien sûr ! La chose est évidente ! Qui veut bien gouverner doit savoir obéir, disent les ophimides. Tu ne sais pas gouverner, Hogarth, et je m'en suis rendu compte trop tard.

Cherchant désespérément à ménager son image, Hogarth constata :

— Haldaguire n'est pas avec nous. Il s'est peut-être sauvé. Sans doute qu'il nous sortira d'ici.

Thorismond, qui connaissait très bien le jeune homme de vingt ans, répondit :

— Haldaguire ? Nous sortir d'ici ? Vraiment, Hogarth, as-tu autre chose à ajouter à ta liste monumentale de sottises ? Haldague n'est bon qu'avec une lame.

— Exactement, dit Lorrus.

— Voilà encore la preuve de ton manque flagrant d'intelligence, Hogarth, poursuivit Léügue. Tu présumes qu'Haldague va nous libérer. Tu présumes qu'il est capable de le faire, mais tu ne sais ni ce qu'il fait ni où il est. Dans le meilleur des cas, s'il est vivant et libre d'agir, il s'en ira chercher Lamoras. Il faut qu'il le trouve en premier lieu, ensuite qu'il l'amène ici sans être soupçonné, sans se perdre, sans rencontrer d'obstacle dans la forêt, sans mourir de faim ou de soif… Ah ! Vraiment, je ne peux pas croire que tu viens de te figurer Haldaguire comme un libérateur… Merde, Hogarth, tu es un sot d'une très rare espèce !

À peine Léügue eut-il dit ces mots que la porte de bois du cachot s'ouvrit. Ils virent entrer deux hommes, ou ce qui pouvait être deux hommes, vêtus d'une longue tunique en lin pourpre, une épée pendue au ceinturon et un masque neutre en céramique noire sur le visage. Ils s'arrêtèrent à l'entrée du cachot et se placèrent de chaque côté de la porte. Haldaguire entra à son tour, nu sous une tunique en mousseline blanche. Les hommes le prirent de force et le plantèrent devant Hogarth, au centre du lieu.

En le voyant chagriné devant lui et vêtu étrangement, Hogarth lui dit :

— Que se passe-t-il ? Pourquoi n'es-tu pas ici avec nous ? Qu'est-ce qu'elles veulent, ces femmes ?

Par la voix d'Haldaguire, Arthally prit un ton piteux et annonça :

— N'ayez aucune crainte. Je me suis livré en rançon pour votre liberté. Demain, je serai sacrifié à la déesse Hæline et vous serez libérés.

Aussitôt, Hogarth éleva la voix avec fierté, comme s'il venait de recevoir une révélation.

— Ha ! Qu'est-ce que je vous disais, bande de minables ! Il nous sauve tous ! Je savais que tu étais un grand homme, Haldague. Tous les bardes d'Ériande chanteront ton nom dans les siècles à venir. Mais, dis-moi, as-tu vu la maîtresse ?

— Oui, c'est elle qui... Tu l'as rencontrée déjà... Ilswithe.

Crallas n'en pouvait plus de cette folie ; il s'emporta.

— Merde ! Hogarth, tu as slagué la bagasse qu'il fallait tuer !

Léügue le reprit sur-le-champ :

— Dis donc, Crallas, as-tu d'autres informations qu'il ne faut pas révéler devant eux ? Après tout, je suis certain que tu l'aurais slaguée aussi, la belle Ilswithe.

— Ah... ferme-la, Léügue, aboya Crallas. Il faut que tu vantes ton intelligence constamment.

— Étrange, on vient de me reprocher le contraire. Haldague, écoute-moi...

Mais Haldaguire, c'est-à-dire Arthally, n'avait pas à l'écouter. Elle lui coupa la parole vivement

— Non, Léügue, il n'y a rien à faire. Après ma mort, vous serez libérés. Ilswithe ne changera pas sa décision. Je dois mourir à l'aube, c'est-à-dire bientôt. Point.

La tête basse, il quitta le cachot, suivi des gardes. Son départ laissa planer dans la cellule un climat d'espoir empoisonné par la tristesse et la confusion.

Arthally resta debout derrière la porte, dans l'antichambre, à écouter patiemment leur conversation. Les hommes demeurèrent pensifs et silencieux un long moment. Le silence fut enfin rompu par Léügue :

— Je n'y crois pas ! Je n'y crois tout simplement pas ! C'est une ruse. Elles ne vont pas nous libérer. Ilswithe se joue de nous pour nous humilier, peut-être même qu'elle nous utilise comme leurre pour attirer les autres jusqu'à nous. Honorayon avait raison, il y a un complot contre le conseil. Je crois qu'Ilswithe n'est même pas la maîtresse, mais une marionnette qui protège la vraie de tout danger.

Hogarth garda le silence, éteint par l'humiliation qu'il avait subie plus tôt. Lorrus répliqua sur un ton plus acerbe et sarcastique :

— Encore une fois, je dois être en accord avec toi, Léügue. J'admire la façon dont tu sautes aux conclusions avec mille preuves à l'appui. C'est merveilleux de voir comment tu vois tout, mais tu ne parles que longtemps après. Non, Léügue, je vais te dire ce qui se passe ici. Quiconque a la moindre connaissance de leur culte sait très bien que les sacrifices d'enfants sont communs, mais qu'on ne sacrifie pas les adultes. Ce sont des femmes lubriques, pas des tueuses d'hommes… et ceci ressemble à un jeu bien plus qu'à un sacrifice ou une humiliation. J'avoue que je ne l'aime pas, ce jeu, mais nous les verrons sans doute revenir pour se faire slaguer. Tu verras, elles ne peuvent pas se passer de nous. Vous êtes-vous demandé pourquoi les galves d'Halvarn ont banni du Voglaire le culte d'Hæline ? C'est simple, non seulement ne voulaient-ils pas d'un culte rival du nôtre, mais aussi et surtout ils ne voulaient pas d'un culte où les femmes pouvaient se servir du plaisir et de leur beauté pour dominer. C'est une guerre des sexes, à la base.

— Et voilà donc que tu le dis toi-même! s'écria Léügue aussitôt. Tu me critiques en me donnant raison! C'est une double guerre… Eh oui! une double guerre. Et qui sommes-nous pour elles, merde? Des fils d'Halvarn, des mâles, des ennemis. Haldague va mourir à cause de la stupidité d'Hogarth, et toi tu ne vois là qu'un petit jeu inventé par des femmes lubriques! Tu es le sommet de l'abrutissement, Lorrus! Que sont tous ces crânes sur les murs? Tu ne me diras pas que ce sont des ornements que ces femmes trouvent sur les champs de bataille!

— Quand nous sortirons d'ici Léügue, je vais te…

Lorrus n'eut pas le temps de compléter sa phrase. Léügue répliqua avec dégoût, plus fort:

— Nous ne sortirons pas d'ici, abruti!

— Non, c'est plutôt toi qui ne sortiras pas d'ici Léügue, osa Hogarth. Si jamais elles veulent un autre sacrifice, nous savons lequel leur offrir.

La menace d'Hogarth, bien loin de faire taire Léügue, lui donna de nouveaux arguments.

— Cette remarque ne me surprend pas venant de toi. Tu te dis un guerrier d'Halvarn, mais tu es prêt à sacrifier un de ses guerriers à une déesse sacrilège! Pourquoi? Pour sauver ta peau, chair à potence! Oui, tu m'as bien entendu, pour sauver ta peau! Barrand a raison, tu n'es pas digne de ta charge ni de ton titre. Je ne sais pas pourquoi je me suis laissé entraîner dans le coup du pont. Hogarth et Crallas m'ont réveillé et c'est nous qui en avons affaibli les cordes. Le lendemain, Barrand, Throm et Nôyane tombaient. Ils sont peut-être morts. Maudit sois-tu, Hogarth, maudit sois-tu d'Halvarn, de Tholah et de Galfadir! Va pourrir à jamais sous les pieds de Féruldir!

Thorismond et Lorrus, si vous aviez traversé ce pont, vous seriez tombés à la place des trois autres. Ce lieutenant ne vous aurait rien dit… Il ne vous a rien dit.

— Il ment, camarades, s'écria Hogarth, il ment et délire. Ne vous en occupez plus. Lorrus aura raison de lui. Haldaguire dit vrai, et bientôt nous serons libres. Ayons confiance.

— C'est vrai qu'il ment, ajouta Crallas. Lëügue ne veut que sauver sa peau et nous discréditer.

— Lëügue n'a rien à dire pour faire cela, glapit Thorismond. Discrédités, vous l'êtes déjà tous les deux. Moi, je crois qu'il dit la vérité. Crallas, tu n'as aucune crédibilité lorsque tu défends Hogarth, je ne sais pas si tu t'en rends compte.

— Tu es mort, Thori. Dès que j'aurai une main libre, tu es mort !

— Voilà qui réglera les choses. Je suis certain que vous avez affaibli les cordes de ce pont ! Il m'a paru très étrange de les voir éclater en même temps. Sur le coup, je n'en ai pas fait un cas, mais, avec ce que vient de dire Lëügue, il est évident, maintenant, que vous avez saboté l'ouvrage.

Hogarth se fâcha davantage et répondit à Thorismond :

— Hypocrite ! Tu étais d'accord avec l'idée du meurtre de Lamoras et soudain tu fais le chevalier sans reproches ! Je te donne mon vomi, salaud.

Thorismond vit que le mur du respect de la hiérarchie militaire était rompu. Il en profita pour déverser tout ce qu'il avait sur le cœur :

— Pardon ? Qu'est-ce que je viens d'entendre ? Encore une remarque digne de ta stupidité ! Moi, un serviteur lige d'Halvarn et du conseil, approuver le meurtre d'un des siens ? Non. Je ne t'ai jamais dit que je voulais la mort de Lamoras. Je t'ai dit qu'il était préférable de le discréditer aux yeux de ses hommes si tu voulais monter en grade, puisque, visiblement, il te fait obstacle depuis dix ans. Espèce de serpent qui cherche à tout avaler! Tu veux que tout le monde entre dans tes ambitions, salaud! Tu vas jusqu'à mettre dans leur bouche les restants de tes repas remâchés. Tu me fais dire ce que je n'ai jamais dit ni même pensé!

Hogarth répondit avec une hargne qui ne les laissa pas sans crainte :

— Thorismond et Léügue, je vous le jure sur la mort de ma mère, quand je serai maréchal, vous subirez la garraque pour trahison! Et toi, Lorrus, je te ferai lyncher!

— Merci, Hogarth! répliqua Lorrus, le sourire aux lèvres. C'est un de mes rêves d'enfance que de me faire lyncher par un maréchal nigaud. Je sais, ce n'est pas un rêve commun, mais au moins il est original. Un autre de mes rêves serait de te mettre la tête dans le cul d'un âne et de mettre la tête d'un âne dans ton cul; de cette manière, tu serais entre deux ânes, ce qui te donnerait deux cerveaux de plus, et dans ton cas…

Léügue et Thorismond se tordaient de rire lorsque la porte s'ouvrit à nouveau.

Arthally jeta un coup d'œil derrière elle et vit arriver Ilswithe, torche en main, dans le couloir qui menait au cachot. Elle ordonna aux hommes masqués d'en rouvrir la porte. Bientôt, Ilswithe arriva devant elle et Arthally lui fit signe d'entrer. Les hommes virent la belle franchir le seuil et donner la torche à un des hommes masqués, qui la déposa aussitôt sur un crochet mural au-dessus des crânes. En la reconnaissant sous son long voile noir, Hogarth s'écria :

— Ilswithe, dis-moi ce qui se passe ici. C'est ainsi que vous accueillez vos convives?

Elle ne répondit rien. En fait, elle l'ignora complètement. Elle se retourna vers les masques et s'adressa durement à l'un deux en disant :

— Allez chercher les fertiles et allumez le feu de la fécondité.

Le garde s'éclipsa sans un mot. Ilswithe se déplaça vers le fond du cachot, très mal éclairé. Elle prit sur l'étagère à crânes une sorte d'aiguière en argent poli et se dirigea vers Hogarth en premier. Elle leva le vase argentin au-dessus de sa tête et se mit à lui verser l'eau fraîche sur le visage. Elle mouilla abondamment tout le corps du lieutenant qui, ne comprenant pas le sens de ce rituel, essayait de lui parler, mais son silence demeurait imperturbable. Plus elle l'ignorait, plus il haussait le ton. Il finit par se taire, résigné.

Elle versa de l'eau sur les cinq hommes avec la même aiguière, sans l'avoir remplie une deuxième fois. L'eau semblait s'y régénérer continuellement, comme si elle provenait d'une source invisible.

Quand elle eut complété ces ablutions, elle retourna poser le vase et en prit un autre, cette fois plein d'une huile aromatisée à la myrrhe. Lentement, elle répandit le liquide onctueux sur les corps nus en les massant doucement du haut du torse jusqu'aux pieds. Elle évita d'en mettre sur leur sexe, ce qui retint l'attention des hommes, car ce geste ne pouvait pas être sans signification.

Ensuite, avec une plus petite aiguière, elle versa sur le sexe de chacun du lait tiède parfumé à la calastaire, une fleur grimpante commune dans l'archipel. On aurait dit qu'elle voulait les purifier de la souillure naturelle qu'ont tous les mâles. Léügue se souvint de certains détails du culte d'Hæline qui recommandaient ce rituel pour limiter la natalité masculine et favoriser, par conséquent, la naissance de filles.

Ilswithe semblait avoir fini de remplir sa tâche. Elle se plaça contre le mur de manière à faire face à Crallas. Elle le regarda avec des yeux morts, inconsciente de son visage et n'éprouvant pour lui que la plus totale indifférence. Mais Crallas ressentait chez elle une malice subtile qu'elle n'avait pas révélée jusqu'alors. Les yeux bleus de la prêtresse glaçaient ce qui restait de la confiance du brigadier.

L'attente ne fut pas longue. Un cortège de jeunes femmes firent leur entrée dans le cachot. Quatre d'entre elles, recouvertes d'un long voile en mousseline noire, se positionnèrent directement devant les pieds des hommes ; seul Crallas n'avait personne devant lui. Quatre autres filles, voilées elles aussi, se tinrent debout près de la porte, à côté des êtres masqués. Haldaguire revint dans le cachot et se mit nu devant Crallas. Lorrus lui dit avec force :

— Non, mais… que fais-tu, merde ? Qu'est-ce que cette mascarade, Haldague ?

Crallas n'en pouvait plus. Il s'écria à pleins poumons :

— Hé ! Couille de porc ! On te parle. Remets ta tunique et va-t'en, bâtard !

Haldaguire ne bougeait plus. Il demeura silencieux et regarda Crallas qui, au bout d'un moment meublé d'injures, détourna le regard. Les autres ne savaient plus quoi dire.

Une fille entra dans le cachot avec un tambour à la taille. Sur un geste d'Ilswithe, elle frappa sobrement son instrument, sur un rythme constant et paresseux.

Dès que le tambour remplit l'air de son battement grave, les filles qui se tenaient devant les hommes enlevèrent le voile qui les couvrait. Elles n'avaient rien en dessous. Elles étaient d'une grande beauté, toutes jeunes et bien en chair. Leurs mains gracieuses et douces couvrirent le corps des guerriers et les massèrent dans tous les sens. Elles caressèrent leur sexe et leur torse, de sorte qu'ils ne tardèrent pas à être prêts pour le coït.

Elles s'accroupirent alors sur eux, chacune se donnant sans pudeur et sans inhibition. Dans la cacophonie des grognements charnels émis par les hommes, il était évident que les quatre femmes retenaient toute expression faciale et toute manifestation de jouissance; le tambour accéléra au rythme des bassins agités.

Mais Ilswithe ne bougeait pas. Comme Haldaguire, elle attendait quelque chose qui laissait Crallas dans la peur et le mystère.

Une fois que les hommes eurent atteint l'orgasme et se furent détendus, les jeunes femmes se levèrent, remirent leur voile noir et sortirent du cachot, la tête inclinée. Le tambour avait repris un rythme plus paresseux.

Haldaguire fit signe à Ilswithe, qui marcha derrière Hogarth, sortit deux bandeaux et les lui plaça sur les yeux et la bouche. Elle répéta le geste sur les trois autres, mais ne mit pas de bandeau sur les yeux de Crallas.

Tous étaient affaiblis considérablement. Leur dernier repas était loin et les émotions des dernières heures avaient sapé leurs énergies. Maintenant, c'était l'incertitude quant à leur sort et la confusion de leur pensée qui achevaient de les terrasser.

Haldaguire monta sur Crallas qui lui marmonnait des injures avec véhémence. Le jeune homme se transforma soudain en une belle trentenaire aux cheveux blonds et aux yeux verts. Crallas fut éberlué. Arthally avait pris la forme d'une autre femme, celle de la fille de Percipion, Ceidil. Hogarth avait pu bouger sa tête et son bandeau juste assez pour voir un peu le visage de la prêtresse.

Elle se mit à masser Crallas et à l'exciter comme elle en avait le don. En peu de temps, le guerrier fut en coït avec une redoutable beauté. Comme Haldaguire et Brenmord avant lui, il subit soudain une douleur vive. Sa colonne vertébrale se raidit d'un coup et une douleur suraiguë traversa ses nerfs et ses muscles. Il essaya de se débattre, mais Arthally le tenait dans ses griffes. Il hurla au travers de son épais bâillon et son cri sourd et troublant ruina le peu d'espoir qui restait chez ses camarades. Il rendit le dernier souffle après qu'Arthally fut satisfaite.

Elle ne prit pas la forme de Crallas tout de suite. Ilswithe enleva les bandeaux des yeux des prisonniers, qui purent la voir assise sur le cadavre de son amant. Arthally se leva, regarda brièvement les quatre lames et sortit du cachot.

Une horreur indicible habitait le regard des hommes. Ils ne pouvaient plus se parler, mais leurs yeux se disaient tout. Le corps de Crallas gisait sur le bloc de marbre, comme un squelette recouvert d'une peau livide et encore chaude. Ses yeux exorbités et vides lorgnaient l'éternité en révélant les vestiges de leur dernière frayeur.

La tête de Crallas tomba spontanément vers Hogarth qui la fixa, horrifié. Il venait de perdre son meilleur ami, son seul véritable ami, mais aussi, de tous les hommes auxquels il s'était confié, son seul véritable partisan fidèle. La mort de Crallas sonnait douloureusement le glas des ambitions du lieutenant. Il se creusa en lui une brèche impossible à combler. Il était le grand responsable du décès de son précieux camarade, il le savait et se le reprochait, plongé dans un tourbillon de remords acrimonieux.

Enfin, le tambour cessa de jouer et les quatre autres filles voilées détachèrent le cadavre de Crallas pour l'emporter avec elles. Ilswithe attendit qu'elles eussent quitté le cachot avec le tambour. Alors, elle fit avec de la suie un trait sur le pied droit des hommes. Quand elle en eut terminé, elle sortit à son tour.

ༀ

L'obscurité pesait sur Nôyane comme un chagrin sans nom. Les souffles de venthune qui se fondaient dans les cris stridents des charangonnes au loin maugréaient parmi les arbres défeuillés, tandis que le précipice, cette gorge béante et sombre, inspirait tous les cauchemars possibles. Nôyane souffrait en silence de la puanteur et de la violence de Throm. Les coups de bassin qu'il lui donnait ne faisaient que frapper en elle le mur de la colère, qui bientôt, elle le sentait, allait s'écrouler sur lui. Nôyane en avait assez d'être la proie des hommes. En même temps, elle craignait le pire pour Barrand qui ne se manifestait pas.

Quand Throm eut fini son œuvre inique, il se retourna sur le dos et s'endormit la tête dans l'herbe, satisfait de sa victoire et content d'avoir honoré le dieu qui lui avait accordé Nôyane, sa future bien-aimée. Lentement, elle se leva pour respirer le vent frais qui, lassé de sa course nocturne, apaisait son vol. Il peinait à soulever les cheveux roux de la belle qui, s'approchant du précipice, allait s'y jeter. Elle savait que Barrand n'était plus, que Throm, ce traître, ce malotru, avait tué son bien-aimé; le premier homme qu'elle ait aimé vraiment, le seul homme qu'elle aimerait jamais. Elle se rappela ses baisers, ses caresses et la force de son regard. La douleur de sa perte consommait ce qu'il restait de son désir de vivre. Elle avait tout perdu en perdant Barrand. Sur le point de se laisser tomber dans le gouffre, elle entendit un cri de protestation à quelques mètres de là. Scroundelmire n'était pas parti très loin.

— Il n'est pas mort, je le sens, dit-il. Je ne suis pas encore libre. S'il était mort, je serais libre et je ressens encore ses chaînes. Il faut que je trouve ton bâtard d'amoureux, sinon je vais me sentir possédé le restant de sa vie et je n'aurai pas le plaisir de l'emmerder. Si tu veux sortir d'ici, gamine, il faut suivre le sentier qui longe ce précipice. Il t'indiquera la voie au travers de la forêt. N'essaye pas de retrouver ton amant, le détour est trop long et les dangers, trop grands. Tâche de rejoindre tes amis si tu en as, si tu en as… Je doute qu'une fille stupide comme toi ait des amis, mais bon… Je le trouve-rai, moi, dignité oblige. Ensuite, je te l'enverrai, en espérant qu'il me libère de sa face d'anus gonflé.

Enfin, Scroundelmire révélait son vrai visage à Nôyane et donnait raison à Barrand de l'avoir mise en garde contre son hypocrisie. Elle lui dit tout bas :

— Si tu n'as cure de sa vie, pourquoi me dis-tu comment sortir d'ici ?

Le rascard répondit en se grattant l'oreille :

— Je ne réponds pas à cette question. Pourquoi ? Parce que je ne réponds pas à cette question… Voilà pourquoi. Parce que, même si ton amant à l'anus rôti mariné m'a trahi cent fois, même s'il m'a fouetté, maltraité, insulté devant des foules, malgré tout ce qu'il a fait de contraire à ma dignité, je ne peux pas, non… je ne peux pas m'abaisser à ton niveau d'imbécillité. Je suis un être supérieur. Tu ne le sais pas, toi, parce que tu es une fille stupide, mais je suis un être supérieur. Grâce à ma supériorité, gamine, je suis en mesure d'aider l'amante de mon maître inférieur. Maintenant, fais bouger tes grosses fesses de truie et descends le précipice vers la forêt. Tu trouveras le sentier, je veux dire, tu pourrais trouver le sen-tier, mais ta stupidité… Fais vite, c'est le temps des charan-gonnes. Ne reste pas longtemps ici. Elles aiment déchiqueter de grosses truies rousses comme toi.

Scroundelmire disparut dans les hautes herbes en laissant Nôyane debout devant le gouffre, une nouvelle lueur d'espoir dans l'âme. Elle se retourna pour regarder Throm qui dormait profondément. Pensive et inquiète, elle ne bougeait plus. Elle laissait la haine et la colère mugir dans son cœur.

Chancelante, elle rassembla les dernières traces de courage qu'il lui restait et, dans le plus grand silence, elle s'approcha de Throm. Lentement, elle sortit l'épée sans faire le moindre bruit et bientôt la tint entre ses mains, libre et nue. D'un coup ferme et plus froid que Welare, elle planta violemment le fer par trois fois dans le torse et le ventre de Throm. Il se réveilla d'un coup, désorienté et cherchant son souffle, effrayé à la vue de son épée sanglante debout dans sa chair. Il souleva la tête à quelques reprises. Il prenait pleinement conscience de ce qui lui arrivait. Il jeta sur Nôyane un regard furieux, stupéfait par ce qu'elle venait de faire.

— Non… ce n'est pas poss… ible. Tu es… la mienne… Halv… Halvarn me l'a prom… is. Non… Non.

Throm l'illuminé, l'âme choyée d'Halvarn mourut entre deux hoquets, tiraillé entre deux femmes et deux désirs, avec sur les mains son propre sang et celui de son colonel.

Nôyane comprit que désormais elle ne serait plus la même. Elle se recroquevilla dans un coin herbeux de la falaise, prit le cristal lumineux de Barrand et, pendant un long moment qui lui sembla irréel, fixa le corps de son agresseur. Elle contemplait nonchalamment les plaies qu'elle lui avait infligées, observait ses yeux éteints et ses mains viles, ces griffes de la mort. Elle venait, en quelque sorte, de triompher de son malheur. Pour la première fois dans sa vie, elle avait réglé quelque chose par elle-même et affronté sa douleur.

L'idée lui vint soudain que le cadavre pourrait lui attirer quelque charognard nocturne, comme les charangonnes dont venait de lui parler le rascard. N'ayant pas la force nécessaire pour le déplacer, elle se leva et, l'épée ensanglantée à la main, emprunta prudemment le sentier rocailleux, faiblement éclairé par la lueur bleutée de la nuit et du luste. Elle ne voulait plus pleurer. Elle en avait assez des larmes. Secrètement, son cœur endurcissait sa paroi sensible. Sans qu'elle sache ce qui se passait, quelque chose mourait en elle, quelque chose de tendre, de délicat. Une partie de son être se refusait au monde, car le monde la refusait.

Elle se demandait si la maîtresse avait raison de mépriser

264

les hommes autant et de maudire l'existence. Elle avait épuisé tant de jours à faire les mêmes travaux dans le temple d'Hæline, des tâches que les hommes jugeaient dignes des femmes et indignes d'eux. Des tâches non pas plus humbles qu'orgueilleuses, mais propres aux esclaves et aux serviteurs, des tâches qui ne brillaient pas aux yeux des grands du monde. Comme bien d'autres filles, Nôyane n'avait pu ni se découvrir ni s'épanouir pleinement sous les ordres et l'œil rigoureux de la maîtresse et elle se demandait si le monde des hommes était mieux.

Quelle valeur avaient ses désirs pour les autres ? Son esprit se mit à errer pour oublier. Elle se demandait pourquoi certaines filles ne voulaient pas rester auprès de la maîtresse, alors que d'autres s'y trouvaient à leur place. Pourquoi certaines filles prenaient-elles plaisir à mener cette sorte de vie, tandis que d'autres en souffraient amèrement, jusqu'à la folie et le suicide, dans certains cas ? Tant de questions filaient dans sa tête endolorie de jeune femme ! Claquemurée pendant des années à servir de machine à enfanter, à servir de bonne sans salaire et de nourrice sans époux, elle ignorait tout de ce dont elle était capable et elle ressentait vivement cette injustice comme un glaive dans son cœur. Elle se réveillait de l'intérieur, désormais consciente que, pendant toutes ces années, elle somnolait entre la vraie vie et la fausse. Elle songeait au pouvoir de la talmache.

Ayant atteint l'âge où la majorité des humains ont une famille ou une profession, elle voulait rattraper le temps passé, retrouver sa jeunesse perdue, à cause des ambitions égoïstes d'autrui, des ambitions vaines d'une misérable maîtresse incapable de leur dire son nom et de leur montrer son véritable visage.

En même temps qu'elle luttait contre ces pensées envahissantes et qu'elle essayait de se comprendre, elle progressait dans sa descente du précipice. Elle se trouvait agile et rapide à effectuer les sauts qu'il fallait; les pierres saillantes sur le sentier étaient nombreuses. Fatiguée après une longue descente dont la fin coïncidait avec l'apparition de l'aube, elle se retrouva donc, seule, en pleine forêt. Le sentier se perdait entre les magamoniers, les matrômores, et les quelques arbres atteints de cadranure, tous illuminés par les rayons mélancoliques du matin. Tenaillée par la faim et la soif, elle chercha des baies sauvages, sans succès. La nature à cet endroit était déjà devenue un cimetière saisonnier. Au bout d'une longue marche, elle entendit des branches sèches se briser sur le sol au loin. En tâchant de demeurer courageuse, elle se plaça derrière un arbre et scruta attentivement le labyrinthe de rameaux d'où provenait le bruit.

Soudain, une main lui agrippa l'épaule; elle se retourna, lâcha un cri terrible et s'évanouit.

XII

LE MASQUE DE DRUVILDE

Le lieutenant Sartas? C'est un félin sans
peur avec l'aheurtement d'un âne.
Barrand, colonel des lames

Si l'on ne reproche pas à un enfant de
jouer, de même, on ne saurait reprocher
à un halioste de faire la morale.
Galadeil, mâchile

Ayant quitté le campement de Lamoras, Hilard transombra
avec le phraxar et l'amena par bonds successifs dans le lieu
où l'embuscade s'était produite. Les cadavres des phraxars
égorgés étaient livrés à l'appétit sans limite des charognards.
Le bâwâm n'eut pas le temps de dire le moindre mot que le
mâchil était déjà reparti, le laissant sur les lieux de sa capture
afin qu'il aille parler à Obéouda, son chef.

Dévoré par la nuit faiblement éclairée par la lueur nocturne, Hilard s'élança vers l'ouest entre les arbres et au-
dessus des pierres. Dans le Valnaos, le relief escarpé d'Azexerte
n'était qu'une grande plaine bosselée, sombre, teintée de
nuances de gris et de noir; mais la maîtrise qu'il avait de ces
endroits peu éclairés, tout comme sa longue expérience de

tels déplacements, lui permettait de sauter les ravins et les obstacles dans les deux mondes avec une impressionnante habileté. Seul un mâchil expérimenté comme lui savait, par la lecture du paysage du Valnaos, reconnaître et anticiper rapidement la structure géologique du monde matériel.

Le moindre faux pas pouvait lui être fatal. Dans l'obscurité complète ou partielle du Valnaos, là où la démarcation des ombres était ténue, il devait éviter de réapparaître au sein d'Archel-Védine dans un objet comme une pierre ou un mur, ou même au fond d'un lac. Mais, c'était un virtuose de l'ombre. À force de s'exercer, il avait développé un sens de l'observation rapide et précis, un sens des lieux.

Cependant, l'île d'Azexerte n'était pas petite, et son terrain n'était pas facile pour le pied de l'étranger. Le mâchil mit un long moment avant de trouver le temple d'Hæline. Une fois arrivé dans les bois près du vieux monument consacré à cette déesse, il s'arrêta pour reprendre son souffle. Perché dans un paraclare pour avoir une vision d'ensemble, il scrutait le temple avec attention et constatait qu'il était préférable d'y entrer par l'ombre dès la clarté du jour, car il ne savait pas ce qui l'attendait à l'intérieur. Comme le sommeil lui venait doucement, il s'endormit comme de coutume, dans les hauteurs.

Le bruit d'un tambour le réveilla soudain. Après s'être essuyé les yeux, le hoblain vit autour de l'autel sur le haut du parvis du temple une femme aux cheveux blonds entourée de plusieurs personnes voilées de noir et de rouge. Hilard décida de s'en approcher. Il coupa rapidement à travers les bois pour s'arrêter finalement dans l'ombre d'une colonne, à quelques mètres des adeptes attroupés. Il fut stupéfait de voir le corps maigre et livide de Crallas couché sur des fagots imbibés d'huile qui reposaient sur l'autel. Il jugea qu'il était préférable pour lui de retourner dans les bois, sachant qu'une de ces femmes avait peut-être la possibilité de sentir sa présence.

Sans savoir qui était cette blonde aux yeux verts, il repartit aussi rapidement qu'il était venu, enrichi de nouvelles informations capitales, la mort de Crallas et l'emplacement du temple. Le sommeil devrait attendre.

Remonté dans les hauteurs du paraclare, il regarda sans pitié le corps du lame partir en flammes et en fumée sous le battement énergique du tambour. En peu de temps, le devant du temple se vida de ses fidèles pour être repeuplé par douze silhouettes qui, aux yeux d'Hilard, semblaient être des gardes.

Le mâchil pouvait maintenant conclure que les hommes d'Hogarth étaient prisonniers du lieu et certainement dans une situation critique, s'il en jugeait par ce qu'il était advenu à Crallas. Il lui paraissait clair que, pour pénétrer dans ce temple, en faire l'exploration et découvrir quel sort avait été réservé aux lames, il était plus prudent de se débarrasser d'abord des sentinelles masquées. Or, comme il ne connaissait ni leur nombre, ni leur force, le mâchil ne voulait pas les affronter, à moins de mettre au point une tactique efficace. Il valait mieux ne pas sous-estimer ces futurs adversaires.

Cependant, l'aube étirait tranquillement ses premiers rayons roses entre les vieux rameaux. Paradoxe éternel des mâchils, la fuite graduelle de l'obscurité limitait leurs possibilités de mouvement, à cause des ombres plus marquées, plus localisées et donc plus distantes les unes des autres; au contraire, le chantier libre et uniforme de la nuit permettait toutes les manœuvres entre le Valnaos et la matière. Il revint à la mémoire d'Hilard une tactique qu'il avait utilisée jadis, au nord de Manteleste, pour effrayer et chasser des villageois dont la vie était en danger. Il rentra dans l'ombre du paraclare où il avait brièvement dormi et appela doucement Azcalath. Au bout d'un moment, l'halioste se manifesta. Le serviteur immortel apparut à la droite d'Hilard. Il lui demanda d'une voix masculine forte, empreinte de tendresse :

— Tu as besoin de mon aide, Hilard ? Me voici, je suis tout à toi, mon chéri !

— Azcalath, il y a des gardes là-bas que j'aimerais effrayer pour les disperser. Comme à Manteleste. T'en souvient-il ?

— Comme à Manteleste… oui. Mais, ce n'était pas pour mettre ces pauvres villageois au tombeau que je t'ai servi, c'était pour leur sauver la vie. Tu veux tuer ces eunuques, ici, n'est-ce pas, Hilard…

— Azcalath, je comprends ce que tu dis. Tu devines mes intentions parce que tu vois l'avenir, mais nous ne pourrons pas sauver toutes les filles si nous ne parvenons pas à démanteler ce culte clandestin. De plus, j'ai des raisons de croire que les autres sont captifs à l'intérieur.

— Hilard, tu sais que je ne veux pas t'assister dans le meurtre, même dans un objectif de justice. Surtout, je suis étonné de te voir si préoccupé par la vie de ces êtres ; ne me faisais-tu pas il y a peu tout un discours sur le dégoût que les humains t'inspirent ? Pourquoi ce changement soudain ?

— Je veux intervenir pour Lamoras et pour toutes ces filles qui ne semblent pas pouvoir compter sur le moindre secours. Je ne te demande pas de mettre les gardes à mort, mais de les effrayer. Pour le reste, mes actes m'appartiennent. Les sentinelles sont visiblement armées. Qui sait combien il y en a encore à l'intérieur. Aide-les, ces filles, Azcalath, et aide-moi à aider Lamoras. C'est un homme digne de mon amitié.

— C'est étrange, Hilard, te voilà capable d'aimer un homme, d'en reconnaître la grandeur, mais pas celle des autres ! Dis-moi, l'amour se dédouble-t-il ainsi ? A-t-il des préférences, ou aime-t-il tous les êtres sans compromis ni partage ?

— Et toi, dis-moi, Azcalath, faut-il aimer ou ne pas aimer un certain Évinbard ?

— Ah ! Évinbard… Tu l'as rencontré, le pauvre. Il faut

l'aimer, mais s'en méfier. C'est ainsi avec lui. Mais ce n'est pas de lui dont nous parlons ici, mon chéri. Tu n'as pas répondu à ma question…

— Azcalath, je ne philosophe pas, ce matin. Aide-moi, un point c'est tout.

— Mais dis-moi, n'y a-t-il pas une autre façon de les éloigner sans les mettre au tombeau ?

— Non. Si je les laisse dans le Valnaos, ils mourront. Si je les laisse vivre ici, c'est la mort de toute manière ; leur maîtresse les tuera comme elle l'a fait pour Crallas.

— Tu n'en es pas certain, Hilard.

— Je n'en suis pas certain parce que je ne vois pas l'avenir, moi. Ce serait les délivrer de leur misère que de les…

— Délivrer de quoi ? Mais, qu'est-ce que tu dis là, mon chéri ?

— Non, non, non. Je ne discute plus avec toi. Va les effrayer.

L'halioste prit un temps de silence pour réfléchir. Comme s'il était sur le bord des larmes, ses yeux noirs et vitreux se perdaient dans l'aube nouvelle. Il inclina sa tête noire, chauve et oblongue entre ses mains graciles. Après un long soupir sincère et douloureux, il leva les yeux et répondit d'une voix brisée :

— À contrecœur, je vais t'aider, car il est vrai qu'un plus grand bien succède souvent au mal… Oui, je vais t'aider, mon chéri.

— Merci, Azcalath. Maintenant, il te faut apparaître dans l'ombre de la deuxième colonne depuis la gauche. Ils te verront et ils s'enfuiront vers les bois. Va. Comme tu dis, les ombres sont fraîches !

Azcalath apparut en silence devant les porteurs de masques sur le parvis. À la vue de cette grande créature inconnue et noire, la frayeur les saisit tous. Sans même dégainer une seule arme, ils s'enfuirent précipitamment dans les bois comme l'avait anticipé Hilard.

Le premier fit l'erreur de se cacher derrière un arbre, dans l'ombre. Le mâchil y apparut, lui trancha la gorge et disparut à la recherche du prochain. Un a un, ils tachèrent Darbalian de leur sang. Le parvis était maintenant libre d'accès.

Il ne restait qu'un seul problème à résoudre, la serrure de la porte d'entrée. Hilard fouilla les corps et retrouva la clef qui semblait ouvrir les portes immenses du temple. En même temps qu'il cherchait, il enleva le masque à plusieurs d'entre eux pour découvrir de jeunes hommes sans langue, à peine sortis de l'adolescence. Il comprit soudain pourquoi des larmes avaient brillé dans les yeux d'Azcalath. L'halioste les avait vus derrière leur masque. Au moment où il se faisait cette réflexion, son serviteur le rejoignait, précisément près d'un cadavre.

— Ton œuvre est presque complète, lui dit-il. Veux-tu que je t'assiste encore ?

— Il ne me reste plus qu'à entrer dans le temple et à faire du nettoyage. Mais reste auprès de moi encore un peu.

— Hilard, il m'aurait paru plus juste de les faire disparaître et réapparaître plus loin, ailleurs sur l'île, sans les tuer. Je regrette la mort de ces jeunes hommes.

— Azcalath, il faut frapper l'armure de cette femme-là où l'on peut. Il faut riposter plus fort qu'elle a frappé. Elle nous enlève un homme, on lui en enlève douze. Sans vouloir te faire de reproche, la guerre, tu ne t'y connais pas beaucoup. N'est-ce pas ?

— Hilard, que dirais-tu d'un mortel qui se construit une grange, alors qu'il est vieux et que sa terre est stérile ?

— Je dirais qu'il est fou, qu'il perd son temps, ou les deux !

— En effet. Il en va de même pour moi. Je ne connais

pas la guerre parce que je ne soumets pas mon esprit à des choses futiles. Je n'ai pas construit ma grange sur une terre stérile.

— Soit. Tu n'as pas besoin de la guerre. Moi, oui. Maintenant, je bouge.

Le mâchil fit disparaître les cadavres des infortunés et se reposa quand il eut terminé. Assis sur une pierre près de l'halioste, il nettoya son poignard des dernières traces de sang grâce aux feuilles que venthune n'avait pas encore flétries. En regardant Azcalath, il lui dit:

— Je ne vais pas entrer dans le temple tout de suite.

— Et pourquoi donc?

— Il faut que je retourne auprès de Lamoras, au cas où elle frapperait. Après une attaque comme celle que nous venons de mener, il faut s'attendre à une riposte et je ne sous-estime pas la malice de cette femme.

— Tu l'as déjà vue?

— Je crois que oui. Sinon, j'ai vu une de ses servantes. Elle sait que je suis mâchil, elle m'a deviné alors que j'étais bien caché dans un arbre devant elle.

— Elle a senti ta présence dans l'ombre? Elle est peut-être mâchile aussi!

— Hum, non. Je ne crois pas, bien que ce soit possible; mais, je l'aurais sentie dans le Valnaos. En fait, je dirais plutôt une métamorphiste obsédée par sa nudité. Elle se promène nue sous une robe de mousseline, même dans l'air frais du mois… Viens-tu avec moi?

— Il y a des mâchils dont on ne sent pas la présence, Hilard. Allons, je te suis.

La clef du temple bien rangée dans sa poche de cuir, Hilard partit rejoindre Lamoras et son groupe par un autre chemin que celui par lequel il était venu. Il avait peu dormi et la faim lui tiraillait le ventre, mais il refusait d'écouter ses propres besoins. D'ombre en ombre, avec Azcalath son serviteur bien-aimé, il voyagea dans la forêt ancestrale illuminée par les rayons paisibles du jour naissant.

එ⊙

Entre-temps à Dagrenoque, dans le château Ferghel I, le lieutenant Sartas sollicitait une audience d'urgence avec le maréchal Mathanny. Il entra dans la grande chambre du Jugement et le trouva assis et recouvert d'une cape de fourrure de mormet blanc. Sa toux était pire qu'avant et il crachait souvent dans un bol de cuivre que tenait un gringalet.

Le jeune et brillant Sartas était reconnu pour sa science militaire, sa curiosité, son ambition et, dans plusieurs compétitions, pour ses performances exemplaires. Mathanny l'avait en admiration et il l'eût davantage élevé en grade, mais il préférait le laisser mûrir encore quelques années. Il était grand et musclé, il avait les yeux pers et ses fins cheveux blonds tombaient sur ses épaules carrées. La crête de son nez ne laissait pas voir son cartilage, car elle était lisse et mince ; elle pointait à un nez légèrement en trompette. Il ne manquait pas d'admiratrices. Sartas ne négligeait pas sa personne, mais il ne soignait pas son apparence comme le faisait Barrand ; il préférait garder sa barbe blonde plutôt courte, mais ébouriffée comme celle de Morüngar.

Il s'inclina devant le maréchal, visiblement bouleversé par la nouvelle qui le pressait. Sa course l'avait essoufflé un peu et il cherchait à reprendre son calme. Enfin, le maréchal lui fit signe de parler.

— Mon seigneur et mon père, dit-il d'une voix un peu nasillarde, je te remercie de la grâce que tu me fais d'écouter la nouvelle que je dois t'annoncer, aussi tragique et d'un triste augure soit-elle. Heureusement que le Voglaire est habité par cet urodrac qui nous a causé tant de problèmes par le passé. Sans vouloir le défendre, semble-t-il qu'il a développé au cours des années une certaine affection pour la cité. Il s'est manifesté à quelques-uns de nos gardes ce matin, qu'il a d'ailleurs pratiquement fait mourir de peur. En plus il n'était visiblement pas de la meilleure humeur qui soit, car il tenait dans ses bras – je te prie de me croire, mon seigneur et mon père –, il tenait dans ses bras la dépouille du capitaine Brenmord, attachée à celle d'un hoblain et à une masse. Il a eu la tête tranchée. Verdag'Zeth, l'urodrac, les a repêchés sous le Zymphe Heureux. Pourtant, nous savons que le capitaine Brenmord est parti avec le *Révis* : son corps ne pouvait donc pas être ici. Par un sort dont nous ignorons la nature et la source, nous découvrons son cadavre dans la cité.

Le maréchal ne dit rien. Il réfléchissait en laissant errer son regard dans la pièce et en ne croisant que par hasard le regard du lieutenant. Il se mit à enrouler sa barbe entre ses doigts, une habitude qu'il avait quand sa nervosité se mêlait à l'absence d'idées.

Comme aucune réponse ne lui venait à l'esprit, il leva les yeux vers le ciel et murmura quelque prière muette. Pendant ce temps, Sartas échangeait des regards évasifs avec le page. Le lieutenant connaissait déjà la piste à suivre, mais il n'osait rien dire. Il fallait que la réponse vînt du maréchal. Enfin, Sartas vit le regard de Mathanny s'allumer. Il ouvrit les yeux et répondit au lieutenant :

— Aaah ! Brenmord a été assassiné. On ne sait pas qui a fait cela… Par Halvarn, les hypothèses sont nombreuses. Est-il monté dans le *Révis* avec les autres ?

— Oui, mon seigneur et mon père, il en était le crânier.

— C'est vrai… Depuis quand son cadavre est-il dans le lac ?

— L'urodrac a dit qu'il était là depuis plusieurs jours.

Mathanny baissa les yeux et dit tout bas comme s'il se parlait à lui-même :

— La mort du capitaine coïncide curieusement avec l'arrivée de sa fille. Je me demande comment Brenmord a pu être présent à la chambre du conseil, alors que son cadavre gisait sous une auberge de bagasses maudites. Alors, il y a peut-être un imposteur avec mes fils et mes Lames. Quelle ruse effroyable ! On ne se moquera pas de moi ainsi. Vous n'avez donc aucune idée quant à l'identité de l'auteur de ce meurtre !

— C'est ce que nous tentons de découvrir, mon seigneur et mon père.

— Oui, bien sûr, vous tentez de découvrir... Lieutenant, choisis quatre de tes meilleurs brigadiers et pars pour Azexerte. Tu prendras le *Faucon-Noir*, c'est le seul *sauteur-des-nues* qui nous reste. Je veux que tu me ramènes le capitaine et que tu ailles épauler mes fils, si besoin est. Le conseil compte sur toi, Sartas, et Halvarn te bénit. Chasse-moi le brouillard de cette affaire.

Le lieutenant s'inclina respectueusement devant le maréchal Mathanny et sortit du château Ferghel I pour s'acquitter de son devoir. La tâche qu'il avait entre les mains n'était pas des plus simples, mais Sartas vivait pour des défis. Il ne ratait pas la moindre occasion de trancher les nues et le *Faucon-Noir* lui était familier. Il aimait ses flancs solides et sa rapidité. Contrairement à d'autres coupe-ciel, celui-ci avait son claireheaume bien protégé sur sa poupe ; il n'était pas commun de retrouver de tels sauteurs, car les crâniers ayant assez d'expérience pour les dompter ne tombaient pas du ciel. Bien que moins long et large que le *Révis*, le *Faucon-Noir* était plus aérodynamique. Une tête de falconidé se dressait à sa proue. Il pouvait loger une dizaine de personnes et emporter assez de vivres pour un mois. C'était avant tout un vaisseau d'exploration prévu pour de courts périples. C'était là tout ce dont Sartas avait besoin.

Ses hommes étaient dispersés dans la cité. Sartas mit plusieurs heures à retrouver ceux qui l'accompagneraient. Après les avoir rassemblés, depuis le quartier royal, il entra dans le clairheaume, mit ses mains sur le crâne, fit se soulever le sauteur et le lança vers sa destination, avec à ses côtés les brigadiers Bersaire, son bras droit, le diligent Cloram, le fidèle et courageux Urdin et le jeune ophimide Pircius. En peu de temps, ils survolèrent le vaste marais de Gansar sur la côte Ouest, en coupant les vents et les nues comme un glaive. Bientôt, les premières îles de l'archipel d'Azexerte se manifestaient dans toute leur beauté.

Cloram scrutait attentivement l'horizon de son *œil-d'aigle* quand il aperçut sans en être surpris un vogueur des loups d'azur en quête de proie. Cloram n'eut pas sitôt averti son lieutenant que Sartas plongea davantage le *Faucon-Noir* dans le labyrinthe d'îlots de cette partie de l'archipel. S'il n'y avait eu cette menace, il eût fait plus prudemment la reconnaissance des lieux.

Pircius se mit à réfléchir tout haut.

— Nous avons été choyés jusqu'à maintenant. Si ce vogueur ne nous a pas vus, nous sortirons d'ici indemnes. Autrement, il nous faudra nous cacher et attendre qu'il perde patience. À mon humble avis, il serait préférable de nous cacher pour ne pas prendre le risque de nous faire voir. Cloram, essaye de trouver une niche quelque part où nous pourrons slaguer le Faucon.

Pour la troisième fois depuis le matin, Urdin affilait et polissait son épée talmachique nommée Ilispira, un ancien mot wælïn signifiant espérance, un cadeau que lui avait fait son grand-père. Sartas allait parler quand il fut soudain coupé par Cloram qui s'écria :

— On est repérés ! Ils nous pourchassent ! Ô saint nom d'Halvarn !

Percius en profita pour se vanter.

— Comme je le disais, il faut se cacher tout de suite. Ils ont des yeux partout, ces salauds. Ils ne vivent que pour enrouler une proie dans ses propres tripes.

Cloram cherchait fébrilement une niche parmi toutes ces îles de tailles variées. Sartas faisait zigzaguer le sauteur entre elles à une vitesse inquiétante. Mais, au bout d'un moment, ils passèrent plus lentement sous une longue île où Cloram vit l'entrée d'une grotte. Sartas avait un caractère très obstiné, mais, depuis qu'il avait été fait lieutenant, il avait appris à être plus coopératif. Dans les circonstances, il lui paraissait inadéquat de ne pas écouter ses hommes. Il entra dans la grotte et déposa doucement le *Faucon-Noir* sur la partie la plus plane du lieu.

Pircius savait ce qu'on attendait de lui. Il fit apparaître dans toute l'entrée de la caverne l'illusion d'un mur de pierres identique au reste de l'îlot, de sorte qu'il devint presque impossible de voir l'entrée de l'extérieur.

Comme ils n'avaient pas le goût ni la patience de rester enfermés le temps de l'attente, les hommes sortirent pour explorer la grotte, malgré les protestations du mage. En matière de faune et de flore, Pircius était plus érudit que les quatre autres réunis. Il savait ce qui pouvait se trouver dans de tels lieux retirés. De peur de passer pour une fillette ou un pédant, le mage n'osait pas en parler aux quatre autres qui feignaient de n'avoir peur de rien. Ces grottes où la lumière ne parvenait pas devaient être le repaire de plus d'une créature nocturne ; certaines d'entre elles pouvaient paralyser un humanoïde et le faire souffrir longtemps avant de le tuer.

L'ophimide revoyait les dessins de toutes sortes de créatures défiler dans sa mémoire du temps où il était guivre. Il se voyait rouvrir le fameux bestiaire qui lui inspirait autant l'aventure que la frayeur.

Sartas, qui menait le groupe, fut le premier à voir un coupe-brise poussiéreux et pourri par les ans, posé plus loin dans la grotte. Au fil du temps, le vaisseau s'était fissuré de tous les côtés sous l'effet des changements de température et de l'humidité tenace. Il marchait autour en faisant signe aux autres de le rejoindre quand il vit, couché par terre, un squelette sans crâne. Sartas s'inclina vers le mort et ouvrit le sac qui traînait par terre à sa droite. Il y trouva un vieux livre écrit en wælïn avec un masque de bois dont la trogne était à la fois drôle et hideuse. Il remit tout dans le sac et le prit avec lui. Urdin était entré dans le coupe-brise pour y observer l'élucion. Quelle ne fut pas sa surprise quand il le découvrit encore là, figé dans le crâne, mais vide ! Il regarda Pircius en disant :

— Haille ! le mage ! l'élucion n'est plus dans son cocon. Son enveloppe est vide. On dirait qu'il a été mangé. Qu'est-ce que tu en penses ?

La face du mage pâlit soudain, comme si une sentence de mort venait d'être prononcée contre eux. Il balbutia en trem-blant :

— Il n'est plus dans… son cocon ?

Urdin lui répliqua comme si le mage était arriéré :

— Oui, c'est ce que j'ai dit, merde ! Il n'est plus dans son cocon. C'est quoi ?

Pircius se reprochait de ne pas avoir assez insisté.

— Je vous ai dit qu'il ne fallait pas quitter le sauteur ! dit-il. Merde ! Comme vous êtes stupides et bornés ! Vite, il faut y retourner tout de suite !

Le mage courut vers le *Faucon-Noir* sans attendre les autres et sans donner d'explications. La consternation de Pircius ne laissait pas Sartas indifférent, mais il n'avait nullement apprécié le fait de se faire traiter de stupide et de borné par un mage qu'il estimait capricieux et hautain. Encore une fois, le lieutenant réprima son orgueil en se disant qu'il ne pourrait le faire encore longtemps. Il se résolut à suivre le mage vers le sauteur et fit signe aux hommes de le suivre.

L'ophimide n'avait pas fait vingt pas qu'une sorte de tête ovoïde rattachée à un long cou tentaculaire à la peau rugueuse s'étira rapidement depuis la voûte lourde de stalactites et goba sa tête. Aussitôt, le long cou grisâtre tira Pircius vers le haut et le fit disparaître dans le noir. Une vague de terreur et d'étonnement submergea les quatre hommes. Sans attendre un instant de plus, ils s'en remirent à Halvarn et coururent vers le sauteur. Une fois dans le clairheaume, ils regardèrent attentivement la voûte de la caverne par la fenêtre, sans voir quoi que ce soit de particulier. Rien ne semblait bouger là-haut et l'élucion du sauteur était bel et bien à sa place, vivant. La tension n'en était pas moins à son paroxysme.

Un long moment passa sans que rien ne bouge. Tout à coup, le corps décapité du jeune mage tomba sur le pont près de la dunette. Ils sursautèrent violemment. Les trois briga-diers voulurent partir sur-le-champ, mais Sartas leur dit :

— Il faut rester encore un peu. Jusqu'au crépuscule. Nous atterrirons dans un bosquet sur une autre île et nous repar-tirons juste avant l'aube. Nous n'avons pas l'arsenal pour affronter un vogueur plein de forbans et je ne tiens pas à res-ter ici toute une nuit. Il me semble que nous sommes à l'abri, à l'intérieur du *Faucon-Noir*. Mais, gardons la flèche à l'œil ! S'il y a quoi que ce soit, vous m'avertissez.

— Et Pircius ? demanda Cloram. Il faudra l'enterrer.

Sartas allait parler, mais Bersaire émit avec une certaine indifférence un commentaire qui ne plut pas à Cloram.

— On lui creusera un trou quelque part. La dernière chose que je veux, c'est de sentir de la charogne d'ophimide.

Cloram regarda le lieutenant, mais Sartas baissa les yeux vers le sol, pensif et surtout impatient de savoir ce qu'il y avait dans le livre.

Bersaire se rendit compte qu'il avait vexé son compagnon d'armes. Il lui dit :

— Cloram, qu'y a-t-il ? Tu n'aimes pas que j'insulte les ophimerdes.

— Non, pas vraiment.

— Pourquoi ? Parce que Pircius a sauvé la vie de ton frère ?

— Oui, c'est exact. Ils ne sont pas tous des ophimerdes.

— Faux. Tous, Cloram ! Que des ophimerdes. Ils nous regardent de haut, nous qui vivons de l'arme blanche. Même les plus anciens, qui devraient témoigner de plus d'entregent, nous lorgnent avec mépris. Tu penses que tu leur dois quelque chose, comme de la gratitude ? Tu ne leur dois rien.

Cloram, un vrai bagarreur, ne trouvait pas d'intérêt à discuter avec Bersaire à propos des ophimides. Même si Pircius n'avait été qu'un compagnon de route, il venait de perdre un homme et, devant l'insensibilité de Bersaire, il n'était pas d'humeur à converser sur ce qu'il considérait comme un sujet délicat.

Après leur avoir donné l'ordre de veiller sur le clairheaume, Sartas qui connaissait bien le côté je-connais-tout de Bersaire se retira dans sa chambre et ferma la porte à clef derrière lui. Il sortit son luste, ouvrit le livre et se mit à le regarder plus attentivement. Il ne savait que faire du langage et des symboles qu'il y trouvait. Si seulement Pircius avait été là ! Il aurait pu peut-être, même certainement décrypter son contenu. Mais tout dans ce document lui semblait étrange et... vieux. Le livre lui-même se tenait à peine et plusieurs pages étaient déchirées.

Une feuille lui tomba sur les genoux et retint davantage son attention, car l'encre semblait plus fraîche et la feuille, moins vieille que les autres pages. Le langage était clair et l'écriture, sans calligraphie. Sartas lut à voix basse.

Honneur à toi, maître Zélendir, thraël majeur du Cinquième ordre.

En ce cinquante-deuxième jour du mois d'halvarn 955 A. R, je t'écris pour t'annoncer deux grandes nouvelles. Après trente-cinq ans de recherches, nous l'avons enfin trouvé. Comme tu l'avais prédit, il était dans l'ancien temple d'Halvarn, sur l'île mère d'Ananck. Nous avons été scandalisés en apprenant que le temple de villégiature de nos anciens galves était devenu un lieu de culte des prêtresses d'Hæline. Elles l'ont transformé de l'intérieur et s'en servent depuis je ne sais combien de temps pour le culte de cette déesse proscrite du panthéon de notre sainte religion.

Nous avons longtemps lutté contre ces infâmes et, malheureusement, nos pertes ont été nombreuses. Deux thraëls majeurs ont perdu la vie, Sarméni le Brave et Pyrré, ainsi que douze thraëls mineurs dont vous connaissez les noms. Nous sommes tout de même sortis victorieux et les avons écrasées. Nous avons dérobé le fameux masque à une dénommée Druvilde. Heureusement, nous avons pu l'abattre, mais en mourant elle répétait le nom de sa sœur Azexerte, une prêtresse qui s'est évadée. Nous ne savons pas pour l'instant s'il s'agit d'une sœur de sang ou de culte, puisqu'il nous manque trop de morceaux de cette énigme.

Deuxième bonne nouvelle, je pars pour Dagrenoque informer nos collègues de notre victoire et j'ai confié au thraël Arrillan la tâche de te remettre ce masque précieux et puissant, ainsi que ce tome dans lequel j'ai inscrit une rune et un contresort, car figure-toi que nous avons capturé Marengane. Oui, maître Zélendir, tu as bien lu. Nous l'avons enfin emprisonnée sur une île dans un cachot cosméonique duquel il lui est impossible de fuir. Cette rune que j'ai fabriquée te permettra d'ouvrir la prison. Garde précieusement la carte qui t'indique le trajet vers l'île. C'est maintenant à l'ordre de la retrouver, de juger Marengane et de la soumettre à la juste coercition.

N'oublie pas que tu ne peux entrer dans le cachot sans la rune, ni en sortir. Approchez la prisonnière dûment armés, endormez-la et reproduisez le même cachot une fois au château, sinon laissez-la mourir dans son trou. Tenez-la loin des ombres. Mon opinion est qu'elle possède un autre masque, peut-être même un troisième; mais il nous est impossible à ce stade de fournir à ce sujet des preuves substantielles. Je crois nécessaire de l'interroger. Soyez nombreux pour le faire, car elle est dangereuse.

Cependant, Arrillan et moi sommes convaincus d'avoir mis la main sur un des masques de cette pancôme. En plus, nous y avons découvert un sceau arcane de protection qui nous empêche de tout décrypter, faute de laboratoire et n'ayant pas avec nous tous les matériaux nécessaires pour accomplir une telle tâche. Sans avoir de preuves formelles, Arrillan croit que l'objet est une œuvre des calastaires, mais pour ma part je le crois beaucoup plus ancien que cela. Il ne me paraît pas possible que ces femmes aient pu produire une telle œuvre, pour la simple raison qu'elles ne s'adonnent pas à la nécromancie durant leurs études. La qualité de la sculpture est indéniable, mais nous y avons détecté, tu la sentiras sans doute toi-même, une forte essence de nécromancie; la prudence est donc de mise.

Que ton feu brille pour tous,

Immérald, thraël majeur du Cinquième ordre

Sartas était à la fois stupéfait de tenir un masque talmachique entre ses mains et impressionné d'avoir mis la main sur une lettre adressée au thraël Zélendir par le fameux Immérald, mort depuis longtemps. Le lieutenant tourna le masque dans tous les sens en le scrutant minutieusement, dévoré par le désir de le mettre pour voir, pour savoir, pour se sentir puissant. Il n'avait jamais mis un tel objet sur sa personne.

L'appât de l'inconnu et de la puissance excitait fortement sa curiosité.

Il déposa brusquement le masque sur son lit et se leva. Mais, lorsqu'il voulut quitter sa chambre, quelque chose, malgré lui, le retint. Il se retourna pour se convaincre qu'un masque hideux et drôle n'était pas un ornement digne d'un lieutenant. Mais il n'en pouvait plus. Il se disait tout bas :

— Est-ce le hasard qui m'a mené jusqu'à lui ? Est-ce le destin ? Nous étions cinq et c'est moi qui l'ai trouvé... Non, c'est un signe. Je n'ai rien à craindre. Si je l'ai trouvé, je dois le porter. Peut-il y avoir un signe plus clair ?

Il s'assit alors sur son lit et mit le masque.

XIII

CHOC ET CHUTE

Les hoblains ne cesseront jamais de
me laisser confus et obnubilé.
Un jour, on les voit réfléchis et
graves, un autre, infantiles et sots.
Gwaldaire l'Habile, fondateur des ophimides

Quelle est la différence entre les galves
et une femme ? Une femme garde ses
règles secrètes et pour elle seule.
Thurande, calastaire de Dagrenoque

Jusqu'au milieu de la journée, Lamoras et son groupe continuèrent leur course dans la forêt en longeant le gouffre, en quête de leurs trois infortunés compagnons. Morüngar avait répété au général tout ce que le mâchil lui avait révélé, grâce au phraxar qu'il avait pu interroger, mais son supérieur n'était pas convaincu pour autant. « Un bâwâm peut mentir », pensait-il.

Ce fut une journée relativement chaude pour le mois de venthune. L'air dissimulait sa fraîcheur dans un vent plutôt estival. Ils auraient cru que kilhairn soufflait ses dernières chaleurs sur l'île avant de céder sa place au roi des neiges.

Démoralisé, Zébaldon se tenait un peu à l'écart et n'osait plus dire sa façon de penser. La nuit précédente, dans l'intimité de la tente-auberge, le thraël lui avait servi tout un sermon au sujet de l'intervention humiliante que le jeune homme avait faite concernant la transmutation. À vrai dire, au fur et à mesure que leur relation se prolongeait, Honorayon devenait de plus en plus possessif et contraignant.

Zébaldon se faisait dire que sa formation était incontournable, et il y croyait ; mais, de plus en plus, intelligent comme il était, le jeune guivre s'interrogeait sur la nature de cette formation. Fallait-il piétiner constamment l'ego d'un homme pour qu'il soit humble et soumis, quitte à lui faire perdre tout goût pour la vie en société ? Cette question et bien d'autres le hantaient. En observant Honorayon d'un œil critique, il avait saisi une réalité fondamentale. Les ophimides adoraient ce dont ils avaient le plus peur, la talmache. Ils en craignaient la puissance et, sachant quelle soif de pouvoir habite le cœur de certains hommes, il était donc incontournable qu'ils écrasassent l'ego de leurs élèves. Depuis des siècles, l'éducation traditionnelle des ophimides du château Welgath ne se faisait pas autrement.

Pourtant, Zébaldon constatait à quel point les ophimides en général étaient imbus de leurs titres, de leur prestige social et même des honneurs qu'ils s'étaient valus au cours de leur formation. Pouvaient-ils donner libre cours à leur ego dans d'autres aspects de la vie, pourvu qu'ils ne le fissent pas dans leurs rapports avec la talmache ?

Secrètement, il ressentait pour la première fois un certain dégoût pour l'ordre de son père. « Est-ce vraiment une honte d'être un pancôme ? » se demandait-il. Si oui, pour qui ? Pour ceux qui ne croyaient pas que les talents supérieurs pouvaient procéder des talents naturels indépendamment des études ? Zébaldon, en tout cas, ressentait le désir de quitter Honorayon afin de poursuivre son propre chemin. Que se passait-il en lui pour qu'un tel désir fît surface ? Pourquoi ne s'était-il pas manifesté avant leur arrivée sur l'île? Était-ce le besoin naturel d'affranchissement d'un élève devant l'enseignement de son maître? Zébaldon était tiraillé entre l'admiration qu'il avait pour les dons du thraël et le besoin d'indépendance qui croissait en lui. Était-il à une étape de la jeunesse où un tel combat intérieur était inévitable?

Zébaldon en était là de ses réflexions lorsque l'ophimide majeur lui lança:

— Allez, Zébaldon! Cesse de traîner en arrière comme un âne et tâche de suivre le groupe!

«Suivre le groupe!» Ces paroles brûlaient dans sa tête. Devant l'évidente logique des exigences de la troupe, il obtempéra et s'empressa de le rejoindre, en luttant contre son besoin d'être ailleurs, d'être seul avec la talmache. Il voulait tant qu'elle se réveille en lui! Cet espoir le dévorait.

Ils arrivèrent sur un vaste plateau herbeux surplombant directement le ravin. Le général et Morüngar observaient attentivement les eaux quand Percipion dit à Lamoras:

— Mon général, le fumier revient.

— Quel fum… Que veulent-ils, maintenant?

Le grand chef des phraxars sortit de l'orée des bois, suivi d'une trentaine de ses guerriers. Honorayon ne perdit pas un instant. Il leva les bras et rumit. Presque aussitôt, le chef Obéouda se heurta le museau contre un mur invisible. Poreuse, cette barrière épaisse permettait à la voix et aux odeurs de passer, mais les armes et la force des créatures ne pouvaient rien contre elle. Et une grande concentration était nécessaire pour la maintenir en place.

Lamoras s'approcha des bâwâm.

— Que voulez-vous?

Dans un wælïn affreux et hachuré, le chef répondit:

— Pace que nous touve toi fille. Pace que fille pou toi. Nous veut aide toi. Toi veut aide nous. Migwi moi dit.

— Je peux interpréter son langage, dit Percipion à Lamoras.

— Ah oui ? Très bien. Vas-y.

— C'est simple. Il dit qu'il a trouvé ta fille, parce que ta fille est pour toi. Il veut nous aider. Il veut notre aide. C'est ce que Migwi lui a dit.

Morüngar ne put s'empêcher de persifler.

— Tu interprètes bien le fumier. Tu t'entraînes avec le tien ? Qu'est-ce qu'elle te dit, ta merde ? Qu'elle est heureuse de sortir enfin de toi, de respirer l'air frais, de voir le jour, de s'étendre dans l'herbe ?

Lamoras semonça le doargue du regard et mit sa main devant le galve qui s'apprêtait à lui répondre.

— Pas ici, pas maintenant. Obéouda, tel est ton nom, je crois.

— Oui. Moi Obéouda, gane chef bâwâm.

Lamoras le fixa et lui dit en fronçant les sourcils :

— Très bien, Obéouda. Je parle en petits mots pour toi. Quelle fille ? Montre-moi.

Aussitôt, le chef se retourna et lança un ordre. Les guerriers se séparèrent par le milieu et un phraxar costaud s'avança, une jeune femme dans les bras. Il s'arrêta devant le mur invisible et se mit à genoux devant le général. Lamoras fut ravi de ce présent et s'agenouilla aussi. De l'autre côté du mur, Nôyane respirait toujours et semblait dormir. Après l'avoir déposée dans l'herbe, le guerrier se retira et reprit sa place hiérarchique. Lamoras se releva pour parler au chef.

— Où les autres ? Deux hommes. Où sont-ils ?

Obéouda fut surpris et regarda parmi ses guerriers à la recherche d'une réponse. Comme aucun des phraxars ne faisait mine de bouger, il dit :

— Moi pas connais. Fille nounou touve, pas lolautes.

Le général ne voulait pas que cette conversation durât trop

longtemps. L'odeur des corps hircins lui montait au nez. Il tenta d'expédier le dialogue.

— Très bien. Toi, que veux-tu ?

Obéouda répondit avec une certaine crainte qu'il tenta de dissimuler.

— Toi aide nous, met peau de lait en teye.

Percipion intervint.

— Il veut notre aide pour tuer une peau de lait et la mettre en terre ?

Lamoras regarda le galve et lui dit :

— Il parle sans doute de la maîtresse… Dis-moi, Obéouda, qui est peau de lait ?

— Femme, gane pêtesse pou l'île.

Lamoras se dit qu'ils parlaient de la même femme, même s'il ne l'avait jamais vue encore. Il répondit au chef sur un ton qui voulait clore la conversation, car l'odeur de plusieurs phraxars ensemble lui était insupportable.

— Très bien, Obéouda. Nous t'aidons. Nous tuons la prêtresse de l'île pour vous. Allez !

Comme la suprématie militaire des lames avait été clairement établie par Lamoras, les phraxars, à la suite de leur chef, s'inclinèrent devant le général et retournèrent dans les bois où ils disparurent. Honorayon attendit qu'ils ne fussent plus visibles avant de dissoudre le mur.

Le général jugea bon de remonter la tente afin d'y faire reposer Nôyane et de la nourrir. Il en fit la demande au mage qui accepta aussitôt, étant donné que seule la fille pouvait leur raconter ce qui s'était passé, tant que Barrand et Throm manquaient à l'appel.

Un peu avant le crépuscule, la jeune rouquine se réveilla dans le lit même où elle s'était unie à Barrand pour la première fois. Elle en ressentit un grand émoi, mais se ressaisit aussitôt en se rappelant qu'il ne fallait plus qu'elle larmoie, comme elle se l'était promis. Honorayon entra par hasard dans sa chambre au moment où elle sortait du lit ; elle avait les yeux vitreux et ses cheveux étaient huileux, pleins de brindilles et de petites feuilles mortes. Le mage se demanda pourquoi des taches de sang maculaient sa robe.

Lorsqu'elle avait été surprise par les phraxars, Nôyane avait laissé échapper l'épée de Throm ; sans doute que ses ravisseurs se l'étaient appropriée.

Voyant qu'elle était prête à parler, le mage alla chercher le général. Elle eut la patience et la force de tout leur expliquer depuis la chute du pont jusqu'à l'arrivée des phraxars. Tout sauf un détail, le meurtre de Throm qu'elle ne pouvait que passer sous silence pour sa propre sécurité. Elle raconta que le sang sur sa robe était le sien. Throm, pour sa part, s'était noyé dans la rivière en tombant du pont et Barrand était tombé par accident dans un ravin profond. Il vivait encore sans qu'elle sache où il se trouvait et comment lui porter secours.

Elle n'eut pas à préciser davantage sa pensée. Le général et le thraël s'étaient consultés du regard quelques fois durant le discours de Nôyane et semblaient satisfaits de ce qu'elle racontait.

À l'approche du crépuscule, il leur parut imprudent de s'aventurer vers l'ouest dans l'immédiat. Ils conseillèrent à Nôyane de se reposer encore.

Honorayon laissa s'exhaler un grand soupir. Il sortit de la chambre et vit Morüngar debout qui le regardait, comme s'il l'avait attendu depuis l'aube. Après avoir bâillé, le mage lui demanda :

— Tu veux quelque chose, doargue ?

Morüngar répondit en bougeant sa main de gauche à droite comme d'habitude et en se léchant les lèvres :

— Je m'en vais faire la garde dehors. Je voulais savoir si, euh…

Honorayon coupa court à son approche et répliqua sèchement :

— Prends-en comme hier.

Le doargue eut les yeux pétillants et les papilles heureuses. Il versa le précieux liquide dans sa grande tasse en terre cuite et se rendit devant la tente où Percipion l'attendait ; dès qu'il le vit, le galve aboya :

— Où étais-tu, espèce de brute ? Je t'attendais… Penses-tu que je vais monter la garde sans fin, moi ?

— Aaaah, brouf ! Calme-toi, canaille ! Tu vois bien que grand-père n'a pas abandonné son garçon ! Veux-tu que je change ta couche pour que tu puisses parler à ta merde ? Je ne suis pas ton fidèle et tu n'es pas mon galve. Je ne te dois rien. Penses-tu que toutes les races du monde doivent obéir et répondre à un galve et à son dieu ?

Percipion se tut tout de suite. Non seulement avait-il besoin de toutes ses forces pour réprimer la nervosité que lui causait l'affrontement, mais il se remettait en question chaque fois que Morüngar s'en prenait à son autorité religieuse et à sa foi. Il cherchait le lien qu'il semblait y avoir entre lui-même et Hogarth, puisqu'il n'y avait que lui et le lieutenant que le doargue sentait le besoin de piquer sans cesse.

Dans le même temps, le galve se disait que son hostilité était la preuve de son rejet de la vérité. Si le doargue avait été humble et intelligent comme lui, sans aucun doute qu'il se serait converti à Halvarn. Son attitude n'était rien d'autre que le refus de voir ce que tous les galves savaient.

Pourtant, lorsqu'il s'agissait de défendre ses idées religieuses en public, Percipion devenait un tribun radical et même, pour certains, désagréable, quand il devait dans un tête-à-tête se défendre lui-même contre des évidences. Il perdait ses repères et sombrait dans le silence et le découragement. Quiconque le côtoyait longtemps découvrait chez lui un trou d'amertume profond, que la disparition de sa femme et de sa fille avait contribué grandement à creuser.

Cet ancien garde de Dagrenoque était devenu galve quand les têtes responsables du culte d'Halvarn avaient découvert ses capacités intellectuelles. Il avait quitté nonchalamment l'armure pour l'autel et s'était mis à l'étude de différents sujets. Il aimait le pouvoir que lui donnaient ses connaissances, car elles lui conféraient une certaine sécurité, une protection contre la sottise d'autrui. Du moins, elles en créaient l'illusion. Surtout, elles impressionnaient les simples et lui assuraient une mainmise sur eux.

Mais, Morüngar, lui, n'était pas un simple d'esprit, peu cultivé en lettres et en arcanes. Il était rustaud, gourmand et parfois caustique, mais ce n'était pas un simple d'esprit. Le galve n'avait pas d'emprise sur lui et les résistances peu subtiles qu'il lui imposait déstabilisaient Percipion en ébranlant le sentiment de sûreté qu'il recherchait en exerçant sa domination.

En fait, Percipion cachait un lourd secret. Il n'avait connu aucun de ses parents. À sa naissance, une vieille dame avait eu la générosité de le prendre sous son toit déjà peuplé de huit enfants. Malheureusement pour lui, devenu la triste poupée de la fille aînée, il avait souvent été ridiculisé par les autres. Elle le forçait à porter ses robes usées qui souvent servaient à vêtir le chien. Percipion avait développé une misogynie que la douceur de sa fille et l'amour de sa femme avaient calmée au fil du temps. Mais, comme chez bien des hommes empoisonnés par le climat social d'Ériande, son mépris de l'autre sexe était une croûte dure autour de son cœur.

Même s'il était maigre et peu souple, son habileté à manier l'épée s'imposait sans contredit et les guerriers le respectaient autant comme galve que comme lame. Il avait pris goût à ce respect. Dès qu'il avait été mis en contact avec le caractère revêche du Brandairois, il avait jugé impossible toute vraie conversation sérieuse avec Morüngar et il s'en était remis à Orrid pour le châtier; car, selon Percipion, c'était bien ce que le doargue méritait pour oser parler ainsi à un galve d'Halvarn.

Aussi, intimidé par lui sans se l'admettre, il mordit sa langue, se retourna vers la tente et y entra. Morüngar jeta un coup d'œil autour de lui sur le plateau et, très lentement, le plus lentement possible, il dégusta sa bière en remerciant Roggor de cette douceur.

Les derniers rayons du jour se retiraient du ciel pourpre, étreints lentement par les bras ténébreux de la nuit. Morüngar s'inquiétait un peu de la montée progressive de la brume sur le plateau, car elle limitait la distance à laquelle il pouvait voir grâce à sa vision nocturne.

Il en était à la dernière gorgée de son deuxième pot de bière, et anticipait déjà le troisième quand il entendit dans l'herbe à quelques mètres de lui un grommellement très bref, mais étrange. Après avoir déposé soigneusement sa tasse de terre cuite près de la tente, il prit sa masse d'armes à deux mains et marcha lentement vers le bruit. Le haut des herbes non recouvertes par la brume s'agitaient sporadiquement et le son reprit, tout aussi bref, mais plus fort. Il s'approcha de l'herbe, cherchant à voir ce qui pouvait se plaindre ainsi. Il y eut un moment de silence, comme si la chose avait senti ou entendu le doargue, mais le bruit recommença au bout d'un moment et Morüngar reprit sa marche. Il s'arrêta, étonné de voir un jeune sanglier aux jarres très longs qui fougeait à grands coups de boutoir dans le sol à la recherche de quelque racine sucrée. Quand la bête se retourna pour voir ce qu'il y avait derrière elle, Morüngar lui asséna un dur coup de masse. Il transporta l'animal mort près de la tente, en se disant tout haut :

— Quelle chance! Enfin, je vais manger autre chose que du hareng salé. Brouf! Je n'en peux plus. Une belle bête qui me tombe sous la main sans que j'aie à chasser! Bon Roggor, il faut te remercier! Je vais faire un feu. De cette façon, quand ils se réveilleront, nous aurons de la bonne chair fraîche bien cuite. Mais, avant, je vais me gâter un peu. Ha!

Ayant pris des herbes sèches et des branches mortes, il fit un feu devant la tente. Il étripa la bête et lui coupa une partie de la poitrine qu'il mit à cuire. Le fumet chaud accroissait son appétit impatient. L'idée lui vint d'accompagner sa poitrine bientôt rôtie de sa délicieuse bière. Il salivait à la pensée d'avoir ce merveilleux festin pour lui tout seul. Se rappelant les moments qu'il vivait au Cent-Vergues, quand il s'assoyait, tranquille, devant un plat de carmile grillée bien juteuse, cuite sur des charbons rougis par la générosité de la flamme, avec deux grandes carafes de bière et des légumes farcis et vinaigrés, Morüngar entra dans la tente pour verser sa bière. Il aimait le son que le liquide faisait dans la tasse. Cet écoulement du divin élixir aromatisé par la sueur florale du houblon était comme une invitation irrésistible aux plaisirs de la table.

Quand il sortit de la tente avec son troisième pot, le sanglier avait disparu.

Sur le coup, il crut que le mâchil ou un phraxar lui avait joué un tour, mais il se ravisa quand il vit au loin, dans l'herbe et la brume, quelque chose de reptilien qui fuyait vers les bois. Aussitôt, il prit une gorgée de sa bière, déposa minutieusement sa tasse contre le mur de la tente et courut de tout son souffle en direction de la chose qui lui avait volé son festin. Il s'arrêta un instant à la frontière de la forêt, cherchant autour de lui quelque mouvement. Il hésitait à s'aventurer dans ce lieu qu'il ne connaissait pas, mais sa faim et sa fierté triomphèrent de sa prudence et de sa peur. Bientôt les feuilles mortes craquaient sous ses pieds. Il lui était impossible de marcher silencieusement. C'était également le cas de la créature en fuite, car il l'entendait courir plus loin. Il continua sa course en espérant retrouver son repas.

Tout à coup, à sa grande surprise, il vit le saurien le charger à pleine vitesse, la bouche béante. La bête sauta sur lui dans un bond impressionnant, mais il esquiva son attaque en roulant par terre. Il se releva aussitôt.

Son agresseur était une sorte de dragon qui arborait une corne céphalique entre les deux yeux ; sa patte gauche arrière, inerte, traînait par terre, ainsi que son aile du même côté, déchirée à plusieurs endroits, sans doute les traces d'une récente querelle. Ses yeux vermeil foncé étaient recouverts d'une membrane diaphane et sa bouche était étroite, triangulaire et fortement dentée. Son corps reptilien, écailleux et gracile, se tenait en équilibre, en vol comme sur la terre ferme, grâce à une queue puissante longue de quatre mètres.

Morüngar qui n'avait jamais vu un vulcre de sa vie restait perplexe devant cette apparition. Il n'avait aucune idée des mœurs de la bête et, sur les entrefaites, il eut le ferme sentiment que cette créature ne voulait pas s'engager dans un combat. Elle posa sa tête sur le sol comme un chien désireux de jouer. Mais il déchanta vite quand la bête se retourna brusquement et le frappa en plein torse d'un violent coup de sa queue. Morüngar s'envola pour retomber six mètres plus loin, contre un magamonier massif. Entre deux grosses racines, il se releva sans sa masse d'armes qu'il ne trouvait plus nulle part, l'ayant laissée échapper sous la force de l'impact. Le vulcre s'approcha lentement du doargue coincé et se positionna pour un nouvel assaut qui, cette fois, lui serait certainement fatal.

Le saurien retira les membranes sur ses yeux et secoua la tête nerveusement. Soudain, une épée traversa le milieu de son long cou. Un cri horrible, comme une stridulation rauque, sortit de la gueule du vulcre avant qu'il s'effondre devant Morüngar qui, lui, malgré ses nerfs d'acier, tremblait en regardant les yeux rouges et vacillants de la bête. Il entendit une voix familière qui lui dit :

— Hé, le doargue ! Ta mère ne t'a pas dit qu'il ne fallait jamais jouer avec un vulcre ?

Morüngar leva la tête, stupéfait, et regarda l'homme qui se tenait sur la bête et en retirait son épée. Le Brandairois se releva douloureusement, replaça le plastron disloqué de son armure et répondit entre ses dents tout en esquivant le regard de son sauveur :

— Ferme-la, Crallas.

ⱺⱺ

Hilard transombrait le plus vite qu'il le pouvait afin de prévenir le général de la mort de Crallas. Azcalath le suivait, paisible, sans se forcer, quand il vit le hoblain s'arrêter au pied d'un arbre pour la première fois depuis qu'ils avaient quitté le temple. Il s'enquit :

— Qu'y a-t-il ? Tu veux te reposer ?

— Non. Je n'en crois pas mes yeux, Azcalath. Regarde là-bas, de l'autre côté du ravin ! Est-ce que tu vois ce que je vois ?

— Malheureusement, je ne sais pas de quoi tu me parles.

— Regarde plus attentivement, Azcalath, derrière le magamonier là-bas.

— Oui, je regarde, mais je ne vois rien. Il n'y a que des arbres, Hilard.

— Non, non, il y a une furolle cachée là ! Elle est belle, Azcalath ! Oh… elle est belle ! Ces créatures sont tellement rares !

— Je ne vois rien encore. Es-tu certain que tu vois bien ?

— Oui, oui. Je vais m'en approcher.

— Ne dois-tu pas rejoindre Lamoras ?

— Azcalath, une furolle ! Comme on peut vivre deux vies humaines sans en voir une seule, il faut prendre le temps et la contempler. Je suis certain qu'elle sent notre présence.

— Vraiment, Hilard, je ne sais pas comment tu fais pour voir de tels détails aussi rapidement.

— La pratique et le don naturel, Azcalath, c'est tout, rien de plus. Viens, tu pourras mieux la voir si l'on s'en approche.

Ils sautèrent d'ombre en ombre et traversèrent le ravin qui avait presque dix mètres de profondeur et un peu plus de quatre-vingts de largeur. Le fond était semi-rocailleux, entre-coupé par un ruisseau étroit et torrentiel. Hilard s'arrêta sur le bord du précipice dans l'ombre d'un arbre et s'approcha un peu plus de l'animal. Il était envoûté par sa beauté lumineuse grise.

Azcalath, qui voyait tout d'avance, jouait au simple d'esprit, feignant de ne rien voir. Les haliostes avaient cette sorte d'honnêteté hypocrite. Ils ne voulaient en aucun cas entraver la liberté d'action des mortels et même de leurs propres mâchils, à moins qu'on les supplie ou qu'on leur ordonne d'agir autrement. Leur prescience des choses à venir, leur amour inconditionnel et gratuit faisaient d'eux des êtres joyeux et tendres, mais aussi souffrants. En conversant, ils pouvaient influencer les prises de décision dans un sens favorable à leurs interlocuteurs, mais ils se refusaient à dominer la volonté des autres. Telle était leur nature. Tel était Azcalath.

La furolle s'avança pour regarder le haute-cape de plus près. Le charme qui émanait de l'essence de cette boule mystérieuse dominait la raison du mâchil. Comme tous les hoblains, il était curieux, peu enclin à la peur et naturellement émerveillé autant par les créatures rares que par les colifichets. Il s'avança davantage. Azcalath patientait en silence.

Le mâchil n'avait pas fait cinq pas que la furolle le frappa vigoureusement. La charge foudroyante le projeta brusquement vers l'arrière. Il fit une chute de dix mètres en pleine clarté. Lorsqu'il s'écrasa durement sur le sol pierreux, il appela faiblement son halioste et perdit connaissance. Sa chair fumait dans l'air frais.

Sorti de l'ombre d'une haute pierre au milieu du ruisseau, l'halioste rejoignit son mâchil et l'enveloppa de son corps charbonneux en formant ce qui ressemblait à une grosse masse de chair lisse et noire autour de lui. Azcalath demeura ainsi jusqu'au crépuscule, en attente du moment où Hilard reviendrait à lui. De ses grands yeux noirs vitreux, Azcalath contemplait amoureusement le visage du hoblain et passait tendrement son long doigt sur sa joue et autour de son oreille. Une flaque de sang au sol avait séché sous sa tête blessée, mais sa plaie s'était déjà cicatrisée. Après plusieurs heures sous l'ombre d'Azcalath, qui accélérait sa régénération, le mâchil ouvrit les yeux et bougea la tête. Aussitôt, l'halioste se leva pour donner à Hilard toute la place. Une fois que le hoblain fut sur ses pieds, il fit bouger ses bras et ses épaules, frotta la tache de sang qu'il avait à la tempe et dit à son serviteur :

— Ouf ! Le somme est fini. Je suis en retard. Tu viens ?

— Je te l'ai déjà dit, je te suis.

Hilard allait partir d'un trait, mais il s'imposa un arrêt brusque, tourna la tête et dit :

— Merci de m'avoir protégé des charognards et de m'avoir couvert de ton ombre.

— Ma plus grande joie consiste à te servir, répondit Azcalath.

L'halioste sourit, mais Hilard sentit à quelle douleur il avait soumis son serviteur, qui n'avait pas à lui en faire la confidence. Azcalath était heureux de le voir encore vivant après un choc et une chute qui auraient pu lui être fatals.

Il n'allait pas s'appesantir sur ses propres maux ou servir un sermon à son ami.

Sans perdre un instant de plus, alors que le crépuscule étirait ses ombres sur l'île, le mâchil partit avec son serviteur à la recherche du général Lamoras.

XIV

RÉVÉLATIONS

Donnez à un drac juvénile
l'intelligence, les manières et
l'appétit d'un chien sauvage et
vous avez un vulcre.
Immerald, thraël du Cinquième ordre

Qui rejette, se révèle.
Ériande, fondatrice des calastaires

Fortement secoué par l'impact, mais sans fracture osseuse, Morüngar revint au camp avec Crallas après avoir retrouvé sa masse et le sanglier. Comme la bête était recouverte de la salive puante du vulcre, le doargue perdit l'appétit et la laissa aux carnivores moins exigeants que lui ; au moins, se disait-il, si le vulcre l'avait saisi par la tête, mais non…

Ils virent Lamoras et les autres debout autour du feu qui les regardaient arriver en se demandant quelle créature avait pu faire un tel bruit. Quand Percipion était sorti de la tente, il avait vu le pot de bière de Morüngar contre le mur et, ne pouvant résister à l'envie de profiter d'une occasion d'exercer sa malice, il l'avait renversée d'un coup de pied délicat. Zébaldon l'avait vu faire, mais il avait baissé le regard et n'avait rien dit. L'arrivée de Crallas dans le camp mit Lamoras en colère et Honorayon en méfiance. Le général ne se priva de rien ; les frustrations causées par la mutinerie de son cadet et ses propos fielleux lui étaient restés sur le cœur. Il fixa sévèrement le renégat et lui dit d'une voix véhémente :

— Qu'est-ce que tu fais ici ? Réponds, brigadier !

Les autres n'avaient jamais vu Lamoras aussi strict et cinglant ; mais l'attitude du général plaisait énormément à Morüngar. Il aurait aimé, par le passé, que Lamoras parle ainsi à son lieutenant.

Honorayon observait attentivement Crallas, se demandant déjà, avant même que le brigadier ait ouvert la bouche, ce qu'il faisait sans les autres et à quel complot d'Hogarth il prêtait son concours pour se retrouver là.

À ce moment précis, le mâchil apparut derrière la tente, soulagé d'être arrivé juste à temps pour l'action. « Chute profitable ! » se disait-il. Il mit la main sur Darbalian, prêt à attaquer au moindre mouvement suspect de ce faux Crallas. Il commençait à comprendre le jeu de cette femme mystérieuse et sinistre, mais son dessein demeurait encore obscur. Arthally continua de regarder calmement le général et lui dit :

— Mon général, je te remercie de me laisser la chance de m'expliquer. Je suis reconnai...

— Assez ! Tu me dis ce que tu dois me dire sans flagornerie. Je ne suis pas dans ce monde pour me faire lécher par de petits hommes comme toi.

— Bien. Je sais que tu ne me croiras pas, mais...

— Tu ne sais pas ce que je crois ou pas !

— En effet, mon général, je ne sais pas. Je voulais dire que je suis ici de mon propre chef.

Honorayon intervint aussitôt.

— Ceci reste à prouver !

Crallas se voulut rassurant.

— Je ne saurais vous le prouver. Il faut me faire confiance. Ce que j'ai dans la tête…

Même s'il venait d'avoir la vie sauve grâce à l'intervention de Crallas, Morüngar ne put s'empêcher de répartir vivement :

— Ce que tu as dans la tête ressemble à ce que j'ai dans le cul !

Pour piquer Morüngar, Percipion sauta sur l'occasion.

— Enfin, le doargue nous révèle où se trouve son esprit !

Zébaldon les trouvait tous ridicules ; il voulait parler, mais se censura. Honorayon dit à Crallas :

— Explique-toi, gamin !

— C'est ce que j'essaye de faire. Bon. Voici l'abrégé de l'histoire. J'ai fait l'erreur de suivre Hogarth. Je la reconnais et je demande grâce au général.

Lamoras ne fit que le regarder en se croisant les bras ; son silence suffisait pour tout dire. Déployant sa ruse, Arthally raconta :

— En allant vers le temple, nous avons été attaqués par des créatures qui avaient des cornes et dont l'odeur corporelle donnait la nausée.

Le thraël trancha tout haut comme s'il l'avait toujours su :

— Ce sont des phraxars.

— Nous avons fini par triompher, continua Crallas, mais sans Lëügue, qui fut pris en otage. Hogarth ne voulait pas s'en occuper. La seule chose qu'il voulait, c'était entrer dans le temple et tuer cette fameuse maîtresse. J'ai vu à ce moment à quel point il était irresponsable et irréfléchi. Si j'avais été capturé, il m'aurait laissé mourir. Ce n'est pas là le signe d'un véritable chef, n'est-ce pas ! Mais, par amitié, je l'ai suivi jusqu'au temple. C'est là que j'ai pris ma décision : renoncer à suivre un étourdi qui ne fait que mépriser son frère et tous les membres du conseil qui ne pensent pas comme lui.

Honorayon demanda avec un air sceptique :

— Qu'est-ce qui t'a fait changer d'idée au temple, et non avant ?

Arthally souriait en dedans. Elle répliqua avec conviction, sachant à quel point le galve et Lamoras apprécieraient cette réponse :

— Quand nous sommes arrivés au temple, un bassin d'eau chaude qui se trouve devant le parvis était rempli de jeunes femmes nues. Des femmes que je n'ai pas interrogées ni même approchées.

Honorayon lui coupa la parole.

— Crallas, Crallas, vraiment, tu te moques de nous ? Toi, tu ne t'es pas approché d'un groupe de jeunes femmes nues ? Va-t'en, girouette, si tu es venu railler notre intelligence.

Crallas continua :

— Honorayon, je ne me moque pas de ton intelligence. Écoute-moi. Hogarth, Lorrus et Thori se sont dévêtus et sont entrés dans l'eau avec elles. Je ne pouvais me laisser aller avec des filles d'une déesse sacrilège. Ils insistaient en me voyant résister. Hogarth s'est mis à m'insulter devant les autres. Je ne pouvais pas slaguer des filles sacrilèges, j'aurais offensé Halvarn et déshonoré le conseil. C'est alors que j'ai fui. J'en avais assez du lieutenant et des autres.

Percipion savait que Crallas était un fervent fidèle d'Halvarn et il crut bon, en tant que galve, de l'encourager :

— C'était un excellent choix ! Halvarn sera certainement disposé à t'accorder ses faveurs. Quiconque garde le grand nom d'Halvarn de toute souillure devant les dieux sacrilèges et leurs bagasses dévergondées ne restera pas sans récompense.

Nôyane restait coite. Zébaldon tentait de lui faire les yeux doux, mais elle ne voulait rien savoir de lui. Son cœur était resté au fond d'un gouffre avec Barrand. En plus elle ne voulait pas être sur l'île et se voir replongée dans cet environnement cultuel malsain. Voyant que ses tentatives d'accrocher le regard de la belle rousse ne recevaient aucun encouragement, le jeune homme demeura interdit. Et comme il n'avait jamais touché une fille de sa vie, que la curiosité le torturait, mais qu'il était peu sûr de lui et fort timide, il se résolut à renoncer une fois pour toutes à Nôyane.

Cependant, Lamoras doutait de la véracité de ce que racontait Crallas.

— Tu as donc marché jusqu'ici, seul, sans te faire attaquer ou capturer par quoi que ce soit, parmi les bois et les obstacles de toutes sortes, sans manger et sans te perdre ?

Estimant qu'il était impossible pour ce faux Crallas de répondre par l'affirmative, et n'en pouvant plus de ces mensonges bien construits, Hilard crut cet imposteur coincé enfin. Il sortit de derrière la tente pour ajouter avec force :

— Surtout, n'oublie pas d'expliquer au général et à nous tous ici comment tu as fait pour survivre, quand ton corps entier a été mis sur un autel en feu devant le temple et que, déjà mort, tu as été offert en sacrifice à la déesse Hæline.

Ni Arthally, ni les autres ne s'attendaient à cette intervention surprise. Crallas garda néanmoins son calme et chercha subtilement à renverser la situation en ayant l'air effrayé de voir le hoblain arriver.

— Hilard ! Mais… comment est-ce possible ? Toi, peux-tu expliquer au général et à nous tous ici comment tu as fait pour revenir à la vie ? J'ai trouvé son corps cloué au mur de la ferme que j'ai découverte accidentellement en suivant le chemin du temple dans le sens contraire. J'ai trouvé là de la nourriture, du miel, même, et des pommes fraîches. J'ai pu me reposer, bien à l'abri des regards, avant de reprendre ma route jusqu'ici. Je l'avoue, ces faveurs dont vient de parler le galve, je les ai peut-être eues. Je suis vivant et parmi vous. Mais, lui ! Comment se peut-il qu'il soit encore vivant ?

Hilard voulait faire d'une pierre deux coups. Il entendait à la fois coincer l'imposteur sur un fait qu'il ignorait certainement et en même temps le faire connaître à Lamoras.

— Ah oui? rugit-il. J'étais cloué au mur d'une ferme! Merci de m'avoir informé de ma mort. Peut-être que tu peux expliquer au général pourquoi Hogarth et toi m'avez poussé en bas du *Révis* en plein vol, quand les loups d'azur nous ont attaqués!

Arthally, en effet, n'était pas au courant de ce détail, car elle n'avait rien vu de la scène et ne possédait pas la mémoire de Crallas. Mais, il lui fallait à tout prix tourner la situation en sa faveur. Après tout, même si la présence du mâchil venait brouiller son jeu, elle n'était pas venue au camp pour se priver de plaisir.

Choqué, mais pas surpris le moins du monde, Lamoras intervint.

— Tiens! Pour l'instant, Crallas, le lieutenant et toi êtes accusés de tentative de meurtre sur un membre du conseil. Cela s'ajoute aux chefs d'accusation de mutinerie, de trahison et de mensonge à un supérieur. Je dois juger de ton cas maintenant, mais, avant, je veux que tu me dises tout ce qu'il te reste à me dire.

Pour Arthally, ces interrogatoires d'hommes n'étaient qu'un grand jeu dans lequel ils se prenaient au sérieux. Elle regarda le mâchil, puis le général, et leur dit:

— Je reconnais maintenant toute l'influence néfaste que le lieutenant a eue sur moi. Il m'a souvent fait part de son mépris pour Percipion, un homme pourtant honorable. J'ai dû défendre plusieurs fois le doargue contre des erreurs de jugement d'Hogarth. Mais, de mon côté, je ne partageais pas cette hargne, ni envers toi, mon général, ni envers le mâchil. Si je suis revenu, ce n'est pas seulement par respect pour le conseil entier, mais aussi par souci de la sécurité de Léügue. Il faudrait le libérer.

Hilard se fâcha.

— Quelle folle! Ce n'est pas Crallas, que nous avons ici! Ne me faites pas dire plus tard que je ne vous avais pas prévenus! Cesse donc cette mascarade! Crallas ne serait jamais revenu se montrer le nez devant Lamoras après une telle erreur.

— Mon général, est-ce qu'il est fou? répliqua le faux Crallas. Je me montre le nez, oui, car mon repentir est sincère. Qu'a-t-il à me traiter d'imposteur? C'est lui qui me juge faussement. C'est lui, l'imposteur. Si j'ai vu ce fou mort sur le mur d'une ferme, qui donc est celui-ci? Hilard, tu n'as jamais été comme ça. Je viens de sauver le doargue attaqué par un vulcre. Un imposteur n'aurait pas agi ainsi; il l'aurait laissé mourir.

— Pas s'il avait voulu être mieux reçu par ceux qu'il voulait mieux tromper…

— Mieux reçu? Par qui? Aux yeux du conseil, je suis un traître. Il n'y a rien pour le changer. Je suis un traître qui renonce à sa trahison. Je reviens en espérant que le général m'accorde sa grâce; de l'obtenir ne sera pas le fruit d'une action valeureuse comme celle que je viens de faire, elle sera le fait de la compassion du général. Tous les membres du conseil auraient fait la même chose pour moi. Tous sauf Hogarth, évidemment, et le thraël, si je m'en tiens à ce qu'il disait de lui.

Honorayon tomba dans le piège et demanda:

— Qu'est-ce qu'il a dit de moi, ce faraud?

Mais Hilard sentait qu'ils ne le prenaient pas au sérieux. Avant que Crallas pût répondre, il monta le ton jusqu'à en crier.

— Ce discours est une perte de temps ! Ce n'est pas lui ! Crallas ne plaçait jamais sa main droite sur sa hanche quand il parlait.

Mais Honorayon, très soucieux de son image et de celle de son ordre, n'y souffrait pas la moindre tache. Pour lui, l'une n'allait pas sans l'autre. Il ne pouvait faire fi de ce que le lieutenant disait de lui, même si ses propos étaient insignifiants et qu'ils restaient dans le cercle des membres du conseil. En outre, le thraël avait un esprit critique des plus pointilleux, interprété par certains comme rien de moins que de la mauvaise foi ou de l'entêtement. Pour lui, Crallas pouvait ne pas être Crallas, tout comme Hilard pouvait ne pas être Hilard ; mais, il croyait en l'honnêteté de Crallas et il ne considérait pas l'opinion du haute-cape. Ce n'était pas que le thraël haïssait le mâchil, mais il ne l'écoutait jamais, jugeant qu'un hoblain n'était bon qu'à cultiver un champ, à jouer de la flûte et à manier un poignard.

Les barrières des préjugés entre les espèces humanoïdes étaient si hautes que même les esprits les plus éveillés et instruits ne parvenaient pas toujours à les dépasser, tout simplement parce que l'esprit et l'éducation n'y étaient pour rien, le cœur, lui, était pour tout.

Honorayon était riche d'esprit, mais pauvre de cœur. Il se disait que cette maîtresse, si vraiment elle existait et qu'elle osait par quelque ruse que ce soit s'aventurer dans leur camp, elle devait avoir des intentions plus marchandes que guerrières, car, à dire vrai, elle n'avait pas la moindre chance de survie. Le moindre geste hostile de sa part et elle serait occise pour le moins. Mais qui connaissait Honorayon aurait su que son orgueil de mage était pour beaucoup dans cette réflexion.

Crallas ignora lui aussi les propos d'Hilard et répondit à la question du thraël.

— Ce qu'il a dit est simple et répétitif ; en somme, tu es un imbécile, Honorayon. Pour Hogarth, tous les ophimides en sont. Il dit que tu n'as aucune créativité dans l'utilisation de la talmache, que tu refais sans cesse les mêmes choses et que tu n'as pas la vraie maîtrise de ton art. Il revient toujours sur ces points. Il dit aussi que le général est ton page, qu'il n'a pas de véritable autorité sur toi, que tu mens pour rester dans le conseil… C'est à peu près cela.

Honorayon leva la tête et prit une grande respiration. Il fixa Lamoras qui semblait lui dire de ne pas s'en faire, mais il ne pouvait laisser planer de tels doutes alors que tous les regards étaient tournés vers lui. Il se défendit devant le faux Crallas.

— Je mens pour rester dans le conseil ! Quelle affirmation grotesque ! C'est le conseil qui a besoin de mes services ; je n'ai pas à mentir pour y rester. Mentir ? À quel propos ? Comment peut-il dire de telles sottises, ce fanfaron ! Je vais devoir lui donner une leçon d'humilité.

Morüngar intervint.

— Pourquoi t'en occupes-tu ? C'est un fanfaron, et un fanfaron dit des sottises.

— C'est pour cela que tu ne t'entends pas bien avec lui, répliqua Percipion avec malice. Deux fanfarons ensemble, c'est la bagarre tout le temps.

Le doargue avait le goût de l'assommer d'un coup de masse. Il imaginait le crâne du galve explosant contre la tente et tombant sur le sol. Il vit sa bière renversée. En regardant Percipion, il lui dit d'une voix ferme :

— C'est toi ? Ma bière, c'est toi ?

Percipion ignora le doargue et dit à Crallas :

— Qu'est-ce qu'il disait de moi ?

— Je crois qu'il est préférable pour toi de ne pas le savoir, laissa tomber Crallas.

— Vraiment! Tu peux bien nous le dire pour nous distraire, insista Morüngar.

Devant l'intérêt du doargue, Percipion se ravisa.

— Je pense que tu as raison, Crallas, laisse faire, ce n'est pas important.

Morüngar se mit à rire.

— Voilà un galve qui prêche la vérité d'Halvarn, mais qui ne veut pas l'entendre quand elle parle de lui.

— Je ne peux pas imaginer, enchaîna Percipion, qu'un fanfaron ait pu dire la vérité sur moi. Ne viens-tu pas juste de dire au thraël de ne pas s'occuper de ces calomnies? Pourquoi ne peux-tu pas rester fidèle à tes propres affirmations?

Morüngar était acculé au mur. Il sentait monter la fureur en lui, mais il ne pouvait la déchaîner, pas devant Lamoras, pas maintenant. C'eût été néfaste pour leur relation. Crallas reprit en parlant à Honorayon:

— Je crois que le lieutenant t'accusait d'avoir menti parce qu'il t'avait entendu dire une fois que le maréchal n'était pas digne de ses fonctions. Hogarth, lui, pensait tout le contraire.

Le thraël se défendit en regardant Lamoras.

— Je n'ai jamais dit ni même pensé une telle chose.

Hilard s'indigna devant ce triste spectacle et le manque de confiance qu'ils lui témoignaient. Il en venait même à douter de ce qu'il avait vu au temple. Était-ce vraiment Crallas, ou un autre qui lui ressemblait, qu'il avait vu s'envoler en fumée? Mais ses doutes n'avaient aucun sens et sa conviction revenait en force. Crallas était mort et la maîtresse ou une de ses prêtresses était là devant eux après avoir pris la forme du brigadier. Il avait peine à comprendre le silence de Lamoras, ainsi que l'indifférence du galve qui, au départ, était pourtant si motivé à s'engager dans la mission. Il regimbait surtout contre l'attitude et l'orgueil d'Honorayon qui le voyait comme un misérable-petit-hoblain-qui-ne-connaît-rien. Impuissant à les convaincre et rempli de colère, il se mit à courir dans les hautes herbes et la brume vers la forêt où il disparut en vociférant. Cela retint l'attention des autres. Son amour-propre froissé et d'humeur désagréable, Honorayon lança tout haut :

— Tiens, une mouche a piqué le môme.

Percipion se mit à rire pour flatter l'ego du thraël, tandis que Morüngar ramassait sa tasse en terre cuite. La réaction du mâchil fut suivie d'un long silence empreint de perplexité. Lamoras s'approcha du feu qui s'éteignait pour y mettre quelques fagots et dit :

— Hilard vient de sonner la fin de cet entretien. J'ai tout entendu de vos propos. Voici ma décision finale : Crallas, je t'accorde ma clémence, mais tu ne resteras pas avec nous. La nuit tombe et tu vas partir seul comme tu es venu. Si Halvarn veut pardonner ta traîtrise, il nous fera signe. Ce signe, ce sera que tu retrouves les phraxars et que tu leur dises de libérer Léügue, que c'est moi, ton chef, qui le demande. S'ils t'épargnent, tu le ramèneras au temple où nous nous rejoindrons. Si tu ne réussis pas, Halvarn aura laissé tomber sur toi le décret de son fils Orrid. S'ils te demandent la preuve que c'est moi qui t'envoie, tu leur dis que tu connais le nom de leur chef. Il se nomme Obéouda. Je l'ai rencontré, déjà. Tu partiras dans quelques instants, après que nous t'aurons remis des provisions pour le trajet. Nous, nous partirons demain à l'aube.

Lamoras fit signe à Morüngar de donner des victuailles au traître et entra dans la tente pour se coucher. Honorayon suivit avec Zébaldon et Nôyane. Autour du feu, il ne resta que le faux Crallas qui avait la mine basse et Percipion. Le galve ne se tenait plus d'impatience.

— Je ne voulais pas te le demander devant le doargue,

puisqu'il me déteste, dit-il, mais je veux savoir ce que le lieutenant a dit de moi.

— Bon, puisque tu insistes… Je comprends ta curiosité. Il m'a dit une fois, au Cent-Vergues, après une patrouille, que tu n'étais rien de plus qu'une façade au sein du conseil et que ta présence n'était requise qu'à cette fin. Il est évident qu'il est dans l'erreur, puisque le maréchal t'écoute et te respecte, mais la jalousie d'Hogarth est grande. Il aimerait que tout le conseil n'écoute que lui. Il m'a dit aussi qu'il ferait tout son possible pour t'humilier devant les membres afin qu'ils t'excluent en permanence. C'est en accumulant des remarques pareilles qu'il a perdu ma confiance.

— Tu as bien fait de le quitter, je te le redis. Ne crains pas, tu trouveras les phraxars, par l'odeur peut-être, mais tu les trouveras. Léügue sera libéré par la force d'Halvarn et ton habileté. Ensuite, tu verras, vous nous reviendrez tous les deux. Halvarn t'a déjà béni, Crallas. La preuve, tu es vivant devant nous, et tu reviens nous renseigner. Nous vaincrons le mal grâce à toi. Nous remettrons de l'ordre dans le conseil. Halvarn est fier de toi, je le sens. Marche en toute fierté, sachant que le dieu majestueux guide tes pas.

Morüngar sortit de la tente avec un sac en jute rêche dans lequel il y avait des légumes crus. Avant de se retirer dans sa chambre, il lui dit pour vexer le galve :

— Crallas, voici ta bénédiction. Que Roggor te guide !

Sans remercier, le brigadier jeta un dernier regard à Percipion et se dirigea vers la forêt. Hilard rôdait tout près dans l'obscurité et l'observait. Arthally savait que le mâchil n'était pas très loin. Elle poursuivit nonchalamment sa route dans les bois.

Comme il ne connaissait pas encore toute l'étendue de la puissance de cette femme, Hilard hésitait à l'affronter seul et il se demandait s'il devait la suivre. Sachant qu'il la retrouverait bientôt, il décida de refaire ses forces. Il entra dans le Valnaos et vit Azcalath au loin. Il lui fit signe et celui-ci vint le rejoindre.

— Je ne comprends pas, Azcalath, personne ne m'a cru, se plaignit-il. Généralement, Lamoras et même Percipion m'écoutent. Pourquoi cette soudaine indifférence ?

— Je crois que tu connais la réponse, répondit brièvement Azcalath.

— Ah ! je déteste quand tu me réponds de cette manière !

— Et toi, quelle sagesse t'habite ? Celle des hommes, ou celle de tes pères ? Tu les connais, ces mortels avec qui tu partages ta vie entre l'aube et le soir. Après toutes ces années, Hilard, tu oublies sans cesse que tu n'es pas de leur monde. Si tu ne sais pas pourquoi ils se sont comportés ainsi, tu l'apprendras plus tard. Il est de ces êtres qui ne voient que par leurs propres yeux et pour qui le regard d'autrui n'a aucune valeur. Ils ont un œil qui voit l'oiseau, mais c'est l'oiseau qui voit le monde. Comment peux-tu faire labourer une chenille et faire ramper un taureau ? Ils verront ce que tu vois quand leurs yeux s'ouvriront, quand ils le voudront ou seulement lorsqu'ils le pourront.

— Pardonne-moi, j'ai faim et je suis fatigué.

Il s'apprêtait à quitter le monde des ombres éternelles lorsqu'il entendit une voix familière crier le nom d'Azcalath. Les deux se retournèrent et virent l'halioste Évinbard qui s'approchait. Il dit à Azcalath :

— Je te salue, ami, si l'amitié est encore.

— L'amitié a été, est et sera, cher Évinbard. Pourquoi cesserait-elle, puisque jamais elle n'a cessé ?

— Bonne question, Azcalath. Je vois que tu marches sur mon territoire avec ton mâchil.

— Tu hantes cette forêt domaniale ? J'espère qu'elle t'est douce.

— Elle l'est. Je vous ai suivis depuis le temple.

— Je sais. Je n'ai rien dit.

— Pourquoi, si tu savais que je te suivais ?

— Ce n'était pas encore le moment.

— Soit… Je vois que vous avez rencontré la maîtresse de l'île.

Hilard leva la main droite devant son visage et la redescendit. Il chuchota :

— Il ne faudrait plus parler ici. Il y a trop de créatures attirées par les voix.

Évinbard le rassura.

— Ne t'en fais pas, mâchil, cette forêt ne contient rien qui ne m'obéit pas.

— Soit, mais on voyage dans le Valnaos, Évinbard. Je reste tout de même sur mes gardes.

L'intelligence et la fierté de l'halioste furent piquées par le conseil du hoblain. Il répliqua en ricanant pour dissimuler son désagrément :

— Tu peux rester sur tes gardes tant que tu le voudras, mâchil, pourvu que tu ne leur fasses pas mal.

Azcalath sourit au calembour, mais Hilard sentait qu'Évinbard plaisantait à moitié. Le haute-cape continua comme si de rien n'était :

— Aurais-tu l'amabilité de m'en dire plus au sujet de cette maîtresse, puisque tu sembles la connaître ?

La curiosité du hoblain et sa promptitude à l'interroger firent sourire Évinbard. Mais, comme il n'était pas jaloux de ses connaissances, il ouvrit son coffre à secrets.

— Je te dirai ce qu'il m'a été permis de voir et d'entendre. Je ne te dois rien, cependant. Mon souci de te répondre tient strictement à l'amitié qui nous lie, Azcalath et moi. Plusieurs années après la découverte de cet archipel, les Hurths qui avaient régné sur toute la vallée du Voglaire construisirent sur cette île un temple consacré au culte d'Halvarn. Je n'en ai pas vu la construction, mais depuis longtemps je suis témoin de ce qui se passe en ce lieu, bien que je ne voie pas tout. Je n'ai pas comme Azcalath le don de prédiction. En 955 A. R., une femme et sa sœur dont je ne connais pas les origines vinrent s'installer secrètement ici.

— Tu dis 955, Évinbard? C'était bien l'année où les Hurths, autant galves qu'ophimides religieux, ont chassé et brûlé de nombreuses prêtresses de la déesse Hæline. Les temples ont été réutilisés pour le culte d'Halvarn.

— Tu le dis. L'aînée se nommait Azexerte et la cadette, Druvilde. Elles nommèrent l'île et l'archipel entier d'après le nom de l'aînée. Leur misandrie, leur haine des hommes imprégnait tous leurs propos. Elles possédaient deux masques qui devaient leur servir contre le culte d'Halvarn, mais il y eut une guerre sur l'île, sans doute le contrecoup de celle que les galves et les ophimides livraient sur l'Ériande. Nombreuses furent les prêtresses qui moururent et presque tous les galves. Les ophimides l'emportèrent et ils furent les seuls à s'en tirer avec peu de pertes. Ils repartirent avec un masque seulement. Druvilde mourut, mais Azexerte…

«Cinq cent quarante années passèrent avant qu'elle revienne. Je ne sais pas ce qu'elle est allée faire durant cinq siècles, ni comment elle a fait pour vivre aussi longtemps. Pour une raison que j'ignore, le temple fut laissé à lui-même jusqu'à récemment. Depuis quinze ans, celle que vous appelez la maîtresse est revenue, aussi folle et cruelle, mais plus déterminée qu'avant. J'ai déjà vu des morts marcher dans les ravins, ce qui me fait dire qu'elle est nécromancienne ou que son masque lui donne des pouvoirs inouïs. Elle adore sa propre beauté. Elle a l'habitude de se promener nue sous une robe de mousseline. Mais, visiblement, pour être belle ainsi, elle doit…»

Hilard buvait les paroles de l'halioste.

— Elle doit quoi ? Il faut que je le sache !

—. C'est un sort propre à la nécromancie, je crois. Il lui permet, par la voie intime de la procréation, de s'approprier la vitalité, la jeunesse et même la physionomie de la personne qu'elle veut imiter. Cet envahissement de sa proie tue celle-ci très rapidement dans des douleurs atroces. Je l'ai vue faire de nombreuses fois… avec des hommes autant qu'avec des femmes.

Hilard réfléchit un instant et dit, comme illuminé par une évidence soudaine :

— Elle est stérile et ne veut pas vieillir.

— Pourquoi dis-tu cela ? demanda Évinbard, étonné par sa remarque.

— C'est simple. Comment a-t-elle fait pour vivre aussi longtemps ? Et pourquoi ? Seuls les nécromanciens augmentent considérablement leur longévité, mais au péril de leur esprit et au détriment des vivants. Ils idolâtrent la jeunesse et ne veulent pas vieillir. La peur qu'ils ont de la mort les pousse à la côtoyer de près ou à la repousser, à s'en émerveiller, à la dominer, même à s'en nourrir. J'ai entendu plus d'une histoire sur l'appétit morbide de certains nécromants. Aussi – dois-je le dire ? – de ne pas pouvoir enfanter est une honte pour les femmes d'Ériande ; le simple fait de ne pas transmettre la vie, gratuitement comme elle a été reçue, est une grande douleur, malheureusement vue comme un châtiment par les galves. S'ils se taisaient sur ces choses, il y aurait moins d'Azexerte. C'est mon humble opinion.

— Tu crois que les galves ont créé Azexerte ? demanda Évinbard.

— Son passé, la raison de sa colère et sa nature sont un mystère pour moi, mais son but me semble clair et c'est à partir du but que je cherche l'intention. Mais, je t'en prie, Évinbard, continue.

— Selon toi, quel est son but?

— Il est en lien avec l'existence même du…

Hilard vit Azcalath baisser la tête. Ses paroles au sujet d'Évinbard lui revinrent: «Il faut l'aimer, mais s'en méfier.» Mais il osa tout de même poursuivre sa réflexion.

— Il est en lien avec l'existence du conseil des Lames de Dagrenoque et celle du culte d'Halvarn, évidemment. Je crois qu'elle veut se venger. Si oui, c'est-à-dire si elle ne fait pas ça pour se complaire dans une activité ludique, elle a médité longuement ce complot. Elle asservit les femmes pour se venger aussi… pour le profit qu'elles lui apportent sans doute par leurs activités charnelles, mais aussi pour se venger d'Halvarn qu'elle doit croire responsable de sa stérilité. Pour l'instant, je fais cette hypothèse sans pouvoir la vérifier. As-tu autre chose à me dire, Évinbard?

— Oui. Elle se fait appeler du nom d'Arthally ou de Ceidil. Je ne connais pas le nom d'Arthally, et sa sœur ne s'en était jamais servie. Aucune femme sur l'île ne porte ce nom ou ne l'a porté, sauf elle. Je crois que c'est une autre femme, une femme dont elle était farouchement jalouse, une rare beauté jeune et pimpante qui capturait les hommes comme il lui plaisait. Elle l'a tuée, j'en suis certain. L'autre forme qu'elle préfère, c'est celle d'une jeune blonde qui vit sur l'île, Ceidil. Je ne comprends pas encore comment elle a fait pour prendre la morphologie de cette fille sans la tuer. En plus, Azexerte en a fait une prêtresse.

— Crois-tu qu'Arthally a été une de ses filles?

— Il est fort possible que oui, mais elle ne fréquentait pas cette île. Azexerte n'y garde que les filles les plus dociles; celles qui montrent trop de caractère sont tuées ou utilisées à l'extérieur comme des hameçons pour capturer des hommes et les amener ici. Des filles qu'elle détient, elle tue celles qui prennent goût au plaisir intime, car c'est le privilège de ses prêtresses et d'elle-même. Un nombre indéfinissable d'enfants mâles ont été sacrifiés et enterrés à différents endroits. Parfois, quand je me promène dans les ravins, je peux les entendre pleurer. Ils cherchent leur mère. Ce sont des complaintes qui me rendent maussade… Voilà, c'est tout ce que je peux t'en dire, mâchil. Heureux exil, s'il m'aura permis de vous aider à libérer ce lieu maudit.

Silencieux, Azcalath gardait ses yeux noirs et vitreux tournés vers le sol. Il ne croyait à rien de ce que racontait son frère de race. Évinbard le sentait, mais il ne le souligna point.

Perdu dans ses pensées, Hilard revint sur quelque chose qui l'intriguait et d'une voix faible il demanda :

— Dis-moi, maintenant, Évinbard, pourquoi restes-tu ici, alors que tu pourrais si facilement t'évader ? Après tout, le Valnaos est vaste, profond et changeant ; il traverse et joint plusieurs lieux. Pourquoi cet endroit plutôt qu'un autre ?

— Eh bien, comme tu es un habitant des deux mondes, il me semble nécessaire de te répondre. Je le répète, je n'ai pas la capacité de prédire l'avenir comme Azcalath, mais je peux savoir où je dois aller, quand et pour combien de temps. Je sens que c'est ici que je dois être.

— Comment peux-tu savoir que tu ne t'égares pas ? Qu'est-ce qui te fait dire cela ?

— Une intuition confirmée par les signes des temps. Je trouve significative la coïncidence entre le choix du lieu de mon exil, votre arrivée après le retour d'Azexerte et du culte d'Hæline, votre questionnement et mon choix de vous apporter mes lumières. Quoi qu'il en soit, je préfère mener ma vie dans le silence et la solitude et cette île me convient.

Évinbard évitait le regard d'Azcalath et le hoblain le remarqua.

— Soit, ajouta Hilard. Nous savons qu'il est possible pour des créatures habitant le *Ténébrul* et d'autres *Lieux* de passer par le Valnaos et d'entrer dans les mondes des mortels. Il se pourrait qu'Azexerte soit possédée ou accompagnée par de tels êtres.

— C'est possible, mais, à mon avis, elle travaille seule. Son désir d'autorité est tel que même sa sœur cadette lui était pleinement soumise. Je ne vois pas pourquoi elle obtiendrait l'assistance d'êtres qui ne voudraient pas servir une mortelle, de toute façon. Mais, il est vrai que le Valnaos est malheureusement et heureusement ce qu'il est, un carrefour et une route royale qui relient certains Lieux. Ton hypothèse n'est pas à négliger, mâchil. Je ne vois pas tout ce qui se passe sur cette île, je le répète… Voilà, je crois que tout est dit.

Azcalath fit un signe de remerciement en avançant ses deux mains ouvertes vers son frère de race. Ils se saluèrent et chacun s'en alla son chemin.

En voyant Hilard ragaillardi par les informations qu'il avait obtenues, Azcalath, en souriant, lui dit :

— Maintenant, tu vas faire trois choses.

— C'est exact. Rentrer au camp, manger et dormir.

XV

RETROUVAILLES

Les *nigrales* fleurissent tard en
saison et, grâce à leur floribondité,
sont le symbole des relations difficiles.
Ériande, Flore du Wanlade

Chaque baiser est un adieu possible.
Barde anonyme

Sâphel se sentait en sécurité, entourée des bras de Brenmord. Elle savourait le moment présent qui dissipe trop vite
le parfum de la jeunesse dans les coulisses de l'âge. En bécotant doucement la nuque ivoirine de sa femme et en pressant
fermement sa taille contre lui, Brenmord avait regardé son
épouse s'endormir, mais les cris de Nôyane, leur nouveau-
née, la réveilla. Tous les deux se levèrent pour contempler
leur petite dans le berceau fabriqué par son père. Sâphel prit
Nôyane et regarda Brenmord en souriant. Il aimait le sourire
de sa femme ; c'était comme un baume précieux après une
journée pleine de frustrations.

Mais un bruit étrange, comme celui d'un loup qui pleure,

se fit entendre dans le mur tout près et le capitaine détourna son regard de son épouse. D'un coup sec, un grand œil bleu perçant s'ouvrit au centre du mur et, sans pudeur, lorgna le jeune couple avec sévérité comme s'il l'accusait d'un crime. Brenmord arracha une de ses propres côtes nues et la lui lança. L'œil fut crevé, le sang dégoulina sur le mur comme du miel vermeil et un cri féminin d'outre-tombe se fit entendre. Sâphel se mit à hurler de peur et de douleur, alors que sa peau se couvrait de furoncles et de pustules infectées. Elle laissa tomber Nôyane sur le sol. Elle la croyait morte, mais la petite se changea en une rose dont les épines étaient en fer. Les pétales suintaient le sang.

Avec Haldaguire, Crallas entra dans la chambre de Nôyane. La rouquine était vêtue d'une robe en mousseline de soie comme eux. Crallas avait la main gauche sur son sexe et, dans sa main droite, il tenait une torche allumée. Les trois se regardèrent et dirent en même temps :

— Faites entrer les fertiles !

Et les fertiles entrèrent par le mur ; car l'œil avait créé un trou immense par lequel une centaine de jeunes femmes nues passèrent. Elles avaient toutes un œil noir et l'autre blanc, les lèvres cramoisies et le teint blême. Aucune ne souriait, aucune ne parlait, aucune ne riait, et ce cortège de beautés lugubres entoura les trois hommes, Nôyane et Sâphel. Brenmord vit des branches de magamoniers pousser sur les murs. Quelques-unes s'étirèrent pour capturer sa femme et l'emporter. Il voulut la sauver, mais des racines sortirent également du plancher de bois et agrippèrent ses pieds. Sâphel fut engloutie dans le mur et disparut avec l'enfant.

Crallas et Haldaguire rejoignirent le capitaine au centre et ils s'embrassèrent tous les trois. Leurs corps se fondirent l'un dans l'autre jusqu'à ce qu'il n'en reste plus qu'un tertre de chair. Les jeunes femmes étaient stupéfaites et languissantes.

Elles voulaient enfanter des filles et craignaient d'enfanter des garçons.

L'amas de peau qui gisait au sol tourbillonna soudain, comme un ouragan épidermique. Le sang et la salive, la sueur et l'acide gastrique furent projetés dans tous les sens, tachant et brûlant les spectatrices horrifiées. Enfin la tempête se calma et Arthally se tint au milieu de ses esclaves infortunées. Ses longs cheveux châtains chatouillaient ses lombes d'albâtre et ses jambes graciles coupaient l'air, pendant qu'elle essuyait avec sa main les seins maculés de ses filles. Quand elle en eut terminé, elle se remit au centre et leva ses mains ensanglantées vers le plafond. Celui-ci se déchira aussitôt, laissant tomber jusqu'au sol une colonne de chair chaude sillonnée de veines larges, diaphanes et protubérantes.

Elle s'empara du tronc phallique en l'entourant complètement de ses jambes et de ses bras; puis, sans feindre le plaisir, elle se mit à rire de la joie euphorique et insane de l'orgueil. Sa lasciveté ne connaissait pas de bornes. Elle balançait la tête en poussant des cris orgiaques et en bougeant ses hanches de haut en bas avec entrain. Plus elle se mouvait sur le sexe géant, plus ses veines se remplissaient de nouveaux-nés, de bambins et d'enfants prépubères. Arrivées à leur comble, les veines se déchirèrent sous la pression des corps. Bientôt, le plancher fut rempli de sang et d'enfants gémissants.

Arthally n'en pouvait plus. La fatigue la fit tomber au sol. La colonne disparut subitement, au grand dam des fertiles. Les nouveaux-nés devinrent très vite faméliques et leurs os sortirent de leur chair flétrie. Les bambins plus âgés se levèrent et pourrirent aussi; leurs chairs pendantes comme des lambeaux fumaient et dégageaient une odeur cadavérique. Les enfants prépubères se redressèrent eux aussi, mais ne se putréfièrent pas; plutôt, leur corps se couvrit de plaies longues et creuses, comme s'ils étaient frappés par des lames invisibles. Ils se révoltèrent et, formant un cercle autour d'Arthally, se mirent à la frapper en hurlant toutes les injures possibles.

Tout à coup, elle se releva, ouvrit les bras et fit tomber le plafond. Elle se tenait triomphante et seule dans une grande plaine sombre, avec à ses pieds des milliers de morceaux de chair et d'os. De nouveaux murs et un nouveau plafond s'érigèrent presque instantanément autour d'elle. Ils étaient sombres et verts, et dégageaient une odeur de santal. Bientôt, ils se transformèrent en cinq grands miroirs dans lesquels Arthally se mira. Puis, sans savoir pourquoi, elle reprit sa forme première. Dans les glaces, Azexerte se vit telle qu'elle était. Sa fureur et sa frayeur crièrent et sa voix, secouée par les spasmes de l'orgueil, se fit de plus en plus perçante, au point que les miroirs éclatèrent.

En sueur sur son traversin de velours noir, elle se réveilla et sortit brutalement de son cauchemar, inquiète et perturbée. Depuis sa rencontre avec Lamoras, elle avait gardé la forme de Crallas, sa dernière proie, et s'était endormie ainsi. Elle sortit du lit dans sa chambre au temple et reprit la forme de Ceidil, la fille de Percipion, celle-là même qu'elle avait prise pour faire le sacrifice de Crallas. Azexerte préférait cette forme et celle d'Arthally aux autres, car toutes deux étaient très belles et avaient des courbes sinueuses, un bassin large et des cheveux longs, ainsi que des traits qui lui servaient d'hameçon pour ses proies ériandaises. Afin de régenter l'Auberge du Zymphe Heureux et d'y piéger Brenmord, Azexerte avait dû abattre Arthally, une proxénète qui en était la tenancière. Mais elle n'avait pas encore fait mourir Ceidil, bien qu'elle eût été intime avec elle pour en apprivoiser la forme.

En s'éloignant de son lit, elle gravit les quelques marches de sa chambre dont les murs étaient recouverts de grands draps de soie blanche et de tapisseries fines, puis elle prosterna énergiquement la tête et les mains contre le sol de pierres froides devant la statue de sa déesse adorée, enfoncée dans une niche. Identique à celle qui se trouvait devant le temple, elle présentait un visage rond d'albâtre ; le corps entier montrait des courbes généreuses ; on lui avait passé une robe en mousseline blanche qui lui descendait jusqu'aux pieds. Marengane, sa mère, avait porté souvent cette robe pour sacrifier ses victimes, et plus d'une tache de sang y était visible.

Troublée par les scènes de son rêve, Azexerte leva les bras vers la statue, et se mit à lui murmurer, toujours à genoux :

— Mère, je viens à toi ; car elle s'accomplit, l'œuvre que tu m'as confiée. Les jours penchent vers nous. Mais je viens à toi pour l'entendre de ta propre bouche. Explique-moi, dis-moi quel rêve tu m'as fait voir ? Son sens, je veux dire. Quel en est le sens, mère ? Parle-moi, ne reste pas silencieuse, je dois connaître le prochain sacrifice à t'offrir et le sens de mon rêve. Oui. Qui veux-tu que je te sacrifie ? Je t'entends, mère, bien sûr que je t'entends. Je n'écoute que toi… Lui ! Pourquoi lui ?

Depuis très longtemps, Azexerte écoutait attentivement la voix dans sa tête, la voix de la déesse Hæline. Elle s'en croyait la fille aînée. La déesse voulait perpétuer sa tradition et garder vivante sa mémoire. Surtout, elle voulait venger la mort de sa sœur Druvilde, qui avait péri sous la torture aux mains des galves d'Halvarn. Azexerte la remerciait souvent pour la revanche promise. Après un moment d'écoute intérieure, Azexerte eut sa réponse et continua en murmurant :

— Ah ! Je vois, maintenant ! C'est le meilleur choix, aucun autre choix n'est possible pour l'instant. Tu vois juste, comme il le faut, ma mère. Je te l'offrirai cette nuit même, ce sera pour nous une autre victoire ! Révèle-moi le sens de mon rêve, maintenant. Elle était là, Nôyane, elle est devenue une rose. Pourquoi ? Ah ! Je vois, j'en ai fait un chef-d'œuvre de docilité depuis son jeune âge, comme une fleur qui se laisse cueillir. Un atout irremplaçable pour notre œuvre ; mais elle avait des épines de fer. Comment est-ce possible ? Ah ! Ce sont les armes que j'ai grâce à elle ? Nôyane est une arme… je vois. Et cet œil dans le mur, que représentait-il, mère ? Celui du conseil ! Alors, pourquoi Brenmord l'a-t-il crevé avec sa côte ? Oui, je vois… Ça me paraît évident, maintenant. J'ai aveuglé le conseil en jouant Brenmord… un autre succès pour nous. Et les miroirs, la plus étrange, la plus élevée de tes inspirations ; pourquoi sont-ils si cruels ? Ah ! Oui, bien sûr, je n'aurais pas pu deviner une si grande sagesse. Ils sont les regards des hommes d'Ériande. Oui, je vois, maintenant, aussi les regards des galves et des ophimides. Et moi, avec ton aide, mère, je les fais éclater. Le triomphe est total et notre œuvre se poursuivra sans frein aucun. La vérité suprême vaincra le mensonge et ces hommes ridicules et hautains seront abattus un à un. Je te promets, ma mère, je te promets que tu seras vénérée de toute l'Ériande et rétablie dans ta splendeur antique. Et maintenant je vais nous libérer d'un autre de ces monstres.

Azexerte quitta sa chambre avec entrain, malgré le peu de sommeil qu'elle y avait pris. Dans la forme de la très belle et gracieuse Ceidil, elle s'en alla retrouver Ilswithe qui dormait encore sur le grand lit circulaire au milieu de la chambre qui lui était attitrée.

Au fond de la chambre de la prêtresse, Azexerte entendit gémir faiblement dans une alcôve que cachait un grand rideau de velours noir. Elle l'écarta et fit la découverte d'un jeune homme qui se trouvait attaché à une colonne près du mur et qui semblait dormir ; mais, vu de plus près, son corps nu grelottait légèrement. Azexerte s'en approcha et lui releva la tête. Il avait le regard terne, le visage blême et les lèvres sèches. La maîtresse alla secouer Ilswithe. Dès qu'elle se réveilla, Azexerte la gifla et lui dit d'une voix empreinte d'autorité :

— Depuis combien de temps est-il ici ? Dis-moi…

— Qui ? Aaah ! Lui… euh… trois jours.

— Il est resté attaché sans manger ni boire, debout et seul pendant trois jours ?

— Oui. Je me suis amusée avec lui et j'ai oublié qu'il était là.

— Sotte ! Détache-le et nourris-le, si tu veux mieux t'en servir. S'il est trop faible, tu ne pourras plus t'amuser. Tu me rejoindras après dans la chambre des fertiles. Fais vite.

— Oui, ma mère.

Azexerte passa par le dortoir des fertiles pour choisir celles qui ce jour-là devraient s'unir aux prisonniers pour être fécondées. Le lit de Loreïna était vide. Elle secoua Hostanny, une jeune femme aux yeux noisette et aux cheveux roux foncé, et lui demanda :

— Qu'est-ce qu'elle fait, Loreïna ?

À moitié réveillée, Hostanny lui répondit d'une voix douce :

— Elle est allée à la mi-journée cueillir des baies avec Mylde et Odia par le tunnel du Nord. Elles devraient arriver bientôt, ma mère.

— Prend Lumine avec toi et allez me les chercher.

Aussitôt, Hostanny se traîna hors du lit, mit sa robe et sa ceinture, sortit de sa cellule et alla réveiller Lumine, une jolie brune aux yeux verts. Elles partirent avec des lustes et deux glaives en bandoulière.

Azexerte prit avec elle trois fertiles vêtues de leur grand voile noir, ainsi que la tambourineuse, et descendit vers le cachot ; Ilswithe, qui avait mis un morceau de pain dans la bouche de l'adolescent après lui avoir donné un peu d'eau, les rejoignit presque en même temps.

Les hommes avaient faim et soif, la chair de leur dos et de leurs fesses brûlait à force de reposer sur des blocs de marbre. Une démangeaison aiguë autour de leurs poignets et de leurs chevilles où se trouvaient les chaînes ajoutait à leur souffrance. Quand Azexerte, toujours revêtue de la forme de Ceidil, fit son entrée avec les autres, la peur les saisit tous. Ilswithe versa le lait tiède sur leur sexe, mais ne remit pas les bandeaux sur leurs yeux, car ils devaient voir le macabre spectacle qui allait précéder le sacrifice de la prochaine victime.

Azexerte se plaça devant Léügue. Les fertiles se mirent à masser et à stimuler les autres. Il leur fallut de la douceur et de la patience pour aboutir au coït, car les hommes n'étaient pas dans le meilleur état d'esprit et de corps pour s'y adonner à cœur joie.

Finalement, Azexerte s'assit confortablement sur Léügue, qui récriminait de toute la force qu'il lui restait, étendu sous son bassin puissant. Il pouvait entendre Thorismond crier des injures au travers du bâillon qu'Ilswithe lui avait mis sur la bouche.

Dillian-Lorrus ne regimbait pas et regardait la jeune femme qui feignait de jouir en le stimulant pour obtenir sa semence. Hogarth était soulagé de constater que cette blonde aux yeux verts qui avait mis fin à Crallas avait choisi Léügue et non lui. Il promenait son regard entre elle et la jolie brune qui se berçait sur lui.

Avec beaucoup de patience, la maîtresse stimula le brigadier lentement, mais fermement, jusqu'à ce que la résistance de Léügue finisse par crouler sous la force et la constance de l'excitation et qu'elle obtienne l'érection désirée. Comme les autres avant lui, Léügue sentit se raidir sa colonne vertébrale. Il sentait l'eau quitter son corps et le souffle, ses poumons ; ses muscles brûlaient de l'intérieur et sa langue se desséchait. Bientôt, tout son corps fut en spasmes et il hurla de douleur en même temps qu'Azexerte criait de plaisir. Elle effectuait sur lui des mouvements de bassin violents et ses ongles plongeaient dans la chair de ses pectoraux.

Lorsque Léügue rendit le dernier souffle, il ne ressemblait

plus au grand brigadier râblé qu'il avait été. Azexerte se releva et fit signe aux filles de le prendre et de le déposer sur l'autel à l'extérieur. Ensuite, elle alla voir Thorismond et, après s'être léché le doigt, elle fit le tour de ses lèvres en lui souriant. Il l'aurait mordue, s'il l'eût pu. Ensuite, Azexerte quitta la cellule pour sacrifier le corps inerte de Léügue. Le cachot se vida encore une fois et les trois derniers prisonniers se regardèrent avec des yeux remplis d'une inquiétude mêlée d'une colère innommable. Et le silence revint les hanter.

Soudain, un coup de vent sorti de nulle part éteignit les torches, ce qui plongea le cachot dans une noirceur totale. Ils ne pouvaient plus se parler ni se voir et les bandeaux imprégnés de la salive des autres, au-delà de leur goût de vieux cuir, fendait les coins de leur bouche. Dillian-Lorrus se consolait en se disant que c'était sans doute la meilleure façon de mourir, que d'expirer en slaguant une belle blonde; mais, cette pensée ne le délivrait pas de sa peur de mourir.

Ils entendirent des crânes tomber du mur, comme si quelqu'un ou quelque chose les en avait décollés.

ᐁᑧᐁ

Plus tôt, Loreïna cueillait des baies avec ses sœurs, mais elle s'en tenait loin, car elle aimait être seule. Les deux autres respectaient son désir, malgré les dangers qui hantaient l'île. Elle avait vingt-sept ans et voulait à tout prix quitter ce lieu funeste. Elle rêvait de vivre, de retourner dans un grand centre et de rencontrer des hommes et des femmes en toute liberté. Si seulement elle pouvait enfanter un troisième mâle! Peut-être que la maîtresse l'enverrait ailleurs, comme elle l'avait fait pour Nôyane!

Depuis quinze ans, elle sillonnait ces bois et ces petits sentiers en répétant les mêmes gestes machinalement. Elle avait la tête rasée, car ses beaux cheveux noirs avaient été coupés sur l'ordre d'Azexerte ; la maîtresse ordonnait que les femmes qui enfantaient un mâle deux fois de suite fussent humiliées de la sorte.

Ses beaux yeux bleu foncé comme un crépuscule scrutaient la forêt avant l'arrivée du soir quand elle vit derrière les arbres le corps d'un homme qui gisait au bas d'une pente abrupte. Sans réfléchir et sans avertir ses compagnes, elle se mit à courir vers sa trouvaille. La prudence ne la précédait pas. Parfois, les vulcres déposaient à des endroits stratégiques le corps d'une de leurs victimes afin d'attirer l'attention d'une autre proie.

Autour du corps quelques rameaux cassés jonchaient le sol ; elles semblaient avoir amorti sa chute. Elle s'approcha sans crainte de l'homme et se mit à genoux pour le voir de plus près. Dans ses cheveux marron tressés qu'elle écarta pour mieux voir son visage, elle glissa sa main. Au bout d'un moment, il se réveilla et ouvrit lentement ses yeux émeraude. Elle lui demanda doucement :

— Comment t'appelles-tu ?

Il répondit faiblement avec une certaine mollesse, comme s'il cherchait son souffle :

— Barrand, et toi ?

— Loreïna.

Il se redressa difficilement sur ses coudes en la fixant intensément, curieux.

— Loreïna ! Serais-tu la fille de Lamoras ?

Quand elle entendit ce nom, les yeux de la jeune femme s'écarquillèrent et une grande excitation l'envahit. Elle répliqua énergiquement :

— Mon père s'appelle Lamoras. Pourquoi ? Tu le connais ?

— Si nous parlons du même homme, je suis colonel sous ses ordres. Il est général, maintenant. Si tu veux le revoir, et tu le peux parce qu'il est sur l'île, j'ai besoin de ton aide. Je suis tombé de là-haut très tôt ce matin. Ma jambe ne me porte plus et j'ai bien peur de ne pas pouvoir marcher pour le moment. Il me faudrait une infusion de chourppe pour me remettre en forme. J'en ai avec moi, sauf que, comme tu vois, je n'ai rien pour faire bouillir de l'eau.

— Je vais t'aider, mais, pour ta sécurité, il faut que tu restes muet… Je dirais même qu'on évitera des problèmes si tu peux faire le mort.

En essayant de retenir son trop-plein de joie, elle se mit à chercher ses sœurs afin d'obtenir leur aide. Elles étaient plusieurs centaines de mètres plus loin à la chercher aussi. Elles avaient terminé leur travail et filaient au travers des bois sur un petit sentier qui menait au très long tunnel du Nord. Elle rejoignit Mylde et Odia à qui elle fit signe de la suivre et repartit vers l'endroit où elle avait trouvé Barrand. Les filles coururent derrière elle, chargées de leur panier d'osier rempli de baies. Quand elles arrivèrent près de l'homme, Loreïna leur dit :

— Je viens de le trouver. Il faut le traîner jusqu'au temple. On ne peut quand même pas le laisser mourir ici.

Mylde braqua son regard dédaigneux sur elle et répliqua :

— Comment ? Le traîner jusqu'au temple ! As-tu perdu la tête, Loreïna ? On s'en balance, de ce bougre. Des hommes, on en voit mourir tout le temps. Penses-tu que je vais me fatiguer à tirer une brute comme lui ? Qu'il crève !

— Oui, c'est exact, qu'il crève là, le salaud ! renchérit crûment Odia.

Loreïna les regarda sans rien dire avec un grand sourire.

— Quoi ? demanda Mylde. Qu'est-ce qui t'amuse ?

— C'est le colonel de mon père. Les deux sont sur l'île et ils vont nous libérer !

Les deux filles furent estomaquées, mais ce fut Odia qui répondit.

— Le colonel ? Tu en es certaine ?

— Oui.

— Comment peux-tu savoir, Loreïna, qu'ils réussiront à nous sortir d'ici ? La maîtresse est tellement forte ! Ils risquent de mourir comme tous les autres.

Les compagnes de Loreïna n'étaient encore que des adolescentes et sa maturité lui conférait une autorité certaine sur elles. Elle mit les mains sur ses hanches et répondit à Odia avec fermeté :

— Mon père est général. Il sait ce qu'il fait. S'il est venu ici, c'est parce qu'il peut nous libérer. Ne posez plus de questions stupides et aidez-moi à traîner cet homme jusqu'au temple. Une fois là, nous en prendrons soin. Surtout, ne dites rien à personne, sinon vous gâcherez tout et nous resterons prisonnières de cette île le restant de nos lamentables vies. Vous voulez quitter cette île autant que moi, on s'en est souvent parlé. Je suis arrivée ici à douze ans et je dois être dans la vingtaine avancée, maintenant. Vous deux, vous ne connaissez rien d'autre que cette île. Vous n'aviez que cinq ans lorsque vous y êtes venues. Mais, croyez-moi, c'est bien mieux à Dagrenoque. Là-bas, il y a beaucoup de choses à faire, il y a des festivals et des fêtes foraines, des bals et des cirques dans de grands marchés fleuris. Quand j'y demeurais, j'allais à l'école et j'apprenais plein de choses. Ici, qu'est-ce qu'on fait, Mylde ?

— Bien, on cueille des baies et des pommes, on nettoie les planchers du temple, on aide à la cuisine, on…

Mylde hésita. Elle tentait de cacher sa tristesse. Ce fut Loreïna qui termina sa phrase.

— On fait quoi, Mylde ? On fait des enfants avec des étrangers afin de faire des petites filles pour que la déesse soit heureuse.

— Quand tu donnes la vie à deux mâles, est-ce que ce ne

sont pas tes enfants ? Oui. La maîtresse te les enlève et les tue. Ensuite, elle te rase la tête pour te faire comprendre que tu dois avoir honte. Et toi, Odia, tu veux passer ta vie à donner des œufs à la maîtresse comme une poule ?

Visiblement mal à l'aise, Odia replaça ses longs cheveux châtains derrière ses oreilles et baissa ses jolis yeux verts. Avec le sérieux affecté propre à son âge, elle répondit :

— Je pense qu'on ne devrait pas parler de ces choses, Loreïna. La maîtresse n'aimerait pas. Ici, au moins, on n'a pas les inconvénients du mariage, comme elle le dit, et il n'y a aucun homme qui nous dit quoi faire tout le temps, ou qui nous frappe, ou qui nous maltraite, ou qui nous trompe…

Fâchée par les propos d'Odia, Mylde lui coupa la parole et dit :

— Et aucun homme qui nous aime !

Sur le point de pleurer, Loreïna ajouta avec fougue :

— Je préfère vivre et souffrir avec un homme plutôt que de mourir sans avoir été amoureuse, sans avoir été aimée non plus, en restant ici comme une poule pondeuse de filles. Je veux me marier, moi, et avoir des enfants que personne ne m'enlève. En plus, mon père est sur l'île et je veux le revoir… vivant. Ne voulez-vous pas revoir votre père ?

Du haut de ses quatorze ans, Odia répondit, les larmes aux yeux :

— Je ne le connais pas. J'étais trop petite quand la maîtresse m'a emmenée ici.

Loreïna regarda Mylde.

— Et toi ? Ne veux-tu pas revoir ton père et ta mère ?

La gracile petite brune aux yeux bleus retenait mieux ses larmes.

— Je… mon père, il était… En fait, moi non plus je ne le connais pas. Je ne connais pas d'autre famille que celle-ci.

La fille de Lamoras s'indigna.

— Quoi ! Tu penses avoir une famille grâce à la maîtresse ? Mylde, réfléchis, tu rêves. Personne n'a de famille, ici. On y entre et on en sort. On ne revoit plus jamais les amies qu'on s'y fait. Souviens-toi d'Halandine. Je disais constamment qu'elle était trop belle pour demeurer ici longtemps. Eh bien ! la maîtresse l'a fait disparaître. Elle l'a envoyée slaguer de riches marchands à Tourvulogne. Nous étions comme des sœurs, toutes les deux ! Et tu te souviens de Lomira ? Elle avait les cheveux noirs comme moi, elle était grande avec un visage un peu long. Eh bien, l'an dernier, je cueillais des baies non loin d'ici. C'était un peu après mon troisième accouchement, mon premier garçon. Lomira et moi, nous étions de bonnes amies, tu sais ; on se connaissait depuis sept ans… Je l'ai trouvée pendue à un arbre. Savez-vous ce qu'il y avait sur le sol ? Un enfant mâle. Elle venait d'accoucher. Quand elle a vu qu'elle avait enfanté un garçon, elle a grimpé dans l'arbre, a mis une corde autour de son cou et s'est laissée tomber dans le vide. Elle avait dix-neuf ans. La maîtresse m'a ordonné de n'en rien dire. Qu'est-ce qu'elle vous a dit ? Qu'elle était partie pour Vol-de-Freux… En plus, ce n'est pas possible d'avoir la moindre conversation avec les quelques garçons qu'elle n'a pas encore fait brûler pour Hæline, ils ont tous la langue coupée ! Elle a peur qu'on leur parle et qu'on en tombe amoureuses, ou qu'ils ne nous soulèvent contre elle. Toute leur vie, trop brève au demeurant, ils mangent de la purée ou du pain mouillé. On n'a même pas le droit de leur adresser la parole. C'est ridicule, puisque de toute manière ils ne peuvent même pas nous répondre ; même s'ils le pouvaient, je ne voudrais pas vivre en ayant peur des garçons. Est-ce le sort que vous voulez pour eux ? Pas moi. Je les trouve très malheureux, les pauvres. Si j'étais un garçon, je ne voudrais pas vivre ici. Allez, aidez-moi, maintenant. Il faut le transporter.

En écoutant attentivement tout ce que Loreïna venait

de dire, Barrand avait deviné qu'elle avait pris le temps de détailler son discours pour lui, car ses compagnes ne faisaient qu'entendre ce qu'elles savaient déjà.

Avec son sens pratique, Mylde demanda :

— On n'arrivera pas au temple avant la nuit. Je n'aime pas marcher dans le tunnel après qu'elle soit tombée. En plus, la maîtresse se demandera ce qu'on est en train de faire. Et où est-ce qu'on va le mettre, une fois rendues ?

Loreïna gardait son calme. Après avoir réfléchi, elle répondit :

— Je pense que, le mieux, c'est de le cacher dans le garde-manger derrière la chambre des fertiles. Les seules qui l'ouvrent, ce sont les cuisinières. De toute manière, on ne va rentrer que quand elles seront couchées.

Elles durent mettre beaucoup d'efforts pour traîner le colonel jusqu'au sentier, qu'elles suivirent ensuite sur plus de deux cents mètres, jusqu'à l'orée de la forêt. Mylde n'avait pas dit le moindre mot, Odia non plus. Autant les deux adolescentes s'étaient plaintes à l'idée de transporter Barrand, autant elles s'étaient remarquablement dévouées à la tâche ; Loreïna les avait convaincues de la suivre.

Elles traversèrent un champ de nigrales qui balançaient leurs têtes rondes dans le vent frais. Leur nombre et leur taille ralentissaient un peu la marche des filles vers la porte du tunnel du Nord. Loreïna préférait ce raccourci, car le sentier, même s'il était battu, devenait rocailleux et bosselé plus loin, ce qui aurait rendu leur progression plus exigeante. En plus de Barrand, elles devaient porter leur panier de baies sans le renverser.

Après s'être arrêtées souvent pour reprendre leur souffle, elles parvinrent à la porte. Le soir fondait lentement les ombres des bois et des prés. Le tunnel avait été finement sculpté par des doargues exilés du temps où les galves d'Halvarn l'avaient fait bâtir. Il servait essentiellement de sortie de secours au temple, puisqu'il était bien caché. Deux de ses issues donnaient sur l'extérieur. La première avait sa porte secrète dans la caverne où Barrand, Nôyane et Throm avaient trouvé le corps d'Haldaguire sur un autel, l'autre menait à la crypte sous le temple et s'ouvrait dans une petite grotte qui donnait sur le champ de nigrales. Si Barrand, Throm et Nôyane l'avaient découverte, elle les aurait menés jusqu'au temple.

Une fois dans le tunnel, elles fermèrent la porte du Nord et déposèrent leur panier de baies afin de pouvoir marcher plus vite. Elles reviendraient plus tard chercher le fruit de leur cueillette. Après avoir parcouru près d'un kilomètre dans le tunnel avec Barrand, elles entrèrent dans la crypte par le passage secret. Ce fut là qu'Hostanny et Lumine les rejoignirent.

Les deux nouvelles venues obtinrent une description rapide de la situation et, comme elles étaient de bonnes amies de Loreïna, aucune question ne fut posée. Dans cette communauté de filles et de femmes, deux coteries ou castes existaient. Il y avait celle des prêtresses qu'Azexerte seule avait le pouvoir de nommer, toujours selon ses caprices, et celle des autres, des bras pour le labeur et des entrailles ouvrières. Seules les prêtresses pouvaient choisir avec quels hommes elles voulaient coïter ; ce privilège était vu comme le plus grand de tous, puisqu'il démontrait une victoire cultuelle et sociale des servantes d'Hæline sur les hommes et l'autorité des galves. Les autres n'avaient aucune liberté ; elles avaient l'obligation de s'accoupler avec des géniteurs choisis pour elles avec l'interdiction formelle d'en jouir.

La crypte était une longue chambre étroite de cent mètres par trente. Partout dans ses murs, des cercueils gardaient leur hôte dans l'immobilisme du dernier sommeil. Cent trente colonnes remplissaient l'espace mortuaire, telles des gardiennes silencieuses dont les yeux invisibles étaient à l'épreuve du temps. L'air humide et infect ainsi que la noirceur du lieu pressaient les filles de le quitter au plus vite. Si Hostanny et Mylde le détestaient, les autres le craignaient, surtout à cette heure. Elles avaient déjà ouï toutes sortes d'histoires concernant la crypte une fois la clarté disparue. On parlait de bruits insolites dans les cercueils, d'ombres qui passaient sur les murs et d'un vent, un étrange vent qui virevoltait entre les colonnes, alors que les portes étaient fermées à clef et que nul courant d'air n'était possible.

Elles serraient fermement leur cristal lumineux en se dirigeant vers le garde-manger. Quand elles eurent déposé Barrand dans un coin, après avoir monté une barricade de sacs et de barils pour mieux le cacher, Mylde les quitta afin de préparer de quoi infuser la chourppe du colonel comme le lui avait demandé Loreïna. Celui-ci ouvrit les yeux, se redressa un peu et dit :

— Hostanny ?

Ce nom, cette voix, ce regard résonnèrent dans le cœur de la fille comme l'écho d'un passé familier qui revenait soudain au moment où elle ne s'y attendait plus, où il était impossible même de se le figurer. Elle se retourna pour mieux regarder Barrand. Depuis qu'elle avait rejoint ses amies, elle n'avait vu en lui qu'un homme parmi tant d'autres, un misérable qu'elle n'avait pas vraiment détaillé, mais qu'elle découvrait soudain. Son cœur se fendit comme un saule sous la foudre et elle se mit à trembler.

Les larmes envahirent les yeux de Barrand en raison d'un trop-plein de douleur et de bonheur.

— Hostanny ? C'est toi ? Tu ne me reconnais pas ? C'est moi, ton père !

Après l'avoir regardé fixement un long moment, elle

337

détourna les yeux et partit en courant. Loreïna demanda aux autres filles de retourner à leur lit et de ne rien dire à qui que ce soit. Elle se pencha ensuite sur le colonel et le couvrit d'une couverture chaude. Mylde revint peu de temps après. L'effet de la chourppe ne tarda pas à se faire sentir et soulagea grandement ses douleurs. Il s'endormit malgré lui, sous les doigts apaisants de Loreïna qui lui caressaient les cheveux.

ᴂᴈ

Dès qu'il eut mis le masque, le lieutenant Sartas le sentit s'imprégner violemment de son visage et coller à sa chair comme un fer brûlant. Il cria. Il tenta en vain de l'enlever en tirant sur le bois de toute sa force ; l'objet l'emporta sur lui et resta figé sur ses traits.

Quand Bersaire et Cloram firent leur entrée dans sa cabine, ils trouvèrent le lieutenant sur le plancher, dans une position fœtale. Bersaire fut le premier à lui saisir l'épaule pour le coucher sur le dos. Sartas se laissa faire et roula nonchalamment. Cloram s'approcha, suivi d'Urdin qui avait laissé la garde du clairheaume et qui venait d'arriver.

Bersaire se retourna en le voyant entrer du coin de l'œil et lui dit avec force :

— Urdin, retourne au clairheaume, merde ! On ne peut pas ne pas surveiller cet endroit après ce qui vient d'arriver à Pircius !

Urdin ne dit rien ; il fit un tour sur lui-même et retourna à son poste. Ce colosse était comme une armoire ambulante ; il avait la tête rasée, ne portait ni barbe ni moustache et ouvrait sur le monde de grands yeux brun foncé.

De ses deux mains, Sartas prit Bersaire par le col et lui dit avec agressivité :

— Enlève-moi ce masque !

— Quel masque ? répondit Bersaire, étonné. De quel masque parles-tu, lieutenant ?

Sartas mit les mains sur son visage et ne sentit que sa peau sous ses doigts. Bersaire disait vrai ; quel masque ? Il n'était plus là physiquement, mais il en sentait la présence, il sentait même la texture du bois ; le masque était devenu invisible. Sous la loupe du regard de ses hommes, le lieutenant prit conscience de ce qu'il venait de vivre et chercha vitement comment atténuer le choc pour ses compagnons. Mais Cloram ne lui laissa pas le loisir de s'expliquer. Il prit le livre sur le lit et ouvrit le sac. Sartas lui ordonna :

— Lâche-le. Remets le livre et le sac sur mon lit, Cloram. Tous les deux, retournez au clairheaume. Ce qui est arrivé ici reste ici.

— Mais, dis-nous, lieutenant, que s'est-il passé… ici ? demanda Bersaire sur un ton fraternel.

Une inquiétude soudaine était visible dans les yeux de Sartas, alors que la douleur était encore vive. Mais il ne voulut pas continuer la conversation.

— Ce que j'ai dit à Cloram, je te le dis aussi, Bersaire, insista-t-il. Retournez à vos postes. J'ai eu un malaise et tout va pour le mieux. Maintenant, je dois continuer à lire ce livre pour en faire un résumé au conseil.

— Oui, mais tu as parlé d'un masque, lieutenant, insista Bersaire. Où est-il ?

Sur le point de quitter la chambre de Sartas, Cloram ajouta :

— Tout beau, Bersaire ! Viens, il n'y a pas de masque. C'était un malaise, c'est tout.

Les hommes quittèrent la cabine et reprirent la garde du clairheaume. Sartas se coucha dans son lit et s'endormit. Au bout d'un temps indéterminé, il ouvrit les yeux et se leva. Il se tint debout devant sa porte en se demandant pourquoi elle était là. Il l'ouvrit et suivit la coursive jusqu'au clairheaume.

Quand il y pénétra, ses hommes se retournèrent, stupéfaits de le voir si pâle, et Bersaire, le plus prompt à faire des remarques, lui dit :

— Sartas ! Merde, tu es blême ! Qu'est-ce qui se passe ? On dirait que tu as regardé la mort dans les yeux.

Le lieutenant ne parlait pas. Livide, il se contentait de les fixer de ses yeux froids. Il s'avança vers l'élucion et mit la main sur lui. Aussitôt, la créature se dessécha. Le lieutenant se tourna vers Cloram et lui attrapa la main qu'il serra vigoureusement. Cloram s'exclama :

— Non, mais… lieutenant ! Qu'est-ce qui te prend, fils de porc !

Sous les yeux terrifiés des deux autres, Cloram se mit à se flétrir rapidement. Sa chair séchait par morceaux et tombait comme des flocons beiges. Il ne pouvait plus bouger ni respirer ; ses longs cheveux roux blanchirent à vue d'œil ; même ses yeux bleus devinrent comme de petits raisins secs. Sartas pencha la tête vers son propre torse et vit une épée flamboyante le transpercer. Il se retourna lentement en laissant tomber par terre le cadavre vieilli et déshydraté de Cloram. Il vit Urdin et son épée Ilispira, qu'il venait de lui plonger dans le corps. Le lieutenant était en feu, mais il ne brûlait pas.

Bersaire dégaina son braquemart, une courte épée très affilée, et se jeta lui aussi sur Sartas. Avant qu'il l'ait atteint, il reçut un coup de pied dans le ventre et se courba en deux. Mais il reprit bientôt ses sens et, sans hésiter, il abattit de toutes ses forces son arme sur la nuque du lieutenant. Il dut donner cinq coups avant que la tête et le corps tombent chacun de leur côté. Urdin s'approchait pour reprendre son épée quand soudain la main du lieutenant lui saisit le pied. Bersaire bondit tout de suite et coupa la main. Sous le cou tranché du lieutenant se mirent à croître des pattes osseuses, comme celles d'une araignée. Grâce à elles, la tête de Sartas se redressa et leur chanta sur un air joyeux :

> Il est de par la terre à tous les jours infâmes
> Des êtres que nourrit la maîtresse des femmes,
> Et qui, par leurs desseins belliqueux et futiles,
> Contre elle déployant leurs armes inutiles,
> S'égorgent sous son règne et meurent malheureux.
> Si seulement leurs fers, dans leurs complots affreux,
> Avaient pu incliner leurs lames infantiles !

Cette tête qui chantait sur le sol, debout sur des pattes osseuses, était horrible à voir pour les deux brigadiers. Bersaire avança de six pas et donna un grand coup de pied dans la bouche de Sartas. La tête alla percuter le mur et s'écrasa sur le sol.

Sartas se réveilla soudain dans sa chambre, trempé de sueurs froides. Bersaire frappait à sa porte. Le lieutenant ne sentait plus le masque sur son visage ni aucune douleur. Il se leva et ouvrit à son compagnon d'armes.

— Quoi ? Qu'est-ce que tu veux ?

— Pas besoin d'être bête, merde ! Je viens voir comment tu vas. Tu dors depuis longtemps.

— Je vais mieux. N'en parlons plus.

— Soit. N'en parlons plus. Nous devrions partir d'ici ; le crépuscule est sur nous. Il nous faut nous cacher sur un îlot quelque part et attendre l'aube comme tu l'as suggéré hier. Le sort de Pircius ne durera plus longtemps et cette grotte peut inviter les loups d'azur à l'explorer. Je suis certain que ces brigands maudits peuvent voir dans le noir, puisqu'ils voyagent même pendant la nuit. Il faudrait nous cacher sous des magamoniers. C'est toi qui traces l'itinéraire, mais je ne crois pas que ce soit une bonne idée de rester ici. On ne sait même pas jusqu'où cette caverne se prolonge.

— Y a-t-il eu d'autres manifestations de cette chose dans la voûte ?

— Non, elle se tient tranquille.

— Bon ! Allons-y.

Le *Faucon-Noir* s'éleva et ils quittèrent lentement la grotte pour plonger dans les derniers rayons crépusculaires. Cloram scrutait attentivement l'horizon dans tous les sens à l'aide de son œil-d'aigle, en espérant qu'aucune embuscade ne les attendît. Il eût aimé que l'équipage fût plus nombreux, mais il était contraire aux règles du conseil qu'une telle expédition informative comprît plus de six hommes ; une règle que Cloram et plusieurs brigadiers réprouvaient ouvertement, n'en trouvant ni le sens ni l'utilité. Le *Faucon-Noir* sillonna lentement le ciel en voguant entre les îles, dans les nuages.

Une île densément boisée attira l'attention de l'équipage. Sartas fit descendre le sauteur dans un vallon sombre et le posa sous des magamoniers, comme l'avait suggéré Bersaire. Le bruit des branches glissant sur les fenêtres du clairheaume leur fit comprendre qu'ils étaient bien cachés.

Cloram insista pour qu'ils enterrent Pircius et Sartas donna son accord, en le chargeant de s'acquitter de la tâche avec Urdin. Le corps décapité de Pircius fut donc inhumé sans cérémonie. Bersaire et le lieutenant devaient explorer les environs, comme la procédure de sécurité l'ordonnait. Ils marchèrent le long d'une circonférence de cent mètres autour du sauteur, luste en main. Sans avoir rien trouvé de particulier, ils revinrent vers le vaisseau.

Malgré son somme, Sartas se sentait étrangement fatigué. Les quatre compagnons prirent le repas du soir dans la cabine du capitaine. À la fin du repas, Bersaire osa s'adresser à son supérieur sur un ton plus familier.

— Lieutenant, je suis inquiet. Tu m'as dit plus tôt de ne plus parler de l'incident de ta cabine, mais ton visage est blême et tes lèvres sont pâles. Je ne t'ai jamais vu dans un tel état. Ne vaudrait-il pas mieux qu'on retourne à Dagrenoque ?

Avec raison, Sartas demeurait anxieux du fait qu'il n'ait pas pu retirer le masque, qui continuait de lui coller à la peau tout en restant invisible. Paradoxalement, même s'il était fatigué, il se sentait plus fort, plus vigoureux. Il se consolait en se disant qu'il allait faire une visite chez les ophimides une fois de retour à Dagrenoque.

— Ne t'en fais pas pour moi, répondit-il, je me sens très bien. Je suis fatigué, c'est tout.

— Vraiment, Sartas ? Je t'ai déjà vu fatigué ; tu n'avais pas l'air…

— C'est bien, Bersaire ! Je t'ai dit que je me sens bien. D'ailleurs, je vais aller dormir. On repart juste avant les premiers rayons de l'aube, en espérant que ces brigands auront déguerpi pendant notre sommeil, si ce n'est pas déjà fait.

— On ne sait même pas s'ils nous ont vus, dit Urdin tout bas.

— On ne prend pas de risques, Urdin, répondit Sartas. Nous sommes quatre dans un sauteur. Ils sont peut-être vingt-cinq dans un vogueur, sinon plus. C'est assez pour moi. Bon sommeil et à demain.

Ils replongèrent dans leurs rêvasseries de militaires et burent le reste de leur vin. Cloram et Bersaire s'en allèrent chacun dans sa cabine. Urdin retourna dans le clairheaume pour entreprendre sa garde nocturne.

Après un temps, las de tourner en rond dans ce lieu clos, il voulut prendre l'air. Il se rendit sur le pont et s'y installa pour observer la forêt ténébreuse et le ciel silencieux. L'air frais du soir et l'odeur des magamoniers lui étaient agréables. Il aimait ce moment de calme où il pouvait penser à la mort récente de Pircius et l'assimiler un tant soit peu. Les deux hommes se connaissaient depuis dix ans déjà.

Urdin ne versa aucune larme. Son père lui avait enseigné qu'un brigadier ne devait pas pleurer. C'était ainsi. Il s'efforçait donc de retenir ses larmes comme un homme digne de sa profession.

Il entendit soudain, à dix mètres environ de l'autre côté du sauteur, un bruit qui ressemblait à celui que fait la terre lorsqu'elle est remuée. Il provenait de l'endroit même où Pircius avait été enterré. Urdin traversa le pont pour voir de plus près ce qu'il en était. Dès qu'il sortit son luste, il vit un trou d'un mètre et demi de circonférence à l'endroit même de la sépulture.

Urdin ne pensa pas un instant à réveiller ses compagnons d'armes. Il mit son épée au clair et descendit vers le trou. Il s'agenouilla sur le bord et mit sa main dans une riche texture onctueuse, comme une sorte de sécrétion larvaire qui se mêlait à la terre retournée. Une bouche béante de noirceur s'ouvrait sur un puits profond qui dégageait une forte odeur de terre fraîche et de chair pourrie. Sans trop réfléchir, il étendit la main qui tenait le cristal au-dessus du trou afin d'en sonder la profondeur. Il y vit des racines de magamoniers arrachées ou mangées, avec des traces de sécrétions qui descendaient à perte de vue. Il resta ainsi un bon moment à se demander ce qu'il convenait de faire; il opta finalement pour l'inaction. Pircius était mort et ce qui avait fait ce trou était sans doute nécrophage. Il était bien inutile de vouloir retrouver le corps.

En se relevant, il perdit pied sur la terre mouvante et glaireuse. Il glissa dans le trou avec Ilispira, son épée, alors que son luste tombait sur le sol. Urdin réussit à s'agripper à une racine, mais la sécrétion glissante ne lui permit pas de se retenir. Le brigadier chuta dans le cylindre obscur et disparut.

Au milieu de la nuit, lorsque Bersaire vint prendre son tour de garde, il remarqua tout de suite le luste de son compagnon d'armes, par terre, près du trou. Il appela Urdin. N'obtenant aucune réponse, il alla aussitôt réveiller les deux autres pour leur faire part de son inquiétude et les informer du grand trou qui se trouvait à la place de la tombe de Pircius.

En se voyant ainsi réveillé alors qu'il dormait si bien, Sartas se montra d'une humeur exécrable. Cloram afficha de meilleurs sentiments. Il courut chercher une longue corde dans la soute sous le pont. Il était déjà sur le lieu quand Sartas et Bersaire arrivèrent. Sartas lui demanda sans aménité :

— Cloram, qu'est-ce que tu fais ?

— Je descends chercher Urdin, lieutenant.

— Sans mon autorisation ?

— Je ne la croyais pas nécessaire pour…

— Quoi ? Tu ne la croyais pas nécessaire ? Pour descendre dans un trou en pleine noirceur chercher un compagnon qui manque ? Attache la corde à un arbre et jette-la dans le trou. Je vais descendre en premier ; quand je serai au fond et que j'estimerai l'endroit sécuritaire, tu descendras. Mais, avant la corde, lance le luste dans le trou, que nous en voyions la profondeur approximative.

Bien qu'un peu frustré, Cloram fit ce que lui demandait le lieutenant. Il n'en voulait pas à Sartas pour son attitude. Sa fatigue, sans doute, n'y était pas pour rien. Il était reconnu pour être rigoureux et grognon quand il était fatigué. Le cristal tomba et disparut complètement dans le noir.

Cloram tourna la tête vers Sartas.

— Le luste a disparu. C'est trop profond. Si Urdin est tombé là-dedans, il n'a pas pu survivre à sa chute.

— Voilà une conclusion hâtive, Cloram. Et dire que tu t'apprêtais à y descendre !

— Peut-être que le trou passe au travers de l'îlot ? dit Bersaire.

— J'en doute, il n'y a que de la pierre sous nos pieds. Il faudrait qu'une créature ait pu creuser le roc. Vous me pardonnerez mon ignorance, mais je n'en connais aucune capable de faire une chose pareille.

— Pardon, lieutenant, ce que tu dis est logique, mais, ce que je voulais dire, et j'aurais dû le spécifier, c'est qu'il y a peut-être une cavité naturelle qui traverse l'îlot, une caverne ou une grande grotte. En creusant hier, nous avons pratiqué une ouverture au-dessus. Je n'en sais pas plus. Ce n'est qu'une hypothèse.

Distrait par ces événements, Cloram n'avait rien entendu de ce que les deux autres venaient de dire. Il laissa froidement tomber :

— C'est un *lapiderde*. Je m'en souviens, maintenant. Oui, un lapiderde. C'est le mot que Pircius a utilisé il y a deux ans, alors qu'il m'expliquait comment les doargues réussissent à creuser aussi profondément dans leurs montagnes.

Sartas se mit à bâiller. Il cracha crûment :

— Quel nom ridicule ! Il faut être un pédant pour chier un mot comme celui-là !

Mais Cloram était pris dans ses raisonnements. Il scrutait sa mémoire à la recherche d'informations supplémentaires.

— Ce sont des vers qui creusent dans la pierre, ajouta-t-il comme si les autres n'avaient rien dit. Apparemment, les doargues les apprivoisent et s'en servent…

Sartas lui coupa la parole.

— Cloram, je n'en ai cure, de ce que c'est, vois-tu ! Je n'en ai vraiment cure. Tu n'as jamais vu l'intérieur d'une cité doargue et moi non plus. Ce sont peut-être de belles petites légendes qu'on raconte à nos enfants. Pircius est mort et Urdin, fort probablement aussi. C'est loin d'être bon pour ma réputation. Pour le moment, je retourne me coucher. Les beaux discours sur des probabilités n'arrangeront rien. Je t'interdis devant témoin de descendre à la recherche d'Urdin.

— Soit. Je m'en vais me coucher.

Bersaire demeura seul. Juste avant les premiers rayons de l'aube, il réveilla Sartas et Cloram à nouveau. Ils vérifièrent l'îlot en espérant quelque signe d'Urdin, mais, n'y trouvant rien, ils conclurent avec Sartas qu'il fallait partir sans avoir la certitude de sa mort. Le *Faucon-Noir* reprit son envol parmi les magamoniers jaunissants. Réunis tous les trois dans le clairheaume, ils ressentaient vivement l'absence de leurs deux compagnons, mais seul Cloram, plus sensible, se demandait s'ils avaient fait le bon choix en abandonnant à son sort l'infortuné Urdin.

Ils ne furent pas sitôt sortis de leur cachette que Cloram vit, grâce à son œil-d'aigle, un vogueur se précipiter sur eux. Il se retourna d'un coup et dit avec inquiétude:

— Ah! Ces fils de chiennes! Nos efforts ont été vains, lieutenant. Les brigands nous ont repérés. Il nous faudra déployer toute notre habileté pour les perdre. Nous avons une longueur d'avance, heureusement!

Bersaire était furieux. Il avait soutenu son lieutenant dans cette histoire de cachette. Comme pour protéger son orgueil, il affirma:

— Je savais que nous aurions ces emmerdeurs à la poupe! J'aurais dû tenir à mon idée première, glisser sans s'arrêt jusqu'à la cible en passant entre les îles, à fleur d'eau. Comment se fait-il que ces salauds ne nous aient pas attaqués durant notre sommeil? Je suis certain qu'ils connaissaient l'endroit où nous étions.

Mais Sartas ne faisait aucun cas de ce que disait Bersaire. Il tenait le crâne, parfaitement calme.

— Messieurs, dit-il, quand on vous dira que la merde ne tombe pas du ciel, vous aurez la preuve du contraire. Bersaire, prends le fond du clairheaume. Cloram, tiens-toi bien. Ces loups vont comprendre ce qui arrive à ceux qui pourchassent le *Faucon-Noir*!

XVI

LA BRUNANTE BLONDE

> Il y a des ruses trop belles
> pour être vraies.
> *Galadeil, mâchile*

> La vie est un pont invisible
> entre l'incertitude et la foi.
> *Glavère l'Aveugle, gerthul de Norength*

Au moment même où Hilard rentrait au camp, Lamoras sortit de la tente-auberge et dit à Percipion :

— Rentre te coucher un peu. Je n'arrive pas à dormir, j'ai l'esprit en bataille. Tu reprendras plus tard.

Le galve répondit, un peu intimidé :

— Quoi ? Est-ce que tu penses que je n'ai rien dans la tête ?

Lamoras ne répondit rien. Le galve baissa le regard, mit des fagots au feu et entra. Hilard n'était pas d'humeur à rire. Il ne regarda même pas le général en se dirigeant vers la porte. Lamoras s'en aperçut.

— Je sais pourquoi tu es fâché, Hilard. Viens me voir, je vais t'expliquer quelque chose.

Hilard s'arrêta, la main sur la poignée de la porte, et répliqua sans regarder Lamoras, avec une voix posée, les yeux fixés sur la porte :

— Expliquer ? Oui tu m'expliqueras quelque chose, tu m'expliqueras comment un général aussi habile peut soudainement devenir aussi stupide. Tu m'expliqueras tout… après que j'aurai mangé.

Il revint avec une pomme de terre crue et deux carmiles séchées. Avant de dévorer le poisson, il dit à Lamoras :

— Explique-toi… J'écoute.

Lamoras plongea le regard sur l'autre rive du gouffre ténébreux et leva la tête doucement vers le ciel nocturne. Il prit une grande respiration et se calma. Hilard n'insista pas, préférant le laisser parler à son rythme. Lamoras reprit en laissant tomber ses longs cheveux noirs poivrés sur ses épaules :

— Hilard, je n'ai pas trahi notre amitié… Seulement en apparence. Je te crois depuis le début. Cette maîtresse nous prend pour des imbéciles. Alors, il faut jouer aux imbéciles ! Tu as raison quand tu dis que Crallas ne serait jamais revenu demander pardon. C'est le faux pas qu'elle a fait. Et tu as raison quand tu dis qu'il ne place pas sa main sur sa hanche pour parler. Je ne l'ai jamais vu poser ce geste et je le connais depuis sa préadolescence !

— Donc, tu ne le connais pas depuis longtemps.

— Ha ! Très drôle ! Tu ne sais peut-être pas ce que c'est que de gérer Honorayon en tant que membre influent du conseil ; mais, c'est une véritable épreuve pour moi, Hilard. L'incident avec Hogarth était prévisible, mais il n'a pas donné une bonne impression au mage et, tu le sais, il faut s'assurer la faveur des ophimides. J'ai souvent dit à mon père que le conseil servait de garde-fou entre eux et les calastaires ; c'est grâce au conseil si la cité ne brûle pas en entier. La seule raison pour laquelle ils nous écoutent, c'est que les lames sont leur invention, à l'origine. Ils en sont trop fiers pour leur nuire, même s'ils en sont devenus, comme Honorayon, des espions détachés. J'ai toujours cru que sa présence n'était rien d'autre qu'un moyen d'observation pour son ordre… Il faut vivre avec cette réalité, Hilard, même en mission. Quand j'ai vu qu'il ne te croyait pas, j'ai fait semblant de le suivre. C'est très délicat de contre-dire un être aussi imbu de lui-même ; la moindre rebuffade le rend agressif. Tu peux voir à quel point il n'est pas paisible. Il a de belles théories, il parle très bien, son éloquence est enviable, son éducation, raffinée, il utilise la talmache avec une virtuosité admirable, tout est rangé dans son habillement, rien ne laisse paraître qu'il est un vieux serpent ; mais il est plus haut que tout le monde et il joue à l'homme humble. Et tu as certainement observé que l'intimité de ce mage est com-plètement inaccessible. Zébaldon est écrasé sous cet homme. Je me demande parfois s'il n'obéit pas par peur plutôt que par devoir… Bon ! Je devais t'expliquer ces choses, Hilard. Morüngar m'a dit tout ce que le phraxar t'a révélé. Tu me pardonneras facilement de l'avoir remis en question. Si nous ne les avions pas écrasés, ces phraxars, jamais ils n'auraient été des collaborateurs.

— Qu'est-ce que tu veux faire, maintenant ?

— Je vais attendre Crallas et Léügue.

— Mais, Crallas ne reviendra pas, tu le sais, Lamoras !

— Il ne reviendra pas, c'est vrai ; mais il faut tout de même se rendre au temple.

— En fait, il n'est pas très loin. Si nous pouvions traverser ce gouffre, le temple se trouve derrière la colline là-bas, dans un vallon. Sinon, il faudra reprendre le même chemin depuis le premier pont, ce qui prendra au moins un autre jour de marche à cause des méandres de la rivière et, bien sûr, de l'absence de pont. À moins de…

— À moins de quoi ?

— À moins que je ne vous fasse passer par la voie du Valnaos. Cela pourrait se faire deux personnes à la fois. Je crois que ce serait la prochaine étape. Nous n'aurions pu le faire avant, parce que je ne savais pas où était le temple et ton père me voulait invisible dans cette mission. Et encore, peut-être que nous aurions pu, mais bon, je ne suis pas hoblain à contrarier ton père. En somme, il faut que la maîtresse, cette Azexerte…

— Tu connais son nom ?

— Oui. Enfin, je crois que c'est son nom.

— Comment le sais-tu ?

— Ah, Lamoras, ne sais-tu pas encore qu'il y a parfois des réponses claires dans des endroits ombreux ? C'est un halioste qui me l'a dit. Bref, comme je le disais, il faut qu'Azexerte vienne jusqu'à nous, que nous soyons en mesure de bien l'identifier et de l'abattre ou de la faire prisonnière. Mais je soupçonne qu'elle voyage partout sur l'île, et rapidement. Si ce n'est pas grâce à un don surnaturel qu'elle le fait, c'est grâce à la talmache ou à un objet qui en est imprégné. Chose certaine, elle nous abat l'un après l'autre et nous chasse comme des lapins de garenne. Je soupçonne aussi qu'il faut se méfier de Léügue et de tout autre membre du groupe d'Hogarth. Crallas ou la maîtresse, bref, la chose qui était ici a parlé de Léügue ; elle l'a isolé des autres dans son histoire. Je me méfie de tout ce qu'elle a raconté. Ah, Lamoras, je dois dormir, maintenant.

— Vas-y. Merci de ta compréhension, l'ami.

— Bon sommeil.

Lamoras se tenait droit près de la tente et du feu, observant attentivement le peu qui lui était visible dans la douce et faible lueur bleutée qui s'étend sur le monde quand vient l'obscurité sans nuages. Percipion sortit quelque temps avant l'aube et vit le général assis sur une pierre surplombant le ravin. Il marcha jusqu'à lui.

— C'est mon tour, dit-il.

— Oui, en effet.

— Général, crois-tu qu'on retrouvera nos femmes et nos filles ?

— Non. Peut-être nos filles, au moins quelques-unes ; mais nos femmes, non. Arrêterons-nous la criminelle responsable de ces crimes ? Oui. Quand ? Je ne pourrais le dire, mais nous l'arrêterons. Retrouver chacune de nos filles me paraît pour l'instant une tâche énorme, peut-être même irréaliste.

— Certains te reprochent ce défaitisme.

— Tant pis. L'espoir n'appartient pas à un général, seulement la réalité. L'espoir appartient au peuple, qui n'a pas les moyens d'affronter la réalité comme il le voudrait et de mettre l'avenir dans sa main ; alors, il espère. Un général agit avec ce qu'il a devant lui, rien d'autre. L'espoir lui est inutile, puisque l'avenir est à lui. À quoi me servirait d'espérer que, bientôt, malgré toutes les désillusions que nous vivons, nous retrouverons nos femmes, puisque je n'ai pas encore les moyens de parvenir à un tel résultat ? Mais, les moyens, je les acquiers un à un ! Quand je les aurai tous et qu'il me sera possible de m'en servir à bon escient, je retrouverai ma femme ou je ne la retrouverai pas.

— C'est bien dit, général. Mais tu oublies une chose importante.

— Laquelle ?

— L'espoir nourrit l'action comme la fierté, le zèle.

— Vrai. Mais, on ne nourrit que quand il y a faim. Et je n'ai pas faim d'espoir. Je n'ai pas besoin d'espérer, moi, pour faire. Je fais, parce qu'il le faut. C'est le devoir qui prime, ici, Percipion.

— Je pense que tu étouffes l'espoir pour ne pas être déçu, général.

— Libre à toi de m'interpréter comme il te plaît. Qu'Halvarn te garde !

— Oui, bien sûr… Et toi aussi !

Lamoras entra dans la tente pour dormir les quelques heures qui restaient avant l'avènement des premiers rayons. Percipion prit sa place sur le rocher et se mit à réfléchir en silence. Il se leva pour ranimer le feu à quelques reprises, jusqu'à ce que l'aube lui caresse le visage.

Plus loin, à quelques pas dans la forêt, Azexerte apparut avec sa jeune prêtresse Ceidil, dont elle avait pris la forme. Les deux jumelles, postées sous les rameaux imposants d'un magamonier, pouvaient voir le camp de Lamoras, ainsi que Percipion assis sur le bord du précipice.

— Souviens-toi de ce que je t'ai expliqué, dit Azexerte à Ceidil. Redis-le-moi.

— Oui, ma mère. Tu m'as dit de ne pas lui révéler que je suis une prêtresse, mais de lui dire que je suis sa fille. S'il ne me reconnaît pas, je dois lui rappeler certains souvenirs de mon enfance. Tu m'as dit aussi de ne pas être d'accord avec ce que dira un homme appelé Léügue quand il fera son apparition et de leur recommander chaudement la traversée du pont invisible qui mène au temple. Si on me demande comment j'ai fait pour trouver le camp, je dis qu'un dénommé Hogarth m'a parlé d'un galve d'Halvarn nommé Percipion et que je me suis mise à sa recherche par moi-même. S'il me demande où sont ces hommes, je lui réponds qu'ils sont prisonniers et que je suis partie en secret de mon propre gré pour les en avertir.

— Très bien, Ceidil ! Souviens-toi : parle peu, presse-les gentiment de te suivre et ne révèle pas que tu es une prêtresse. Il ne faut surtout pas que tu donnes un ordre à Nôyane. C'est clair? Si tu le fais, ils devineront ton ascendant sur elle et douteront de ta candeur. N'oublie pas que les hommes sont comme des chiens affamés. Ton intelligence et ta beauté sont comme un os bien charnu. Tu les mènes où tu veux. C'est toi qui règnes sur eux, Ceidil, toi, pas le contraire. Va! Ne me déçois pas.

La blonde et ravissante Ceidil s'éloigna dans la fraîcheur de l'aube en fendant les hautes herbes de ses jambes graciles. Elle était vêtue d'une longue cape de velours noir qui cachait partiellement des vêtements de saison. Elle était magnifique.

Elle s'approcha du galve debout près du feu, enleva son capuchon noir et le fixa en lui disant:

— L'aube est belle, ce matin, n'est-ce pas?

Percipion se cambra un peu; il ne savait comment accueillir cette intruse. Il était impressionné par la beauté de la jeune femme, mais ne savait pas quelle était sa motivation. Se disant que la maîtresse était devant lui, avec toute la fierté que lui autorisait son statut de ministre du culte, il répondit:

— Oui, l'aube est belle ce matin. Halvarn fait des merveilles, n'est-ce pas?

Elle sourit.

— Justement, en parlant d'Halvarn, je cherche son galve. Tu sais où je puis le trouver?

— Pourquoi? Qu'est-ce que tu lui veux?

— Il se nomme Percipion. Je suis sa fille.

Percipion garda son air froid.

— Et quel est le nom de sa fille?

— Je m'appelle Ceidil.

Cette déclaration frappa durement le galve qui n'en crut ni ses yeux ni ses oreilles. À peine quelques heures auparavant, il avait demandé à Lamoras s'il croyait qu'ils retrouveraient leurs filles et voilà que la sienne était là, devant lui. Il reconnut les traits mûris de sa petite Ceidil, le contour de ses yeux, son faciès en général. Il s'approcha d'elle, lui mit les mains sur les épaules et, doucement, avec une tendresse qu'il ne montrait jamais, il lui dit :

— Ceidil… C'est un nom que je n'ai pas entendu depuis quinze ans. Tu n'avais que quatre ans lorsque tu es disparue de ma vie. Je reconnais tes traits d'enfant. Les souvenirs me reviennent. Mais, dis-moi, pourquoi es-tu venue me voir à l'aube, et seule ?

Il n'eut pas sitôt posé sa question que Lamoras et Hilard sortirent de la tente. Le galve leur présenta sa fille et les deux se regardèrent, sceptiques. Hilard reconnut la femme qui avait fait brûler le corps de Crallas et, sans égard pour l'état de félicité dans lequel nageait Percipion, il apostropha crûment Ceidil.

— Tu as du courage ou de la folie de te montrer ici. Je t'ai vue sacrifier le corps d'un des nôtres sur l'autel devant le temple. Que veux-tu de nous ?

Ceidil répondit avec douceur en regardant son père étonné.

— Je suis la fille de Percipion. La maîtresse de cette île prend ma forme pour sacrifier. Elle dit que les cheveux blonds plaisent à Hæline. Je suis sa captive et je viens vers vous pour obtenir de l'aide. Il y a des filles dans le temple qui aimeraient quitter ce lieu comme moi-même. Quand j'ai entendu dire qu'un galve d'Halvarn était ici, je me suis empressée de vous retrouver en secret. La maîtresse est en ce moment endormie dans le temple.

— Comment as-tu appris qu'il y avait un galve ici ? demanda Lamoras.

— Cinq hommes sont entrés dans le temple et ont dîné avec nous. La maîtresse les a fait emprisonner dans un cachot souterrain adjacent à nos chambres. J'ai pu leur parler en cachette. Ils m'ont dit que vous étiez sur l'île. Je vous cherche depuis hier.

Hilard ne ressentait pas chez elle ce qu'il avait senti la veille chez le faux Crallas, et, comme il n'était pas totalement convaincu de la sincérité de la jeune blonde et qu'il ne la connaissait pas depuis longtemps, il voulait lui poser une question, mais Honorayon et son élève sortirent de la tente. Le thraël fixa la fille un instant en la scrutant rapidement de la tête aux pieds. Sans plus de considération pour elle, il dit tout haut :

— Vous avez trouvé une autre bagasse !

Percipion répondit au mage avec froideur :

— Ce n'est pas une bagasse, c'est ma fille.

— C'est curieux, Percipion, intervint Hilard. Quand une bagasse n'est pas ta fille, c'est une honte ; mais ta fille, même si c'est une bagasse, n'en est pas une.

Le thraël s'arrêta net et répliqua :

— Bon, ne commençons pas un débat là-dessus ce matin. Cette fille doit être très prisée par sa maîtresse. C'est elle qui nous l'envoie ce matin pour nous tendre un piège ?

Sans transition, il ajouta sur un tout autre sujet :

— Quelqu'un veut du potage aux légumes ? Zébaldon en a fait hier soir ; il y a même mis des racines de myosmie pour nous ragaillardir le corps et nous fortifier les muscles. C'est délicieux ! Servez-vous, il est sur le feu, à l'intérieur.

Percipion fulminait devant l'attitude et les propos du mage, mais il choisit de ne pas l'affronter. Comme le thraël était de bonne humeur, il jugea préférable de le laisser dans cet état. Morüngar sortit avec un gros bol de potage qu'il mangeait allègrement ; il les vit tous rassemblés autour du feu mourant, mais son regard fut attiré par quelqu'un qui sortait de la forêt. Il s'exclama, la bouche pleine :

— Léügue ! Là-bas.

En le voyant survenir, l'attention du groupe se détourna de Ceidil et se fixa sur lui. Son apparition sans Crallas relevait d'un miracle qui leur laissait des doutes. À nouveau, Lamoras et Hilard se regardèrent brièvement comme s'ils voulaient se rappeler leur conversation de la veille. Dès que Léügue fut assez près, Lamoras lui lança durement :

— Encore un autre traître qui veut se faire pardonner !

Azexerte répondit par la bouche du brigadier :

— Je viens vous dire que nous avons maîtrisé la situation. Même si Crallas est mort, nous avons trouvé la maîtresse et nous la détenons dans une petite tour au nord. Ce doit être humiliant pour vous de ne pas nous avoir suivis ! Mais, après tout, votre aide ne nous aurait pas été utile.

— Vous avez trouvé la maîtresse ? dit Hilard. Quel est son nom ? Décris-moi son visage !

— Elle se nomme Arthally, répliqua le faux Léügue. Elle a les cheveux châtains, les yeux bleus et le visage plutôt ovale ; c'est une très belle trentenaire, une simple proxénète, pas très instruite et plutôt facile à déjouer.

— Ah ! Facile à tromper, relança Hilard. Intéressant. Et Crallas, comment est-il mort, puisqu'il était ici hier, dans ce camp ?

— Ce n'est pas possible. Il est mort empoisonné. Nous l'avons mis en terre. Cette fillette est ici pour vous leurrer. Il faut l'enfermer.

— Est-ce que tu sais que la maîtresse change de forme, qu'elle prend le corps des autres ? interrogea Lamoras.

Léügue avait l'air confus. Il baissa le regard en fronçant les sourcils. Il resta dans cette position un instant, releva la tête et dit avec conviction :

— Non, je ne le savais pas. Nous nous sommes fait servir à dîner par des femmes, toutes très accueillantes. Crallas avait été le seul à ne pas vouloir prendre son antipoison avant le repas ; il nous traitait de petites filles apeurées. Quand il est tombé mort, le nez dans son assiette, nous avons pris panique.

Nos épées ont volé comme s'il ne nous restait plus qu'une journée à vivre. Les femmes fuyaient, effarouchées. Le sang de celles qu'on a rattrapées tapissait les murs partout. Après ce carnage, nous avons trouvé la maîtresse et nous l'avons emportée loin des cadavres et du temple. C'est pour cela qu'elle est emprisonnée dans une tour à quelques kilomètres d'ici. Il fallait l'éloigner de son lieu de culte afin d'affaiblir son influence sur ses bagasses.

Hilard voyait des regards confus parmi ses compagnons. Lui-même cherchait les points de repère dans cette histoire. Si le brigadier râblé disait vrai, le hoblain ne s'expliquait pas le sacrifice de Crallas sur l'autel. De nouvelles questions surgissaient dans sa tête comme des flèches. Il se demandait quand la maîtresse avait pu offrir le sacrifice, si le repas avait été un bain de sang. Cette histoire ne se tenait tout simplement pas. Elle sentait l'échafaudage de mensonges à plein nez. Sachant à quel point Léügue était un homme d'esprit, assez influençable et capricieux dans son choix d'amis, le mâchil concevait plutôt que cette maîtresse l'avait choisi comme cible après Crallas. Le discours du brigadier et celui de la jeune blonde étaient construits pour discréditer le sien. Au faux Léügue, il dit avec une certaine candeur :

— Donc, cette femme qui est ici avec nous, elle a sacrifié le corps déjà mort de Crallas à la déesse ! C'est cela ?

— Je n'ai jamais sacrifié, intervint Ceidil, car je ne suis pas prêtresse. C'est la maîtresse qui sacrifie, pas une simple chambrière comme moi. Cet homme ne dit pas la vérité.

— C'est une habitude qu'acquièrent les brebis d'Hogarth, lança Morüngar.

Léügue ne sembla pas offusqué par le mot brebis, que Morüngar avait utilisé avec un rictus de mépris. Cela retint l'attention d'Hilard. Le brigadier aurait dû réagir. S'il ne le faisait pas, c'était qu'il n'était peut-être plus lui-même.

— Je vais vous révéler ce qui s'est vraiment produit, poursuivit Ceidil. Cinq hommes, dont Léügue, sont entrés dans le temple et nous les avons reçus comme il se doit. Il est vrai que nous en avons fait nos convives, mais aucun n'est mort empoisonné. Comme la maîtresse ne partageait pas notre table, il est impossible qu'ils l'aient capturée à ce moment précis. Une des prêtresses, qui avait mis un somnifère puissant dans leur vin, a ordonné une fois qu'ils ont été endormis qu'on les emmène au cachot pour les y attacher. À leur réveil, la maîtresse a tué un de vos hommes, celui que vous appelez Cral…

— Crallas. Il s'appelle Crallas, dit Léügue.

— Oui, c'est bien cela. Ensuite, revêtue de ma forme, la maîtresse a sacrifié votre ami à la déesse sur l'autel à l'extérieur du temple. Le hoblain dit vrai quant au sacrifice de votre compagnon. Mais vous pouvez sauver les autres. Ils sont encore vivants dans un cachot. Il n'existe pas de tour au nord. Si je suis venue vers vous, c'est que j'espère quitter cette île.

Percipion la rassura.

— Ne crains pas, Ceidil, nous t'en sortirons. Je te le promets sur la tête d'Halvarn !

Honorayon croisa brièvement les yeux de Lamoras. Il semblait lui dire qu'il voyait tout le scénario se dérouler comme un phylactère. Il regarda la jeune blonde avec mépris et scepticisme et lui demanda :

— Ces histoires sont très amusantes. Elles me divertissent vraiment. Elles me font voir à quel point les hommes d'Hogarth sont des idiots, mais il faut dire qu'ils ont fait de leur mieux. Une chose me paraît étrange, par contre, c'est la distance parcourue. Comment as-tu fait, petite fille, pour nous trouver dans cette brousse et ses collines de pierres ? Toi aussi, Léügue. Général, c'est un drôle de hasard, ne crois-tu pas ?

— Tu vois clair, thraël, répondit Lamoras. C'est étrange et drôlement orchestré, d'autant plus que vous arrivez tous les deux en même temps à la même place. Dis-nous, Léügue, et toi aussi, Ceidil, comment avez-vous fait ?

— Qu'est-ce qu'il y a d'étrange là-dedans ? s'offusqua Léügue. À l'est, il y a un pont qui mène à la tour.

Le général intervint tout de suite avec fougue.

— Ne te moque pas de nous, traître ! Nous arrivons de ce lieu, et nous n'avons pas vu de pont tout au long du ravin ! Tu sais très bien ce qui t'attend à Dagrenoque ! Alors, tâche d'amoindrir ta peine et dis-moi la vérité !

— Je te jure qu'il y a un pont. Je viens de le traverser. Il se peut que vous ne l'ayez pas vu en progressant dans la forêt.

Morüngar finissait sa dernière bouchée. Il dit :

— C'est vrai, c'est possible, général, nous n'avons pas longé le ravin tout au long de notre chemin.

— Il mène à la tour dont je vous ai parlé, reprit Léügue. Si vous avez l'humilité d'accepter le fait que nous avons capturé la blasphématrice pendant que vous cherchiez les trois autres, vous n'avez qu'à me suivre. Je vous présenterai notre prisonnière et il ne nous restera plus qu'une chose à faire ensemble, trouver une façon de quitter l'île.

Hilard voyait très bien le petit jeu provocateur du brigadier. Lamoras regarda Ceidil et reprit :

— Et toi ? Comment as-tu fait pour te rendre jusqu'à nous ?

Elle répondit calmement, heureuse de se faire poser la question :

— J'ai pris un pont invisible qui n'est pas très loin d'ici ; nous ne nous en servons qu'en cas d'urgence, puisqu'il mène dans la forêt creuse jusqu'à la ferme.

Morüngar intervint.

— Un pont invisible ! Brouf ! C'est bien la première fois

que j'entends parler d'une telle chose. Il me faudra le voir pour le croire.

Zébaldon se pencha vers le doargue et lui dit à l'oreille :

— Tu ne peux pas le voir, il est invisible.

— Aaaah, tu sais ce que je veux dire !

Hilard en profita pour piquer le thraël.

— Eh bien ! Si je résume, j'avais raison de croire que le Crallas d'hier soir était bel et bien cette femme dont nous parle Léügue et qui, selon moi, est encore devant nous en ce moment, mais dans une forme nouvelle. Pourquoi ? Parce que Léügue est mort. Cette même petite bagasse maritorne et sotte n'a pas le courage de frapper par devant, mais, fuyante et infertile, elle s'acharne contre les hommes qui lui rappellent son malheur existentiel !

Honorayon avait senti la raillerie que le hoblain lui destinait, mais il répliqua posément.

— Tu ne résumes pas correctement, en fait. La véritable version me paraît évidente, et la voici. Crallas est venu nous voir hier pour réintégrer le groupe, mais nous l'avons rejeté et c'était justice. Son histoire concernant Léügue était une supercherie. Rien d'étonnant, puisqu'il ment comme Hogarth et Hogarth ment comme il respire. Il fallait s'y attendre, venant de lui. Mais son intention était juste et le général l'a envoyé à sa mort, une mort, à mon avis, bien méritée. Rien ne sert de dire trop longtemps que nous en sommes bien débarrassés. Léügue, qui n'est pas nécessairement l'homme le plus humble que je connaisse, n'admettra jamais que Crallas a quitté son groupe de fanfarons pour nous rejoindre, étant donné que nous avons, le général et moi, les têtes fortes et modérées de cette mission. Il n'oserait pas s'humilier devant nous. Je le répète depuis le début, cette mission est inutile. Ne se produit-il pas ce que j'avais prédit ? Oui. Ce que nous dit Léügue est par contre tout à fait plausible, car ces garçons restent tout de même d'excellents guerriers malgré le fait qu'ils sont arriérés. S'il dit la vérité, ils ont capturé cette truie de calastaire, la petite reine de ces dévergondées. Je dois dire qu'ils l'ont fait avec un peu de chance! Lëügue voulait qu'on lui donne une bonne tape sur l'épaule pour le féliciter de son exploit héroïque. Le Crallas que l'homoncule, c'est-à-dire le hoblain, a vu sur l'autel était fort probablement le véritable Crallas, mais je parie qu'il a confondu un cadavre avec un autre. Nous savons tous que ceux de sa race se figurent toutes sortes de choses lorsqu'ils sont sous l'effet de l'excitation et de l'émerveillement. Ils perdent souvent la tête et se lancent sans hésiter dans des aventures extrêmement dangereuses. Arrive ensuite de nulle part cette petite fille blonde comme une feuille de venthune qui tombe en plein welare. Dans quel but? Vous leurrer, vous faire tomber dans son piège. La maîtresse vous attend pour vous abattre et vous allez la suivre parce que cette blondinette est douce et jolie, qu'elle sait se servir de son charme pour vous emberlificoter… Lëügue, avez-vous tué toutes les femmes de ce culte?

— Non. Quelques-unes seulement. Les autres se sont cachées ou ont fui.

— Donc, elles peuvent riposter à tout moment.

— Oui. Elles sont assez nombreuses pour le faire et c'est mon opinion que…

— Voilà. Elles sont assez nombreuses. Tout est dit, général. Il ne faut pas écouter cette petite bamboche blonde et hypocrite. Pour l'instant, il faut profiter de la victoire temporaire de ces hommes. Malgré l'inutilité de cette mission, il faut se diriger vers ce château et se servir de cette captive comme otage. Nous obtiendrons ainsi les connaissances nécessaires pour quitter cette île de bagasses et de truies.

À ce moment, Nôyane sortit de la tente. Quand elle vit

Ceidil, elle s'inclina devant elle par habitude. Tous virent son geste.

— Un geste de révérence de la part de notre guide devant une prétendue chambrière ! ne put s'empêcher de commenter Honorayon. Il faudrait savoir qui est cette bamboche et quel est son rang dans le temple. Non ? Dis-moi quel est ton rang, bagasse !

Percipion intervint.

— C'est à ma fille que tu parles, thraël. Un peu plus de respect !

Honorayon sourit d'un autre sourire forcé, comme ceux auxquels ils étaient habitués. Il répondit en s'adressant autant aux autres qu'au galve :

— Plutôt que de passer la journée entière à discourir sur une situation des plus simple, je vais suivre Léügue jusqu'à cette tour, tandis que vous, vous pourrez suivre cette bagasse. Mais avant je veux que tu répondes à ma question, petite. Quel est ton rang ?

Ceidil était mal à l'aise. Son regard voyageait entre Léügue qui regardait par terre et Nôyane qui restait silencieuse. Enfin, elle regarda le thraël et lui dit :

— Je suis une esclave comme Nôyane, une misérable fille qui est devenue sans le vouloir la chef des chambrières. C'est à moi qu'elle répondait pour toutes choses liées aux tâches quotidiennes. Voilà pourquoi elle s'incline devant moi. C'est un geste qu'elle n'a plus à faire, puisqu'elle est libre, maintenant. Elle a eu plusieurs garçons de suite ; quel privilège ! Si seulement j'avais pu en avoir autant, la maîtresse m'aurait bannie aussi comme Nôyane, ou elle m'aurait tuée.

Nôyane n'était pas émue par cette déclaration. Elle regarda Ceidil fixement et, trouvant le courage qui luttait contre sa peur, elle lui dit :

— Tu n'es pas la cheftaine des chambrières, hypocrite ! Tu

es une prêtresse exécrable et despotique. Tu mènes les filles avec une main de fer et le charbon est blanc quand on le compare à ton cœur. Elle est venue vous séduire pour vous tromper. Général, il faut la prendre en otage et aller au temple.

Lamoras avait l'habitude d'écouter tous les points de vue pour se faire une idée. Aussi parlait-il après tout le monde. L'intervention de Nôyane le décida à intervenir pour rendre sa décision quant à la stratégie à adopter.

— Je suis de l'avis d'Honorayon, qui fait preuve de discernement chaque fois qu'un dilemme se présente. Le thraël suivra Léügue jusqu'à la tour comme il l'a suggéré, mais les autres suivront Ceidil avec moi jusqu'au temple. De cette façon, nous découvrirons où est le mensonge dans cette affaire. Honorayon, je désire que tu nous retrouves au temple après avoir vérifié si Léügue dit vrai ou non. S'il ment, tu le mets à mort en tant que traître et menteur qui ne veut que notre perte. S'il dit vrai, prends garde à toi. Mon étourdi de frère pourrait bien te tendre une embuscade.

— Je sais qu'il dit vrai, affirma Honorayon. Je ne crois pas à un seul des mots qui sortent de la bouche de cette chambrière majeure du trentième ordre de la propreté. Quelle mascarade que celle-ci ! S'incliner devant une chambrière qui donne des ordres ! Est-ce qu'un petit chien s'incline devant un gros ? Jamais ! Il jappe plus fort, et dans sa face. Nôyane, tu es une pauvre fille ! Bon. Allons-y, Léügue, mène-moi vers tes fanfarons lubriques et prépare-toi à mourir si tu mens.

À contrecœur, Zébaldon suivit le thraël. Au fond, il aurait voulu demeurer avec Lamoras. Avant le départ, il prit la parole.

— Je sais que mon maître a un esprit très éveillé, qu'il a souvent raison en des matières complexes, mais je tiens à formuler une objection. Elle concerne la division. Il me paraît évident que, depuis le début de cette incursion, des forces sont à l'œuvre pour nous séparer les uns des autres. Je regrette amèrement ce qui nous arrive. Nous pourrions vérifier les deux choses ensemble. Si les hommes d'Hogarth sont…

Ceidil lui coupa la parole :

— Non, tu ne comprends pas. Il faut faire vite. Il y aura un autre sacrifice au temple, un autre de vos compagnons mourra. Si vous me demandez lequel, je ne pourrai vous répondre. Mais pressez le pas ! Ma vie est en danger aussi.

Honorayon s'exclama :

— Aaah ! quelle sottise ! J'en ai trop entendu pour une matinée ennuagée. Zébaldon, tais-toi et obéis au général ! Allons-y.

Le groupe de Lamoras suivit Ceidil qui les emmena vers le pont invisible posé au bout d'un long doigt de terre rocheuse qu'entourait le ravin profond. Après qu'il eut enfermé sa tente-auberge dans son sac sans fond, le thraël marcha vers l'est en longeant le ravin, accompagné de son élève et du faux Léügue. Hilard, qui ne craignait pas pour Lamoras, choisit de talonner le mage d'ombre en ombre et de garder un œil sur Léügue.

XVII

LE SOUFFLE D'ENSSILIR

Le mortel vit selon son intelligence,
questionne l'existence, et meurt
sans réponses avec, dans ses mains
fragiles, un fragment du bonheur.
Éraldémas, grand gerthul de Connelmirth

Qui sème l'espérance récolte la joie.
Ferghel I, roi de l'ancien Wanlade

Dès l'aube, Barrand constata qu'il n'avait plus de douleurs physiques. La chourppe avait agi efficacement durant son sommeil, même s'il n'avait pas dormi très longtemps. Mais une autre douleur, émotionnelle celle-là, lui avait vrillé le cœur quand il avait vu sa fille Hostanny, après tant d'années d'absence, lui tourner le dos impassiblement et s'enfuir. Était-elle furieuse contre lui ? À cette souffrance-là il ne connaissait aucun remède. Hostanny considérait-elle que son père l'avait abandonnée sur Azexerte, et qu'il avait ainsi perdu toute légitimité paternelle ?

La rouquine aux yeux bleus s'était retirée dans sa cellule, mais n'avait pas dormi, en proie au chagrin qui avait épuisé ses larmes. Toute la nuit, elle n'avait eu qu'un désir, faire souffrir son géniteur comme elle avait souffert. Quelle excellente façon, se disait-elle, de se faire valoir aux yeux de la maîtresse et de progresser vers le statut de prêtresse d'Hæline, que de révéler la présence de cet intrus, tout en lui faisant expier son inaction passée, sa traîtrise, son abandon ! Il ne lui restait plus qu'une chose à faire, avertir Ilswithe.

Cependant, Loreïna s'entretenait avec Barrand qui, après avoir délaissé son armure pour ménager ses forces, lui demanda :

— Où sont mes hommes ? Nous ne partirons pas d'ici sans eux.

Loreïna, dont l'âme n'avait jamais, depuis l'enfance, goûté à une telle joie de vivre, lui répondit avec toute la vivacité de sa jeunesse :

— Tes compagnons sont emprisonnés au bout du couloir, dans un cachot. Il faudra prendre la clef au gardien pour les libérer tous les trois de leurs chaînes.

— Trois ?

— Euh… oui ! En fait, la maîtresse en a tué deux depuis.

— Quoi ! Ils étaient cinq seulement ? Lesquels ?

— Je ne saurais dire. Désolée !

— Par Halvarn ! Allons !

Ils partirent ensemble vers la porte arrière du cachot. Le geôlier masqué se redressa aussitôt qu'il vit Loreïna et se plaça entre elle et la porte.

Barrand assomma le geôlier d'un coup de poing si rapide que Loreïna en resta stupéfiée. Quelques gouttes de sang éclaboussèrent sa tunique.

— Peux-tu prendre la clef et nous ouvrir ? dit Barrand.

Elle s'affairait déjà à fouiller le gardien.

Quand la porte arrière du cachot s'ouvrit, un rectangle

lumineux éclaira le mur opposé, révélant les crânes des victimes passées entremêlés sur la tablette murale. Dans la cellule, les torches avaient été éteintes et une faible chaleur humide collait à la peau, soutenue par des relents intenses de sueur et de déjections mélangés aux effluves de myrrhe.

Loreïna alluma un brandon mural et le donna au colonel. Les prisonniers furent aussi surpris que ravis de le voir. Hogarth n'en croyait pas ses yeux. Barrand devait être mort, après une telle chute. À l'égard du revenant, il avait des sentiments de peur mêlés de haine ; il cherchait déjà quel nouveau mensonge conter.

Avec le regain d'énergie que leur donnait la présence du colonel, Thorismond et Lorrus essayaient de parler, mais le bâillon les en empêchait. Barrand ordonna que Dillian-Lorrus soit détaché le premier, puis Thorismond. Dès qu'il fut debout, ce dernier décocha dans le flanc d'Hogarth un coup de pied bien senti.

Le temps pressait et Barrand ne souhaitait pas s'attarder trop lontemps à cet endroit. Néanmoins, il jugea important de savoir ce qu'il était advenu des autres. Après avoir calmé Thorismond d'un geste empreint d'autorité, il lui demanda de résumer brièvement ce qui s'était passé. Les deux hommes voulurent répondre en même temps et s'empressèrent de raconter la mutinerie, leur allégeance au lieutenant qui les avait conduits dans ce piège, de même que l'élimination de Léügue et de Crallas. Ils ne se gênèrent pas non plus pour accuser Hogarth d'avoir délibérément saboté le pont qui s'était écroulé sous Barrand, Nôyane et Throm.

Aussitôt, le colonel prit Hogarth par les cheveux et, malgré son état de délabrement moral et physique, il lui dit froidement :

— Je te libère, moi, pour que tu subisses la garraque une fois à Dagrenoque. Je ne te donnerai pas la chance de mourir avant d'avoir été dûment humilié devant ton père et toutes les lames du conseil. Je te libère, moi, ton colonel. Ne l'oublie pas, Hogarth.

Tout en parlant, Barrand jetait des coups d'œil attentifs vers le couloir, au cas où quelque indésirable ferait son apparition. Il lâcha les cheveux du lieutenant. Quand le dernier prisonnier eut été détaché par Loreïna, les trois réussirent à marcher, malgré les plaies douloureuses qu'ils avaient aux poignets, au postérieur et aux chevilles. Ils avaient mal derrière la tête et ils avaient faim, terriblement faim. Barrand demanda à Loreïna s'il était possible pour elle de leur trouver des vêtements. Elle s'enfonça aussitôt dans le labyrinthe des corridors.

Malgré leur état d'épuisement, Thorismond et Dillian-Lorrus voulaient toujours se jeter sur Hogarth pour lui donner une raclée. Mais le regard de Barrand les rappelait à l'ordre et au silence. Ce n'était ni le moment ni l'endroit pour discuter ou régler quoi que ce soit. Cependant, Loreïna revint avec des tuniques blanches et trois dagues.

— Tenez, prenez ceci, recommanda-t-elle.

Les hommes revêtirent les tuniques et prirent les dagues. Loreïna ouvrit la porte centrale du cachot. Barrand, qui n'avait plus son armure, mais qui avait gardé son épée, remarqua la nervosité de la fille du général et tenta de la rassurer :

— Ne t'en fais pas, Loreïna ! Calme-toi. À présent, tu es entre de bonnes mains. Dis-moi ce qu'il y a plus loin, au-delà de cette antichambre.

— Il y a un couloir qui mène à celui qui fait le tour du temple par l'intérieur. Si vous le prenez à gauche ou à droite et que vous le suivez jusqu'au bout, il vous conduira devant les portes principales. Je vous le montre.

Les trois éclopés parvinrent tant bien que mal à emboîter le pas à Barrand et à marcher à son rythme, malgré la douleur cuisante que leurs blessures leur causaient. Le colonel leur donna de la curalgine qu'ils mâchèrent avec plaisir.

Le couloir prit fin sur une grande porte en bois que Loreïna ouvrit sans difficulté. Les trois prisonniers reconnurent le couloir qui les avait menés à la salle du banquet lors de leur arrivée. À peine eurent-ils tourné le coin que Dillian-Lorrus vit trois gardes masqués qui marchaient dans leur direction sans leur prêter attention. Il dit tout bas à ses compagnons :

— Cachez-vous derrière les colonnes, nous avons trois gardes à neutraliser.

Ce qu'ils firent sans discuter. Quand les gardes se pointèrent au tournant, le sang coula sur le sol marbré du couloir, autour des trois cadavres réunis dans le silence de la mort. Ils leur dérobèrent leur épée, leur cape et leurs vêtements. Hogarth s'appropria un arc et un carquois rempli de flèches. En mettant les vêtements serrés du jeune homme qu'il venait d'abattre, Lorrus demanda à Loreïna :

— Où sont nos affaires ? Le sais-tu ?

— Je crois qu'elles sont dans la chambre de la maîtresse.

— Et cette chambre, où est-elle ? continua Dillian.

— En haut du temple, au-dessus du naos, au centre. Je ne crois pas que ce soit une bonne idée d'y aller. Une fille se fait flageller si la maîtresse apprend qu'elle y est entrée. J'aimerais retrouver mon père. Pouvons-nous presser le pas ?

Les yeux bouffis et noirs, Hogarth la regarda.

— Qui est ton père ? demanda-t-il.

Barrand répondit pour elle, tout en fixant Loreïna :

— Ton général. Tu as ton oncle devant toi, pauvre fille.

Estomaqué, Hogarth préféra ne rien dire. Loreïna le prit par le cou, heureuse d'avoir retrouvé son oncle, et lui plaqua un baiser sur la joue. Dillian-Lorrus mit la main sur l'épaule du colonel, un geste peu habituel chez lui, et insista :

— Je tiens à recouvrer mes affaires, surtout l'épée de mon père ! C'est la seule chose qui me reste de lui.

— Lorrus, ce n'est pas le moment de faire de la sensiblerie. Nous devons sortir d'ici et retrouver Lamoras au plus vite.

— Mon colonel, je t'en prie, c'est l'épée de mon père. C'est avec elle qu'il m'a défendu avant de mourir quand j'avais dix ans. Je ne peux pas perdre cette épée.

— Ah ! Merde, Lorrus ! Dans quel bordel vas-tu nous mettre… Loreïna, conduis-nous à la chambre de la maîtresse. Vite. Je ne veux pas passer trop de temps ici.

La jeune, mais audacieuse Loreïna n'était visiblement pas à l'aise avec cette exigence, mais elle obéit tout de même. Elle n'en craignait pas moins le pire, et le pire, pour elle, ce n'était plus l'ire, mais l'île d'Azexerte, et le fait de ne plus revoir son père. Contrairement à Hostanny et à bien d'autres, chez elle, l'espoir triomphait de la peur.

Elle les guida vers le centre du couloir où se trouvait une grande porte ouverte qui donnait sur une chambre hypostyle au centre de laquelle un escalier en spirale s'élançait. Ils le gravirent à la hâte pour enfin s'arrêter devant une porte de bois close, recouverte de plaques de cuivre gravées. Fort étrangement, elle n'était pas verrouillée. Plus loin dans le couloir meublé de colonnettes, une autre porte donnait sur le même mur. Loreïna prit parole :

— Personne ne monte ici. Je crois que c'est la chambre de la maîtresse. Entrons.

L'endroit était très semblable au repaire d'Arthally à l'auberge du Zymphe Heureux. Les murs étaient couverts de longs draps de soie et de velours, de tapisseries fines et d'illustrations appartenant à une autre époque. La chambre était divisée en deux niveaux. Sur le premier se trouvait un grand lit circulaire surplombé d'une moustiquaire rouge qui le recouvrait en entier. Le second, auquel on accédait par une dizaine de marches en hémicycle, tenait dans une abside au fond de laquelle se trouvait une statue de la déesse vêtue d'une vieille robe tachée. Barrand nota l'étonnante propreté du lieu ; tout était parfaitement rangé. La nappe de velours noir sur le bureau ne portait pas la moindre trace de cire, l'encrier n'avait pas la plus petite tache d'encre et la plume de révis était aussi blanche qu'un nuage illuminé. Aussi, les douze crânes qu'elle y avait mis étaient-ils parfaitement lustrés, polis et propres. Les alambics et les éprouvettes étaient également impeccables. Les boîtes contenant des herbes diverses étaient méticuleusement classées, identifiées, ordonnées.

Les hommes se mirent à chercher dans les meubles en mettant tout à l'envers ; les dressoirs et les armoires se vidaient des nombreuses robes et des objets de luxe. Bientôt, le plancher de marbre eut l'air d'un dépotoir d'une richesse inattendue. Hogarth fit même éclater contre le mur une mandoline de qualité. À coups de pommeau de dague, Dillian-Lorrus ouvrit un coffre au pied du lit. Ce fut là qu'il retrouva l'épée de son père ainsi que celle de ses compagnons. Ni leurs vêtements ni leur armure ne se trouvaient là, mais il y avait d'autres armes ayant sans doute appartenu à des hommes moins fortunés. Ils quittèrent le lieu au plus vite. Dans le couloir, ils arrivèrent face à face avec Ilswithe et Hostanny. La chambrière venait de raconter à la prêtresse ce que Loreïna, Mylde et Odia avaient fait. La belle prêtresse aux cheveux noirs les toisa tous une seule fois et leur dit d'une voix digne d'un bourreau :

— Vous n'avez pas le courage de vous imaginer quelle mort je vous réserve.

Ilswithe aurait pu les assujettir seule ; mais elle décida plutôt de se jouer de leur esprit. Avant qu'ils aient pu dégainer pour l'occire, elle disparut avec Hostanny dans une éclaboussure de lumière. De toute évidence, Barrand était troublé, même déçu par l'attitude de sa fille. Il regarda ses compagnons et dit calmement :

— Elles ont disparu devant nous ; c'était voulu. Ce sont des mages ou des mâchiles. Gardez maintenant l'œil sur le dos de vos compagnons. Il faut trouver Lamoras, vite.

Hogarth restait silencieux devant Barrand. Dillian était un peu confus, ne sachant plus qui ni quoi croire. Heureux d'avoir retrouvé aussi facilement et rapidement l'épée de son père, il voulait se faire pardonner d'avoir suivi Hogarth. Il voyait venir le supplice qui l'attendait à son retour à Dagrenoque et, pour faire oublier son crime, il optait pour une parfaite obéissance au colonel. Thorismond était dans le même état d'esprit. Hogarth n'avait pas le moindre sentiment sincère de repentir, mais il allait le feindre.

Dès leur sortie du temple, il se mit à pleuvoir fortement. Loreïna leur dit à haute voix pour couvrir le bruit des gouttelettes :

— L'île est vaste. Mon père peut être n'importe où.

— Tout ce que je peux dire, répondit Dillian-Lorrus sur le même ton, c'est que, la dernière fois que nous nous sommes vus tous, c'était de l'autre côté du ravin !

— Très bien, ajouta Loreïna. Suivez-moi, nous traverserons le pont invisible pas très loin d'ici. Une fois sur l'autre rive, nous aurons une bonne vue d'ensemble. Malgré la brume matinale et la pluie, si mon père longe le précipice, il pourra nous voir. C'est un début. Il y a des phraxars, mais il ne faut pas les craindre, ils sont terrifiés par la maîtresse.

Hogarth dit tout bas, peu sûr de lui :

— Je pense qu'il serait préférable de l'attendre ici. Il faudrait retourner dans le temple, tuer toutes ces maudites bagasses et manger.

Barrand approcha son visage de celui d'Hogarth. À dix centimètres de son nez, il lui dit avec force :

— Tuer les bagasses et manger ? C'est simple, n'est-ce pas ? On tue, ensuite on mange comme si de rien n'était. Personne ne veut plus rien savoir de ce que tu penses, petit fanfaron. Personne. Alors, tu te fermes la gueule jusqu'à Dagrenoque ! Je viens de passer une journée entière avec un rascard que j'aurais livré à Féruldir et je n'ai plus la patience d'endurer toutes les conneries qui sortent de ton cul facial.

Dillian-Lorrus regarda Barrand.

— J'aurais aimé pouvoir lui parler comme tu le fais, dit-il, mais je n'ai pas ta force de caractère, colonel.

Barrand l'observa attentivement. Il doutait de sa sincérité, mais il n'avait jamais vu Lorrus flatter qui que ce soit. Il préféra ne faire aucun commentaire. Se tournant vers Loreïna, il lui fit signe d'avancer et lui emboîta le pas. Bientôt, leurs vêtements furent complètement trempés par la pluie.

Mais ils n'eurent pas à marcher longtemps. Au moment où ils allaient atteindre l'orée de la forêt, ils virent Lamoras et les autres, guidés par Ceidil. Émue à la vue de son père, Loreïna courut vers lui, les larmes aux yeux.

ᘓᘐ

Les racines auxquelles il s'était accroché en tombant avaient contribué à amortir sa chute, mais il avait tout de même perdu connaissance. Il ouvrit les yeux lentement, ne sachant pas s'il rêvait ou non. Il ressentait des douleurs à la tête et au bassin, mais il réussit tant bien que mal à se relever. Dans la terre molle à un mètre de lui, il vit une lueur très faible. Il plongea la main dans la flaque de sécrétions que la terre avait noircie et en retira son luste. Cette découverte lui rappela les événements qui l'avaient mené là. Il essuya le cristal sur son tabard et le fond du trou s'éclaircit aussitôt.

Urdin était dans un tunnel dont l'angle de quatre-vingts degrés montait verticalement jusqu'à la surface, à l'endroit où il était tombé sur une dizaine de mètres. Par la lumière qu'il voyait en haut, il estima que le jour était levé. Ce devait être un peu avant la mi-journée. Les racines qui pendaient dans le tunnel avaient eu le temps de sécher un peu et il n'y voyait plus le liquide visqueux qui l'avait empêché, la veille, de s'y agripper.

Impatient, il se mit à grimper après avoir remis au fourreau son épée Ilispira qu'il avait également trouvée près du luste. Quand il mit le pied à l'extérieur du tunnel, il vit que le *Faucon-Noir* n'était plus là, que ses compagnons étaient partis. Urdin fut envahi par un sentiment de trahison et de peur. Le lieutenant et les deux autres le croyaient-ils mort? «Sans doute», se disait-il.

Soudain, l'idée lui vint qu'il allait passer le reste de sa vie sur cet îlot; sa peur devint frayeur et lui tordit les tripes. Les questions déferlèrent dans sa tête comme une série de vagues houleuses. Pourquoi ses compagnons n'étaient-ils pas descendus voir ce qu'il était advenu de lui? Pourquoi ne l'avaient-ils pas attendu? Allaient-ils revenir pour vérifier? Autant de questions qui restaient sans réponse dans l'esprit du brigadier. Il ne lui restait plus qu'une chose à faire, explorer l'endroit et voir s'il lui était possible de survivre à la faim autant qu'à la solitude.

Au moins, il avait encore Ilispira, se consolait-il. Il était vrai qu'en Ériande l'épée d'un guerrier transmise de père en fils était un objet sacré, un héritage qui faisait l'honneur d'un nom et d'une maison. Urdin appartenait à la très ancienne maison de Waëlaren, réputée pour ses vignerons et ses bergers. D'elle étaient issus les premiers monarques, lorsqu'elle était devenue une famille dotée d'un pouvoir marchand considérable. Elle était reconnue comme une des toutes premières à s'être établie sur l'île et à avoir fait croître les premiers bourgeons Hurth dans la vallée.

Urdin regarda autour de lui et, sachant que l'îlot n'était pas très grand pour l'avoir vu la veille du haut des airs, il partit à l'aventure. Après une courte marche qui le mena au centre, il découvrit deux arbres jumeaux d'une espèce qu'il ne connaissait pas. Le premier l'un en face de l'autre, comme bien des arbres au mois de venthune, n'avait ni feuilles ni fruits, tandis que l'autre, étrangement, était chargé de feuilles et de gros fruits rouges, semblables à des pommes ovales, qui pendaient en grand nombre de ses branches. Tous deux exhibaient une écorce d'une rare blancheur. Curieusement, de l'autre côté de l'arbre fruitier, il vit un trou semblable à celui duquel il venait de sortir. Comme il avait faim, il s'approcha pour goûter ce beau fruit inconnu.

Il vit alors sortir du gouffre une sorte de créature reptilienne qu'il n'avait jamais vue, aussi hideuse que belle. Sa majesté impressionnait. Sa laideur terrifiait. Il se dit que c'était sans doute cette bête qui avait dévoré le cadavre décapité de Pircius, à moins qu'elle ne fût pas seule. Elle dégageait une forte odeur de soufre et de pourriture ; ses écailles, qui ressemblaient à des plaques de granite, révélaient sous elles une chair flétrie. Un de ses yeux rouges avait été crevé, sa bouche était longue et garnie d'une multitude de dents, ses pattes étaient squelettiques et des lambeaux de chair ainsi que des tendons retenaient les articulations. Une partie des os de son crâne étaient visibles autour de ses trois cornes céphaliques, de même que la moitié de sa colonne vertébrale. La peur saisit Urdin.

Le *nécrodrac* grimpa rapidement dans l'arbre fruitier, approcha sa tête décomposée du visage d'Urdin pour mieux l'observer, puis avec une voix ni masculine ni féminine, ni grave ni aiguë, ni suave ni rauque, il s'adressa au brigadier.

— J'ai creusé le trou dans lequel tu es tombé.

Urdin se ressaisit. En reculant lentement, il répondit :

— Mais, j'en suis sorti.

— Oui, tu en es sorti, mais tu es encore dans mon île.

— Je la quitterai.

— Non, tu ne la quitteras pas. Tu n'iras nulle part, Urdin, fils de Garme.

— Comment sais-tu mon nom et celui de mon père ?

— Je connais bien des choses. Et, comme tu seras mon nouveau compagnon, tu en apprendras autant.

— Et si je refuse ton amitié ?

— Oh, tu ne veux pas la refuser, Urdin ! Ne me force pas à te priver de nourriture.

— Qu'est-ce que tu veux dire ?

— Regarde autour de toi. Il n'y a rien à manger ici, à part les fruits de cet arbre. Ses fruits à la coque dure sont comestibles toute l'année. Il ne m'en faut que quelques-uns par jour pour me sustenter et il t'en faudra moins que moi. Au rythme où ils poussent, nous en aurons plus qu'il ne nous en faut pour vivre. Je te le dis encore, ne me force pas à te priver de nourriture.

— Que veux-tu en échange de ces fruits ?

— Puisque tu me le demandes, Urdin, je serais fort ingrat de ne pas te le dire. Dresse-moi un autel et brûle en mon honneur l'autre arbre que tu vois là-bas, celui qui est semblable au mien.

— Qu'est-ce qu'il a que tu n'aimes pas ?

— Oh, rien du tout ! C'est parce qu'il est semblable au mien, et je n'en veux qu'un seul sur l'île.

— Il donne des fruits, lui aussi.

— Oui, mais seulement au temps de norength et de kilhairn. Tu ne survivras pas sans manger, tout au long des mois d'halvarn et de welare qui s'en viennent, Urdin. Ce sont deux longs mois, durs pour le corps et le moral. En plus, il n'y aura pas de fruits dans cet arbre-là avant la mi-kilhairn. Tant que tu ne me dresseras pas un autel, tu ne pourras pas manger de ce fruit ; mais, si tu m'obéis, si tu me dresses un autel et que tu brûles cet arbre pour moi, tu mangeras de ces fruits et tu vivras.

Urdin réfléchit à la proposition du nécrodrac. Au bout d'un moment, il se mit en marche vers l'autre arbre blanc. Le reptile semblait sourire d'un air malicieux en constatant qu'il avait enfin trouvé un fidèle pour l'adorer. Urdin grimpa dans l'arbre jusqu'au milieu du tronc d'où s'élançaient les grosses branches. Il dégaina son arme et la planta dans le cœur de l'arbre. Il enleva son armure et ses vêtements, les jeta au sol et mit ses mains sur la garde de son épée. Puis, à genoux, les yeux remplis de l'heureux chagrin qui habite l'âme d'un sacrifié, il regarda le nécrodrac confus devant son geste, ouvrit grand les bras et cria de toutes ses forces :

— Ilispira, brûûûle !

Dans un éclat de lumière puissant, son épée s'illumina d'un feu vif qui, très vite, se répandit par tout l'arbre. Urdin était embrassé par les flammes de la tête aux pieds, entre les rameaux étendus. Bientôt, le feu se propagea, porté par le vent, pour atteindre les magamoniers aux épines sèches.

Rien n'aurait pu décrire la fureur du nécrodrac ; il hurlait et, comme il ne pouvait voler, ayant jadis arraché ses propres ailes dans un élan d'orgueil, de folie et de mépris de lui-même, il se réfugia dans son trou.

L'îlot dans son entier fut bientôt la proie des flammes. Très vite, il devint un cimetière d'arbres calcinés et fumants. Quand le nécrodrac sortit pour constater les dégâts, son arbre n'était plus, ses fruits n'étaient plus, son îlot n'était plus. Seule Ilispira se tenait à l'envers dans l'arbre en feu, illuminant le squelette d'Urdin de Waëlaren, fils de Garme. La créature s'approcha dans l'intention de manger les restes du corps, mais la chaleur que l'épée dégageait l'en empêcha. Il ne lui resta plus, en retournant dans la noirceur de son trou, qu'à laisser la mort achever l'œuvre qu'elle avait commencé des siècles auparavant.

XVIII

LE DUEL DES GOLEMS

Les hommes et les femmes ne
sont pas égaux; ils le deviennent
lorsqu'ils s'aiment, en vérité.
Mistal de Montauguet,
poète de Vol-de-Freux

Le feu se rit de la vanité.
Hellébore, poète

Sartas tenait fermement le crâne du *Faucon-Noir*. Il tentait d'échapper au vogueur qui le pourchassait dans le ciel teinté des lueurs aurorales. Le jour naissant éclairait le paysage céleste et la myriade impressionnante d'îles qui constituaient l'archipel d'Azexerte. Des rochers par milliers, la plupart recouverts d'une végétation mourante, meublaient à perte de vue l'horizon bleuté. Sartas manœuvrait avec tout le talent qu'on lui connaissait, coupant entre les îles comme une buse habile, petite, mais souple, fragile, mais tenace. Il descendit rapidement vers une île bordée par une paroi rocheuse qui ressemblait à un gros os gris troué. Il souhaitait naviguer dans ce dédale pour perdre le vogueur de Radabaze, mais Cloram le lui déconseilla. Cependant, Sartas en avait assez. Il ne se fiait plus qu'à son intuition et à ses réflexes félins. Il entra dans le labyrinthe caverneux à pleine vitesse et y zigzagua comme un serpent dans l'eau. Son cœur battait comme une armée en marche et sa sueur traçait des sillons chauds sur son front. Bersaire cria :

— Tu es fou, Sartas ! Il n'y a pas assez de lumière !

— Ne crains pas, je vois parfaitement, répondit Sartas calmement.

Cloram se retourna. Bersaire lui adressa un regard inquiet, chargé d'incompréhension. Sartas demeurait calme, les nerfs comme des fils de fer. Il aimait cette maîtrise de soi, cette sensation nouvelle, ce pouvoir qu'il attribuait au masque. Il pouvait maintenant anticiper les courbes de la trajectoire qu'il suivait, les trous, les tunnels cachés, les impasses ténébreuses et même les entonnoirs. Bientôt, le sauteur se faufila parmi les dents rocheuses d'une série de grottes, en cabriolant comme une mouche fiévreuse, en planant brièvement sous des arches naturelles. Les cavernes semblaient sans fin. Quoi qu'il fît, Sartas ne perdait pas de vue le vogueur et le vogueur ne perdait pas de vue le *Faucon-Noir*.

La chasse se poursuivit un long moment. Cloram était anxieux et Bersaire s'impatientait. Quant à Sartas, il jouissait d'un sang-froid surnaturel. À une vitesse vertigineuse, il fit plonger le sauteur dans une spirale spectaculaire qui l'amena dans un gouffre immense. Les deux brigadiers furent saisis d'épouvante. Le *Faucon-Noir* avait plutôt l'air d'un puceron qui tombait dans un puits obscur.

Quiconque connaissait le lieutenant savait qu'il raffolait de telles manœuvres. C'était un véritable casse-cou.

Ayant passé rapidement près d'une caverne qui s'ouvrait dans la paroi du gouffre, le sauteur-des-nues fit un détour gracieux, remonta graduellement en frôlant de près les aspérités du mur et slagua tout droit en elle. Sartas sentait bizarrement qu'il y avait quelque chose dans le fond de ce gouffre humide. Il voulait laisser au vogueur des loups d'azur le privilège d'en faire la découverte avant lui et pour lui.

Confiant dans son choix, il posa le sauteur derrière les hautes stalagmites d'un promontoire du gouffre et attendit. Bersaire qui, autant que Cloram, s'était retenu de toutes ses forces pour ne pas se fracasser le crâne sur les vitres du claireheaume, défit sa ceinture de siège, se pencha sur le côté de son fauteuil et vomit. Il n'approuvait pas la décision de Sartas, qu'il considérait comme suicidaire ; l'immobilité était la dernière option s'ils voulaient s'en sortir. Entre deux haut-le-cœur, il insista sur le danger de s'arrêter dans le noir en pleine poursuite. Bersaire était du même avis. Le lieutenant se retint de les injurier. Il préféra se murer dans le silence pour ne pas nourrir la discussion. Il constatait pour la énième fois que, sous pression et apeuré, Cloram devenait un peu plus bavard et porté à l'analyse.

Le vogueur des loups d'azur s'arrêta devant l'entrée de la caverne et se mit à faire du surplace. Cloram ne comprenait pas le sens de cet arrêt. Il se figea et se tut. Le vaisseau ennemi allait entrer lorsqu'un ver pourpre énorme, muni d'une bouche ronde, béante et filamenteuse, monta du fond du gouffre et avala prestement le bâtiment. L'animal gigantesque retourna aussitôt dans les profondeurs.

Un silence monacal envahit le sauteur. Cloram pouvait entendre son cœur battre et la sueur inondait ses paumes. Au bout d'un long moment, n'en pouvant plus de ne rien dire, il s'adressa à Sartas.

— Quelle chance ! Vous avez vu la bête ? Incroyable ! Je suis certain que Pircius aurait aimé la voir… Il y a quelque chose que je ne comprends pas, lieutenant. Pourquoi ce ver ne nous a-t-il pas attaqués quand nous sommes descendus ?

— C'est une question de mouvement, répondit Sartas,

toujours très calme. On devient une proie facile quand on cesse de bouger au mauvais endroit. C'est plus facile de frapper une mouche quand elle s'arrête. Une loi de la guerre, Cloram, et une loi de la politique ; un peuple qui cesse d'aller en avant, qui cesse de bouger, qui se fige dans le confort de la facilité se fait manger par ses propres vers de l'intérieur, ainsi que par ceux de l'extérieur. Nous avons eu de la chance ? Peut-être... Ils auraient pu ne pas s'arrêter. Maintenant, tenez-vous bien encore, il nous faut sortir d'ici. L'île nous attend et le général aussi !

Le *Faucon-Noir* décolla doucement, sortit de la caverne et remonta le gouffre immense à toute vitesse.

❧

Honorayon suivait Léügue à pas lents, absorbé dans ses pensées. Il s'efforçait d'assembler tous les morceaux de faits contradictoires. Même si, en apparence, il semblait avoir tout compris, et s'il croyait avoir affaire à une nécromancienne, rien ne lui indiquait que cette femme était une calastaire, ou qu'il s'agissait d'une pancôme errante. Chose certaine, il doutait que Léügue fût vraiment Léügue. Autrement il n'aurait pas laissé Lamoras partir avec cette prétendue chef des chambrières, fille de Percipion. Honorayon ne croyait pas qu'elle fût la maîtresse. Il savait aussi qu'Arthally cher-cherait à l'isoler des autres, puisqu'il était thraël. Et cette Ceidil était une piètre menteuse ; il n'y avait rien chez elle qui pût leurrer les autres, pensait-il. Après avoir tout ana-lysé, il avait choisi le parti de Léügue, à la fois pour donner à cette maîtresse la possibilité de l'isoler du groupe et pour se donner la même possibilité. La perspective d'humilier une calastaire, si c'en était une, lui donnait l'espoir d'un affronte-ment hors des murs d'une cité, loin des règles surannées de la civilisation, loin des regards et des jugements des pairs et surtout loin des conséquences juridiques imposées par les prévôts d'Orrid.

Tout en ayant feint de ne rien croire de ce que racontait Hilard, le thraël en avait absorbé le moindre détail. Seule une nécromancienne avait pu faire rouler un œil par terre pour leur dire qu'ils étaient observés, pour jouer avec leur équilibre mental. Seule une personne rusée, maligne et obsédée par son image avait pu mettre autant de soin à changer de corps et à tromper par ce moyen un conseil qui représentait l'ordre établi et qui jadis avait banni le culte de la déesse qu'elle adorait. Seule une louve comme elle avait pu oser tenter de séparer un mage du reste du groupe afin de rendre tous les autres plus vulnérables.

Azexerte le voulait tout à elle et il l'avait deviné. Il anticipait l'affrontement avec une impatience qu'il s'évertuait à cacher jusqu'au moment fatidique. Honorayon avait vu son jeu lorsque Ceidil avait insisté pour rester auprès du général, non par la parole, mais en s'assurant de demeurer proche de lui physiquement.

Par ailleurs, il sentait la présence d'un objet talmachique sur le visage de Léügue. C'était là une observation trop personnelle pour être révélée devant tous. Cependant, Zébaldon qui marchait derrière lui, soucieux de ne pas ralentir son maître et Léügue, avait vu Hilard qui les suivait dans l'ombre des bois. Il n'en dit rien au thraël.

Ils s'engagèrent dans un passage étroit qui longeait un haut précipice. Le faux Léügue les rassurait sournoisement avec un air sincère.

— C'est un raccourci. Il faut suivre ce sentier rocailleux. La tour est un peu plus loin sur le plateau. J'ai pu voir votre camp depuis le promontoire, c'est ainsi que je vous ai repérés.

Honorayon enleva un de ses bracelets et le donna

discrètement à Zébaldon qui le prit sans rien laisser paraître. Aussitôt, le guivre le passa à son poignet et y jeta un coup d'œil. Il ne l'avait jamais mis. En argent pur finement gravé, il avait la forme de plusieurs plumes d'oiseau disposées en anneau. Honorayon se retourna soudain et le regarda douce- ment. Il mit ses mains sur ses poignets, approcha son visage et l'embrassa sur la bouche. Il se retourna ensuite et continua son ascension vers le plateau. Zébaldon ne comprenait rien à ce geste gratuit et impromptu.

Le ciel se couvrit rapidement de nuages noirs et gris foncé, sous les grondements du tonnerre qui se rapprochait. La pluie se mit à tomber dru. Les gouttes froides pinçaient la chair et frappaient le sol comme des clous transparents.

Quand ils furent à soixante mètres de hauteur sur l'étroit sentier, Azexerte fit semblant de glisser. Ce faisant, elle frappa le sol d'un coup ferme avec la botte de Léügue. Le sentier se fendit en deux, ouvrant derrière elle une crevasse d'un mètre de largeur; Honorayon y tomba, mais il réussit à s'accrocher au bord, tout près des pieds de la maîtresse. Elle se pencha et lui tendit la main. Lorsque le thraël la regarda dans les yeux, elle sut qu'il savait. Le moment de l'affrontement était venu. Ni l'un ni l'autre ne pouvait se cacher de son destin.

Il avait deviné ses intentions. Elle s'apprêtait à le désinté- grer, à le réduire en poussière. Juste avant de mettre sa main dans celle d'Azexerte, il rumit tout bas quelques paroles. Une couche de pierre apparut sur sa main. Quand elle la prit, la pierre se fendit et devint du sable fin à sa place. Il en avait maintenant une deuxième confirmation, Léügue n'était pas Léügue. L'éclatement de la pierre eut pour effet de distraire un moment Azexerte. Il rumit encore, mit la main sur la botte de la nécromancienne et la pluie sur son corps se mit à s'évaporer. Elle hurla de douleur en sentant l'eau chauffer sur sa peau. Elle recula de deux pas et tomba sur le côté. Cette diversion donna le temps à Zébaldon de sauter de l'autre côté de la crevasse et d'aider son maître à s'en arracher.

Mais, la maîtresse ne resta pas là sans bouger. Elle se releva. Des plaques roses et des lambeaux de chair pendaient de son visage et une vive douleur lui déchirait le corps. Léügue avait l'air d'un mort-vivant. Le thraël reconnut immédiatement la gestuelle du sort qu'elle s'apprêtait à rumir. Il prit énergiquement Zébaldon par le bras et le plaça devant lui comme un bouclier. Des flammes sortirent des dix doigts de Léügue et brûlèrent une partie du visage de l'élève, ainsi que le haut de son torse, son bras et sa main droite. Le thraël avait évité de justesse les brûlures, en les faisant subir à son guivre. Sans plus de formalités, il le poussa vigoureusement dans le gouffre. En hurlant de douleur, il chuta lentement parmi les magamoniers. Le bracelet d'argent pur que son maître lui avait donné ralentissait sa chute considérablement.

Il y eut un moment d'incertitude entre Azexerte et Honorayon. Les deux se regardaient avec autant de respect que de dédain. Mais, la maîtresse ne voulait pas continuer le combat sur ce sentier étroit. Elle disparut et réapparut plus haut, sur le plateau lui-même. Le thraël savait qu'elle cherchait à gagner du temps dans quelque dessein dirigé contre lui. Elle lui fit signe de monter. Que cachait-elle là-haut ? Il pressa le pas, galvanisé par l'excitation du combat, et arriva un peu essoufflé sur le plateau. Là, il vit un grand terrain circulaire recouvert de galets, au centre duquel s'élevait un bloc de fer souillé par le sang et la rouille, qui devait servir d'autel pour les sacrifices. Il chercha Azexerte, mais elle ne se montrait nulle part. Il rumit pour savoir si elle n'était pas invisible, mais cela ne lui apprit rien.

Autour de ce lieu funeste, les arbres avaient une allure étrangement triste. Les rameaux et les troncs étaient sinistrement tordus, les racines sortaient anormalement de la terre et semblaient quêter de l'eau désespérément, tels des lépreux âgés dans un désert de cendres. Le thraël se doutait bien que tout cela cachait un piège. Mais il était aventureux et très confiant de nature. Il marcha vers le centre du cercle. Les galets mouillés glissaient sous ses pieds déjà un peu ankylosés par la pluie froide.

Il n'était pas encore au centre du cercle qu'un chien au poil gris pâle et aux crocs acérés sortit du bois devant lui. Il mesurait un mètre de hauteur à l'épaule et il avait le dos et la tête cornus. L'animal semblait sortir tout droit du Ténébrul. Sans tarder, le thraël rumit une invocation très courte. Aussitôt, une brèche cosméonique s'ouvrit à sept mètres devant lui, lumineuse et chaude, qui laissa sortir un fauve doré aux yeux noirs de jais mesurant un mètre et demi à l'épaule. Les deux bêtes s'affrontèrent sur-le-champ en hurlant et en mugissant, dans une intense brutalité. Pendant ce combat qui servait à donner aux mages le temps de préparer leur prochaine invocation, Honorayon ne resta nullement passif. Il s'entoura d'un mur invisible semblable à celui qu'il avait placé entre les phraxars et lui. Comme il l'avait pressenti, les bêtes, qui étaient de force égale, s'entretuèrent et disparurent.

La maîtresse sortit alors de derrière les branches basses des magamoniers. Elle leva les bras et se mit à rumir, mais le thraël était plus rapide qu'elle. Soudain, les galets se mirent à chauffer, la pluie forma une vapeur partout et la visibilité se réduisit considérablement. Sans interrompre ce qu'elle avait commencé, elle fit voler des centaines de pierres dans la direction de l'ophimide. Toutes heurtèrent le mur et tombèrent devant lui.

Elle tira de la vapeur et de la pluie un golem d'eau qui se mit à frapper contre le mur du mage. Loin d'être intimidé, Honorayon provoqua la foudre, qui chauffa l'autel. Des éclairs naquit, par la puissance du thraël, un golem de feu.

Bientôt, les deux s'attaquèrent et emmêlèrent leurs corps dans un pugilat spectaculaire. Le golem d'eau s'évaporait autant qu'il éteignait le golem de feu. Ils se rouèrent de coups farouches et sans pitié, roulant par terre et se relevant dans un tourbillon de vapeur et de fumée dansantes. Comme il l'avait calculé, les deux golems s'entretuèrent et disparurent comme l'avaient fait les bêtes.

Azexerte n'était pas à bout de ressources. Il était impératif que les mages ne se touchassent pas, et qu'ils fussent le plus loin possible l'un de l'autre afin d'éviter les sorts douloureux qui altèrent la morphologie. Elle se retourna vers la forêt et rumit encore une fois. Elle anima des branches mortes et fit un puissant golem qui, plus rapide que celui d'eau, courut vers Honorayon. Quand le thraël le vit sortir des bois, il fit apparaître sur le sol, à l'insu de la maîtresse, une longue traînée d'huile. Dès que le golem y eut mis le pied, Honorayon se fit le malicieux plaisir de l'allumer. Comme une longue langue qui se propulse sur sa proie, l'huile brûla jusqu'au golem. Le mage fit s'élever un petit mur de galets qui le fit trébucher. En tombant dans les flammes, il se transforma en une torche énorme. Azexerte le releva et intensifia le feu. Le golem en flammes se remit à courir sur les galets vers sa proie ; mais Honorayon avait encore un peu de temps avant qu'il l'atteignît. Il devait achever au plus vite cette structure ligneuse dont la force était suffisante pour briser sa cloison invisible. Puisqu'il n'était pas sous sa domination, le thraël ne pouvait le maîtriser directement. Il fit donc monter du ciel une pluie de galets qui déchiqueta le golem en un tournemain. L'œuvre d'Azexerte éclaboussa tout autour d'elle. Les branches, fumantes et brûlantes, se dispersèrent partout.

Honorayon fit apparaître un double de lui-même au sein de la cloison invisible. De fait, Azexerte surgit subitement entre ses deux représentations. Ce geste marquait la fin des affrontements sécuritaires à distance, prélude obligatoire à toute confrontation talmachique « saine ». L'affrontement physique, bien que craint, était à présent inévitable. Aussitôt, sachant que tout se jouerait à l'instant, avec un synchronisme presque parfait, Honorayon et son double se retournèrent vers elle. Le thraël rumit un sort en mouvant ses mains et ses coudes, ce qui permit à la maîtresse de voir lequel avait bougé en premier. Elle disparut d'un coup et Honorayon envoya inutilement un jet d'acide sulfurique contre son sosie.

Elle réapparut derrière celui qui avait fait le premier geste, et lui mit la main sur la nuque. Le double se désintégra sur le coup et les yeux du thraël se fermèrent doucement. Il pencha son visage brûlé vers l'avant et ses bras, lourds et lâches, l'entraînèrent au sol. Honorayon tomba mort sur le lit de galets. Le mur invisible se volatilisa et Azexerte, épuisée, tomba sur le sol. Elle regarda le ciel gris quelques instants avant de se lever. Ensuite, se dirigeant vers l'autel, la maîtresse victorieuse y monta et rumit tout bas. Au bout d'un moment, les galets se mirent à bouger, glissant les uns sur les autres pour laisser sortir de dessous leur couche mince des mains et des bras pourris, décharnés ou complètement squelettiques. Certaines têtes hideuses et décomposées révélaient des visages d'enfants mâles qui, dans la boue et les galets lisses, luttaient pour se déterrer. Bientôt, sous l'envoûtement d'Azexerte, sous la pluie froide, sous les cieux noirs et tourmentés, les victimes de ses anciens sacrifices sortirent de leur fosse commune et se précipitèrent vers le corps du thraël. Une trentaine de gamins féroces et affamés s'arrachèrent les membres de l'infortuné sexagénaire, déchirant et disloquant ses jambes et ses bras, brisant son crâne pour manger son cerveau. Le sang se mêlait à la pluie sur les pierres et sur leurs mains délicates et menues.

Après leur festin morbide, ils se levèrent tous ensemble et se mirent à courir vers l'endroit où était tombé Zébaldon. La faim les tenaillait toujours et ils voulaient trouver son corps au fond du précipice. Mais, dédaignant le sentier, ils sautèrent directement en bas l'un après l'autre, comme des enfants qui se seraient jetés dans un lac à partir d'un grand rocher.

Cependant, dès qu'il s'était retrouvé au bas de la pente, Zébaldon s'était évanoui par terre. Le bracelet du thraël avait ralenti sa chute, mais des lambeaux de chair n'en pendaient pas moins sur le côté droit de son visage brûlé, sur une partie de son bras, sur sa main et sur le haut de son torse.

Hilard n'avait pas suivi le thraël; il ne pouvait pas, lui, pratiquer la bilocation. Ayant vu Honorayon jeter froidement son élève dans le gouffre, il avait choisi de le suivre. Il ne comprenait rien au geste du mage. Quand il était arrivé près de Zébaldon, celui-ci était tombé dans une clairière sans ombres. Le haute-cape avait réussi à le sortir de son évanouissement et lui avait glissé de la curalgine dans la bouche en lui disant de la mâcher. Cependant, si la racine favorisait la cicatrisation rapide, elle ne cautérisait pas les brûlures. Le hoblain voulait surtout donner à Zébaldon des forces nouvelles.

En y mettant beaucoup d'efforts, Hilard avait réussi à le relever. Mais, une fois debout, le guivre marchait avec difficulté, en grimaçant de douleur. Après quelques pas dans la clairière, Zébaldon était tombé sur le dos en gémissant. Il était donc impossible de le faire entrer dans le Valnaos, car le hoblain n'avait pas la force de le tirer.

Il entendit alors de très faibles bruits provenant du fond des bois qui avoisinaient la paroi abrupte. Averti par son instinct de survie et mû par son habitude d'observer le moindre détail, il leva la tête et vit tomber du haut du plateau ce qui ressemblait à de petits êtres décharnés qui sautaient dans le vide. Hilard avait rarement vu quelque chose d'aussi étrange et grotesque. Essoufflé, il s'agenouilla à côté de Zébaldon pour lui souffler :

— Essaye de te relever! Je crains que nous n'ayons de la visite bientôt.

Malgré ses efforts et la présence réconfortante du haute-cape, le guivre ne trouva pas la force de se relever. Au loin, des enfants mâles en décomposition commençaient à sortir des bois. Hilard cherchait un moyen de quitter ce lieu au plus vite, quand Zébaldon, à travers ses larmes, lui dit d'une voix tremblante :

— Hilard… égorge-moi et sauve-toi. Ne reste pas ici… pour moi. Va aider les autres…

— Quoi, tu veux que je t'égorge?

— Oui. C'est mon choix.

— Est-ce vraiment ton choix?

— Oui, fais-le… fais-le pour moi.

— Non, je ne le ferai pas. Je ne suis pas le maître de ta vie, encore moins de ta mort. Je ne te tuerais que si tu étais une menace pour ma vie.

— Mais, je vais gêner les autres, je ne suis plus utile.

— Tant pis pour eux… Qu'ils soient gênés! On ne meurt pas de la gêne, Zébaldon, mais de la peur de vivre!

— Je n'en peux plus de cette douleur! Tranche-moi la gorge! Vite!

— Calme-toi. Tu te rétabliras.

— Non, non, Hilard, tu ne comprends… Je veux mou… rir.

— Tu es mou et tu veux rire? C'est déjà un bon signe. Il n'y a que les morts qui sont raides et qui ne rient plus.

Sur le sol, Zébaldon balançait sa tête de gauche à droite en gémissant, les yeux fermés. Des lambeaux de chair sur ses joues et son front suivaient le mouvement et sa main droite, tremblante et levée vers les nuages, faisait elle aussi un mouvement de balancier.

Les enfants morts-vivants s'approchaient rapidement,

comme des hyènes affamées et bavardes. Dans leur chute, quelques-uns s'étaient disloqué une épaule ou une jambe, mais les autres couraient aussi vite qu'ils le pouvaient.

Hilard se souvint tout à coup de Zilférimel. Il l'avait complètement oublié dans sa poche de cuir. En même temps, la pensée lui vint qu'il aurait pu s'en servir pour faire passer le général et ses brigadiers de l'autre côté du ravin. Plutôt que de s'accuser de négligence, il préféra pourtant se préoccuper de Zébaldon. Prenant la statuette, il la jeta par terre et dit son nom; l'éclat de lumière bleue se reproduisit et, subitement, le freux géant grailla, le bec tout grand ouvert.

Morbides pantins d'Azexerte, les enfants décharnés couraient en poussant des cris et des hurlements, du moins, ceux qui étaient en mesure de crier et de hurler. Ils étaient horribles à voir. Certains n'avaient plus de langue, d'autres n'avaient qu'un œil, quelques-uns avaient les os du bassin exposés à la pluie et l'eau coulait dans les crevasses de leurs jambes pourries. D'autres étaient morts depuis longtemps et le sort de la maîtresse n'agitait que leurs os. L'un des enfants, qui avait dû être récemment sacrifié peu avant l'adolescence, tenait d'une main ses intestins véreux qui sortaient de son ventre ouvert.

Hilard montait sur le dos de Zilférimel quand les mômes macabres arrivèrent à quelques mètres de Zébaldon. Il dégaina Darbalian et le pointa vers le ciel; tout à coup, une lumière blanche, pure et d'une forte intensité, émana du poignard. Les enfants tombèrent les uns sur les autres, brûlés ou aveuglés par la puissante luminosité de la lame. Le freux géant ouvrit ses ailes, prit Zébaldon dans ses pattes et s'envola. Enfermé dans de longs doigts charbonneux, le guivre sentait la peau rêche du freux frotter contre ses brûlures. La douleur fut telle qu'il s'évanouit à nouveau.

XIX

LE GAGE DU GALVE

L'orgueil s'impose un
régime contre nature.
Théüdin, thraël du Cinquième ordre

Il faut des fous pour faire
la gloire des sages.
Lætilde, impératrice d'Ériande

Après avoir traversé le pont invisible, qui impressionna vivement Morüngar, ils sortirent de la forêt en suivant un sentier rocailleux. Lamoras vit non seulement Barrand et les autres brigadiers qui marchaient à leur rencontre, mais aussi une belle jeune femme à la tête rasée qui courait vers lui, rayonnante dans la pluie froide. Dès que Nôyane la vit s'approcher, elle dit tout bas :

— Barrand ! Loreïna !

Elle se trouvait juste à côté de Lamoras. Surpris d'entendre ce nom, le général tourna la tête et regarda la fille de Brenmord, puis il fixa un regard plus attentif sur la femme qui approchait d'un bon pas. Il ne lui fallut pas longtemps pour la reconnaître, mais il hésitait encore à y croire. Émue et les larmes aux yeux, Loreïna courut vers son père et se pendit à son cou.

— Je savais que tu viendrais me chercher, je le savais ! s'exclama-t-elle.

Elle lui adressait la parole comme s'ils ne s'étaient quittés que la veille. Lamoras la serra dans ses bras en retenant ses larmes avec fermeté. Il craignit soudain que Loreïna ne fût pas sa fille, mais cette Arthally qu'il recherchait. Selon ce qu'il en savait maintenant, elle pouvait être n'importe qui et se trouver n'importe où. Il répondit sobrement :

— Je suis heureux de voir que tu es encore vivante, Loreïna. Autant il nous faudra avoir une conversation intime plus tard, autant il faut pour l'instant que j'en apprenne davantage sur…

Il ne put finir sa phrase. Barrand criait son nom et lui faisait signe de venir à lui. Le colonel savait que Lamoras ne tarderait pas à lui demander sa version de ce qu'il avait vécu avec Throm. Quand le groupe fut plus près, Dillian-Lorrus et Thorismond se regardèrent avec consternation. Ils avaient vu Ceidil tuer Léügue et voilà qu'ils la retrouvaient en compagnie du général.

— C'est elle ! s'écria Dillian. C'est elle qui a tué Léügue, mon colonel. Thori, moi et Hogarth l'avons vue faire. Elle a probablement tué Crallas aussi. Il faut l'arrêter !

Hogarth s'agita plus que ses compagnons. Il voulait venger la mort de son ami. C'était bien elle qui avait mis Léügue à mort et sans doute Crallas. Hogarth ne pouvait pas la laisser vivre. Il se disait en outre qu'il devait à tout prix rentrer à Dagrenoque, non pas comme un traître, mais comme un héros de guerre. Il devait agir avant que cette maîtresse les frappe encore.

En archer chevronné, ce fut donc avec une rapidité inattendue qu'il décocha une flèche qui se planta dans le sein droit de la fille de Percipion. Sur le coup, le galve ne réagit pas. Lorsqu'il vit Ceidil tomber au sol, il se précipita sur elle.

Morüngar retenait sa masse, car elle avait soif du sang d'Hogarth. Lamoras lâcha sa fille et se dirigea vers Ceidil. Elle ne vit plus que les visages du galve et du général au-dessus d'elle. Sa respiration devint plus brève et elle ferma les yeux, en proie à l'agonie. Comme dans une confession tardive qu'un être ne fait que sur les rives de la mort, elle dit à son père :

— Pardonne-moi… Il faut… détruire le masque…

Ceidil mourut dans les bras de son père. Il se mit à crier :

— Ceidil ! Reviens à moi, Ceidil !

Le galve essuya vainement les larmes chaudes qui, mêlées aux larmes froides du ciel, ruisselaient sur ses joues. Pour la première fois, Percipion pleurait devant des hommes d'Halvarn. Des années fleuries par l'espoir de retrouver sa fille unique venaient de se flétrir en quelques souffles. Il fixa Hogarth et dégaina l'épée de ses ancêtres. Lamoras voulut le dissuader de se faire justice, mais Percipion s'en alla droit vers le lieutenant, comme un drac sur sa proie.

Hogarth ne comprenait pas la colère du galve, mais il ne pouvait pas lui refuser le combat. Barrand s'interposa, mais il fut repoussé fermement par le galve furibond. Comme il n'était pas dans la meilleure des formes, il n'insista point et renonça. Dillian et Thorismond se regardèrent avec l'intention manifeste de ne pas intervenir, à moins qu'Hogarth n'ait le dessus et ne mette la vie du galve en danger. Mais Barrand devina que la jolie blonde qui venait de mourir était la fille de Percipion et il ordonna alors aux deux spectateurs passifs d'intervenir.

Le lieutenant laissa tomber son arc et se dépouilla très vite de son carquois. Il sortit le poignard qu'il avait mis dans sa botte. Son but n'était pas de blesser ni surtout de tuer un galve d'Halvarn devant des témoins et des fidèles, mais de se défendre dans toute la mesure du possible. Il para plusieurs coups, esquivant avec habileté les charges furieuses de Percipion. Mais Thorismond et Dillian sautèrent sur le galve, et Lamoras se plaça silencieusement devant son frère qui, sans rien dire, remit lentement son poignard là où il l'avait pris.

Sous le regard désobligeant de Lamoras, le lieutenant inclina la tête vers l'arrière avec son arrogance habituelle. Quant au général, il n'en pouvait plus. Tout s'acharnait à provoquer sa colère. La fatigue occasionnée par les longs déplacements, la constante confusion dans ce labyrinthe interminable d'incertitudes et d'erreurs sur la personne, le comportement épuisant et honteux de son frère cadet, la division du groupe, l'attitude et l'absence d'Honorayon, le souci de devoir retourner sans le *Révis*, la découverte de sa fille, le mystère de la disparition de leurs femmes, le visage encore inconnu de cette maîtresse, la disparition de Brenmord et d'Haldaguire, la mort de la fille de Percipion, tout cela le rendait de plus en plus impatient.

Plus fort que lui, Thorismond retint Percipion, tandis que Dillian le désarmait. Le galve criait à tue-tête :

— Tu vas mourir, Hogarth ! Tu vas mourir fanfaron maudit ! Tu as tué ma fille ! Tu vas mourir ! Je le jure sur Halvarn ! Je le jure sur Halvarn !

Hogarth blêmit soudain. Dillian et Thorismond n'en revenaient pas non plus.

— Percipion, ne sois pas offensé, intervint Lorrus, il n'y avait pas moyen de le savoir. C'est elle qui a tué Haldaguire, Crallas et Léügue. Nous l'avons vue faire tous les trois.

Thorismond précisa :

— En fait, pour dire les choses comme elles sont, nous l'avons vue slaguer Léügue et le tuer de cette façon. C'était horrible à voir. Nous ne savons pas qui a tué Crallas, mais nous présumons que c'est elle aussi. Quant à Haldaguire, il est venu nous rejoindre dans la forêt, quand nous étions en route vers le temple, et puis nous ne l'avons plus revu avant d'être emprisonnés dans un cachot. Il était là pour s'offrir en sacrifice, pour nous libérer… mais, bon. Ce n'est pas ce qui s'est passé.

Percipion était connu pour sa retenue verbale et, lorsqu'il était affecté par quelque chose, il ne le laissait voir à son entourage que rarement. Mais un tourbillon intérieur de frustration, de haine, de fatigue accumulée, d'insatisfaction et de sentiment d'impuissance devant la mort lui avait mis le dégoût au cœur. À travers ses pleurs et avec un excès de salive, il se mit à crier :

— Vous êtes de la vermine ! Il n'y avait pas moyen de le savoir ? Dillian, espèce de marmite pleine de merde, cesse de dire des inepties, vous n'aviez qu'à rester avec nous ! Elle serait encore vivante, ma fille ! Elle serait encore viv… Léügue, Haldaguire et Crallas aussi ! Ô mon dieu, par Halvarn ! je ferai en sorte que vous soyez ostracisés de la ville ! Après quinze ans, quinze ans sans la voir, enfin, elle est sous mes yeux, entre mes mains, dans mes bras, à la portée de mes baisers. Je puis contempler son visage et la tenir contre moi. Et tu me l'enlèves avec une flèche, sous mes yeux à moi, son père ! Tu m'enlèves ma fille avec une flèche, sans avoir de preuve qu'elle est la véritable meurtrière ! Tu vas mourir, Hogarth ! Je le jure, je le jure, je le jure, tu vas mourir, vermine ! Vermine ! J'irai te ligoter moi-même dans les profondeurs de l'Undhar !

Hogarth haussa la voix.

— Comment, pas de preuve ? Nous l'avons vue, ta maudite bagasse de fille ! Oui, accepte-le, Percipion ! Ta fille était une bagasse !

— Elle n'était pas une bagasse ! Aucune fille de galve n'est une bagasse !

— C'était une bagasse, Percipion. Et pire encore, c'était une prêtresse de sa déesse sacrilège! Ne voulais-tu pas toutes les tuer? Brûler le temple, même? Si tu n'avais jamais appris que cette fille était la tienne, ne l'aurais-tu pas brûlée avec les autres! Si je l'avais su, je n'aurais pas décoché ma flèche! Merde, pourquoi ne me crois-tu pas? Il n'y avait pas moyen pour moi de savoir qu'il s'agissait de ta fille.

Percipion voulut se jeter à nouveau sur le lieutenant. Il se remit à hurler des injures à Hogarth, cette fois parce qu'il avait traité sa fille de bagasse et de prêtresse. Une fois maîtrisé par Lorrus et Thorismond, une fois qu'il eut tout dit, une fois qu'il eut craché sa souffrance et pleuré encore, il se calma. Hogarth nourrissait à présent des sentiments de mépris et d'indignation envers le galve. Autant il avait tenu la tête haute avec outrecuidance, autant il la tenait basse, maintenant, humilié. Lamoras s'adressa à tous en essayant de se calmer lui-même:

— Très bien. Malgré les malheureux événements que nous venons de vivre et le poids qu'ils représentent pour certains, il est impératif que nous renouvelions notre esprit collectif. Je suis aussi fatigué que vous et les derniers jours ont révélé par morceaux la fresque que nous essayons tant bien que mal de reconstituer depuis le début. Nous devons attendre le retour d'Honorayon ici, devant le temple, avec Léügue… Ah! nom d'Halvarn!

Dillian répondit en pointant le corps de Ceidil:

— Oui mon général, cette fille l'a tué! Léügue est mort. C'est la vérité!

Une vague de frayeur inonda Lamoras, Morüngar et Percipion. Les trois se regardèrent avec une vive inquiétude.

— Qu'y a-t-il? s'enquit Barrand. Vous avez l'air catastrophés, tous les trois.

— C'est Honorayon et son élève, répliqua Lamoras. Ils

sont partis avec Léügue ce matin. Hilard les suivait dans l'ombre.

— Hilard est ici ? s'exclama Barrand.

Lamoras lui fit oui avec les yeux. Hogarth n'en revenait tout simplement pas. Comment le hoblain avait-il fait pour survivre à sa chute après qu'il l'eut balancé en dehors de la cabine du capitaine ? Mais le général continuait tout haut :

— Si Léügue est mort... Depuis quand, dis-tu ?

— Depuis hier, je crois, répondit Lorrus.

Morüngar lui demanda en fronçant ses gros sourcils blonds :

— Tu crois ? Tu ne le sais pas vraiment ?

— Nous étions enfermés dans un cachot, répondit Thorismond. Il faut dire que le temps...

Lamoras imposa d'un geste le silence à ses hommes et réfléchit un moment.

— Bon, reprit-il, comme je le disais, si Léügue est mort hier, la maîtresse a donc pris sa forme, et nous a envoyé la fille de Percipion, une fille dont elle imitait la forme aussi, puisque c'est elle qu'Hilard a vue sacrifier Crallas. Ceidil nous a d'ailleurs dit qu'elle ne l'avait pas sacrifié. Ce matin, Azexerte ou la maîtresse était donc avec nous en tant que Léügue et elle est repartie avec Honorayon. Je crains pour lui. Elle nous a bien leurrés pour pouvoir isoler le thraël ! Je me doutais de quelque chose. Loreïna, y a-t-il un coupe-ciel sur cette île ?

— Non, père, aucun. Nous ne pouvons pas partir. Les filles sont toutes prisonnières ici. Ce n'est pas surprenant qu'il y ait des suicides. Tu sais, beaucoup de filles n'ont pas ce qu'elles désirent, comme moi, par exemple, et souffrent d'être privées de la possibilité de se marier avec un homme qu'elles aimeraient. Les plus fortes résistent et souffrent en silence, tandis que les plus faibles s'écrasent et se font dominer par la maîtresse, mais, une bonne partie d'entre elles deviennent folles. Elle m'a rasé la tête parce que j'ai enfanté deux mâles l'un après l'autre. C'est une malédiction pour elle quand une fille enfante deux ou plusieurs garçons. Elle ne comprend pas qu'une fille ne choisisse pas ses enfants, cela me paraît évident. Elle est folle et cruelle. Je veux quitter cette île avec toi, père. Ramène-moi à Dagrenoque, je t'en prie. Je veux revoir les rues d'eau et sentir le parfum des boulangeries et des pâtisseries. J'aimerais me promener avec toi, comme on le faisait quand j'étais petite. Tu t'en souviens, n'est-ce pas, du temps où on se promenait le soir dans les rues du marché ? J'aimerais aussi, oh oui ! manger de la carmile ; ce serait tellement bon du poisson, mais fraîchement pêché du Voglaire, ouiiiii…

Elle continua à énumérer toutes les activités qu'elle aimerait faire avec lui. Lamoras s'émerveillait de voir sa fille posséder une telle mémoire et un bon sens aiguisé après toutes les années qu'elle avait passées en relative captivité, à l'écart du monde. Il vivait pour la première fois depuis quinze ans un sentiment agréable de fierté paternelle. Il reprit Loreïna dans ses bras et elle l'étreignit fortement en collant sa joue rose sur le plastron de son père, refroidi par la pluie.

Barrand enviait cette scène. Percipion, pour sa part, fébrile et fragilisé par la vague d'émotions inusitées qu'il avait eu à vivre, revint à lui-même.

— Ma fille m'a parlé d'un masque. Il faut l'enlever à cette maîtresse. C'est ce qu'elle a dit. Je ne l'ai pas imaginé.

— Tu ne l'as pas imaginé, Percipion, approuva Lamoras. J'ai bien entendu aussi. Mais, avant de lui enlever quoi que ce soit, il faut la laisser venir à nous, c'est elle qui nous retrouvera. Elle n'est pas bien loin. Si seulement Hilard pouvait se pointer !

À la pensée de revoir Hilard, Hogarth tremblait. Il savait ce que le mâchil était capable de faire. Il multipliait les hypothèses pour tâcher de découvrir comment le hoblain avait pu survivre à sa chute, mais rien ne semblait coller à ce qu'il connaissait de lui. Il possédait donc un secret bien caché. Hogarth savait aussi que, pour éviter la garraque une fois de retour à Dagrenoque, il devait s'enfuir de façon ingénieuse, mais, ce faisant, il perdrait son statut de citoyen; il devrait s'exiler de l'Ériande et mener une vie de mercenaire, la vie même qu'il eût aimé voir le doargue pratiquer. Loin de le réjouir, cette idée le poussait à étendre ses rêves et son ambition.

Il vit Nôyane s'approcher de Loreïna, pendant que Dillian abordait Lamoras. Le brigadier se sentait un devoir de se faire pardonner sa participation à la mutinerie orchestrée par son frère. De sa voix légèrement rauque, il chuchota à l'oreille de Lamoras sans s'incliner :

— Mon général, je dois vous dire quelque chose d'une grande importance. Quand nous étions tous ensemble dans le cachot, attachés et souffrants, Léügue nous a révélé un fait étonnant qui m'a fait regretter vivement d'avoir suivi le lieutenant.

— Continue, ordonna Lamoras.

— Hogarth et Crallas sont sortis au milieu de la première nuit que nous avons passée dans la tente-auberge pour couper les cordes du pont dans le but de te faire mourir. Leur plan n'ayant pas fonctionné, ils t'ont accusé sur-le-champ d'incompétence. Voilà. J'ai pensé que je devais te le dire au plus tôt. Le lieutenant est responsable de la chute qui aurait pu occasionner la mort du colonel et des deux autres. Si je l'avais su, je te l'aurais dit et je ne serais pas allé avec Hogarth.

Quand Lamoras regarda Hogarth brièvement, le lieutenant devina que son ancien allié venait de lui raconter l'affaire du pont. Hogarth se demanda s'il lui restait quelque assise, une idée quelconque pour contredire ses compagnons. Mais il avait beaucoup dilapidé de son capital de sympathie. Lorrus venait de lui donner le coup de grâce. Ses efforts, ses ruses et ses complots n'allaient plus lui servir à grand-chose. Il ne restait plus qu'une flèche à son carquois, son père, Mathanny.

Nôyane cherchait à attirer l'attention de Barrand. Quand il la regarda doucement, d'un simple sourire ils remirent leurs cœurs en liesse. Comme il n'était pas question de se faire des tendresses devant tous, ils se retinrent malgré l'envie qu'ils avaient l'un de l'autre. Barrand s'était remis du doute qu'il avait nourri à son sujet, mais il ne se faisait aucune illusion. Malgré l'honnêteté qu'il sentait chez la rouquine, tout était possible. Nôyane se pencha vers Loreïna et lui dit tout bas en parlant du colonel :

— Cet homme, est-ce la maîtresse ?

— Non. Pourquoi ?

— Je voulais seulement savoir. Comment le sais-tu ?

— Parce que je l'ai trouvé au pied d'un précipice, aux environs de la porte du Nord. Il est colonel sous les ordres de mon père.

— Oui, je sais qu'il est colonel, mais je croyais que la maîtresse avait pris sa forme. Je le croyais mort, tu vois !

— Oui, elle aurait pu prendre sa forme si elle avait su où il était, mais il aurait fallu qu'elle le trouve ! Et toi, où étais-tu quand il est tombé ?

— Ah… c'est une longue histoire.

Loreïna se mit à douter de Nôyane et baissa les yeux. Elle était envahie par l'incertitude quant à sa véritable identité. Comme elle ne savait quoi penser, sans faire de scène, elle se déplaça progressivement de l'autre côté de son père.

Le général ne se faisait pas à l'idée de rester sur l'île comme un naufragé, incapable de retourner à ses devoirs militaires et civiques. Comme cette pensée lui causait une certaine anxiété, il décida de la chasser loin de lui.

Il se demanda plutôt si l'attaque contre le *Révis* par un vogueur de Radabaze n'avait pas été commandée par des membres du conseil en lien secret avec Azexerte. Il n'arrivait pas à se convaincre que l'assaut des loups d'azur fût le fait du hasard et il s'interrogeait depuis sur la possibilité qu'il ait eu un commanditaire. Peut-être creusait-il trop, pensait-il, mais cette possibilité méritait d'être considérée avec attention. Lamoras n'était pas aimé de tous les membres du conseil. Si sa rigueur militaire intimidait ou écorchait certains guerriers, son ouverture d'esprit déplaisait aux traditionalistes endurcis comme le chef des lames intra-muros, le colonel Carindal, qui n'aimait pas les étrangers, notamment les doargues; et l'inflexible Morayan, colonel en chef de l'armée de terre, médiocre soldat, mais excellent stratège, fidèle client clandestin du Zymphe Heureux et père du lieutenant Sartas. Lamoras avait peu à faire avec eux, mais Barrand connaissait bien ces subordonnés.

Il passa en revue dans sa tête tous les membres internes du conseil et ne soupçonna personne de quelque complot que ce soit, à part Morayan.

Lamoras se lassait des fragments d'informations qu'il glanait depuis des jours. Il voulait tout le portrait, tout de suite. Il se disait que ce qu'il lui restait de forces armées était peut-être suffisant pour l'emporter sur cette Azexerte, mais il cherchait plutôt à jouer autrement, cette fois. Il doutait de l'efficacité des armes blanches et de la stratégie de terrain. Leur vie dépendait de leur efficacité. Hilard avait raison, elle éliminait ses proies l'une après l'autre, comme une mante religieuse massacre ses géniteurs infortunés. Elle n'attaquait jamais de front, mais toujours de biais, avec la plus douce et la plus habile des tactiques. Sa force était de sembler n'en avoir aucune. Son plan était de sembler n'en avoir aucun. Son arme était de sembler n'en avoir aucune. Lamoras devait la prendre à son propre piège.

Le ciel se dégageait et le vent s'apaisait à mesure que les nuages se retiraient. Le général ordonna à ses hommes de reprendre la progression vers le temple et à Hogarth de porter sur son dos le corps de Ceidil. Le lieutenant s'exécuta, non sans laisser paraître son mécontentement et son agressivité. Dillian et Thorismond se regardaient à la dérobée et s'amusaient ferme de la situation. Lamoras se rendit compte de leur manège, mais il ne dit rien. Il se disait que ces traîtres, de toute façon, ne s'en tireraient pas avec l'impunité.

Lorsqu'ils arrivèrent sur le parvis du temple, une femme que Thorismond, Dillian et Hogarth avaient déjà vue auparavant assise à la table où ils avaient mangé se dirigea vers eux avec, derrière elle, une dizaine de filles toutes vêtues pareillement d'une longue robe de tulle blanche et de velours noir brodée de dentelles fines. Lamoras demanda à Loreïna qui était cette femme et elle lui répondit en marchant :

— Attalia. C'est une des grandes prêtresses.

— Et les prêtresses, elles sont combien en tout ?

— Sur cette île, j'en ai compté plusieurs au fil des ans, mais, depuis l'arrivée de la prêtresse Ilswithe, je n'en ai vu que trois : Ilswithe, Attalia et Ceidil.

— Parle-moi d'Attalia, vite.

— Bien… elle est responsable du recrutement des femmes et de la discipline. On m'a déjà dit que son père était un morandaire de Kilhairn dans la grande ville de Trinithe. J'aimerais bien voir cette ville ! Apparemment, elle est perchée sur une falaise au pied de laquelle il y a un lac immense. Ce serait merveilleux de voir cette ville. N'est-ce pas, père ?

— Oui, en effet, Loreïna. Et Ilswithe, que fait-elle ?

— Elle ! Ah ! c'est la préférée de la maîtresse ; c'est elle qui surveille les fertiles et qui forme les futures prêtresses. Je l'ai vue sacrifier des mâles de tous âges.

— Très bien ! Dis-moi, maintenant, qui es-tu pour elles ? Quel est ton rôle ici ?

— Moi ? Bof ! Je ne suis qu'une cueilleuse de baies et de fagots à partir du mois de kilhairn jusqu'à venthune. Le restant de l'année, je suis une chambrière.

— Alors, elles peuvent te remplacer facilement, n'est-ce pas ?

— Oui. J'espère qu'elles le feront.

— Bon. Inutile, donc, de te prendre symboliquement en otage. Désolé, Loreïna, n'en sois pas offusquée.

Elle reprit le bras de son père et appuya sa tête contre l'épaulière de son armure. Attalia, qui les attendait sur le parvis, grimaça devant le geste de Loreïna. Une telle affection pour un homme, en dehors du rituel de copulation, n'était pas admissible sur l'île de la déesse Hæline. Au premier coup d'œil, Barrand sonda la dureté de cette femme. Quant à Hogarth, il voulut lui trancher la tête sans autre forme de procès.

Lamoras s'approcha de la première marche. La prêtresse le dominait résolument depuis la troisième.

— Attalia, c'est bien ton nom ? interrogea-t-il.

— Oui, c'est moi.

— Nous voulons voir la maîtresse.

— Vous l'avez avec vous. Et je tiens à vous remercier de nous en avoir libérées.

Elle pointa le corps de Ceidil qu'Hogarth avait déposé par terre. Le lieutenant s'écria devant tous :

— Haille ! Vous voyez, elle me donne raison ! C'est moi qui l'ai abattue ! Ils ne me croient pas, ces larves de merdaille !

Attalia le regarda avec admiration et lui dit :

— Ma gratitude pour ton geste plein de courage est infinie. Toutes les filles ici t'en sont reconnaissantes. Elles émergeront de ces années difficiles passées sous le bras inflexible de la maîtresse et referont leur vie ailleurs, j'en suis sûre.

Dillian avait remarqué le rictus haineux qui s'était formé sur le visage de Percipion et il se déplaça lentement de quelques pas pour poser sa main sur l'avant-bras du galve qui brûlait du désir de dégainer.

En effet, l'officiant se demandait comment cette femme osait accuser Ceidil, la progéniture sacrée d'un galve d'Halvarn, descendante des Hurths, d'être la maîtresse d'une coterie de bagasses… Qu'avait-il fait à Halvarn pour que sa fille méritât un tel sort ? Comment faire face aux autres galves quand ils apprendraient que sa fille avait été la prêtresse d'une déesse sacrilège ? Pourtant, le regard imposant de Lorrus finit par avoir un effet calmant sur lui.

Lamoras ne mordit pas, cette fois, à la pitoyable ruse qu'Attalia employait pour dissimuler la véritable maîtresse, cette femme qu'il devait à tout prix trouver, identifier et arrêter ou abattre. Sinon, son temps sur l'île était compté. Le général ne pouvait plus mésestimer cette proxénète capable d'une cruauté raffinée. Attalia, qui était une grande femme droite comme une colonne, avait un visage long, un nez plat qui se recourbait en pointe et des cheveux noirs qui lui descendaient jusqu'aux fesses. Ses petits yeux noirs avaient reconnu Hogarth, Thorismond et Dillian, mais elle évitait de les regarder et poursuivait son discours de moralisatrice, subtilement condescendante :

— Peut-être votre scepticisme vous laisse-t-il dans l'impossibilité de nous croire, mais vous n'avez mis personne en deuil ici. La maîtresse nous a tenues sous ses griffes pendant très longtemps et il nous paraît difficile de croire qu'il nous faudra recommencer nos vies sans cette monstruosité sur nos talons. Mais nous sommes convaincues que la vie nous donne ce qu'il nous faut pour la traverser, malgré toutes les vicissitudes qu'elle nous impose. Vous avez bien fait, malgré vos évidentes faiblesses, de délivrer cette île et nous-mêmes d'une femme qui, selon moi, n'en était pas une.

Les femmes qui se tenaient derrière Attalia demeuraient immobiles et silencieuses; Lamoras se demandait pourquoi la prêtresse ne les laissait pas partir. À quel ordre devaient-elles obéir, maintenant, si Azexerte était morte? Il n'y croyait pas. Cette Attalia pincée, pédante et apeurée ne semblait pas consciente du ridicule de son discours. Ceidil n'aurait jamais été capable, à son âge encore tendre, de mettre sur pied une telle communauté après avoir quitté son père du temps qu'elle n'était pas encore prépubère. Ce n'était pas plausible. Il voulait des preuves, mais il était conscient qu'on ne les lui fournirait pas. Cette prêtresse, il le sentait, essayait de les entretenir pour gagner du temps.

Barrand reconnut Hostanny sous un capuchon et lui dit tout haut:

— Hostanny, viens à moi. Tu ne dois rien à cette femme.

— Tu es mort! Vous êtes tous morts! lui cria aussitôt Hostanny.

En mordant sa lèvre inférieure, Attalia joignit ses mains dans un geste qui exprimait son inconfort. Elle se retourna et cria brusquement à Barrand:

— Je ne vous ai pas dit de parler. Silence!

Le colonel fut sincèrement étonné de la voir aussi agressive, aussi bien que peiné de la savoir aussi hostile envers lui. Il détourna le regard du parvis et l'arrêta sur Lamoras. Ce regard disait tout. La tension croissait dans le groupe et l'impatience du colonel n'allait pas tenir longtemps encore, non plus que celle du galve. Lamoras le savait. Il répliqua, sûr de son autorité:

— C'est la dernière fois que je te le dis, Attalia. Je veux voir Azexerte et je veux la voir tout de suite. Sinon, vous serez toutes sacrifiées à Halvarn ! Hypocrites ! Cessez ce jeu ridicule ! Vos filles trahissent vos intentions et vous nous prenez pour des benêts. Nous vous ramènerons toutes à Dagrenoque et vous y subirez les peines réservées à de tels sacrilèges.

La prêtresse se cambra et releva le menton, comme apeurée par la menace. Mais elle secoua la tête avec fierté. Elle se tourna vers une des femmes à qui elle fit un signe de la main pour l'envoyer chercher quelqu'un. Elle reporta ensuite son attention sur le général et lui dit :

— C'est compris ! Vous voulez la preuve qu'elle est morte et qu'elle gît sur le sol devant nous. Puisqu'il nous est impossible de vous convaincre par la parole, nous vous en ferons la preuve physique. Je comprends. C'est tout à fait honnête et l'honnêteté est une grande vertu. Je vous prie de comprendre le comportement de certaines filles. Elles ne se feront pas à l'idée qu'elles sont libres de partir si nous quittons toutes cette île. La nouvelle vie qui les attend leur sera étrangère. Elles ont toujours été sous la botte de celle que vous avez tuée pour nous. Pour vous aider à nous croire, eh bien, voici une petite anecdote. Quand votre vogueur s'est écrasé, nous avons trouvé un homme dans l'eau, qui avait été projeté par la vitre qui recouvrait le balcon latéral.

Nôyane fut saisie par ce fait et s'exclama, interrompant la prêtresse :

— Oui, c'est vrai, je suis sortie de ma chambre et j'ai vu le trou !

Attalia se contenta d'étirer les lèvres pour se dessiner un sourire et ajouta :

— Son balcon latéral… oui, le trou. C'est là que j'en étais avant qu'on m'interrompe à la manière de Nôyane, n'est-ce pas, toujours impolie. Pour abréger l'histoire, nous l'avons tiré de l'eau, nous l'avons caché de la maîtresse et soigné. Si nous étions complices de ses desseins, nous n'aurions jamais fait cela. Nous l'aurions laissé mourir, car tel aurait été son sort de toute façon.

Il fallait que Morüngar sentît que ces paroles étaient fausses pour s'exprimer avec autant d'énergie indignée. Il regarda le général et lui dit en haussant le ton :

— Non, général ! C'est de la fiente de roche ! Quelle histoire invraisemblable ! Qui d'entre nous mordra naïvement à une pareille folie ? Lorsque le *Révis* a coulé dans le marécage, l'envie est venue à ces femmes, qui étaient par hasard dans le même marécage et que nous n'avons pas vues, de sauver un homme de l'eau sans venir nous aider ? Elles auraient pu, mais elles ne l'ont pas fait ! Quelle histoire ! Allons, pourquoi nous cachent-elles la reine des bagasses ? Je vais le dire, moi, pourquoi ! Parce qu'elles savent très bien que, lorsque la truie va se pointer le nez, je le frapperai tellement fort qu'il va ressortir par son...

Lamoras l'arrêta.

— Tout beau, Morüngar !

— Ah, brouf !

Du coin de l'œil, Attalia vit s'ouvrir la porte du temple et revenir la jeune femme, avec, en sa compagnie, la personne qu'elle attendait. La prêtresse leva la main pour lui faire signe de s'arrêter. Se retournant vers les hommes et les deux filles, elle leur dit :

— Jugez maintenant par vous-mêmes si nous vous avons menti ou non !

Sur un autre signe de sa main, la porte s'ouvrit et laissa passer deux personnes. Nôyane écarquilla les yeux, surprise et ravie, pendant que Barrand lançait tout haut :

— Brenmord !

XX

LE COUP DE GRÂCE

Chassez le naturel, il revient
en bourreau.
Hellébore, poète

À quoi ressemblent nos premières
années d'activité talmachique ?
Allez nager dans une rivière
en plein torrent.
Gwaldaire l'Habile, le Serpent-docte

Une fois dégagé des méandres souterrains de l'île au ver pourpre, le *Faucon-Noir* glissa dans les cieux éclairés vers la vieille Azexerte. Au bout d'un long moment, Cloram, grâce à son œil-d'aigle, vit voler au loin un oiseau qui ressemblait à un corbeau géant et qui montait du cœur de l'île. Lorsque le sauteur s'en approcha, Cloram put reconnaître Hilard qui chevauchait un énorme volatile, lequel tenait dans ses pattes le guivre Zébaldon. Il s'exclama en regardant Sartas, les cheveux un peu ébouriffés :

— Hilard ! C'est Hilard et l'élève d'Honorayon. Je te le jure ! Ils sont sur un corbeau géant ? Ils sortent de la forêt !

— Je n'ai jamais dit qu'il était normal, ce foutu hoblain !

répliqua aussitôt Bersaire. Comment a-t-il fait pour avoir un corbeau géant? Merde! J'enrage!

— Tu es jaloux, Bersaire? affirma Cloram.

— Oui, je suis jaloux! Je veux savoir comment il fait, c'est tout.

— Pircius le saurait.

Bersaire soupira et dit avec un air résigné:

— Ah, certainement! Pircius le saurait, mais Pircius n'est plus de ce monde; il a perdu la tête. Et Pircius ne peut pas me dire comment le hoblain fait pour obtenir les services d'un corbeau géant. Je vais te dire une chose de Pircius…

Sartas coupa froidement la parole à Bersaire.

— Tout beau! Cloram, il faut les accueillir sur le pont. Je peux les voir d'ici. Hilard te reconnaîtra.

Cloram ne comprenait pas ce que Sartas voulait dire. Le lieutenant répéta:

— Va sur le pont et amène-le ici! Vite!

Cloram obéit enfin. Peu de temps après, Hilard descendait sur le sauteur immobilisé. Zilférimel déposa Zébaldon sur le pont et Cloram le prit dans ses bras pour le porter sans délai dans un lit. Hilard mit la main sur le bec du freux géant et le remercia chaleureusement. L'oiseau le fixa gentiment de son grand œil noir et grailla. Le mâchil redit doucement son nom. Zilférimel redevint une statuette qu'Hilard remit soigneusement dans sa poche de cuir. Quand Bersaire arriva sur le pont, il chercha l'oiseau, bien en vain. Confus devant ce phénomène, il regarda le hoblain avec des yeux remplis d'incompréhension et dit en haussant la voix pour couvrir le bruit du vent:

— Il est où, ton oiseau? Il est parti? Il n'est nulle part dans le ciel! Je veux dire que je ne le vois nulle part.

Hilard montrait peu de patience et semblait en proie à un sentiment d'urgence.

— C'est une bonne observation, que tu fais là…

— Bersaire. Je suis Bersaire.

— Oui, Bersaire, je m'en souviens, maintenant. Qui est le crânier, ici ?

— Le lieutenant Sartas.

— Vous êtes combien ?

— Trois.

— Merde ! Je veux voir votre mage.

— Nous l'avons enterré.

— Bon ! J'aurais préféré une bonne nouvelle. Je veux voir Sartas. Il y a sans doute une raison pour laquelle vous êtes ici.

— Il t'expliquera. Suis-moi.

Hilard fut conduit au clairheaume, où le commandant et le hoblain se reconnurent tout de suite. Le mâchil ne put placer un mot de prime abord. Sartas s'empressa de raconter qu'ils avaient trouvé le corps du capitaine Brenmord dans le lac, sous le Zymphe Heureux, et qu'il avait reçu du maréchal le mandat d'en avertir le général. Le capitaine était déjà mort quand le *Révis* était parti pour Azexerte, précisément avec Brenmord à son bord.

Hilard contint mal son inquiétude et sa nervosité. Il courut vers le devant du clairheaume et observa très attentivement le paysage afin de trouver un point de repère pour se situer. Se retournant vers Sartas, il lui dit :

— J'aimerais que tu montes plus haut, lieutenant, afin qu'on voie mieux l'île ! Quand j'aurai localisé le temple, nous descendrons. Pour l'instant, je ne vois que des arbres et des gouffres à perte de vue.

Sartas obéit et se dirigea en gagnant de l'altitude vers le centre de l'île. Hilard fut surpris de constater le nombre fascinant de ravins et de précipices qui en constituaient le relief, ainsi que la myriade de lacs et de petites montagnes qui se dessinaient au nord. Il vit sur un plateau, en plein centre de la clairière qu'il avait déjà traversée avec Azcalath, le temple d'Hæline. Il le pointa du doigt et, sans perdre un instant, Sartas fit descendre le *Faucon-Noir* vers la clairière. Le mâchil se retourna une autre fois et dit en luttant contre le bruit du vent :

— Lieutenant, il faut atterrir devant le temple et ne perdre de vue ni le sauteur ni l'élucion. *Le Révis* a été abattu.

— Avez-vous perdu des hommes ? s'enquit Sartas.

— Oui, mais je ne connais pas le nombre exact de victimes.

— L'élève du thraël est couché, s'exclama Cloram en entrant dans le clairheaume. Il faudra le soigner, et vite.

— Il se nomme Zébaldon, souligna fièrement le hoblain qui ne regardait que le temple qui approchait.

Cloram aurait pu jurer que les iris noirs du mâchil vibraient légèrement, comme des cordes de luth à peine pincées. Même les veines de son cou et de son visage étaient plus visibles et noires elles aussi. Le brigadier en avait peur. Hilard tenait à mettre un terme à cette mission avant que tous les hommes mourussent comme des agneaux à l'abattoir. Plus que jamais, il sentait croître le danger, certain qu'Honorayon était mort atrocement et que, bientôt, Lamoras et les autres allaient succomber à la ruse d'une prédatrice fort habile à se dissimuler.

☙❧

Retransformée en Brenmord après avoir défait l'ophimide qu'elle haïssait tant, Azexerte était retournée au temple. Elle n'était pas peu fière de sa victoire sur ses anciens ennemis. Elle devait maintenant achever l'œuvre de sa mère bien-aimée, cette idole que son cœur s'était forgée pour se venger des fantômes de son orgueil blessé, ou peut-être pour rassasier son insatiable soif d'être aimée, ou bien pour briser et modifier l'inaltérable mur du mystère des sexes, ou encore pour régner comme une impératrice sur la folie des hommes et s'en protéger à jamais.

En arrivant sur le parvis, Azexerte, qui jouait Brenmord avec un rare talent, salua Lamoras, prit Nôyane contre elle et dit avec la voix du capitaine, son père :

— Nôyane ! Je t'ai dit que je ne t'abandonnerais pas. Elles m'ont sauvé la vie, ces femmes ! Tu vois comme tout s'arrange ! C'est bien, de vous revoir tous.

Nôyane appuya sa tête contre le torse de Brenmord. Son geste retourna le cœur d'Hostanny, qui eût aimé se comporter de la même manière avec son père. Mais elle ne l'aimait plus depuis longtemps. La plaie qu'avait laissée son abandon était trop profonde et la cicatrice, trop fragile. À ses yeux, Barrand n'était plus qu'un homme comme les autres, tout juste bon à servir comme géniteur. Il l'avait abandonnée comme tant d'autres pères à l'égard de tant d'autres filles. Il devait souffrir, même mourir pour un tel crime. De tels hommes ne méritaient pas d'être pères, leur vie n'était qu'un gâchis avant même leur naissance. Telles étaient les pensées qu'Hostanny ruminait secrètement. Elle comptait sur la maîtresse qu'elle adulait pour tout remettre en ordre et pour enseigner la vérité à ces hommes, à savoir la subordination nécessaire de leur nature masculine.

Cependant, le général n'était toujours pas convaincu de la sincérité du discours d'Attalia et il se méfiait de Brenmord. Il allait tâcher de l'interroger subtilement, sans éveiller ses soupçons.

Avant d'amorcer l'échange, il regarda autour de lui et balaya des yeux les traits des autres. Morüngar était pensif. Quant à Hogarth, il s'était convaincu de sa victoire du fait qu'il avait tué Ceidil. Ce n'était qu'une question de temps, croyait-il manifestement, avant que ses compagnons reconnaissent et l'honorent selon son mérite ; il les avait, après tout, libérés de la maîtresse. Percipion et les autres regardaient Brenmord avec impatience. Ces hommes d'action ne savaient plus qui croire ni que faire. Le temps devenait pour eux une éternité. Ils étaient enfermés dans un lieu ouvert, dans une prison sans murs, dans une clairière sans issue.

La bise du mois de venthune apporta une soudaine odeur de crypte qui se dissipa aussitôt. Les arbres défeuillés qui les entouraient, les sentiers perdus, le front hautain du temple vétuste, les pierres froides et grises sous les cimes après la pluie, ce spectacle avait pour Lamoras un goût funèbre, malgré la brume légère au sol et la lumière qui embellissait le teint bruni de la nature. L'attitude des filles semblait se mouler à un destin irrémédiable. On aurait dit qu'elles avaient déjà vécu cette scène, qu'elles ne la voyaient plus avec surprise. Leurs yeux étaient brumeux et vides.

— Capitaine, dit enfin Lamoras à Brenmord, nous sommes heureux de te revoir. Ton absence nous a fort inquiétés.

— Merci mon général. C'est agréable d'avoir survécu à l'échec du *Révis*.

Lamoras et Lorrus ressentirent la pointe cachée dans le mot échec, mais ils ne le montrèrent pas. Lamoras continua :

— Attalia me dit que tu as été trouvé dans l'eau…

— Elle dit la vérité, mon général. J'ai été attaqué par un brigand sur le balcon. Nous sommes tombés tous les deux quelques instants avant que le *Révis* s'abatte, mais, heureusement, j'ai survécu. Je ne peux pas en dire autant du brigand ; il s'est noyé. Quand je me suis réveillé, j'étais dans une grotte étroite, caché sous des couvertures. Attalia m'a expliqué la situation sur l'île, à savoir qu'il y avait une maîtresse blonde et très jeune dont m'avait déjà parlé ma fille. Elle m'a dit qu'il valait mieux pour moi rester dans la grotte jusqu'à ce qu'elle m'avertisse qu'une action était possible pour libérer les filles. Attalia semblait empressée à m'aider et, surtout, elle était soucieuse de ma sécurité. Je l'avoue, sa ferveur et mes blessures aux jambes ont triomphé de ma résistance.

Morüngar cracha sur le sol et, de sa voix caverneuse, éructa :

— Magnifique ! C'est une des histoires les plus folles que j'aie entendues de ma vie ! Le capitaine était pouponné, tandis que, nous, nous courrions par monts et par vaux, fatigués et exposés aux éléments, au terrain, à des vulcres et à des êtres puants avec des cornes. Nous enterrions Ergath et cherchions Throm, Barrand et Nôyane. Nous étions à la recherche d'une femme d'une puissance inouïe qu'un fanfaron a tuée d'une flèche. Brouf ! Avoir su tout ça, je serais resté volontiers au Cent-Vergues avec trois carafes de bière… non, quatre !

La nouvelle de la mort d'Ergath étonna Thorismond et Lorrus. Ils inclinèrent la tête, regrettant la perte d'un homme d'une telle qualité. Mais Hogarth se targua plutôt de sa réussite et utilisa la mort du brigadier pour se valoriser. Il parla comme s'il n'avait écouté personne depuis le début :

— Ergath est mort. Je vous ai dit de me suivre, vous ne m'avez pas écouté. Figurez-vous tout ce que…

Dillian dégaina prestement son fer, en glissa la pointe sous le menton d'Hogarth et dit :

— Ferme-la, pendard. Ce n'est pas avec une flèche que je vais t'abattre, moi.

Lamoras et Hogarth se regardèrent avec dédain. Le mépris du cadet avait envenimé l'aîné. Lamoras, qui n'était pas porté à la haine, haïssait de plus en plus Hogarth. Ce fut au tour de Percipion de mettre la main sur le bras de Lorrus. Quoiqu'à bout de nerfs devant ce lieutenant qui ne savait se taire, le brigadier remit son arme au fourreau sous le regard haineux d'Hogarth, marri d'avoir perdu le respect d'un subordonné plus habile et plus expérimenté que lui.

Effectivement, le lieutenant savait que toute la pompe et toute la puissance de la hiérarchie militaire ne pouvaient faire en sorte qu'il soit du même calibre que le célèbre Dillian-Lorrus. Et cet homme lui avait tourné le dos pour de bon. Même le général n'avait pas commenté l'incident.

Au moment où Lamoras ne savait plus qui croire, même s'il paraissait accorder toute sa confiance à Brenmord, Percipion à qui Morüngar avait déjà reproché d'avoir le nez en l'air se vit récompensé de cette attitude lorsqu'il remarqua dans le ciel un sauteur-des-nues qu'il connaissait très bien. Fier et heureux de le voir arriver, le galve s'écria à la manière d'un enfant :

— Haille ! Regardez ! Par Halvarn, c'est le *Faucon-Noir* !

Tous levèrent la tête et virent le sauteur descendre, puis se poser dans la clairière devant le temple. Lamoras dit avec sa fermeté habituelle :

— Restez ici, je vais aller voir ce qui se passe.

Morüngar vit la bouche et le petit nez méprisants d'Attalia se contracter rapidement et subtilement en réaction à ce que venait de dire le général. Non seulement elle n'avait pas le même talent qu'Azexerte pour dissimuler ses états d'âme, mais, en dépit de ses apparences de vertu et de soumission, elle ne recevait aucun ordre d'un homme. L'élucion bien caché dans sa jaque de cuir, Sartas descendit du *Faucon-Noir* comme un héros revenant d'un champ de bataille. Le général le rejoignit. Il lui révéla aussitôt tout ce qu'il avait reçu ordre de lui dire.

Or, Lamoras avait l'inconsciente et fâcheuse habitude de regarder la personne dont on lui parlait si elle était présente. Aussi regarda-t-il le capitaine Brenmord pendant que Sartas lui en parlait. Cela suffit à éveiller des soupçons chez Azexerte. Lentement et avec le plus grand naturel, elle se plaça juste à côté de Loreïna. Personne ne remarqua son mouvement, pas même la fille du général qui, ne se doutant de rien, se retourna pour la regarder et lui fit un sourire auquel elle répondit. Après avoir remercié le lieutenant Sartas, le général lui fit signe de le suivre et reprit sa place devant la foule. Il dégaina son arme nommée Nitchilgwine, c'est-à-dire « colonne dans l'obscurité », un chef d'œuvre de joaillerie et d'armurerie qui lui avait été donné par son père Mathanny quand il avait été promu général. Après avoir regardé tristement Nôyane, il pointa l'épée vers Brenmord, et dit d'une voix timbrée :

— Il m'est venu à l'oreille par l'entremise du lieutenant Sartas que le cadavre du capitaine Brenmord a été retrouvé sous l'auberge du Zymphe Heureux ; cette trouvaille a été faite après notre départ de Dagrenoque, ce qui veut dire que le Brenmord qui nous a servi de crânier n'était rien d'autre qu'un fourbe et un imposteur. En ce jour de venthune, moi, Lamoras, général en chef du conseil des Lames de Dagrenoque, serviteur obéissant du maréchal Mathanny, mon seigneur et mon père, ordonne l'arrestation de cet homme et de toutes les femmes de cette île. Tous leurs biens seront confisqués au nom du conseil des Lames et le temple sera détruit.

Les hommes de Lamoras dégaînèrent aussitôt, sauf Hogarth qui banda son arc chargé d'une flèche. Le faux Brenmord attrapa brusquement Loreïna, lui mit une dague sur la gorge et recula lentement vers l'autel et les portes. Les jambes de Nôyane faiblirent au point qu'elle dut s'agenouiller. Elle n'eut pas la force, cette fois, de retenir ses larmes. Son père était mort et ce qu'elle avait craint le plus s'était produit.

L'angoisse était visible sur le visage de Loreïna et Lamoras était pris au piège qu'il avait voulu tendre.

Hilard observait tout depuis le pont du sauteur où il se tenait dans l'ombre de la dunette. Il vit du coin de l'œil Zébaldon se traîner sur le pont. Soudain, les armes des hommes devinrent trop chaudes pour qu'ils puissent les tenir. Percipion se brûla la paume, ainsi que Thorismond. Même la flèche d'Hogarth prit feu et se consuma par le milieu; quand il en prit une autre prestement, le même phénomène se reproduisit. La coque du sauteur fut la proie des flammes et il s'en fallut de peu que le clairheaume ne se changeât en fournaise.

Quand Zébaldon se vit entouré des flammes qui montaient des côtés du *Faucon-Noir*, la fureur le saisit. Les yeux se tournèrent en direction du sauteur. Ce que le guivre avait enfoui en lui depuis des années, ce qu'il avait souffert de la part d'Honorayon et d'Azexerte, tout ce qu'il avait vécu comme humiliation, tout cela lui revint à l'esprit avec une force telle qu'il cria à pleins poumons. Il se redressa et marcha péniblement jusqu'au bord du pont. Il sentit une vague d'énergie traverser son corps des pieds jusqu'à la tête; une vague exquise, douce et jouissive. Ses muscles se contractèrent vivement et ses paupières s'ouvrirent à l'extrême. Il leva les mains et rumit tout bas, malgré la vague de chaleur qui rendait l'atmosphère irrespirable. Il aspira l'eau de pluie sur le sol et sur les plantes environnantes pour former un mur d'eau tout autour du sauteur. En peu de temps, la chaleur diminua et les flammes s'éteignirent sur la coque carbonisée, mais encore intacte. Hilard était ébloui. Un mage venait de naître. Zébaldon n'avait pas dit son dernier mot.

Quand Azexerte se trouva entre les portes et l'autel avec son otage, les cheveux de Brenmord prirent feu. Mais Zébaldon ne réussit pas à y maintenir les flammes; la maîtresse les étouffa en faisant sauter jusqu'à sa tête l'eau que la pluie avait laissée sur l'autel. Mais la douleur des brûlures demeura et Azexerte recula vers les portes dans l'ombre. Hilard sauta sur l'occasion qu'il attendait depuis l'atterrissage du *Faucon-Noir*. Il apparut à l'instant même derrière elle, Darbalian à la main, et, d'un coup rapide et ferme, il enfonça sa lame dans les reins de la nécromancienne. Elle hurla en lâchant Loreïna qui se jeta par terre. Profitant de cette ouverture et du fait que la maîtresse avait relâché son attention, Hogarth banda son arc muni d'une flèche qu'Azexerte, n'ayant plus la concentration voulue, ne pouvait calciner. Le trait fendit l'air et se planta en plein cœur de sa cible. Azexerte mit sa main sur la hampe de bois qu'elle brisa avant de disparaître.

Apeurées, les femmes se dispersèrent en courant, certaines prenant la direction du temple, d'autres, celle de la forêt. Il y eut des cris et des pleurs. Un véritable climat de folie envahit les alentours. Les hommes les pourchassèrent même si elles fuyaient inutilement.

Pendant ce temps, Zébaldon lévitait à dix mètres au-dessus du sauteur-des-nues, les yeux à l'envers. Enfin, il sentait pour la toute première fois s'évanouir sa virginité talmachique et l'enivrante fibre éternelle et intemporelle le traversait de la tête aux pieds comme un courant d'air chaud et violent. Elle le dévorait sans lui faire le moindre mal. Il sentait son esprit dans un tel état de clarté que la langue des hommes n'aurait pas su le décrire.

Attalia s'était réfugiée dans le temple et avait verrouillé les grandes portes recouvertes de cuivre. Quant à Hostanny, elle s'était mise à courir vers les bois sans que Barrand la voie. Quand les hommes s'approchèrent de l'autel, ils frappèrent un mur invisible qui les empêcha de rattraper les fuyardes parties de ce côté. Seuls Dillian-Lorrus et Thorismond purent en saisir deux qui couraient à la limite de la clairière, pour les ramener à Lamoras.

Hilard ne savait pas ce que Zébaldon s'apprêtait à faire, mais la colère dans laquelle il était n'augurait rien de rassurant. Alors, il transombra et réapparut dans les bois devant Hostanny. Il la fit trébucher, mais elle prit une pierre sur le sol, alors qu'il s'apprêtait à la ramener près du sauteur. Aussitôt qu'il la saisit, elle se retourna en hurlant des injures et le frappa deux fois au visage. Elle se mit à crier:

— Ilswithe! Ilswithe!

Hilard lâcha prise, le nez ensanglanté. Hostanny saisit Darbalian, le dégaina rapidement et le plongea dans le torse du mâchil. Elle allait regretter un tel geste. Tourner l'arme d'un mâchil contre lui-même était une grave erreur. Darbalian draina la vitalité d'Hostanny et régénéra Hilard. Les plaies guérirent instantanément et la douleur s'apaisa, tandis que la fille tombait, épuisée.

Il arracha le poignard de son torse et s'élança sur Hostanny. Mais une tête de bouc en glace deux fois la largeur de son abdomen le happa. Hilard fit un vol plané de six mètres avant de heurter un arbre. Ilswithe avait soif de sang et, comme Honorayon et Hogarth, elle aurait préféré que les hoblains n'existent point. Elle les abhorrait. Le souffle en suspens et le dos blessé, le mâchil ne put se relever. La belle aux cheveux noirs s'approcha de lui pour venger Hostanny, sa favorite et son amante. Elle dégaina une sorte de stylet courbe dont la lame frigorigène était blanchie par une mince couche de givre perpétuel. Elle plongea son arme dans le ventre d'Hilard et l'en retira. Par cinq fois elle répéta son geste, le visage contracté par la haine et la rage. Quand elle en eut terminé avec lui, le mâchil gisait au sol, recouvert d'une couche de givre et inconscient. Ilswithe releva Hostanny et cracha sur le mâchil. Les deux femmes disparurent dans la brume.

Avant de perdre connaissance sur le sol forestier, Hilard avait murmuré le nom d'Azcalath. Il ouvrit les yeux plus tard sous un ciel froid et crépusculaire. Il avait été givré longtemps. Son halioste dévoué l'avait recouvert de son ombre et de sa chaleur afin de le protéger des charognards et du froid et de permettre une régénération accélérée de ses fonctions vitales, comme le permettait la présence haliostine. Le mâchil se releva avec son aide, en silence, dans la somnolente clarté des bois. Ils marchèrent tous les deux vers le temple.

Quand ils y furent, la scène qui s'imposa à eux les impressionna. Le temple d'Hæline ne ressemblait plus qu'à un amas de pierres et de tambours de colonnes dispersés çà et là, comme si un séisme puissant l'avait fait s'écrouler. La clairière autour était semblable à un champ de cendres et de suie. Deux cadavres de jeunes femmes se tenaient encore à genoux, calcinés et cendreux, les bras levés vers l'horizon. Zébaldon s'était exprimé comme un jeune mage infantile qui voulait s'imposer au monde entier. Il avait encore bien des leçons à apprendre. Sans doute que les secrets cachés au fond du temple étaient perdus, ainsi que l'information qu'auraient pu leur donner les femmes qui s'y trouvaient lors de son effondrement, un détail auquel Zébaldon n'avait pas pensé, aveuglé par la puissance nouvelle qui l'animait et la douleur aiguë causée depuis longtemps à son amour propre par son feu maître.

Hilard balaya les alentours du regard et s'aperçut que le *Faucon-Noir* était parti. Voyant l'obscurité qui rampait lentement sur l'île et qui recouvrait tout, il remercia de nouveau Azcalath et le pria de le laisser seul. L'halioste obéit. Un long trajet l'attendait. En soupirant, il sortit la statuette en ébène et la posa sur le sol. Ce voyage ne lui souriait guère. Il ressentait encore de la douleur à l'abdomen et les dangers qu'il ne manquerait pas d'affronter dans les cieux ne l'enthousiasmaient guère. Néanmoins, un moment plus tard, il volait sur le dos de Zilférimel en direction du Voglaire.

☙❧

À Dagrenoque, Lamoras accéda au titre de maréchal après la mort de Mathanny, son père. Bien entendu, cette montée en grade n'avait rien pour adoucir l'humeur des colonels Carindal et Morayan. Le second surtout, qui fut dégradé pour se retrouver avec le même titre que son fils Sartas, celui de lieutenant. À sa place, Lamoras fit en sorte que Morüngar accède au titre de colonel, ce qui mortifia le père de Sartas, qui n'aimait pas le doargue. Quant à Barrand, il obtint le titre de général.

Ainsi, Lamoras se fit de nouveaux alliés et renforça la haine de ses anciens rivaux. Mais, il jugeait de la qualité d'un homme par sa loyauté plutôt que par son talent. Il disait souvent à ses guerriers qu'un homme fidèle valait mieux que dix hommes doués.

La mort d'Honorayon laissa un siège vacant à la table du conseil des Lames, et le nouveau maréchal, qui avait maintenant le pouvoir de choisir, requit les services de l'honorable et loyal Zartheer, qui accepta l'offre et se joignit à eux.

Avec cette nouvelle équipe à la tête du conseil, Lamoras attaquait une autre énigme, la disparition de sa femme Mellya et de celles des autres qui n'avaient pas été retrouvées sur l'île.

Les nombreux chefs d'accusation qui pesaient sur Hogarth ne furent pas sans conséquence. Il s'était mutiné, avait trahi ses supérieurs, leur avait menti et avait attenté de façon préméditée à la vie de son frère aîné, de Barrand, de Nôyane, de Throm et d'Hilard. Il avait encore commis un homicide, celui-là non volontaire, sur la personne de Ceidil et il avait forniqué avec les bagasses d'un culte sacrilège. Personne ne s'étonna qu'il se voie imposer la garraque. Les membres du conseil, Lamoras en tête, le menèrent à l'extérieur de la ville, sur un quai qui longeait le mur du nord, et mirent l'ancien lieutenant dans la cage.

Hogarth avait le moral ruiné, n'ayant pas réussi l'évasion qu'il eût aimé accomplir; mais il savait d'après sa propre expérience et popularité que le peuple pouvait être conquis, surtout qu'il ne l'avait pas encore entièrement perdu. Les gens oublieraient, se rassurait-il. La cage froide se referma sur sa chair, exerçant une pression douloureuse. À plusieurs endroits, les longues épines de fer le transpercèrent, faisant couler sur sa peau des sillons de sang. Il hurla. Il regarda Lamoras avec frayeur et incrédulité et se mit à supplier son frère, les larmes aux yeux, ce qui ne fut pas sans émouvoir le maréchal, mais celui-ci ne broncha point.

Bientôt, le condamné sentit l'eau froide du lac lui pénétrer les os. Les goinfres-verts ne tardèrent pas à s'inviter au repas. L'eau s'agitait partout autour de la cage, et le cliquetis des petites vagues se mêlait aux cris affreux du frère cadet. Mais Lamoras ne voulait qu'une seule chose, lui faire peur. Il fit retirer la cage du lac, scandalisant Percipion qui n'acceptait pas la compassion de son nouveau maréchal.

L'ancien lieutenant avait servi d'entrée aux poissons gourmands. C'était le châtiment que son frère lui avait réservé pour avoir été intime avec les filles d'un culte sacrilège. Plus tard, Hogarth fut dégradé au rang de patrouilleur, de simple lame affecté à la surveillance, posté devant le château Ferghel I.

Lamoras jugea nécessaire de faire flageller Thorismond et Dillian-Lorrus sur la place publique, devant tous les membres du conseil et toutes les lames de Dagrenoque, sur la terre sacrée où reposait le temple d'Halvarn et la tombe de Mathanny. Mais, au lieu de leur faire subir les cinquante coups habituels, il leur en fit donner vingt. Après avoir reconnu leurs fautes, les deux brigadiers lui furent reconnaissants de sa clémence et demeurèrent membres actifs du conseil.

Le général Barrand épousa en secret la belle Nôyane. Avec un groupe d'ophimides, il tenta de retrouver les parents des douze filles qu'ils avaient pu ramener de l'île, ainsi que ceux des filles mortes qu'ils avaient découvertes dans les tonnes du hangar avant leur départ.

ତ୨୦

Un soir, peu après leur retour d'Azexerte, Barrand se coucha avec sa femme dans la maison qui avait appartenu à son père Luquil, un petit manoir clôturé dans le quartier Royal qu'il avait hérité de ses parents à leur mort. La nuit s'annonçait fraîche et la première neige ne tarderait pas à tomber. Le nouveau général ne dormait pas. Ses pensées étaient tournées vers sa fille et le démangeaient. Sa petite Hostanny, devenue une femme capable de choisir son propre chemin, attaquait son cœur de père qui, lui, ne portait pas d'armure. Était-il possible qu'un père, durant tant d'années, espère retrouver sa progéniture, et qu'elle lui tourne le dos aussitôt retrouvée pour continuer de vivre comme s'il n'avait jamais existé ? Cette question ne trouvait pas de réponse logique dans l'esprit de Barrand. Son père avait été le pilier de la famille, un homme droit. Le général ne connaissait pas le sens de la division familiale. Il avait connu toute sa vie la joie souvent inconsciente d'une famille unie.

Nôyane dormait comme une roche de welare entre les bras de Barrand. Il leva la tête dès qu'il eut cru entendre un bruit au rez-de-chaussée. Il se leva, prit son épée lentement et longea le long couloir qui menait à l'escalier central. Il y avait décidément quelqu'un dans la cuisine et, comme la bonne et le cuisinier n'habitaient pas dans son manoir et qu'ils n'avaient certes pas encore pris leur quart de travail à cette heure, il conclut qu'un voleur avait pénétré dans son foyer.

Il descendit les marches de pierres polies recouvertes d'un long tapis noir. D'après ce qu'il voyait, tout était calme et en place. Aucun fauteuil n'avait été déplacé, aucun vase n'était brisé, aucune fenêtre n'avait été ouverte. Il ne pouvait identifier le bruit qu'il entendait toujours, mais il croyait qu'il s'agissait d'un ustensile que quelqu'un frottait contre une marmite. Lentement, il se dirigea vers la cuisine en passant par la salle des Hôtes, où le tapis de wegmé amortit le son de ses pas. Le bruit cessa et Barrand s'arrêta. Il se tenait dans la salle des Hôtes, juste devant la porte des cuisines, en silence. Il attendait en respirant calmement, l'épée à la main.

La salle était éclairée en permanence par de tout petits lustres posés sur le plancher dans les coins des murs, comme dans toutes les chambres du manoir, sauf d'une seule, la cuisine. Barrand se saisit d'un cristal et ouvrit la porte doucement. Il entra prudemment dans le lieu obscur et vit aussitôt sur la table de travail un grand couteau dans une marmite qui, de toute évidence, n'était pas à sa place. Jamais les cuisiniers ne laissaient traîner les ustensiles ainsi.

Tout à coup, un cri d'angoisse et de douleur déchira le silence tendu des cuisines et du manoir. Il fouetta tous les nerfs de Barrand. Nôyane était en danger. Il courut comme un dératé vers leur chambre à coucher. Sa femme se tenait debout, la robe de nuit ensanglantée. Comme son mari entrait, elle tomba sur le lit.

Barrand chercha du regard des indices de ce qui s'était produit et il vit qu'une de ses fenêtres avait été ouverte. En militaire aguerri, il ne tenait jamais loin de lui la précieuse curalgine. Il en donna incontinent à sa bien-aimée. Ensuite, il ferma la fenêtre et la verrouilla, étonné de constater qu'elle ne l'avait pas été. Il vérifia la garde-robe, au cas où l'agresseur s'y serait caché, de même que sous le lit et derrière les rideaux. Rien.

Juste après qu'il eut vérifié les blessures de Nôyane – trois coups de poignard dans les côtes –, Barrand entendit le même petit bruit recommencer dans la cuisine. Ce son lui glaça les veines. Il ne pouvait pas abandonner sa femme pour aller voir ; il devait attendre que la curalgine fît effet, en espérant qu'elle ne succombe pas entre-temps. Mais, ce bruit, ce bruit irritant, faible et constant, qui le faisait et pourquoi ? Aucune hypothèse plausible ne lui venait à l'esprit. Quand Nôyane eut pris du mieux, elle se leva et il descendit avec elle jusqu'à la porte du manoir.

— Je vais t'amener chez Lamoras pour ta sécurité, lui chuchota-t-il.

— Ce que je vais te dire ne va peut-être pas te plaire, mais, je t'en prie, mon amour, donne-moi plutôt une arme. Je ne veux plus te quitter des yeux.

— Une arme ? Haille ! Nôyane, tu ne sais pas t'en servir.

— Laisse-moi t'impressionner ! Allez, Barrand, reste avec moi…

— C'est trop dangereux. Je ne veux pas te perdre !

— Moi non plus ! Alors, donne-moi une arme !

— Bon, comme tu veux. Est-ce que tu as senti quelqu'un sur toi, durant l'attaque ?

— Non, je dormais. Je me suis réveillée en criant, mais je n'ai vu personne.

— Merde ! D'accord, retournons à la cuisine, mais reste près de moi !

Nôyane se tenait les côtes. La douleur n'avait pas entièrement disparu. Barrand ouvrit silencieusement une armoire près de la porte et tendit un braquemart à sa femme. Ils entendaient encore le bruit dans la cuisine. Ils franchirent les marches à pas de loup. En traversant la salle des Hôtes, Barrand jeta un coup d'œil par les fenêtres, mais il ne put voir aucun mouvement dans la cour arrière trop peu éclairée. Quand il eut mis la main sur la poignée de la porte et qu'il l'eut tournée, le bruit cessa d'un coup. Barrand ouvrit brusquement, le cristal à la main. Le couteau n'était plus dans la marmite, mais sur la table, et la fenêtre des cuisines était ouverte. Il courut vers elle et regarda dehors pour voir une corde attachée au toit qui donnait accès à la chambre principale, c'est-à-dire sa chambre.

Il détournait le regard du toit quand, surpris, il entendit une voix familière lui dire :

— Aaaah ! Le maître n'a pas été plus rapide que le serviteur. C'est la preuve qu'il n'est pas un bon maître !

Barrand leva les yeux et vit le rascard, assis sur un poteau de sa haute clôture :

— Scroundelmire ! Tu as poignardé ma femme ?

— Oui, oui, oui, j'ai poignardé ta femme. Cesse de pleurer et ferme ta gueule, sale petit maître grandiloque, pendard dépravé, paradeur puéril ! Tu me fais honte devant tous les morts qui nous regardent en ce moment et qui se disent que tes cheveux son mal peignés. Je leur donne raison, d'ailleurs, tu pourrais faire mieux, face de porc ! Un anneau dans tes narines t'irait à merveille, tu sais, même un peu de merde derrière tes oreilles te donnerait une meilleure odeur. Tu ne penses pas ?

Barrand ne se contenait plus, sa furie avait atteint son paroxysme. Il n'acceptait pas d'être pris avec cette infatigable et insupportable petite peste. Il lui cria :

— Je te tuerai !

Scroundelmire se mit à rire, assis en haut de son poteau de trois mètres. Enfin, le rascard qui tenait un sac derrière son dos se leva et lui dit :

— Tu n'as pas voulu me libérer au bon moment, maintenant, c'est trop tard. Je suis désœuvré, parce que tu m'as abandonné sans rompre mes chaînes douloureuses. Je ne suis plus à ton service et je suis à ton service. Barrand, maître en enculages enculatoires, tu vas goûter à mes sévices. Ton ânesse va souffrir encore et tes petits ânons aussi. Un à un ils tombe-ront. J'ai été exclu, banni, ostracisé de mon foyer natal à cause de toi ! Un farfadingue parmi les fanfarauds. Mes pairs m'ont torturé pendant des heures à cause de ma déchéance. Tu es venu sur mon île pour me nuire et moi je viens sur la tienne pour t'affoler. Et comment vais-je faire pour survivre, tu te dis ? Aaaah, c'est simple, petit abruti, c'est simple ! J'ai trouvé des ferghels chez toi qui me serviront à mille et une choses ! Oui, oui ! Tes deux cents ferghels, juste ici, dans ce sac. Deux cents ferghels, juste pour moi et mes caprices ! Que Féruldir t'encule, Barrand ! Tu ne te libéreras jamais de moi !

Barrand était sidéré. Ce rascard était-il sérieux ? Quelle que fût la réponse à cette question, Scroundelmire n'attendit pas la réaction du général. Il partit et disparut dans la nuit opaque. Barrand se retourna et vit Nôyane, très calme.

— N'es-tu pas inquiète ? lui demanda-t-il.

— Non.

— Pourquoi ? Il est sérieux, tu sais !

— Nous l'attendons, maintenant.

ᕙᕗ

Le deuxième jour après leur retour à Dagrenoque, à l'aube, Hérodona entendit frapper à sa porte. Même si elle était encore en robe de nuit, elle ouvrit après avoir reconnu le visage dans l'oculus. Un grand brigadier aux cheveux blonds et courts, rasés autour des oreilles, se tenait devant elle.

— Je suis désolé de te déranger si tôt le matin, Hérodona, mais j'ai reçu l'ordre de t'annoncer cette nouvelle.

— Est-ce que tu as reçu l'ordre de me l'annoncer aussi tôt le matin, mon petit coq sale ? rétorqua-t-elle, revêche.

— Non, mais…

Elle lui claqua la porte au nez. « Quelle mégère ! » se dit-il.

Mais il ne se laissa pas démonter par le geste. Il cria à travers le battant :

— C'est à propos de Throm !

La blonde aux yeux verts rouvrit la porte, le lorgna sans intérêt et lui dit :

— Tu veux me dire qu'il va cesser de me battre, maintenant qu'il est mort ? Tu viens me dire qu'un vautour a trouvé son cadavre et qu'il n'y restait plus que son sexe et son cerveau ? Qu'il a donc bouffé son sexe, mais, comme ce n'était pas assez, qu'il a bouffé son cerveau ? Mais que ce n'était pas assez non plus et que le vautour a crevé de faim ?

— Oui, bien sûr, c'est ce que je viens t'annoncer tôt le matin ! Je n'ai rien d'autre à faire, moi, Hérodona, rien d'autre à faire que de te parler d'un vautour qui mange les couilles et le cerveau de ton feu mari. Tu sais que Throm est mort ? Mais, comment as-tu fait pour savoir ça ? Nous venons à peine de revenir d'Azexerte !

La réponse lui vint sur-le-champ. Thorismond vit apparaître un bras qui encercla la taille de la beauté acariâtre et un autre qui se glissa sur son épaule nue. Le visage d'Hogarth apparut entre celui d'Hérodona et le chambranle :

— Thori, tais-toi et va traire une vache, railla le nouveau venu.

— C'est une bonne idée, Hogarth, persifla le brigadier, je vais faire comme toi !

La porte de la maison d'Hérodona se ferma avec force et Thorismond, écœuré, s'en retourna à ses affaires.

∾

Geignante et humiliée, elle n'eut pas le courage d'aller plus loin et elle s'écrasa parmi les feuilles et les épines mortes du sous-bois. Ses larmes froides coulaient à la vue de ses mains et de ses bras redevenus faméliques et livides. Comme elle s'y attendait, le cœur désespéré, le masque de Marengane qui l'avait gardée vivante et en santé pendant des siècles tomba de son visage. Comme la force lui manquait pour le remettre, elle l'observa comme un avare convoite avec mélancolie un trésor qu'il n'aura plus jamais. L'intérieur du masque se transforma en un miroir poli qui s'avéra impitoyable. Elle vit, pour la première fois depuis des lustres, ce que le masque et le vieillissement avaient fait à son visage.

Azexerte n'avait jamais été une belle femme selon les standards ériandais de la beauté. Elle avait découvert que la nécromancie lui offrait la possibilité inouïe de devenir belle comme les plus belles. En un tournemain, elle avait réussi des siècles durant à changer son visage et son corps comme bon lui semblait, au plus grand dam des autres. Elle ne voyait pourtant là aucune injustice, puisque la beauté ne devait pas être, selon elle, un privilège mystérieux octroyé à quelques élues.

C'est ainsi qu'elle avait pensé et vécu depuis six cent dix ans. Sa face n'était plus reconnaissable, ses traits avaient fondu sous le pouvoir dépersonnalisant du masque et, tout ce qui lui restait de son visage originel, c'était ses yeux. La talmache et la vieillesse avaient momifié la chair sur son corps endolori, la chair que le masque avait gardée fraîche et souple si longtemps. Mais, privés du masque, ses muscles, ses tendons et même ses os brûlaient d'une souffrance inconnue, en même temps que la blessure que lui avait infligée Hilard la dévorait de l'intérieur et la maintenait dans un état de faiblesse qui lui était étranger.

Tout près du masque dont la face était pâle et neutre, une grande main charbonneuse aux longs doigts sortit de l'ombre d'un magamonier. Elle prit l'objet sous le regard désespéré d'Azexerte, qui, en essayant de s'avancer pour l'arrêter, ahanait et exhalait ses derniers souffles. Le masque disparut dans l'ombre. La maîtresse, celle qui avait été la terreur de tant de filles, de garçons et d'hommes, celle qui avait détruit la jeunesse de tant de mortels et de tant de mères, celle qui toute sa vie avait lutté victorieusement contre la vieillesse et la mort, rendait les armes devant le temps et la vie. Elle était vaincue. Très vite, son corps desséché déjà envahi par les asticots devint la proie des charognards du ciel et de la terre.

◊

Seul et pensif dans la chambre spacieuse de feu son père au neuvième étage de la tour des Ophimides, Zébaldon contemplait le lac lointain et la ville embrumée, les mains appuyées sur le bord de la haute fenêtre étroite. Sur la vitre poussiéreuse, la pluie traçait furtivement ses longs sillons et ramenait à l'esprit de Zébaldon des questions sur le sens de la vie. La douleur affaiblie de ses brûlures s'ajoutait à la douleur langoureuse de vivre, car il voyait le reflet des vestiges de son éveil sur la fenêtre, c'est-à-dire les cicatrices causées par le feu sur une partie de son visage.

Il avait reçu des soins dès son arrivée à Dagrenoque, mais, malgré les herbes et les sorts, sa peau ne s'était pas reformée comme avant. Il ne voulait pas continuer sa vie défiguré. Sa vanité souffrait autant que sa fierté. Sa colère était vive et lui creusait le cœur. Il voulait en finir avec son existence et pourtant son feu était enfin allumé. Pourquoi la talmache s'était-elle éveillée en lui par ce moyen ?

Il fit les cent pas dans la chambre pendant près d'une demi-heure et finit par se laisser tomber nonchalamment dans le grand fauteuil noir de son père. Nerveusement, il faisait tourner entre ses doigts le bracelet que lui avait donné Honorayon juste avant de le pousser dans le précipice. Le thraël lui avait sauvé la vie. Comment avait-il pu anticiper le geste d'Azexerte, ou même deviner que Léügue n'était pas Léügue? Il essayait de haïr le thraël, mais il n'y arrivait pas; ses sentiments étaient confus. Maintenant, il devait agir seul et poursuivre son chemin sans son maître, mais il eût préféré mourir.

La mort d'Honorayon avait beaucoup fait parler les ophimides. Certains soupçonnaient même son élève de l'avoir orchestrée; mais Zébaldon n'avait pas l'esprit à se tracasser avec tous ces ragots, bien qu'il songeât sérieusement à quitter Dagrenoque pour d'autres raisons.

Pris entre la tentation du suicide qui lui paraissait trop facile et le désir d'étudier à Welgath qui n'était pas sans lui promettre des conflits futurs, le jeune mage se leva mollement et se mit à jouer avec la sphère armillaire de son père. Puis, s'étant lassé aussi de cette activité, il se mit à fouiller sans intérêt les vieux coffres et la garde-robe.

Il trouva une malle poussiéreuse sous une haute bibliothèque comblée de livres de formules anciennes desquelles il n'avait cure. À l'intérieur, il trouva des vêtements d'explorateur, une grande cape et des gants noirs, une bandoulière à potions et un masque noir en cuir très fin méticuleusement sculpté. Le jeune mage tremblait d'émerveillement. Son père avait-il été aventurier? Pourquoi ne lui en avait-il jamais parlé? Il trouva aussi sous les vêtements un étrange bâton de virthène d'une vingtaine de centimètres qui l'intrigua. Il rumit doucement un sort élémentaire et découvrit la présence du courant talmachique dans chacun des objets, à part la bandoulière.

Excité par sa découverte, il enleva sa tunique blanche et mit les vêtements de son père. Le masque, qui recouvrait la totalité de sa tête, et les vêtements sombres se moulèrent instantanément à son corps. La cape était très légère et il sentait à peine le masque sur sa peau. Ce moment de découverte lui ôta les idées funestes qui l'avaient assailli plus tôt.

Derrière la boîte, sous la bibliothèque, il trouva deux bottes de cavalier aussi poussiéreuses que le coffre. Il enleva la poussière et, sans trop réfléchir, les chaussa. Son pied rencontra un parchemin roulé dans une des bottes. Il le prit et le déroula. Il y reconnut l'écriture de son père qui expliquait les fonctions des divers objets de son nouvel attirail.

Zébaldon ne perdit plus un instant. Il mit des vivres dans un sac à dos, prit quelques livres, un couteau et une sorte de hamac fermé, puis quitta pour la métropole de Connelmirth à pied.

❧

Il entra dans le Cent-Vergues avec un air songeur et s'assit près du foyer de la salle commune. Oriam, une serveuse aux courbes généreuses et aux cheveux gris tressés, lui apporta une carafe de sa bière noire favorite. Il la buvait seul, tranquille, en revoyant les scènes des derniers jours passer dans sa mémoire lorsqu'une femme d'une grande beauté aux longs cheveux noirs, vêtue comme une veuve, entra discrètement et prit un siège tout près de la porte. Elle commanda de l'eau fruitée qu'elle sirota lentement.

Son regard croisa celui de l'inconnu près du foyer. Comme il sentait les passions vives de sa jeunesse, le jeune homme se leva et la rejoignit à sa table. Il lui dit d'une voix pleine de confiance :

— Je m'ennuie tout seul dans mon coin. Aimerais-tu de la compagnie ?

Elle répondit oui de la tête et il continua :

— Je ne t'ai jamais vue dans ce lieu auparavant. Serais-tu nouvelle dans le quartier ?

Elle répondit non de la tête et répliqua avec une voix douce qui l'enchanta :

— J'habite le quartier des Nicovins, au nord, avec ma bonne. C'est elle qui fait mes courses. Mais, ce soir, comme je m'ennuyais aussi, j'ai décidé de sortir et de me faire un peu plaisir.

— Quartier des Nicovins… Ah ! C'est pour cela que je ne t'ai jamais vue. Je suis à la tête d'une patrouille dans la région du marché. Je viens boire un pot ici à la fin de chaque quart, quand je remplace un brigadier malade comme ce fut le cas aujourd'hui. Ton mari est décédé ? Comment ?

— Je préfère ne pas en parler. C'est une triste histoire que je veux laisser derrière moi. Je suis veuve depuis un an et je ressens de plus en plus la solitude. Ce soir, je veux m'amuser plutôt que de croupir comme une jeune veuve dans un manoir luxueux. Tu as l'air de me comprendre, toi !

— Tout à fait. Peut-être que je pourrais t'aider à t'amuser…

— Quel jeu connais-tu ?

— Ah, je connais de nombreux jeux, petits et grands, mais il faut une chose précise pour en jouer.

— C'est vrai ? Quelle est cette chose ?

— Je ne sais pas si tu veux vraiment le savoir.

— Oooh ! Tu fais le coquin, toi ! Bien sûr que je veux le savoir ! Allez, dis-le-moi !

— Bon, très bien, puisque tu insistes avec ferveur !

— Ah, j'ai de la ferveur pour trois !

Il se pencha pour lui dire doucement à l'oreille :

— Trois est un excellent chiffre, car il faut trois choses en une seule. La première, un troisième étage ; la deuxième, une chambre ; la troisième, un lit. Le Cent-Vergues a tout ce qu'il nous faut. Tu veux jouer ?

— Oui. Je veux jouer à ton jeu. Quel est ton nom, petit charmeur?

— Je suis le lieutenant Sartas. Et toi?

— Tu peux m'appeler Ilswithe.

LISTE DES PERSONNAGES

Alixie : Herboriste qui exerce sa profession à Dagrenoque.

Alsathée : Fille de Galduny.

Alvuine : Femme de Barrand.

Arrilan : Mage de l'ordre des ophimides.

Arthally : Prostituée, tenancière de l'auberge du Zymphe Heureux.

Attalia : Grande prêtresse d'Hæline, complice d'Azexerte.

Azcalath : Halioste, serviteur d'Hilard.

Azexerte : Sœur aînée de Druvilde et fille de Marengane, elle a donné son nom à l'archipel d'Azexerte. Prêtresse suprême d'Hæline.

Bamaleth : Thraël royal détrôné par les calastaires lorsqu'elles avaient pris le pouvoir.

Barrand : Colonel des lames sous les ordres du général Lamoras.

Bersaire : Lame de la brigade de Sartas et son bras droit.

Brenmord : Capitaine des lames. Époux de Sâphel et père de Nôyane. Il est sous les ordres du général Lamoras.

Carindal : Colonel et chef des lames intra-muros.

Ceidil : Fille de Percipion. Grande prêtresse, prétendue chef des chambrières, dans le temple d'Hæline.

Clendane : Barde.

Cloram : Lame de la brigade de Sartas.

Crallas : Lame de la brigade d'Hogarth et son ami d'enfance.

Darbalian : Nom du poignard de virthène d'Hilard.

Dillian-Lorrus : Lame de la brigade d'Hogarth.

Draxe : Mercenaire soudoyé par Arthally.

Druvilde : Calastaire et prêtresse de la déesse Hæline, sœur cadette d'Azexerte.

Enssilir : Divinité allégorique de l'espérance.

Ergath : Brigadier des lames sous les ordres du général Lamoras.

Ériande : Herboriste et mage de génie, fondatrice de l'ordre des calastaires. Lorsqu'elles ont pris le pouvoir, ses disciples ont renommé le Wanlade d'après elle.

Évinbard : Halioste.

Évraste : Mercenaire soudoyé par Arthally.

Fauve (Le) : Surnom d'Ergath.

Ferghel I : Ancien monarque d'Ériande qui a réuni sous un même trône les différents peuples qui y cohabitaient.

Féruldir : Divinité du feu, de la forge, de la destruction et de la haine, maître de l'Undhar.

Frombert : Humain benêt à la solde d'Arthally.

Fruzebin : Vieux vanderglay presque sénile, serviteur d'Hilard.

Galduny : Prévôt d'Orrid et riche marchand de tissus à Connelmirth.

Galel : Doargue armurier qui exerce sa profession à Dagrenoque.

Galfadir : Divinité allégorique de la Talmache, père de Tholah.

Garme : Père d'Urdin.

Gwaldaire l'Habile : Fondateur de l'ordre des ophimides.

Hæline : Divinité allégorique de la beauté, elle représente le paroxysme de la beauté féminine.

Halandine : Jeune femme jadis séquestrée dans le temple d'Hæline.

Haldaguire : Aussi appelé Haldague ; jeune lame de la brigade d'Hogarth.

Halvarn : Divinité guerrière de la paix.

Hérodona : Femme de Throm.

Hilard : Hoblain haute-cape et mâchil.

Hogarth : Lieutenant des lames, frère cadet du général Lamoras, sous les ordres du colonel Barrand.

Honorayon : Thraël majeur et mage de l'ordre des ophimides, sous les ordres du général Lamoras.

Hostanny : Jeune femme séquestrée dans le temple d'Hæline, sous la férule d'Arthally. Fille de Barrand.

Ilispira : Épée talmachique d'Urdin. Également autre nom d'Enssilir.

Ilswithe : Prêtresse des calastaires.

Immerald : Ophimide, maître d'Arrilan, thraël majeur du Cinquième ordre.

Initchilla : Femelle urodrac juvénile.

Kilhairn : Divinité de la verdure, des vents chauds et de la faune.

Lamoras : Général des lames, fils du maréchal Mathanny et frère aîné d'Hogarth.

Léügue : Lame de la brigade d'Hogarth.

Lomira : Jeune femme jadis séquestrée dans le temple d'Hæline.

Loreïna : Jeune femme séquestrée dans le temple d'Hæline, sous la férule d'Arthally. Fille de Lamoras.

Lorrus : Lame de la brigade d'Hogarth.

Lumine : Jeune femme séquestrée dans le temple d'Hæline, sous la férule d'Arthally.

Luquil : Père de Barrand.

Marengane : Calastaire, mère d'Azexerte et de Druvilde.

Mathanny : Maréchal des lames, père de Lamoras et d'Hogarth.

Mellya : Femme de Lamoras.

Mérédrine : Nom de la chatte d'Arthally, sous lequel cette dernière s'identifie à l'occasion.

Morayan : Lame, colonel en chef de l'armée de terre, père du lieutenant Sartas.

Morüngar : Doargue du mont Brandaire, membre du conseil des Lames sous les ordres du général Lamoras.

Mylde : Jeune femme séquestrée dans le temple d'Hæline, sous la férule d'Arthally.

Nitchilgwine : Nom de l'épée du général Lamoras.

Nôyane : Vieux nom hurth qui signifie la délivrée. Fille de Brenmord et Sâphel, esclave dans le temple d'Hæline.

Obéouda : Chef des phraxars.

Odia : Jeune femme séquestrée dans le temple d'Hæline, sous la férule d'Arthally.

Oriam : Hôtesse de l'auberge le Cent-Vergues.

Orrid : Divinité allégorique de la justice.

Percipion : Galve attaché au conseil des Lames.

Phéllias : Fils de Throm et d'Hérodona.

Pircius : Ophimide de la brigade de Sartas.

Pyrré : Thraël majeur.

Radabaze : Chef des loups d'azur, forban et contrebandier.

Rapsel : Mercenaire soudoyé par Arthally.

Rhaham : Divinité du tonnerre et de la foudre.

Sâphel : Épouse de Brenmord, mère de Nôyane.

Sarméni le Brave : Thraël majeur.

Sartas : Lieutenant des lames.

Scroundelmire : Rascard.

Serpent docte : Surnom de Gwaldaire l'Habile.

Thérulle : Barde officiel du conseil des Lames de Dagrenoque.

Théüdin : Mage, ancien maître d'Honorayon.

Tholah : Fille de Galfadir, régente et gardienne du Tholahar. Divinité allégorique de la vie et de l'amour.

Thorismond : Lame de la brigade d'Hogarth.

Throm : Lame de la brigade de Barrand.

Und : Esclave de Féruldir, gardien de l'Undhar. Divinité allégorique de la mort.

Urdin : Lame de la brigade de Sartas.

Verdag'Zeth : Urodrac qui hante le lac Voglaire.

Wenelen : Ophimide thraël premier, professeur de philosophie et père de Zébaldon.

Zartheer : Mage émérite des ophimides, thraël du Cinquième ordre.

Zébaldon : Élève d'Honorayon et guivre de première année.

Zélendir : Thraël majeur du Cinquième ordre.

Zilférimel : Mage, inventeur d'un objet talmachique qui porte son nom.

LEXIQUE

Abralme: Pierre précieuse, typiquement de couleur pers, plus rarement bleu clair ou vert-de-gris, au système cristallin cubique et à la fracture conchoïdale comme celle du diamant dont elle a la dureté.

Aphlo: V. aphlogistique.

Aphlogistique: Ininflammable. || **Cristal aphlogistique**: Cristal qui brûle et illumine sans flamme ni chaleur. V. **luste**. || **Mage aphlogistique**, ou **Aphlo**: Se dit, chez les ophimides, d'un mage qui n'a pas encore vécu l'éveil de la talmache en lui et qui, de ce fait, ne peut l'utiliser sans l'intermédiaire d'objets talmachiques.

Arril: Nom donné à une espèce de la famille des cathartidés qui habite le Valnaos. Très grand rapace ombreux dont l'envergure des ailes varie entre cinq et sept mètres, il est généralement grégaire, mais peut être vu seul à l'occasion, pendant la période de solitude qui précède l'âge adulte. Comme il se nourrit de la vitalité de sa proie, sa morsure fait vieillir sa victime de dix ans à chaque fois.

Calastaires: Ordre de mages réservé exclusivement aux femmes, il fut fondé par Ériande en 170 A. R. Vers l'an 1100 A. R., les calastaires renversent le thraël Bamaleth et instaurent une république mageocrate. Elles donnent au Wanlade son nouveau nom d'après celui de leur fondatrice, Ériande. || Nom donné à une petite fleur pourpre d'une plante grimpante énergique qui recouvre le tronc des arbres à partir du haut norength jusqu'à la fin de kilhairn. C'est l'emblème de l'ordre des calastaires. Les degrés de la hiérarchie scolaire sont: la mandélane (5 ans d'études), la chardonnière

(10 ans d'études), la flamme-noire (5 ans d'études), la thraëlle (à vie).

Caravolier : V. coupe-ciel.

Cargaste : Sorte de mousse d'un marron clair qui dégage une odeur de chair fraîche. Elle croît au pied des arbres et sur les pierres, mais se nourrit essentiellement de sang animal. Elle attire les carnivores et, dès qu'ils s'y mettent le nez, projette de longs et minces tentacules, agrippe et enveloppe la chair et boit comme une sangsue immobile. Sa victime meurt durant le jour qui suit.

Carmile : Poisson de la vallée du Voglaire dont la population est abondante.

Charangonne : Chauve-souris carnivore géante de la famille des phyllostomidés, dont l'envergure peut atteindre de trois à cinq mètres.

Chourppe : Suc d'une racine fibreuse du même nom, utilisé pour soulager la douleur liée aux fractures osseuses et aux blessures profondes.

Clairheaume : Passerelle de navigation surélevée placée à l'avant des coupe-ciel, où se trouve notamment le crâne qui contient l'élucion.

Cosméon : Le cœur dans le corps de l'univers. La talmache est le sang qui y circule. Pour un mage, il est possible en ouvrant un portail d'avoir accès à ses milliards de ventricules endocosmiques. À partir de certains ventricules qui ont une structure précise, le Cosméon peut être malléable par la parole et la pensée du mage. Les savants disent que l'existence du Cosméon a été révélée aux humanoïdes par les dracs anciens, mais personne n'en est vraiment certain. L'univers est composé d'artères cosméoniques permettant aux mages très habiles de franchir rapidement de grandes distances. Il est composé de vingt-deux Lieux, tous accessibles par des portails.

Coupe-brise : V. coupe-ciel.

Coupe-ciel : Nom donné aux différents bâtiments destinés au vol par élucion. Chaque bâtiment se distingue par la limite du nombre de ses passagers. Le poids du vaisseau, combiné à celui des passagers, détermine la sorte d'élucion nécessaire au vol : le **skiffe** (5 passagers), le **coupe-brise** (10 passagers), le **sauteur-des-nues** (30 passagers), le **vogueur** (60 passagers), l'**escame** (190 passagers), le **caravolier** (250 passagers).

Crâne : Sphère polie faite de verre transparent situé dans le clairheaume. Il a l'air d'un crâne humain. Il faut le tenir pour voler, après y avoir inséré l'élucion.

Crânier : Nom donné au pilote d'un coupe-ciel. Son esprit entre en contact avec celui de l'élucion placé dans le crâne afin d'actionner la télékinésie de l'animal, ce qui permet le vol du vaisseau.

Curalgine : Herbe dont il faut mastiquer les racines jaunes au goût amer. Le jus qu'on en extrait agit rapidement sur l'organisme, provoquant une cautérisation accélérée des plaies et un apaisement rapide de la douleur. Il va sans dire qu'elle est de loin le médicament de prédilection des gens de guerre et des médecins.

Doargue : Humanoïde des cavernes et des profondeurs souterraines, il a des ressemblances physiques évidentes avec l'humain. Mesurant rarement plus d'un mètre et demi, le doargue commun est un être robuste et fort, dévoué à sa famille et à son métier. Il a généralement le nez un peu large et les arcades sourcilières basses. Sa barbe est souvent méticuleusement entretenue et décorée selon son rang social. Les savants croient qu'il existe plus de trente mille familles de doargues dans le monde. Ils sont reconnus par les autres espèces pour leurs talents de mineurs et de guerriers. Une grande communauté de mille familles vit en Ériande dans les profondeurs du mont Brandaire. Le féminin est doarguesse.

Drac/dragon : Race de sauriens géants des âges lointains.

Ils sont revenus à Archel-Védine après une absence de plus d'un million d'années. Personne ne connaît leur lieu de séjour, ni la raison de leur retour, mais il a bouleversé le monde et modifié plusieurs calendriers qui, devant l'importance de l'événement, ont décrété le début d'une ère nouvelle. L'acronyme A. R. désigne l'âge du retour des dracs.

Élucion : Petit mammifère intelligent et souterrain ayant, à la naissance, l'apparence d'une larve de charançon. Il développe au cours de sa vie des pouvoirs de télékinésie puissants. À sa maturité, sa dernière phase de métamorphose consiste à s'enfermer dans une chrysalide semi-vitreuse d'une longueur approximative de quarante centimètres. Il y subsistera grâce à un liquide visqueux dans lequel il passera le reste de ses jours. La couleur du cocon indique la puissance de l'animal. De blanchâtre, le plus faible (0 à 280 kg), il passe par diverses couleurs jusqu'au plus puissant, le nigret, d'une teinte noir de jais (0 à 45 000 kg).

Le pouvoir de l'animal ne s'active que lorsqu'il est en contact avec l'esprit humanoïde. Même s'il est merveilleusement docile de nature, il faut tout de même un certain temps pour l'apprivoiser. Les humanoïdes s'en servent pour toutes sortes de tâches, notamment, la plus répandue, les déplacements par voie aérienne. Son espérance de vie à l'état de cocon est de dix à quinze ans.

Escame : V. coupe-ciel.

Ferghel : Monnaie de l'Ériande et de la côte d'Éther. || Nom du premier roi du Wanlade, qui unit toutes les tribus sous un seul trône.

Freux : Oiseau de la famille des corvidés, commun à Vol-de-Freux.

Furolle : Créature aérienne au vol rapide et agile, dont l'apparence ressemble à celle d'une sphère lumineuse gris pâle. Son diamètre varie de deux à trente centimètres. Au toucher, elle produit une forte décharge électrique, qui peut être mortelle. Quand elle meurt, la furolle dégage une vive odeur de soufre et laisse une trace de suie. Il semble qu'elle se nourrit de la chaleur dégagée par les êtres au sang chaud.

Galve : Officiant du dieu Halvarn. Les galves sont responsables des sacrifices, des libations et de l'enseignement dans le temple.

Garraque : Cage en treillis munie de pointes métalliques utilisée pour imposer le supplice du même nom, dans laquelle le condamné est enfermé et plongé dans le lac Voglaire. Les pointes percent légèrement la chair du supplicié et son sang attire les goinfres-verts, des poissons carnivores. La peine de la garraque est réservée aux traîtres, aux apostats et aux meurtriers.

Gerthul : Membre du clergé de Norength.

Graëmme : Plante de la famille des graminées comestibles, il ressemble au blé tendre, mais ses grains sont plus volumineux et plus nombreux. Commun dans les basses altitudes, il est cultivé pour sa farine panifiable, noire et sucrée.

Guivre : V. ophimide.

Halioste : Êtres légendaires, mystérieux et immortels qui habitent le Valnaos, ils mesurent entre deux et trois mètres ; ils ont la peau et les yeux noirs comme la nuit. Imberbes et sans cheveux, ils sont toujours posés dans leur gestes et leurs paroles. Aussi sont-ils réputés pour leurs connaissances, leur sagesse et leur prescience. Certains savants estiment que leur fonction est de maintenir l'équilibre moral dans les mondes. L'halioste ne peut épouser qu'une vierge de n'importe quelle espèce humanoïde. Il ne peut lui faire qu'un enfant, car elle meurt en lui donnant la vie. Ils ne choisissent que les vierges les plus vertueuses. Leur mariage se fait toujours dans le Valnaos sur les plaines d'Helessiah, un lieu sacré connu des haliostes seuls. Leur enfant hybride est désigné sous le nom de mâchil.

Halvarn : Quatrième mois de l'année ériandaise.

Haute-cape : V. hoblain

Hircinoïde : V. zymphe.

Hirwal : Ministre du culte de Venthune.

Hoblain : Les hoblains constituent une espèce dont les représentants sont aussi répandus que les humains à Archel-Védine, mais qui sont loin d'être aussi nombreux. À cause de leur petite taille – les plus grands ne mesurent pas plus d'un mètre quarante –, ils ont vite appris à s'adapter par des moyens ingénieux aux diverses sociétés qu'ils habitent. Leur espérance de vie est de cent soixante-dix ans. Ils ont des poils abondants sur le dessus des pieds jusqu'aux genoux, ainsi que sur le dos des mains jusqu'aux coudes. On les voit rarement avec une barbe, quoique les favoris soient un trait commun chez eux. Le hoblain typique préfère habiter dans un némorier en banlieue des grands centres. La Varlésie comporte quatre grandes familles de hoblains : les *pieds-braves*, les haute-capes, les *flamme-cœurs*, et les *pieds-roux*.

Pieds-braves : Vivant pour la plupart dans les régions septentrionales du continent, ils possèdent une forte carrure et leur tête est couronnée de cheveux aux teintes cuivrées. Comme leur nom l'indique, ils impressionnent par leur courage, leur force et leur ténacité. Étant plus traditionalistes et sédentaires que les autres, ils se plaisent dans le commerce, le pugilat, la vie de campagne et l'agriculture. Ils sont un atout important pour toute milice. Comme ils n'ont pas l'habitude de se mêler autant que les autres à la vie des hommes, ils sont devenus malgré eux les gardiens des traditions hoblaines.

Hautes-capes : Ce sont des esprits libres qui s'adaptent bien à la vie des hommes. On les trouve partout et nulle part. Nomades dans toute la fibre de leur être, ils sont habiles, gracieux et débrouillards. Comme ils voyagent entre les grands centres et les villages, ils sont des mines de connaissances et leur compagnie est souvent recherchée. Généralement plus graves, plus réfléchis et plus hauts de taille que leurs frères de race, ils ont des traits faciaux plus fins et des cheveux foncés. Vu qu'ils sont très futés, agiles et musclés, les grandes villes les ont en aversion lorsqu'ils sont mécréants. Ils font d'excellents éclaireurs, mâchils et espions.

Flamme-cœurs: Il est rare qu'on les voie découragés; leur finesse et leur bonne humeur sont habituelles et contagieuses. Plus contemplatifs que manuels, ce sont des hoblains lettrés, cultivés, curieux, remplis d'humour, amoureux de l'art et de la philosophie. Mais c'est leur ingéniosité surtout qui les a démarqués auprès des grands. Ils ont des cheveux aux couleurs pâles, variant entre le blond et le cuivre. Comme ils aiment les grandes familles, ils sont les plus nombreux et, quand ils font la fête dans un grand centre, elle ne passe jamais inaperçue. Ils font d'excellents bardes, mages et prêtres.

Pieds-roux: Ce sont les plus répandus de leur race et leur population s'étend sur tout le continent. Comme l'indique leur nom, la couleur de leurs cheveux varie entre le marron fauve, l'ocre et le roux cuivré. Ils sont industrieux et très doués pour les activités manuelles. Préférant la vie forestière, la chasse et la pêche, ils habitent souvent dans les villages en périphérie des grandes villes. De nature plus réservés que leurs frères de race, ils font néanmoins d'excellents administrateurs, artisans et architectes.

Hurths: Nom de la tribu des hommes du centre d'Ériande. Autrefois, ils occupaient toute la vallée. Maintenant, ils se sont ralliés aux Kilks. Cependant, la majorité des Hurths résident toujours à Dagrenoque.

Kilhairn: Deuxième mois de l'année ériandaise.

Kilks : Nom de la tribu des hommes du Nord. Malgré la diversité des cultes chez eux comme ailleurs dans l'Ériande, le dieu Kilhairn est encore le pilier de leurs croyances.

Lames : Milice principale de Dagrenoque dont le conseil est composé de trente-trois membres gouvernés par le maréchal siégeant. Les lames sont presque trois mille à patrouiller la ville et toute la vallée.

Lapiderde : Ver légendaire capable de dissoudre la roche avec son acide gastrique.

Lieu : Nom donné aux vingt-deux mondes connus du Cosméon. Les sept mondes matériels au travers desquels passe avec certitude le Valnaos sont Archel-Védine, Arsa'Ber'Umbré, Elalith, Hedrelanda, Spaediria, Arione-Daïn et Achos. Les sept Lieux liés au Lumiria par des artères directes sont Archel-Védine, Côrrel-Orrân, Cymbéllya, Uthdorn, Galealeth, Vidédjân et Taïjarra. Les sept Lieux liés au Ténébrul par des artères directes sont Archel-Védine, Zol'Zalmail, Yslar, Naroca, Azmal'Zur, Luçurgue et Troï-Tôrou.

Lumiria : Le Lumiria est considéré par de nombreux savants comme étant, avec le Ténébrul et Archel-Védine, un des Lieux centraux du Cosméon. Les savants croient aussi qu'il possède un noyau de lumière pure duquel émane toute la clarté du jour dans les mondes matériels. Ce lieu fait l'objet d'études, mais son origine et son rôle dans le Cosméon demeurent encore un grand mystère.

Luste : Nom donné à une pierre translucide ou transparente, généralement un minéral allochromatique à éclat vitreux tel que le chrysobéryl, taillé en table ou en cabochon. Un mage l'investit d'un sort qui lui confère un halo lumineux qui varie entre vingt centimètres et trente mètres de circonférence. Même si la pierre est fractionnée, elle garde ses propriétés talmachiques, le sort étant permanent. La couleur de la pierre détermine celle de la lumière.

Mâchil : Progéniture d'un halioste et d'une vierge humanoïde des différentes espèces, les mâchils naissent hybrides avec le pouvoir surnaturel de transombrer comme leur père. Ils voient aussi bien la nuit que le jour. Bien qu'ils aient la capacité de régénérer leurs membres ou organes blessés, leur peau se cautérisant rapidement, ils ne peuvent freiner les effets de l'âge, même si le sang halioste prolonge leur existence de trois cents ans.

Magamonier : Arbre commun des forêts tempérées, il peut atteindre soixante mètres de hauteur. Son tronc peut mesurer plus de deux mètres de diamètre. Son écorce est d'un brun rougeâtre, très dense et ridée, ce qui lui permet de résister aux incendies.

Matrômore : Arbre de grande taille qui peut atteindre plus de quatre-vingts mètres de hauteur. La base de son tronc atteint les trente mètres de diamètre et rappelle la forme du ventre d'une femme enceinte. Son bois, d'un rouge foncé, est imperméable et dégage une odeur de santal poivré. La ville lacustre de Dagrenoque est entièrement assise sur des poutres faites de son bois.

Morandaire : Ministre du culte de Kilhairn.

Mormet : Sorte de grande hermine dont la fourrure, généralement blanche, parfois grise tachetée de brun, rarement noire, est très appréciée pour sa douceur et sa chaleur. Le mormetier est le nom du marchand de cette fourrure. Dans le culte d'Hæline, porter le mormet noir signifie qu'on a été choisi pour être sacrifié ; porter du mormet blanc signifie qu'on est honoré de la déesse.

Myosmie : Élixir laiteux et dégoûtant fait à base de racines de curalgine et de chourppe, qui apaise vite la douleur causée par les coupures et lésions cutanées.

Nécrodrac : Dragon rachitique et cruel qui se nourrit de charognes.

Nécromancie: Branche d'étude de la talmache, interdite par les ordres réguliers à cause des dangers notoires qu'implique son utilisation. Le nécromant se sert des morts et des vivants à des fins personnelles, soit pour rajeunir, soit pour augmenter sa vitalité, soit pour manipuler les cadavres, etc. La paranoïa, la déraison, les perversions sexuelles et la cruauté sont des effets récurrents de son usage.

Némorier: Arbre dont la hauteur dépasse rarement cinq mètres, mais dont le diamètre peut en atteindre plus de huit. Puisque son bois se prête bien à la sculpture, il est devenu le choix de prédilection pour de nombreux humanoïdes, notamment les hoblains et les hirwals qui en sculptent l'intérieur pour y vivre.

Nigrale: Fleur aux pétales noirs moirés, elle ressemble un peu à la tulipe.

Nigret: V. élucion.

Noghme: Épice dont le goût est semblable à celui de l'aneth.

Norength: Premier mois de l'année ériandaise.

Nôrole: Nom du cépage de vigne qui abonde dans l'Ériande et dont la vrille est d'un noir foncé. Son raisin est pourpre foncé. Les mages s'en servent dans la préparation d'aphrodisiaques et d'élixirs de croissance.

Nupanthée: Petite fleur d'un blanc pur qui ressemble à l'asphodèle.

Œil-d'aigle: Instrument talmachique qui agit comme un télescope, destiné généralement à la navigation aérienne ou marine. C'est une sphère en verre de huit centimètres de diamètre qui ressemble à l'œil d'un aigle.

Ophimides: Ordre de mages fondé vers – 1340 A. R. à Connelmirth, par le Kilk Gwaldaire l'Habile, surnommé le Serpent docte. La vocation première des ophimides était la protection du roi et l'émancipation du peuple, mais, au cours des siècles, ils se sont enfermés dans une caste sociale hermétique et arcane. Gwaldaire l'Habile leur avait interdit de convoiter les titres de noblesse, mais ses successeurs n'ont pas obéi. Leur relation avec les calastaires est envenimée par la guerre des sexes et la prise de pouvoir par ces dernières. Le terme de thraël est un titre honorifique désignant ceux qui ont accédé aux cinq ordres supérieurs suivants: L'air, l'eau, le feu, la terre, les Lieux cosméoniques. Les degrés de la hiérarchie scolaire sont les suivants: Aglyphe (5 ans d'études), Serpenteau (3 ans d'études), Vipère (7 ans d'études), Guivre (5 ans d'études), Thraël (à vie), Thraël majeur (titre honorifique des pédagogues).

Pancôme: D'après la doctrine sorciologique des calastaires, tout individu capable d'utiliser la talmache, mais qui rejette les écoles traditionnelles dans le but d'apprendre par lui-même et de se perfectionner sans maître. Il est vu d'un mauvais œil par les ophimides et la population, car les brigands sans scrupules et les bardes cyniques en comptent souvent dans leurs rangs.

Paraclare: Grand feuillu d'environ vingt à trente mètres de hauteur, de forme parfaitement cylindrique et à l'écorce très lisse. Ses longs rameaux, collés les uns contre les autres sont regroupés à la cime en forme de plateau ligneux qui, parce qu'il coupe la lumière, laisse un tronc sans ramilles du sol jusqu'à la tête.

Phraxar: V. zymphe.

Pierge: Mammifère volant qui sort au crépuscule pour manger. C'est un charognard. Doté de deux grandes ailes charnues dont l'envergure dépasse rarement un mètre, le pierge est recouvert d'une mince fourrure pincharde qui varie entre le noir et le gris foncé. Son cri ressemble au croassement du corbeau, mais en plus grave et mélancolique.

Rabour: Nom donné au caleçon porté sous le pantalon ou la robe par les deux sexes. Fait de coton pour les paysans et généralement de lin ou de soie pour les nobles, il descend jusqu'aux genoux.

Rascard : Farfadet qui habite les climats tempérés. Il dépasse rarement les trente centimètres de hauteur et ressemble à un croisement grotesque entre un humain et un renard. Fin manipulateur et pleurnichard chevronné, il doit se soumettre à celui qui le surprend en flagrant délit de vol ou de tout autre crime. C'est une peste à éviter, car, même quand son maître le libère, il a tendance à rester dans les alentours pour le tourmenter.

Révis : Espèce d'aigle blanc propre à l'avifaune d'Ériande.

Rumir : Action qui consiste à lancer une incantation, un sort, un sortilège. || Le fait d'utiliser les mouvances de la talmache.

Sauteur-des-nues : V. coupe-ciel.

Scorve : Baie noire qui produit un des poisons sirupeux les plus mortels d'Archel-Védine. Elle tient son nom de la déesse de la calomnie, Scorvenah.

Sinphore : Bois noir léger, très résistant aux changements de température.

Slaguer : Faire entrer un coupe-ciel dans un tunnel. || Coïter, faire l'acte de procréation. || **Slaguer des niches** : Expression argotique péjorative qui signifie avoir plusieurs partenaires sexuels féminins.

Slisser : Voler à toute vitesse. Ex. : *un vogueur qui slisse*. || Dans le cas de deux matières douces, se frotter. Ex. : *des draps qui slissent*.

Sorciologie : Théorie inventée, propagée et transformée en système politique par les calastaires, stipulant que tout être capable de manipuler la talmache, peut, en toute liberté, s'en servir à ses propres fins et procéder à sa propre formation sans dépendre des ordres réguliers. Le but de la sorciologie était de réduire le nombre d'ophimides. La théorie ne fit que multiplier le nombre de pancômes et de criminels.

Sorg : De la famille des goblinoïdes, ce sont des athlètes nés. Leur constitution robuste et leur force physique en font de dangereux adversaires, mais leur incapacité de s'organiser les divise sans cesse. Ils ont la peau grise et granuleuse. En moyenne, on peut leur compter une soixantaine de dents fines et aiguës, dans une bouche large aux lèvres minces qui s'étire entre deux oreilles plates et pointues. Il n'est pas rare de les voir atteindre deux mètres de hauteur.

Talmache : Vieux mot signifiant fibre universelle. Maîtrisée il y a très longtemps par les dragons, la talmache fut, en raison de l'orgueil qu'engendra leur intelligence, la cause de leur perte et de la fuite des survivants. Les érudits croient qu'elle est responsable de tout ce qui se lie et se délie dans le monde, et que les îles flottent grâce à sa mystérieuse existence. C'est par la talmache que les mages exercent leurs pouvoirs. Certains d'entre eux estiment qu'elle est consciente et qu'elle a ses élus, étant donné que rares sont ceux qui peuvent s'en servir.

Ténébrul : Un des Lieux inférieurs du Cosméon.

Tholahar : Lieu de justice et de paix où vont les âmes après la mort.

Thraël : Mage supérieur des cinq ordres chez les ophimides et les calastaires.

Transombrer : Pour les transombreurs comme les mâchils et les haliostes, action d'entrer dans le Valnaos à partir des ombres du monde matériel, de voyager ensuite d'ombre en ombre et de ressortir dans le monde matériel.

Travier : Chariot ouvert, généralement rectangulaire, destiné au transport de matériaux ou de marchandises. Il fonctionne à l'élucion.

Undhar: Lieu infernal de souffrance où vont les âmes des méchants après la mort.

Urodrac: Dragon des eaux douces et salées. Il est généralement colérique.

Valnaos: Monde parallèle à celui de la matière, accessible par ses ombres. Il se caractérise par une brume platine omniprésente et légère, où le voyageur ne voit que des ombres, celles du monde matériel, sans la matière visible, ce qui permet d'y transombrer rapidement sans obstacles physiques. Ceux qui voyagent ainsi portent le nom de transombreurs.

Vanderglay: Farfadet extravagant s'il en fut, le vanderglay vit en communauté de trois à six individus, généralement dans les greniers, les cuisines et les murs. Souvent obséquieux, porté à la suranalyse et empoté, il est avant tout un goinfre. Haut d'environ vingt-cinq centimètres, il a des yeux clairs et larges, ainsi que de longues oreilles pointues. Doué pour l'art culinaire, il est généreux envers sa panse et son palais. Il s'empiffre et, quand il assaille une cuisine, il en vide les armoires, ce qui fait de lui le cauchemar des pauvres et la peste des riches. S'il est nourri régulièrement, il peut devenir un serviteur affable.

Ventricule: Dans le Cosméon, tout endroit microcosmique dont l'entrée est accessible par une artère principale ou secondaire. Les savants estiment qu'il existe plusieurs milliards de ventricules, la plupart ayant été créés par des mages d'Archel-Védine ou d'autres Lieux. Certains ventricules ont une structure interne malléable. Leurs dimensions varient entre quelques mètres cube à plusieurs milliers de kilomètres. Certains mages considèrent les Lieux comme étant de très vastes ventricules, mais cette opinion est loin d'être partagée par tous, car le ventricule a été créé, tandis que les Lieux existent depuis le commencement de l'univers.

Venthune: Troisième mois de l'année ériandaise.

Virthène : Métal couleur émeraude, non magnétique, découvert par les doargues dans les profondeurs de leurs mines et qui ne se forge que par l'intervention de la talmache. La première utilisation du virthène remonte à – 4500 A. R. Aussi léger que le titane et plus résistant, il est inoxydable et résiste à des températures dépassant les 3 500 °C.

Vogueur : V. coupe-ciel.

Vulcre : Dragon de la taille d'un homme, habitant les hautes plaines et se nourrissant de bétail et de cervidés. C'est le cauchemar des bergers.

Wælïn : Langue commune aux Ériandais.

Wegmé : Ruminant semblable au buffle, dont la fourrure noire est épaisse, lisse et chaude. Ils sont communs sur la plaine de Morandaire.

Welare : Cinquième et dernier mois de l'année ériandaise.

Zayhiste : Prêtre de Zayhol.

Zénore : Fruit de forme cylindrique à peau lisse de couleur marron, qui mesure quinze centimètres de long à maturité. C'est le fruit du zénorier. Il demeure sur sa branche même après que les feuilles sont tombées et ne tombe que tardivement, généralement après la première neige du mois de welare.

Zénorier : V. zénore.

Zymphe : Genre de créature de la famille des hircinoïdes, omnivore généralement nocturne, vivant dans tous les climats, mais de préférence dans les égouts, les ravins et les cavernes à proximité des grandes routes. Le zymphe est reconnu pour sa force physique, sa lubricité, son entêtement mauvais, ainsi que son esprit querelleur. Les satyres, les malmiboucs et les phraxars sont des hircinoïdes.

ANNEXE
LA MYTHOLOGIE ÉRIANDAISE

Croyances générales

Les divinités des saisons encadrent et dominent toute la théogonie du territoire de l'ancien Wanlade. Avant l'unification de ses cinq tribus principales sous Ferghel I en 47 A. R, les cinq grandes divinités des saisons détenaient déjà le monopole religieux. Ce fut lors de l'avènement du Kilk Ferghel I en tant que souverain rassembleur des cinq tribus que les divinités des saisons devinrent les cinq piliers sociaux du polythéisme royal. Bien entendu, cette unification ne se fit pas sans luttes intestines. La tribu des Kilks, adoratrice du dieu Kilhairn, soumit l'Ériande sous le nouveau sceptre de Ferghel I en menant un dur combat contre les autres tribus, notamment les Noroths du centre-est qui furent les derniers à signer la nouvelle constitution. L'unification du pays permit une fusion des divers panthéons; Ferghel I, sage et vigoureux gouvernant à la tête des Kilks, établit une théogonie et des croyances communes, sans pour autant sacrifier les anciennes. L'année civique est depuis divisée en cinq périodes dont chacune porte le nom du dieu d'une tribu et représente une saison.

Les Ériandais croient que la mort est une transition entre deux mondes, celui des vivants et celui des spectres. Après la mort corporelle, les trépassés deviennent des spectres voyageurs. Les bons vont vers leur nouvelle demeure, le Tholahar, lieu de justice et de paix gardé par Tholah, fille et servante de Galfadir, alors que les méchants, condamnés à errer toujours, vont et viennent entre leur ancien monde et l'Undhar, lieu infernal gardé par Und, esclave de Féruldir. Si les méchants semblent plus libres de leurs mouvements que les bons, ce n'est pas là une faveur qui leur est octroyée, mais un châtiment qui les confine à une instabilité et une inquiétude perpétuelles. Lorsqu'ils sortent de l'Undhar, c'est avec la terreur d'y retourner, après un temps d'errance toujours temporaire.

Après la mort, il n'existe pas de lieu de purgation, car, pour les Ériandais en général, la mort divise les mortels en deux clans : les bons et les méchants.

Le suicide est vécu par les proches comme une honte sociale et les familles d'un suicidé font tout ce qu'elles peuvent pour éviter l'opprobre. Le vol est châtié par l'emprisonnement ou l'estrapade, la fraude et le viol par la flagellation, le meurtre par le bûcher. La trahison, le régicide et l'espionnage sont punis par la pendaison, après laquelle, pour maximiser l'humiliation, le corps exposé aux yeux de tous devient le festin des charognards sur la place publique.

Les morts sont ensevelis dans un drap de lin pourpre, avec, dans la bouche, le pétale d'une nupanthée, fleur qui symbolise l'innocence et la pureté, afin qu'en comparaissant devant les dieux l'âme du défunt puisse leur offrir des mots purs et innocents.

Les divinités des saisons
Norength

Norength est le grand dieu des temps nouveaux, mais il est perçu par la majorité des poètes et du peuple comme étant le dieu de l'innocence, voire l'innocence elle-même. Il a eu avec Venthune les enfants suivants : l'amitié Zayhol, l'abondance Naberghal, la beauté Hæline, la jeunesse Hagan et la virginité Nupanthée. Il a le pouvoir de guérison et de résurrection.

Avant comme après la révolution des calastaires en 1110 A. R., les Ériandais lui attribuaient les tâches de fondre la neige, de dégeler le sol, de dissiper les vents froids de son rival et frère aîné Welare, ainsi que de bénir les fermiers dans leur labour des champs.

Les poètes disent qu'il a le pouvoir de chasser les esprits morts en état de rage et de haine. Il a un clergé instruit qui porte le nom de gerthul et de nombreux temples dans l'ouest, notamment le plus ancien qui se trouve dans la forteresse de Respaven.

Les gerthuls ne peuvent pas être plus de sept par temple, car c'est le chiffre de Norength. Il est représenté soit par un serpent blanc qui enlève ou donne la vie, soit par un homme sans visage, portant une couronne de bourgeons et une longue robe tapissée de fleurs écloses.

Kilhairn

Kilhairn est le dieu le plus populaire au nord d'Ériande. Il est associé à la verdure, à la faune et aux vents chauds. Il représente autant le travail que le repos. Son nom fait la fête et les Nicovins du Triangle – Dagrenoque, Connelmirth et Trinith –, une des plus grandes familles de bardes d'Ériande, l'ont proclamé leur dieu préféré dans le but de s'attirer la faveur des rois. Il est le père de la nature Borobaghis, de la piété Jorool et de la guerre Tényar.

Les guerriers d'Ériande sont sacrés sous le signe de Kilhairn, et non de Tényar, mais ils font leurs vœux d'obéissance et de service à ce dernier, leur souverain maréchal. Seuls les membres du conseil des Lames de Dagrenoque ont gardé le culte d'Halvarn, résistant à celui du dieu kilk par fidélité à leurs ancêtres. Les ministres de Kilhairn se nomment morandaires. Ils sont presque tous formés à la guerre ou à la gouvernance et aucune femme ne se trouve dans leurs rangs. Les calastaires n'ont pu leur faire changer cette tradition. Kilhairn est le dieu des Kilks et ceux-ci le représentent par un homme robuste et bien armé, avec un œil au centre de sa couronne dorée, une hallebarde dans la main droite et un livre de lois dans la gauche.

Venthune

Déesse remplie de joie et de paix, légèrement portée à la mélancolie, Venthune est la mère de tous les dieux allégoriques, et la femme des quatre dieux des saisons. Déesse de l'ancienne tribu des Noroths, elle a comme ministres des druides ermites nommés hirwals, dont la caste est plus ou moins organisée et qui pour la plupart vivent retirés des grands centres dans une sorte d'ermitage sous un arbre ou dans le tronc sculpté d'un matrômore. Le trente-septième jour de son mois, les Ériandais se réunissent pour fêter les Venthunies; ces fêtes, qui durent dix jours et célèbrent les récoltes, sont meublées de jeux, de divertissements sur la vie ériandaise, de joutes et de parades militaires, avant l'arrivée du morose Halvarn. Venthune est représentée par une femme corpulente couronnée de graëmmes et de blés, un panier débordant de fruits et de légumes dans les bras et vêtue d'une longue robe de velours ocre.

Halvarn

Grand seigneur rigoureux des Hurths, il est avant tout un dieu guerrier qui lutte pour la paix, et dont le symbole est le glaive glacial. Halvarn serait le père légitime de Tényar. D'ailleurs c'est de son père que Tényar reçut l'épée frigorifique Nitchfellaire, arme fluide et terrible qui s'épanche comme l'eau froide, tranche comme un séisme, vole comme le vent et ne peut être brisée par aucune main mortelle.

Ses guerriers sont l'élite militaire d'Ériande, après ceux des Kilks. Ils n'ont pas de code de chevalerie, si ce n'est leur farouche loyauté à l'ordre établi. Halvarn est aussi le père de la justice Orrid, de la paix Frem et de la vertu Angoffil; sa tunique longue et chaude qui couvre ses pieds est maculée de feuilles mortes; il commande les vents frais – dont le vorbème, le vent du nord –, les pluies froides, la grêle et la pourriture. Ses ministres se nomment galves, et les cérémonies en son honneur ont lieu surtout le soir. À Dagrenoque, où son culte est omniprésent, le tribunal qui juge en matière religieuse se nomme les Dix Doigts d'Halvarn et son symbole est le gant vermeil du jugement.

Welare

Longtemps seigneur des Welcks, Welare qui dominait leur panthéon est entré par la porte arrière dans le nouveau instauré par Ferghel I. Comme les Welcks n'ont pu résister à la force militaire des Kilks, ils ont été aisément assimilés, puis forcés à entrer dans la nouvelle constitution. Par souci d'uniformité, et non par respect pour les Welcks, Ferghel I inclut Welare dans le nouveau panthéon. Depuis, il est devenu le dieu de la saison froide. Les ministres de ce dieu sont presque tous des Kilks et portent le même nom que ceux de Kilhairn : les morandaires. Il n'est pas surprenant de voir un peuple adopter une divinité qui n'est pas la leur si cette divinité porte le poids et le symbole de la victoire. Tel fut le sort de Welare pour les Kilks.

Dans la tradition des Welcks, Welare était le dieu du foyer, une sorte de père nourricier, puissant roi de l'au-delà; mais les Kilks en ont fait un dieu grave et sombre au sang froid qui apporte le sommeil aux mortels. Il est le père de la vieillesse Perghent, du silence Mehim, de la faim Harafostar et du vice Vularse. En d'autres termes, il est le dieu de la mort. Sa statue pointe vers le nord et il est vêtu d'une grande robe de fourrure de wegmé, avec, dans sa main droite, un grand bâton de glace et, dans sa main gauche, des vents remplis de neige.

TABLE DES MATIÈRES